Seconde chance pour une famille

Idylle en Irlande

CATHY GILLEN THACKER

Seconde chance pour une famille

Passions

HARLEQUIN

Collection : PASSIONS

Titre original :
THE TEXAS COWBOY'S QUADRUPLETS

HARPERCOLLINS FRANCE
83-85, boulevard Vincent-Auriol, 75646 PARIS CEDEX 13
Service Lectrices — Tél. : 01 45 82 47 47

www.harlequin.fr

ISBN 978-2-2804-1635-1 — ISSN 1950-2761

- 1 -

— Eh oui ! Les rôles sont inversés aujourd'hui.

La voix sensuelle de Chase McCabe était reconnaissable entre toutes. Mitzy Martin regarda fixement l'étrange P-DG qui se tenait sur le pas de sa porte. Avec son jean moulant, ses bottes et sa chemise à carreaux, il avait tout du propriétaire de ranch. Ignorant le frémissement soudain de son cœur, elle poussa un soupir excédé.

— Qu'est-ce que tu me veux, cow-boy ?

Comme il repoussait le bord de son chapeau pour la toiser de la tête aux pieds, une lueur malicieuse éclaira ses yeux gris-bleu.

— Ça fait quoi, dix ans, que tu travailles pour les services sociaux de Laramie ?

La tension électrique de leur tête-à-tête frisait déjà le survoltage.

— Onze, corrigea-t-elle, en s'efforçant de rester insensible à l'assaut de testostérone que dégageait son attitude nonchalante.

Dieu merci, elle avait appris à s'en protéger depuis le jour où elle avait rompu leurs fiançailles.

— Onze ans à frapper à des milliers de portes. À imposer ta présence à de pauvres gens. Aujourd'hui, les rôles sont inversés. Ça n'a pas l'air de te réjouir !

Quelle étrange comparaison il était allé chercher pour entamer la conversation ! Elle inspira profondément et, repoussant avec force l'attirance physique qui les avait toujours rapprochés, elle resta fièrement plantée sur le seuil, sans reculer d'un pouce, pour bien lui montrer que son charme n'opérait plus, même si sa mâchoire carrée, ses traits ciselés, son épaisse crinière blonde et chaque détail de son anatomie étaient restés gravés à jamais dans sa mémoire.

— Il y a une différence, Chase.

Elle s'appliqua à déployer son sourire le plus mielleux.

— Quand les gens dont tu parles apprennent à me connaître, ils comprennent que je suis là pour les aider et ils deviennent généralement très chaleureux.

Il lui rendit son expression hypocrite.

— C'est exactement ce qui va se passer entre nous. C'est en tout cas ce que je souhaite. De l'eau a coulé sous les ponts, Mitzy. Nous sommes devenus des adultes raisonnables.

À cet instant, les jumelles Bridgett et Bess Monroe apparurent derrière elle. Elles étaient venues lui prêter main-forte pour s'occuper de ses quatre bébés de deux mois.

— Salut, Chase ! fit joyeusement la première.

— On dirait que les affaires reprennent ! glissa la deuxième d'un air chargé de sous-entendus.

Il acquiesça sans rien perdre de son aplomb.

— Je l'espère, dit-il.

Mitzy resta sans voix. Leur histoire d'amour s'était fracassée de manière spectaculaire et elle n'avait aucune envie de retenter l'expérience. Elle croisa les bras avec détermination.

— Eh bien, pas moi.

Il se rapprocha pour envahir délibérément son espace personnel et l'inonder de son parfum très masculin.

— Voilà des semaines que tu refuses de prendre mes appels et de répondre à mes messages.

Et alors ?

— C'est sans doute difficile à comprendre pour un célibataire de ton espèce, mais j'ai été légèrement occupée depuis la naissance de mes quadruplés.

Il haussa les épaules sans paraître impressionné.

— On dit que toute la ville se mobilise pour t'aider. Et puis, il y a ces nourrices haut de gamme que ta mère t'a envoyées de Dallas.

— Ne m'en parle pas ! gémit-elle misérablement.

Chase cessa de se moquer.

— Elles n'ont pas fait l'affaire ?

— Pas du tout.

Les demoiselles en question s'étaient montrées encore plus intrusives et donneuses de leçons que sa propre mère.

— Et ton forcing n'aura pas plus de succès, ajouta-t-elle pour tenter de clore le dialogue.

Le ton de son visiteur s'adoucit.

— Je sais que tu n'as pas envie de me voir, Mitzy. Je te demande juste d'écouter ce que j'ai à te dire.

Le silence qui s'installa entre eux était aussi fragile que le cœur encore brisé de la jeune femme. Chase se balança un instant sur la pointe des pieds puis il se pencha doucement au-dessus d'elle et ajouta :

— Je ne serais pas venu si la situation ne l'exigeait pas.

Elle retint son souffle au souvenir encore douloureux de leur rupture. Elle devait à tout prix résister à la tentation d'une nouvelle aventure avec lui, même si le désir de retomber dans ses bras ne l'avait jamais quittée.

— Tu as bien mérité une petite pause, observa Bess avec douceur. Tes bébés sont adorables, mais ils sont épuisants.

Bridgett, qui venait de trouver son prince charmant, en la personne de Cullen, le frère aîné de Chase, vint, elle aussi, mettre son grain de sel dans la conversation. À sa manière.

— Tu devrais écouter ce qu'il a à te dire. Qui sait ? Il trouvera peut-être des arguments pour te convaincre.

Chat échaudé craint l'eau froide. Le sens volontairement équivoque des propos de Bridgett n'échappa à personne, mais Mitzy se jura de garder ses distances avec l'individu qui reparaissait dans sa vie après tant d'années.

— D'accord.

Elle saisit un châle sur le portemanteau de l'entrée pour se protéger de l'air frais de cet après-midi de novembre et le rejoignit à l'extérieur.

— Tu as cinq minutes. Pas une de plus !

Cinq minutes, c'était peu, mais semblable occasion ne s'était pas présentée depuis longtemps. Chase n'avait pas oublié la promesse qu'il avait faite au père de Mitzy de veiller sur elle et ses enfants après sa mort, que cela lui plaise ou non. Il lui emboîta le pas le long de la terrasse en bois, non sans remarquer les changements de sa physionomie. La maternité l'avait épanouie. Ses cheveux châtains étaient toujours parsemés de mèches claires mais, plus courts qu'autrefois, ils retombaient tout juste sur le haut de ses épaules. Ses traits délicats n'avaient rien perdu de leur noblesse. Un baume discret donnait à ses lèvres pleines une brillance légère, signe qu'elle préférait toujours l'onguent naturel au rouge à lèvres. Un détail, parmi tant d'autres, qu'il avait toujours apprécié.

Elle passa devant le fauteuil suspendu pour aller s'installer sur une chaise en osier. Porteur d'une mauvaise nouvelle qui risquait de l'affecter profondément, il ôta son chapeau, s'installa en face d'elle et la regarda droit dans les yeux. Résistant à l'envie de lui prendre la main, il décida d'aller droit au but.

— De nombreuses rumeurs courent sur la mauvaise santé financière de Martin Custom Saddle.

Elle se raidit sur son siège.

— En tant que P-DG, je pense que je serais au courant si elles étaient avérées.

Elle aurait dû l'être, en effet.

— Tu t'es rendue sur place récemment ?

Elle détourna fièrement le regard avant de lui répondre.

— Je suis régulièrement en contact avec le directeur d'exploitation. Nous nous appelons au moins une fois par semaine. Si quelque chose ne tournait pas rond, Buck m'en aurait informée.

Il essaya de ne pas se laisser attendrir par le rose très vif qui teintait son visage.

— Mitzy, insista-t-il, depuis combien de temps n'as-tu pas mis les pieds à l'atelier ?

Elle ignora sa question, se leva, et s'éloigna de quelques pas avant de se retourner pour l'affronter à nouveau.

— Où veux-tu en venir ?

Il détestait le rôle qui lui incombait aujourd'hui, mais il n'avait pas le choix.

— Tu ne peux pas en même temps diriger MCS, du moins de la manière dont ton père l'aurait voulu, et t'investir pleinement dans ta mission d'assistante sociale. Sans parler de tes responsabilités de mère de famille. À toi toute seule, c'est impossible. Personne ne le pourrait.

— Je ne prétends pas assumer tout cela à la fois. Je suis en congé maternité pour dix mois encore. Peut-être plus, je n'ai pas encore décidé.

Refusant de s'asseoir à nouveau près de lui, elle se hissa sur la balustrade.

— Quant à MCS, Buck Phillips en contrôle la gestion, comme il l'a toujours fait.

Détournant les yeux du jean qui épousait gracieusement la forme de ses cuisses, il se leva et avança jusqu'à elle.

— Tu en es vraiment certaine ?

— S'il y avait le moindre problème, financier ou autre, je le saurais.

À moins que l'équipe n'essaie de la protéger.

— Tous ceux qui travaillent à la fabrique sont plus que des employés pour moi. Nous formons une famille.

— Il faut malheureusement plus que des bons sentiments pour gérer une affaire.

Il avait parlé avec douceur, mais elle n'en fut pas moins affectée par le sens de ses propos. Une myriade d'émotions traversa ses grands yeux couleur d'émeraude. Elle les surmonta très vite et redressa le menton.

— Tu m'en crois incapable ?

Il s'approcha encore, se hissa à ses côtés et posa les mains sur la balustrade.

— Ton père avait une véritable passion pour la tannerie et la fabrication des selles d'équitation.

— Tu ne m'apprends rien.

Il savait qu'il allait la blesser, et pourtant son devoir l'obligeait à la vérité.

— Tu n'as pas son savoir-faire, Mitzy.

Un cri indigné s'échappa de ses lèvres. Bien décidée à lui tenir tête, elle glissa sur le sol et se rétablit fièrement sur ses deux pieds.

— Je n'ai pas besoin de partager son talent. Il me suffit de maintenir les choses telles qu'elles étaient avant sa mort. Prendre soin de son héritage pour honorer sa mémoire. Crois-moi, l'équipe s'en sort parfaitement bien !

La direction d'une entreprise signifiait beaucoup plus que cela mais elle n'était pas prête à l'admettre. Pourtant, il devait lui faire entendre raison.

— Ma chère Mitzy, reprit-il avec la plus grande délicatesse, il est de mon devoir de te venir en aide.

Cette fois, il fallut à la jeune femme toute la rigueur de son éducation pour ne pas le gifler.

— Me venir en aide ? Comme tu l'as fait quand tu

travaillais pour mon père ? Au point qu'il a été obligé de te mettre dehors ?

Il s'était attendu à ce qu'elle déterre le passé et la crise qui était à l'origine de leur rupture. Une séparation qui l'avait dévasté.

— J'étais bien trop ambitieux à l'époque, concéda-t-il humblement.

Le rose des joues de Mitzy s'accentua davantage.

— En voulant le convaincre de transformer son atelier artisanal en une vulgaire usine de produits manufacturés pour la grande distribution, tu l'as insulté, tu as méprisé son travail et les efforts de toute sa vie.

Chase plissa le front pour exprimer son désaccord.

— Je ne pense pas qu'il voyait la situation de cette manière.

« Tu es taillé pour un avenir plus glorieux, Chase. Tu ne seras jamais heureux si tu restes avec nous. » Ainsi s'était exprimé Gus avant de le licencier. Et son analyse était juste à l'époque. Depuis, le jeune homme avait révisé son plan de carrière initial, et l'expérience l'avait rendu plus modeste. Mais aujourd'hui, Mitzy n'était pas d'humeur à l'entendre sur ce point. Le serait-elle un jour ?

— Peu importent les conditions dans lesquelles j'ai quitté MCS, dit-il en se levant lentement. J'ai beaucoup appris avec ton père quand je travaillais à ses côtés. Depuis, j'ai monté ma propre affaire, McCabe Leather Goods.

Un mélange de mépris et de rancœur se répandit sur les traits de son interlocutrice.

— Oh oui, je sais. Le premier fournisseur de produits en cuir du Sud-Ouest. Tout, depuis les bottes jusqu'aux selles, sans oublier la sellerie des pick-up et des voitures. Et tu as réussi cet exploit en rachetant toutes les petites entreprises possibles pour qu'elles portent le nom de ta société !

Ainsi, elle avait suivi son ascension dans le monde des affaires ! Ce n'était pas pour lui déplaire. Il affronta son regard sans honte.

— Chacune de ces petites structures se porte mieux aujourd'hui. Tous les salariés y sont plus heureux et leur avenir est assuré.

Elle soupira avec impatience.

— Tu peux me dire en quoi cela me concerne ?

— Si les rumeurs qui courent sur la situation financière désastreuse de MCS se confirment, tu auras besoin de soutien pour remettre l'atelier sur les rails.

— Et bien sûr, tu te portes volontaire ?

— Ton père m'a toujours bien traité, répondit-il en s'efforçant de conserver son calme. Même après la fin de notre collaboration.

La disparition de Gus l'avait lui aussi profondément affecté. Le vieil homme lui manquait encore chaque jour, tout autant que sa fille superbe et opiniâtre.

— Je voudrais le remercier pour sa bonté.

Sachant d'instinct qu'il lui taisait une partie de la vérité, elle le fixa avec insistance. Comme il ne pouvait lui révéler crûment les promesses que Gus lui avait arrachées sur son lit de mort, il attendit en silence qu'elle prît sa décision.

— Tu ne trouverais pas cela un peu étrange, étant donné les circonstances ? demanda-t-elle avec lassitude.

Il se moquait bien de l'étrangeté de la situation. Il était prêt à tout supporter pour faire à nouveau partie de sa vie. Ces quelques minutes passées auprès d'elle avaient suffi à faire resurgir les sentiments et le désir qui jadis les avaient unis. Dès l'enfance, il avait trouvé en elle une personne hors du commun. Jolie, intelligente et tellement plus généreuse que toutes les autres personnes de son entourage, elle l'avait attiré comme aucune autre. Plus tard, adolescente libre et farouchement indépendante, elle avait d'abord refusé de sortir avec lui, limitant leur relation à une simple camaraderie. Mais quand ils avaient atteint l'âge d'aller à l'université, leur désir mutuel s'était enfin révélé. Une chose menant à une autre, ils étaient devenus amants et bientôt fiancés. À l'époque, Chase était persuadé de passer avec elle le reste de ses jours. Mais leurs caractères intransigeants avaient brusquement mis en péril leur relation.

Il haussa les épaules avec une désinvolture qu'il était loin d'éprouver et répondit enfin à sa question.

— Nous avons grandi tous les deux, Mitzy. Nous sommes capables de gérer cette situation.

Il sortit une carte de visite de sa poche, et la plaça autoritairement dans sa main.

— Si je peux t'être utile d'une manière ou d'une autre…

Il était résolu à honorer la promesse qu'il avait faite à Gus, tout comme il regrettait sincèrement ses erreurs passées. Il marqua une pause pour la fixer longuement.

— Réfléchis, je t'en prie ! Décroche ton téléphone et appelle-moi !

Deux jours plus tard, elle ne s'était toujours pas manifestée. Impatient, Chase alla trouver sa petite sœur Lulu, comptant sur ses conseils toujours avisés en matière de psychologie féminine. Elle écouta le récit de sa visite à Mitzy, tout en préparant le thé glacé au miel qu'elle destinait à la réunion familiale de Thanksgiving prévue en fin de journée.

— Tu n'as même pas vu les quadruplés ?

Non, et cela l'avait déçu. Sa curiosité naturelle ne le portait pas particulièrement vers les enfants en bas âge, mais il avait espéré être présenté aux quatre bébés à qui la très indépendante Mitzy avait donné la vie, grâce à une fécondation avec donneur anonyme. Il préféra garder ses sentiments pour lui.

— Elle ne m'a pas laissé entrer dans la maison, dit-il simplement.

La sonnerie de son téléphone portable le fit soudain sursauter. Il sourit en lisant l'origine de l'appel et s'éloigna de quelques pas. Quand on parle du loup…

— Bonjour, Mitzy, que se passe-t-il ?

— Tu es occupé ?

Elle paraissait très tendue.

— Pas du tout, répondit-il.

Lulu sourit à son tour et secoua la tête avant de s'éclipser discrètement de la cuisine.

— Je suis sur le site de MCS, continua la jeune femme. Tu peux me rejoindre ?

Par chance, le ranch de sa sœur était situé à quelques encablures de la ville.

— Je serai là dans dix minutes.

Il avait imaginé la trouver à l'intérieur de l'atelier de production mais l'aperçut dès son arrivée dans le parking. Assise au volant de son SUV pour famille nombreuse, elle fixait du regard la façade du petit bâtiment de briques rouges dont l'enseigne portait le nom de son père, comme si elle ne l'avait jamais vu.

Au bruit du pick-up qui se garait à ses côtés, elle sortit de sa rêverie et descendit de son véhicule. Les cheveux soigneusement relevés, elle portait une robe en cachemire clair et des talons hauts plus adaptés à un cocktail qu'à la visite d'une usine. Comme elle s'approchait, il reconnut les boucles d'oreilles en diamant qui avaient récompensé l'obtention de son diplôme universitaire et se laissa troubler un instant par le parfum floral très fruité qu'il connaissait si bien. Des ombres légères assombrissaient ses yeux.

— Tout va bien ? demanda-t-il avec douceur.

Elle se redressa dans une attitude défensive.

— Bien sûr, pourquoi ça n'irait pas ?

Il regretta de ne pouvoir l'enlacer plutôt que de subir un accueil aussi glacial.

— Tu as l'air un peu fatiguée.

Un sourire figé sur les lèvres, elle le précéda en direction de l'atelier.

Il allongea la foulée pour rester à sa hauteur et poursuivit :

— Les bébés t'ont fait passer une sale journée ?

Si elle acceptait qu'il lui vienne en aide, comme son père l'avait souhaité, il finirait bien par les rencontrer.

— Non, ce sont des amours. C'est le reste de la famille qui me tape sur les nerfs.

— Judith ?

Elle soupira avec lassitude.

— Elle et ce cher Walter…

Le cinquième mari de sa mère, se rappela Chase.

— Ils ont débarqué hier soir à l'heure du dîner avec quatre nouvelles nourrices.

Quatre ! Décidément, Judith ne fait jamais rien à moitié.

Elle marqua une pause pour composer le code de la porte d'entrée. Sans succès. Agacée, elle consulta son téléphone et fit une nouvelle tentative. Cette fois, le témoin lumineux passa au vert. Elle poussa le battant et ils pénétrèrent à l'intérieur du bâtiment.

— Tu n'es pas contente de voir arriver du renfort ?

Mitzy regardait autour d'elle comme si elle visitait l'endroit pour la première fois. C'était insensé. Enfant, elle y avait passé des jours entiers. Et quand Chase faisait partie de l'équipe, elle y passait régulièrement. Pendant toutes ces années, rien n'avait réellement changé. Les deux bureaux et la salle de réunion près de l'entrée. Le reste du bâtiment tout entier consacré aux vingt-neuf postes de travail dédiés à la fabrication artisanale des selles d'équitation en cuir. L'odeur aussi était la même. Celle du cuir, de la teinture et des puissants détergents.

En dépit de la faible lumière diffusée par la veilleuse de l'entrée, Chase devinait la pâleur de son visage.

— Cette équipe de nounous est très bien, répondit-elle après un long silence.

Elle manœuvra l'interrupteur général pour illuminer l'atelier.

— Elles sont chaleureuses et gentilles, bien moins sinistres que les précédentes. Elles vont rester jusqu'à la fin des vacances.

Chase l'examina longuement, en s'interrogeant sur l'objet de ses préoccupations.

— Alors, où est le problème ?

Le problème, songea-t-elle, c'est qu'elle aurait dû revenir à la fabrique bien avant. Elle s'était trompée en imaginant que la naissance de ses enfants allégerait son deuil. C'était vrai, dans une certaine mesure seulement. Se retrouver là aujourd'hui, dans l'univers si cher au cœur de son père, dans cet endroit qui renfermait tant de souvenirs heureux et malheureux, lui infligeait une épreuve qu'elle n'avait pas soupçonnée. Un coup de poignard en pleine poitrine, au point qu'elle avait du mal à respirer. Comme les images de celui qu'elle avait cru indestructible assaillaient sa mémoire, elle le revit passer d'un poste à un autre, jamais avare d'un conseil ni d'un compliment envers les employés qu'il chérissait comme les membres de sa famille. Son charme savait envoûter les clients, son exigence jamais dépourvue de bienveillance lui valait l'admiration et l'affection de tout son personnel.

Elle se remémora aussi avec un regret immense la dispute d'une violence inouïe qui l'avait un jour opposé à Chase au beau milieu de l'atelier. Les éclats de voix vrillaient encore ses tympans. Gus avait été contraint à une décision que de toute sa vie il n'avait jamais prise. Mettre dehors un membre de son équipe. Elle n'avait pas oublié non plus la fureur avec laquelle Chase avait claqué la porte en jurant qu'il refusait de rester plus longtemps dans une entreprise d'un autre âge.

Mais le souvenir le plus douloureux était l'état de faiblesse extrême dans lequel Gus avait arpenté son royaume pour la dernière fois. Son corps tout entier était ravagé par les opérations successives et les effets de la chimiothérapie. Au prix d'efforts surhumains, s'appuyant sur son épaule pour ne pas défaillir, il avait eu des mots tendres et généreux pour chacun des salariés. Le courage qu'il avait affiché jusqu'à la fin devait lui servir d'exemple. À son tour, elle devait se montrer forte. Pour MCS, pour ses enfants et pour son entourage.

Un léger mouvement de Chase à ses côtés la ramena brusquement à la réalité.

— Le problème ? reprit-elle d'une voix blanche. Oh ! rien de bien nouveau.

— Ta mère méprise toujours autant ton travail d'assistante sociale ?

— Toujours.

— Je suis sûr qu'il y a autre chose.

Sa voix rauque emplie de tendresse fit courir des frissons sur sa nuque. Elle se raidit, déterminée à ne pas se laisser amadouer par son charme. Retomber avec lui dans les affres de la passion amoureuse ne lui serait d'aucun secours. Sans oser pénétrer dans le bureau de son père, elle se mit à déambuler entre les postes de travail. Tout paraissait figé dans le temps, parfaitement fidèle à son souvenir. Chase marchait sans bruit à ses côtés.

— Le fait que je continue à vivre à Laramie depuis la mort de papa ne lui plaît pas non plus.

— Elle veut que tu retournes à Dallas ?

Elle hocha la tête d'un air désespéré.

— Pour m'y installer définitivement.

L'extrémité du bâtiment ouvrait sur une cour où l'équipe se retrouvait souvent pour la pause du déjeuner. Elle y pénétra d'un pas lourd.

— Ce n'est pas surprenant, observa Chase. Maintenant que tu as fait d'elle et de Walter les grands-parents de quatre petits garçons…

Elle se hissa sur la table de pique-nique et inspira timidement la fraîcheur de l'air automnal.

— Je ne peux pas retourner à Dallas, Chase. Je ne me suis jamais sentie chez moi, là-bas. Laramie a toujours été ma terre d'attache. Pour plein de raisons.

Il s'installa près d'elle et croisa les bras sur sa poitrine.

— Je ressens la même chose. Chaque fois que les affaires m'ont éloigné d'ici, j'ai toujours été sûr de revenir.

S'ils avaient ce point en commun, trop d'autres choses les séparaient. Leurs visions du travail et de son influence sur la vie privée étaient très éloignées. Chase n'avait jamais compris qu'en manquant de respect à Gus, il l'avait elle aussi humiliée. À ses yeux, elle aurait dû au contraire encenser son courage et se ranger par principe à ses côtés. N'était-elle pas sa future épouse ? Voyant qu'ils n'arrivaient pas à trouver un terrain d'entente, il avait ensuite cherché à enterrer leur discorde et à tourner la page comme si rien ne s'était passé. Mitzy en avait été incapable. Pour elle, des dissensions aussi graves jetaient une ombre durable sur une relation. Il était dangereux de vouloir les ignorer. Sa raison lui avait dicté la prudence et elle avait rendu à Chase sa bague de fiançailles, non sans espérer qu'il ferait amende honorable et qu'ils parviendraient à se réconcilier.

Blessé dans son orgueil, il avait approuvé sa décision. Puisqu'elle ne pouvait pas lui apporter ce qu'il attendait d'elle, leur union était vouée à l'échec.

Ils en étaient restés là. Jusqu'à ce jour. Comme pour alléger le poids du passé trop lourd qu'elle sentait resurgir, Mitzy renoua le fil de la conversation.

— Le pire, c'est que Judith a été choquée par ce qu'elle appelle ma maternité artificielle. Elle aurait préféré un scénario plus traditionnel. Mon statut de mère célibataire lui déplaît et l'inquiète, et elle attend maintenant que je trouve un mari et un père à mes enfants.

L'éloignement n'avait pas réussi à rompre le lien profond et la complicité qui les unissaient. Tous deux ressentaient la communion secrète de leurs sentiments.

— Tu n'en as pas envie ? Cela te rendrait pourtant la vie plus facile.

Mitzy n'en croyait pas ses oreilles. Irait-il jusqu'à se porter volontaire ? L'idée était des plus saugrenues.

— Si j'avais voulu me marier, cow-boy, je l'aurais fait il y a dix ans.

Une lueur attristée passa dans les yeux de Chase.

— Moi aussi.

La conversation prenant un tour un peu trop intime, elle s'éloigna. Chase l'imita et ils regagnèrent ensemble l'atelier.

— Je suppose que tu m'as fait venir ici pour parler affaires, reprit-il d'un ton volontairement plus distant.

Il ne voulait pas l'effrayer. Sans savoir par où commencer, elle approuva d'un signe de tête. Elle avait hésité à appeler son ex-fiancé à son secours, mais lui seul avait l'expertise et le point de vue objectif dont elle avait besoin.

— En effet.

— Que puis-je faire pour toi ?

La manifestation d'une sollicitude apparemment sincère la troubla un instant.

— J'ai consulté les évaluations de nos produits depuis notre dernière discussion. Elles ne sont pas aussi satisfaisantes que d'habitude.

Il enfonça les mains dans ses poches.

— Je l'ai fait aussi et j'en suis arrivé à la même conclusion.

Un lourd sentiment de culpabilité pesait sur la conscience de Mitzy. Elle avait promis à son père de veiller sur son entreprise et elle n'en avait rien fait. En tout cas jusqu'à présent. Elle avait bien l'intention de se ressaisir.

— Je me demande ce qui a bien pu se passer.

— Tu as parlé aux employés ?

Elle secoua la tête.

— Je voulais d'abord venir jeter un coup d'œil en leur absence. Personne ne travaille le jour de Thanksgiving.

— Qu'est-ce que tu attends de moi ?

Elle le précéda à l'autre extrémité de l'atelier, là où le processus de fabrication des selles commençait.

— Que tu inspectes les lieux. Tu connais suffisamment le métier pour remarquer des anomalies s'il y en a.

Une première évidence s'imposa aussitôt à l'examen de Chase.

— Ce cuir n'est pas d'excellente qualité.

Il avança jusqu'au second poste de travail.

— Les huiles et les détergents qu'ils utilisent ne sont pas non plus de premier choix.

Elle fronça les sourcils.

— Tu es sûr de ce que tu avances ?

— Certain. Cela dit, tu n'es pas obligée de me croire sur parole. Tu peux vérifier toi-même la provenance des produits et la réputation des fournisseurs.

Pour chasser la migraine qu'elle commençait à ressentir, elle porta une main à son front.

— Je ne me rappelle pas avoir vu ton père lésiner sur la marchandise, dit-il encore.

— Ce n'était pas son style, tu as raison.

Chase fronça les sourcils.

— Et ce n'est pas toi qui as exigé ces changements ?

— Non.

Jamais elle n'aurait agi de la sorte.

— As-tu la moindre idée du moment où ces décisions ont été prises ?

La gorge serrée, elle prit la direction du bureau de Gus.

— Aucune, admit-elle dans un souffle. Je ne suis pas venue ici depuis la mort de papa, au mois de mai.

Elle avait totalement failli à ses responsabilités de P-DG Après le décès de son père, la visite de l'atelier constituait pour elle une telle épreuve qu'elle l'avait repoussée. Se reprochant amèrement son inconséquence, elle pénétra dans la pièce dont la porte, dans son souvenir, était toujours restée ouverte. Elle vit le blouson râpé de son père sur son fauteuil, la tasse à café décorée par ses soins quand elle était écolière, le vieil agenda en bois ouvert sur une page à moitié remplie. On eût dit que Gus s'était absenté brièvement et qu'il allait reparaître dans un instant, aussi cordial et solide que jamais. Sa gorge se serra. Elle aurait tant aimé le voir revenir. Tout à coup, elle fut submergée par le chagrin et les larmes qu'elle avait retenues depuis des mois.

Les bras de Chase entourèrent ses épaules, il attira contre lui son corps secoué de sanglots et attendit en silence que l'orage s'éloigne. Mitzy s'accrocha éperdument à lui et, pendant un long moment, le temps resta suspendu. Leurs griefs, leur rancœur et la douleur de leur longue séparation s'étaient évanouis. Seul existait le besoin désespéré de la jeune femme de retrouver sa force, son soutien et sa tendresse. Tout naturellement, elle ressentit l'envie de l'embrasser. Une fois. Une seule fois, se promit-elle. Elle se redressa lentement et posa sur ses lèvres le baiser d'adieu qu'elle ne lui avait jamais donné, comme un point final à une histoire d'amour impossible.

C'était pure folie. Comme Chase lui répondait avec émotion, le vertige de leurs étreintes passées et l'immense douleur de leurs rêves brisés les assaillirent avec une violence insoutenable. Terrifiée, elle posa les deux mains sur sa poitrine et le repoussa. Quelle imprudence de s'engager dans cette voie !

— Non, dit-elle en retrouvant brusquement ses esprits.

Peu importaient les souffrances que lui infligeait son immense solitude.

— Je ne veux pas recommencer avec toi !

- 2 -

Étonnamment, Chase ne lui opposa aucune résistance. Il n'essaya pas de la contredire, ni de la convaincre, comme il l'avait fait tant de fois par le passé. Il resta immobile, songeur, et désespérément silencieux. Au regard du trouble profond qui l'avait envahie, elle enrageait de le voir aussi maître de lui.

— Tu as raison, dit-il simplement. Nous avons pour l'instant des questions plus importantes à régler.

Plus importantes que leur attachement, leurs sentiments et leur désir ? Sa force tranquille et son charme l'exaspéraient au plus haut point.

— Ah oui, et lesquelles ?

Il recula jusqu'au mur pour s'y adosser et croisa les bras sur sa poitrine.

— L'avenir de l'entreprise de ton père.

Elle contourna le bureau de Gus, agrippa nerveusement le dossier du fauteuil, puis elle passa un doigt sur le plateau poussiéreux.

— Il me faudra un certain temps pour redonner vie à cet endroit.

Chase approuva d'un signe de tête.

— Il faudra d'abord que tu mesures pleinement l'ampleur des dégâts.

Elle inspira profondément et tenta de ne pas paniquer à l'idée de ce qui l'attendait.

— Il y aurait plus grave que les défauts que tu as relevés tout à l'heure ?

Il choisit ses mots avec soin pour ne pas l'affoler. En pareilles circonstances, mieux valait garder ses esprits.

— Un premier coup d'œil ne suffit pas. Je ne me prononcerai pas sans une inspection plus poussée. On n'est jamais à l'abri des surprises dans ce genre de situation.

— Tu sais sans doute de quoi tu parles avec toutes les affaires que tu as rachetées et remises en ordre de marche.

Une succession de coups frappés à la porte principale l'empêcha de répondre.

— Tu attends quelqu'un ? demanda-telle.

— Non. Et toi ?

En secouant la tête, elle quitta le bureau pour rejoindre l'entrée et découvrit son beau-père sur le perron. Il portait une de ses vestes fourrées de grand luxe, ouverte sur une chemise au col déboutonné. Aucune mèche ne dépassait de sa chevelure grise. Derrière la monture argentée de ses lunettes, il arborait le regard franc et chaleureux qu'elle lui avait toujours connu.

— C'est ta mère qui m'envoie. Elle n'était pas tranquille à l'idée de te savoir ici toute seule. Mais…

Walter Fiedler pénétra à l'intérieur de l'atelier.

— Manifestement, elle s'inquiétait sans raison.

Il tendit la main avec bonhomie, sans rien laisser paraître de sa surprise.

— Bonjour, Chase.

Ce dernier répondit chaleureusement à son geste.

— Walter.

— Heureux de te revoir.

— Moi de même.

Comme un silence embarrassé s'installait, le plus âgé se retourna vers Mitzy.

— Je ne veux pas te mettre la pression, ma chérie, mais ta mère a été un peu contrariée de te voir disparaître aussi vite après notre arrivée. Alors si tu pouvais nous rejoindre chez toi sans trop tarder…

— Je rentre bientôt, promit-elle, un peu honteuse.

Il approuva avec satisfaction et s'adressa de nouveau à Chase :

— Tu veux te joindre à nous pour le repas de Thanksgiving ? Tu ne seras pas déçu. Judith est en train de se surpasser derrière les fourneaux. Tu la connais…

Le jeune homme avait eu maintes fois l'occasion d'apprécier les talents culinaires de la mère de Mitzy. Il n'allait pas laisser passer une si belle occasion de renouer avec les bonnes habitudes du passé.

— À quelle heure ? demanda-t-il.

— 14 heures.

— Je serai des vôtres. Avec plaisir.

— Magnifique ! s'exclama le gentleman en pivotant gracieusement sur ses talons. Alors, à plus tard !

Il sortit et rejoignit sa Bentley d'un pas alerte, laissant derrière lui une atmosphère plutôt confuse. Inquiète, Mitzy s'interrogeait sur les intentions de Chase. Avait-il décidé de lui imposer sa présence en permanence ? De surveiller le moindre de ses gestes ? D'assiéger toutes ses pensées ? À quel jeu jouait-il, et dans quel but ?

— Tu n'étais pas obligé d'accepter l'invitation de Walter, fit-elle en espérant le faire revenir sur sa décision.

Il garda le visage impassible.

— Je ne l'ai pas ressentie comme une obligation.

La poitrine de Mitzy se soulevait fébrilement sous l'étoffe de sa robe.

— Ta famille ne t'attend pas pour fêter Thanksgiving ?

— Pas avant 20 heures. Deux de mes frères travaillent aujourd'hui, alors ma mère a retardé l'heure du repas traditionnel. Cela dit, on dirait que Judith est déjà remontée contre toi. Le face-à-face promet d'être rude. Si tu préfères ne pas avoir de témoin, je comprendrai tout à fait.

Comme il la connaissait bien ! Et comme il connaissait Judith ! Il l'avait si souvent protégée du harcèlement incessant de sa mère. Elle l'examina longuement, repoussant avec effort le désir réprimé depuis si longtemps et l'idée qu'ils puissent un jour redevenir amants.

— Tu tiens vraiment à te placer dans la ligne de tir ?

Il lui répondit par un charmant clin d'œil.

— Pour vous, très chère, je pousserais le zèle jusqu'à passer la veste et la cravate que je garde toujours sur le siège arrière de mon pick-up.

Sa galanterie ne l'avait jamais laissée insensible et il savait en jouer.

— Après tout, pourquoi pas ? lança-t-elle avec imprudence. Nous verrons bien où cela nous mènera…

Chase n'avait pas revu Judith depuis sa rupture avec Mitzy. Il retrouva la même petite femme pétillante et énergique, peut-être un peu plus mince, un peu plus blonde et un peu plus élégante qu'autrefois.

— J'avoue que je ne te comprends pas, Mitzy.

L'irruption d'un ex-fiancé dans la vie de sa fille la laissait dubitative et elle refusait d'entendre ses arguments.

— L'idée est de mettre correctement un point final à notre histoire, expliquait l'intéressée.

Elle leva un bras en face d'elle pour apaiser la discussion.

— C'est un peu difficile à expliquer, maman, mais nous avons rompu dans les pires conditions. De manière précipitée. L'absence d'une réelle mise au point nous a empêchés l'un et l'autre de tourner la page et d'avancer.

Chase l'approuvait en silence. Cette séparation avait

été dévastatrice et il était soulagé d'entendre Mitzy l'admettre avec autant de sincérité.

— Ma formation de psychologue aurait dû m'aider à détecter le problème beaucoup plus tôt, reprit-elle en prenant la main de Chase pour l'inviter à s'asseoir près de Walter.

Il s'installa docilement à la place qui lui était impartie à la table familiale.

— Je n'ai pas été assez lucide, poursuivit-elle, et aujourd'hui j'ai besoin de tout remettre à plat pour réparer mes erreurs.

— Hum…

Assez peu convaincue, Judith leva les yeux du plateau où elle déposait délicatement ses feuilletés aux champignons. Comme sa fille, elle portait une robe chic et des talons hauts. Une rivière de diamants scintillait à son cou. Elle essuya avec élégance sa main sur son tablier blanc.

— Et cette… Cette remise à plat va durer combien de temps ?

— Eh bien, je… Je ne sais pas, répondit la jeune femme, visiblement prise de court.

Elle chercha du soutien dans le regard de Chase.

— La durée des vacances, annonça-t-il sans hésiter.

Un mois. Tout juste suffisant, à son avis, pour démêler la complexité de la situation. Le baiser de Mitzy hantait ses pensées. Était-elle encore, comme il pouvait l'espérer, aussi éprise que lui ? Regrettait-elle comme lui, jour après jour, le naufrage de leur relation ? Ou cherchait-elle au contraire à enterrer définitivement leur histoire pour pouvoir enfin passer à autre chose ?

Judith gratifia Walter d'un froncement de sourcils préoccupé avant de se retourner vers sa fille.

— Et puis, ensuite ?

Mitzy haussa les épaules.

— Ensuite, nous nous dirons adieu.

Ou pas, songea Chase en son for intérieur. Pour lui, tout restait encore négociable.

— Peut-on savoir quand vous avez décidé de cet arrangement ?

La curiosité de Judith était insatiable. Mitzy se racla nerveusement la gorge.

— Chase est passé me voir, il y a quelques jours. Et… Eh bien, c'est là que j'ai enfin compris. Je ferais bien de suivre moi-même les conseils que je donne aux autres à longueur de journée. Il faut toujours solder les émotions résiduelles pour pouvoir aller de l'avant.

Solder les émotions résiduelles ! Quel était ce jargon ? Judith s'abstint de tout commentaire, mais elle n'en pensait pas moins.

— Je suis tout à fait d'accord avec Mitzy, renchérit Chase.

Rien n'était plus vrai. Cela faisait des mois qu'il voulait lui venir en aide pour MCS. Si leur relation avait été plus simple, il ne serait pas resté à l'écart ainsi.

— Pourquoi tu ne m'as rien dit ? continua Judith.

La jeune femme se leva pour servir à chacun un verre d'eau minérale.

— J'ai pensé que tu trouverais cette démarche inutile et que tu la désapprouverais.

Comme elle tendait son verre à Chase, le simple effleurement de leurs doigts suffit à les troubler tous les deux. Un sourire tendu au coin des lèvres, elle se hissa à nouveau sur son siège.

— Je ne voulais pas te gâcher tes vacances, mais puisque Walter nous a surpris ensemble, je ne pouvais pas non plus garder le secret. Maintenant que tu es au courant, tu attendras peut-être un peu avant d'essayer à tout prix de me caser avec quelqu'un d'autre.

Une pique de jalousie troubla soudain la tranquillité d'esprit de Chase. Judith voulait un père pour ses petits-enfants. Cela, il le savait. Mais il ignorait qu'elle s'amusait à jouer les entremetteuses. À bien y réfléchir, cela n'avait rien d'étonnant. Jamais elle n'avait respecté les choix de sa fille. Il comprit soudain pourquoi Mitzy avait accepté aussi facilement sa présence au repas familial ! Elle avait besoin de lui pour contrer les manigances de sa mère.

— Je vois, fit Judith, un peu vexée.

Un des quatre bébés se mit très opportunément à pleurer, offrant à la jeune femme une porte de sortie inespérée.

— Je monte voir si les nounous n'ont pas besoin de mon aide, lança-t-elle avant de disparaître.

Judith ouvrit la porte du four pour vérifier la cuisson de la dinde avant de reporter à nouveau toute son attention sur le pauvre Chase.

— Je ne sais pas trop quoi penser de cette histoire.

Lui non plus, en vérité. Surtout si cela aboutissait à une rupture définitive.

— Ma chérie, osa Walter avec une infinie douceur, nous devrions laisser ces jeunes gens décider par eux-mêmes.

— Impossible ! Ce garçon a déjà brisé une fois le cœur de ma fille.

L'intéressé acceptait d'assumer les erreurs du passé, mais il voulait bien en partager le poids.

— Nous nous sommes mutuellement brisé le cœur, corrigea-t-il.

Judith réfléchit un instant et un silence gênant ponctua la conversation, tandis qu'il la voyait dresser mentalement la liste de toutes les fautes qu'il avait pu commettre. Comme il s'y attendait, elle essaya une nouvelle fois de le dissuader.

— Pour parler franchement, Chase, Mitzy mérite beaucoup plus que ce que tu peux lui offrir.

Là encore, il voulait bien admettre des faiblesses. Il avait plus d'une fois regretté l'égoïsme de son comportement.

— Elle mérite mieux que ce que je lui ai donné il y a dix ans. Je n'étais pas assez disponible, j'en conviens.

— Je ne parle pas seulement du temps et de l'attention dont toute femme a besoin. Ce qui me préoccupe, c'est plutôt l'aspect matériel.

Contrairement à sa fille, Judith ne semblait pas avoir suivi son ascension sociale. Il réfléchissait à la manière d'exposer sans trop de flagornerie sa réussite professionnelle quand la jeune femme reparut, un bébé blotti contre sa poitrine. Il fut déçu et frustré car le visage de l'enfant n'était pas tourné de son côté. Il ne pouvait voir que son petit corps recroquevillé et le bonnet qui recouvrait son crâne. La jeune femme avait manifestement entendu une partie de la discussion.

— Pourrait-on éviter de parler d'argent, aujourd'hui ?

Elle se déhanchait lentement pour balancer son fils et massait doucement les petits pieds recouverts de chaussons. Le tableau idyllique d'une mère accomplie qui suscitait l'admiration.

— Et puis, tu n'es pas au courant, maman ? Chase est un homme riche, aujourd'hui.

Judith se retourna vers la cuisinière pour leur offrir le spectacle d'une colonne vertébrale raide d'indignation.

— Il y a riche et riche, ma chérie.

Mitzy leva les yeux au ciel sans répondre.

— Les hommes que j'ai sélectionnés pour toi ont des fortunes comparables à celle de Walter.

L'argent n'avait jamais été la préoccupation première de la jeune femme. Chase le savait mieux que personne.

— Là, je crois bien que ta mère a marqué un point, glissa-t-il malicieusement.

Elle le fusilla du regard.

— La compagnie de cinquante millions de dollars que j'ai bâtie n'est sans doute rien comparée à celles dont tes prétendants ont hérité sans bouger le petit doigt.

Amusée par sa repartie, elle s'approcha doucement, sans pour autant lui révéler le visage de son fils. Il commençait à soupçonner la raison qui la poussait à garder ses quatre enfants à l'écart. Ils constituaient sans doute son ultime rempart contre lui.

— L'argent n'a jamais été ma priorité, confirma-t-elle avec gravité. Il y a des choses plus importantes pour réussir une vie de couple.

Chase était heureux de l'entendre de sa bouche. Elle avait conservé tout son romantisme, contrairement à ce que sa décision très pragmatique de FIV avec donneur anonyme aurait pu laisser croire.

— Tu sembles persuadée qu'un homme riche ne peut pas être intéressant, observa Judith en continuant à s'affairer. Je me demande qui t'a mis cette idée dans le crâne.

Walter approuva dans un sourire le point de vue de sa femme. Lui-même avait bien plus à offrir que ses dollars.

— Je ne sais pas, répondit Mitzy en reprenant sa valse lente autour de la table. Peut-être que ton deuxième, ton troisième et ton quatrième mari ne sont pas étrangers à ma façon de penser.

Ses précédents beaux-pères ne lui avaient témoigné aucune affection et ils l'avaient plutôt considérée comme une nuisance. Heureusement pour elle, l'amour immodéré de Gus l'avait accompagnée pendant toutes ces années.

— Ce n'est pas pour rien si je les ai tous quittés au bout d'un an ou deux, rétorqua Judith sans se démonter.

Puis, tendant une bouteille de vin et un tire-bouchon à Walter :

— Ils n'étaient pas faits pour moi, c'est assez simple à comprendre.

— Et pourtant, ils étaient immensément riches, souligna Mitzy.

— Évidemment ! s'emporta sa mère, loin de chercher à s'en excuser. Je n'allais tout de même pas épouser des miséreux !

Elle fit aimablement passer un plateau rempli de canapés, le posa sur la table, avant de prendre en soupirant sa fille par les épaules.

— Écoute-moi, ma chérie ! Ce n'est pas plus difficile de tomber amoureuse d'un homme riche que d'un homme pauvre. La différence c'est que l'homme riche a beaucoup plus d'atouts pour te rendre heureuse ! Et si tu as besoin d'un exemple…

Elle se détourna pour aller déposer un baiser sur la joue de son cinquième époux.

— Il est là, sous tes yeux.

Chase aurait aimé prendre la défense de Mitzy, mais cela lui était difficile. Il fallait bien l'admettre, l'argent facilitait grandement l'existence. Cependant, la jeune femme adressait un sourire plein de reconnaissance à son beau-père.

— Je ne conteste pas le fait que Walter soit merveilleux. Il l'a toujours été. Mais ce ne sont ni ses talents d'investisseur ni sa fortune qui font de lui un être aussi exceptionnel. Uniquement sa générosité et sa bienveillance.

Sans paraître l'entendre, Judith sortit la dinde du four et la plaça sur la cuisinière.

— Tu penses que Chase est en mesure de t'apporter le confort matériel dont tu as besoin ?

L'hésitation de Mitzy contraria légèrement l'intéressé.

— Oui. Bien sûr, répondit-elle après un temps. Aujourd'hui, cela ne fait aucun doute.

Judith leva sur lui des yeux inquisiteurs.

— Tu confirmes ?

— Je confirme, répondit-il en essayant de déchiffrer l'expression de Mitzy.

S'il lui était difficile de deviner les intentions de la jeune femme, il était sûr de vouloir repartir du bon pied avec elle. Son désir d'être à ses côtés allait bien au-delà de la promesse qu'il avait faite à Gus peu avant sa disparition.

— Alors, prouve-le ! lança Judith. Utilise ta connaissance du secteur pour trouver un acheteur intéressant à MCS. Ou bien fais-en toi-même l'acquisition pour nous libérer enfin du fardeau de cette entreprise qui ruine notre famille depuis des lustres. Toute la bonne volonté du monde ne suffit pas à gérer une affaire. Je ne suis pas arrivée à faire entendre raison à ma fille, tu y parviendras peut-être.

— Maman ! supplia Mitzy, excédée.

— Si elle veut offrir à ses quadruplés le premier Noël qu'ils méritent, le mieux serait aussi qu'elle arrête de tergiverser avec toi…

Chase ne demandait pas mieux.

— Qu'elle te dise adieu une bonne fois pour toutes et qu'elle vienne enfin s'installer à Dallas auprès de nous ! Le plus vite serait le mieux.

L'ingérence de Judith dans la vie privée de sa fille n'avait pas de limite. Le repas se déroula dans une atmosphère extrêmement tendue et chacun fut heureux de prendre congé.

— Merci d'être venu, dit Mitzy lorsqu'elle ouvrit sa porte à Chase, le dimanche soir.

Elle l'invita à entrer dans la vieille maison en bois de style colonial qu'elle avait héritée de son père. Prenant cette fois le temps d'examiner les lieux, le regard de Chase s'attarda sur les nombreux changements opérés dans la décoration depuis la mort de Gus. Des cloisons avaient été ouvertes dans le salon, transformant l'espace en un vaste living-room. Les murs avaient été repeints d'une teinte ivoire très claire et lumineuse, qui contrastait élégamment avec le parquet sombre, décapé et vernis. Des stores en bois avaient détrôné les vieux rideaux, et un mobilier sobre remplaçait les éléments recouverts de cuir. La cuisine américaine où ils avaient déjeuné le jeudi s'inspirait bien sûr du même goût simple et très classique de Mitzy. Seule une pièce du rez-de-chaussée était restée intacte, le bureau de Gus, dont les murs tapissés de lambris acajou semblaient appartenir à une autre époque.

Après un long moment, il reporta son attention sur la jeune femme. Son pantalon de yoga et son ample T-shirt la rendaient plus désirable que jamais. Il ne laissa rien paraître de l'émotion qu'elle éveillait en lui.

— Tu avais besoin de me voir ?

— En effet.

Elle prit sa veste et la suspendit au portemanteau de l'entrée, avant de le conduire dans le bureau de son père où il découvrit un incroyable chantier.

— C'est quoi cet arsenal ? s'exclama-t-il en restant cloué sur le seuil.

Quatre chevalets, chargés d'énormes livres de comptes, se dressaient au centre de la pièce. Au-dessus du premier, un inventaire des appels téléphoniques à passer à ses collègues du service social. Sur le deuxième, un planning avec les noms des baby-sitters prévues pour la semaine. Une liste impressionnante de courses de Noël sur le troisième. Rien sur le quatrième, qui, de ce fait, arborait fièrement les initiales de l'entreprise familiale, MCS.

Une lueur combative éclairait ses jolis yeux.

— C'est un peu mon état-major, ici.

Il acquiesça avec admiration.

— Avec tout ce que tu as à faire, je comprends que tu aies besoin d'une vraie logistique !

— Avec tout ce que j'ai à faire ! répéta-t-elle dans une moue un peu boudeuse. J'ai l'impression d'entendre ma mère !

Un peu vexé par la comparaison, il leva une main en signe d'excuse.

— Désolé, je ne voulais pas t'ennuyer.

Après le déjeuner tendu de Thanksgiving, ils avaient tous les deux envie d'un tête-à-tête apaisé. Contrairement à sa mère, il ne voulait porter aucun jugement sur ses faits et gestes, mais simplement lui apporter son soutien.

— Je suis là pour t'aider, Mitzy. Surtout pas pour te compliquer l'existence.

— Merci, Chase, murmura-t-elle avec gratitude. J'apprécie.

Elle passa une main dans la masse de ses cheveux avant de poursuivre :

— Je t'ai demandé de passer ce soir parce que je tenais à m'excuser pour ce qui s'est passé jeudi. C'était…

Comme elle marquait une pause pour chercher ses mots, il la devança :

— Un des repas les plus horribles de toute ta vie ?

Ils éclatèrent de rire ensemble.

— Cela dit, poursuivit-il en haussant les épaules, le menu était royal.

— Je n'aurais jamais dû te laisser approcher de ma mère. Elle ne nous a jamais pardonné l'annulation précipitée de notre mariage. Même si c'était la bonne décision à prendre.

Lui aussi l'avait pensé, à l'époque. Aujourd'hui, il en était beaucoup moins sûr. Sachant pourtant que Mitzy n'aimait pas être brusquée, il se garda bien d'exprimer sa pensée. Il la regarda sans mot dire contourner le bureau pour se placer devant l'ordinateur.

— Je me demande comment elle a pu ignorer ta réussite ! Et quel culot de vouloir te confier la vente de mon entreprise !

Elle lui avait aussi suggéré d'en faire lui-même l'acquisition, hypothèse qu'il ne pouvait écarter.

— Sans parler de mon installation à Dallas ! poursuivit-elle. C'est son idée fixe.

— Si j'arrivais à te convaincre de déménager, tu crois que je serais enfin dans ses petits papiers ?

Elle plissa la bouche et secoua la tête.

— Franchement, je ne crois pas. Tu pourrais bien faire n'importe quoi, comme tu le sais, nous sommes un peu rancunières dans la famille.

Chase n'essaya pas de la contredire. Il avait fait les frais de son très lourd ressentiment.

— Cela dit, ajouta-t-elle d'un ton plus grave, j'aimerais que nous arrivions à une paix durable, tous les deux.

Il avança de quelques pas dans sa direction.

— C'est mon vœu le plus cher, Mitzy.

Il s'arrêta devant le bureau sans pouvoir contenir la question qui lui brûlait les lèvres.

— Tu voudrais que nous recommencions à nous voir ?

Elle pâlit tout à coup.

— Nous voir ? Oui, bien sûr, n'est-ce pas ce que nous faisons aujourd'hui ?

Cette fois, il la rejoignit tout à fait, leva une main vers son visage et rangea une de ses mèches derrière son oreille.

— Je veux dire nous revoir vraiment. Les braises

sont encore chaudes, Mitzy. Notre baiser de l'autre jour nous l'a montré.

Elle s'éloigna vivement de lui.

— Je pensais qu'en essayant d'oublier nos querelles, nous pourrions arriver à autre chose…

Elle déplaça un chevalet sur le côté pour se frayer un chemin.

— Quelque chose de platonique et de plus léger.

Là, elle se retourna pour lever sur lui le regard déterminé qu'il lui connaissait si bien.

— Je veux parler d'une amitié, bien sûr.

Déçu, il s'accorda un moment pour réfléchir. La jeune femme avait raison sur un point : jamais ils ne pourraient renouer une relation, amicale ou amoureuse, en agissant comme si rien ne les avait jamais opposés. Ils devaient tous deux reconnaître leurs erreurs et amender leur comportement. Sans expiation, leurs retrouvailles ne résisteraient pas à l'épreuve du temps.

— D'accord, Mitzy. Je veux bien essayer.

De la confiance retrouvée naîtrait peut-être l'union qu'il appelait de ses vœux.

— Super !

— Tu sais, j'ai vraiment besoin de ton aide.

— Pour accrocher les décorations de Noël ? demanda-t-il d'un ton malicieux.

Noël ! Un chapitre qu'elle n'avait pas encore abordé. Là encore, elle avait pris un retard considérable. Habituellement, elle achetait son sapin et commençait ses installations le lendemain de Thanksgiving. Curieuse d'entendre sa réponse, elle le mit au défi de le faire.

— Tu me proposes tes services ?

— Absolument.

Il était prêt à tout pour se rapprocher d'elle.

— Eh bien, dit-elle, amusée, j'avoue que toutes les bonnes volontés sont les bienvenues. Mais c'est dans un tout autre domaine que ton secours me sera le plus précieux.

— Les bébés ?

Il plaisantait à moitié. En vérité, et en dépit de son inexpérience, il mourait d'envie d'apprendre à les connaître et de l'aider à s'occuper d'eux. Mitzy fronça les sourcils d'un air préoccupé. Elle avait soudain retrouvé tout son sérieux.

— Non. J'ai besoin de tes lumières pour comprendre ce qui se passe vraiment à MCS.

- 3 -

Elle n'était pas certaine de l'accueil que Chase réserverait à sa requête. Les propos insultants de Judith étaient de nature à décourager les meilleures volontés du monde, et le long silence qui ponctua sa prière lui fit craindre le pire. Il l'observait avec froideur, comme s'il tentait de jauger la profondeur de ses sentiments, alors qu'elle l'ignorait elle-même. Elle appréciait sa gentillesse et le soutien qu'il lui avait apporté face aux arguments de sa mère. Mais le souvenir de ce baiser échangé le premier jour de leurs retrouvailles l'affolait. Pour l'heure, elle espérait seulement la fin de la guerre froide, qui les avait éloignés et meurtris pendant tant d'années. Maintenant qu'il vivait de nouveau à Laramie, elle refusait de devoir chaque jour déployer des trésors d'imagination pour éviter de croiser son chemin.

Comme il ne disait mot, elle s'arma de courage et, soucieuse de masquer son désarroi, rompit le silence d'un ton enjoué.

— C'est pour cela que tu es venu me trouver la première fois, n'est-ce pas ? Pour m'apporter ton aide ?

— En effet.

La sonnerie d'un appareil ménager s'immisça dans la conversation. Mitzy consulta sa montre. L'heure du repas des garçons approchait.

— Contrairement à ma mère, je ne te demanderai

pas de trouver un acquéreur pour MCS, précisa-t-elle en prenant la direction de la cuisine.

Il lui emboîta le pas puis resta en retrait, tandis qu'elle sortait hâtivement du lave-vaisselle une douzaine de biberons pour les aligner à côté de l'évier. À la voir ainsi accomplir les gestes du quotidien, il se laissa submerger par une vague de tendresse.

— Et si je le trouvais, cet acquéreur ? demanda-t-il, sans se laisser distraire.

Elle secoua la tête en essayant elle aussi de rester concentrée sur la discussion. Sa seule présence suffisait à accélérer les battements de son cœur, et à raviver la blessure encore ouverte de leur séparation. Terriblement vulnérable, elle craignait de retomber dans ses bras à la première occasion. Un scénario bien trop dangereux qui l'exposerait, comme autrefois, à une vive désillusion. Leurs priorités étaient inconciliables. Le travail occupait une place centrale dans la vie de Chase, alors que pour elle, le bien-être affectif de ses proches primait.

Comment envisager de partager son existence avec un homme qui, jadis, préconisait de mécaniser la moitié du processus de fabrication de l'atelier de son père, sans aucun respect pour les exigences de qualité, ni pour le sort des employés ? Elle pouvait cependant compter sur son expertise dans le secteur du cuir pour l'aider à redresser la situation. Gus l'aurait encouragée dans cette voie.

Plongée dans ses pensées, elle laissa son regard se perdre un peu trop longtemps dans celui de Chase, avant de se détourner vivement pour disparaître dans le garde-manger. Il la vit resurgir peu après, chargée de deux bouteilles d'eau minérale et d'une boîte de lait maternisé. Se jurant de rester insensible à son charme, Mitzy releva les yeux sur lui.

— Jamais je n'accepterai de me séparer de MCS,

commença-t-elle tout en se débarrassant de son chargement sur le comptoir. J'ai promis à mon père de toujours veiller sur son entreprise.

Chase la considéra avec étonnement.

— Il voulait que tu la diriges toi-même ?

Elle ouvrit la boîte de lait, et versa une dose de poudre dans chacun des biberons.

— Il ne m'aurait pas nommée P-DG avant sa mort si telle n'était pas sa volonté.

— Il ne t'a jamais suggéré de vendre si la gestion s'avérait trop lourde pour toi ?

Elle rougit et commença à ajouter de l'eau dans les récipients.

— En fait, si. Quand il était en phase terminale, il a effectivement évoqué cette possibilité.

— Et alors ?

Comme il lui adressait un sourire encourageant, elle lui posa la bouteille dans les mains, lui suggérant d'un geste de poursuivre le remplissage. Sans perdre de temps, elle vissa les tétines et posa les capuchons.

— Que t'a-t-il dit, exactement ? insista Chase.

— Que je pouvais vendre, si je le voulais. Mais je ne le veux pas.

— Pourquoi ?

— Parce que son atelier était son deuxième bébé. Il l'a vu naître, comme moi. Et il l'a fait grandir. Aujourd'hui, son affaire vaut plusieurs millions de dollars et fournit du travail à vingt-neuf personnes. Et voilà un demi-siècle qu'elle jouit d'une réputation incontestée.

Elle se racla nerveusement la gorge.

— Jusqu'à cette dernière année, reconnut-elle. C'est-à-dire depuis que j'en ai la responsabilité.

Elle souleva un à un les biberons pour les secouer vigoureusement.

— Il faut à tout prix que je redresse la barre pour

honorer la mémoire de mon père. Je le lui dois et je le dois aussi à mes quatre fils.

Chase comprenait son besoin de perpétuer l'héritage familial.

— Tu as eu des contacts récents avec les employés ?

Elle consulta à nouveau sa montre et mit les biberons à chauffer.

— Non. Et puis, personne ne travaille pendant le week-end de Thanksgiving.

— Tu vas devoir faire exception à la règle.

Sans se laisser distraire de sa tâche, elle rangea les biberons restants dans le réfrigérateur.

— Oui, mais pas avant de comprendre ce qui se passe exactement.

— Je ne vois pas comment tu pourrais y arriver sans parler au personnel.

Elle affronta à nouveau son regard.

— C'est là que tu entres en scène. Je me suis dit que si tu consultais les livres comptables et les fichiers informatiques avec moi, on pourrait plus facilement repérer quand, comment et pourquoi les choses ont commencé à dérailler.

— Et ensuite ?

— Je convoquerai en privé le ou la responsable de la baisse de qualité de nos produits.

Elle s'exprimait avec une fermeté inhabituelle.

— Tu as l'intention de licencier ?

La seule idée l'horrifiait. Elle marqua une pause et s'appuya contre le comptoir.

— Licencier ? Pas question. Ces gens sont comme les membres de ma famille. Je discuterai avec eux de la situation, nous corrigerons les erreurs et repartirons d'un bon pied.

— Tu as accès à tous les dossiers de l'entreprise ?

Comme elle était soulagée de le savoir à ses côtés pour se lancer dans une investigation aussi peu familière !

— Tous, répondit-elle dans un sourire confiant.

Chase avait passé l'habit de l'homme d'affaires. Son feu roulant de questions montrait à quel point il prenait l'affaire au sérieux.

— Tout est numérisé ?

— Je pense, répondit-elle dans un haussement d'épaules.

Il fronça les sourcils.

— Tu n'en es pas certaine.

— Je n'ai jamais vraiment vérifié, dut-elle admettre à contrecœur. J'ai laissé à chacun la liberté de prendre les décisions qu'il jugeait nécessaires. Gus n'a pas agi autrement quand les médecins ont diagnostiqué son cancer des os avant de le placer sous chimiothérapie.

— Ce qui remonte à l'an dernier. Au mois d'octobre, précisément.

L'exactitude de ses souvenirs la surprit. Il vivait encore à Fort Worth, à l'époque. La gorge serrée, elle posa une main sur son avant-bras.

— Ce que je voudrais, Chase, c'est arriver devant les salariés avec des solutions.

Il approuva d'un signe de tête. Un mélange d'empathie et d'approbation se peignit sur ses traits.

— Dans quels délais voudrais-tu agir ? demanda-t-il en recouvrant sa main avec la sienne.

Sa force et sa chaleur lui insufflèrent un regain de courage.

— Je voudrais que tout soit bouclé avant la célébration de Noël à MCS, c'est-à-dire avant le 22 décembre.

Chase plissa le front.

— Alors, nous n'avons pas une minute à perdre.

Elle approuva en silence. L'homme qui se tenait à ses côtés ne la connaissait peut-être pas aussi bien qu'elle l'aurait souhaité, mais en matière de gestion d'entreprise, il était imbattable.

Elle sursauta quand un cri de bébé résonna dans le babyphone, dégagea brusquement sa main et sortit de la pièce.

— Une dernière chose, lança-t-elle par-dessus son épaule. Nous devons travailler dans la plus grande discrétion.

Évidemment, songea-t-il en la suivant dans l'escalier jusqu'au premier étage. Tout en grimpant les marches, il tentait de rester concentré sur le sort de MCS, mais comme il était difficile de détourner les yeux du mouvement gracieux des hanches qui se balançaient devant lui !

— Je ne veux pas que les gens s'inquiètent inutilement, disait Mitzy. Surtout en cette période de fêtes.

Tout comme son père n'avait pas voulu la tourmenter quand il avait compris que ses jours étaient comptés.

« Je te vendrais immédiatement l'atelier, Chase, si cette seule idée ne rendait pas ma fille hystérique », lui avait confié Gus sur son lit d'hôpital.

Épouvanté par les ravages de la maladie sur le corps de son mentor, il avait pris sa main frêle dans la sienne.

« Tu as essayé de lui parler ?

— Oui, mais elle a vu cela comme une reddition de ma part. Ma mort va être pour elle une épreuve terrible, et nous savons toi et moi qu'elle est imminente. »

Le voyant grimacer de douleur, Chase avait compris que le vieil homme voulait épargner à Mitzy trop de souffrance. Il ne partageait pas son sentiment, mais se garda de le critiquer. Pour lui, l'atténuation de la vérité était la pire des attitudes.

« Tu cherches à la ménager ? »

Gus avait approuvé d'un signe de tête.

« Ce n'est pas grave si elle garde MCS jusqu'à la fin de l'exercice comptable. D'ici là, elle aura sans doute compris qu'elle n'est pas taillée pour les affaires. À chacun son talent. J'aurais fait un piètre travailleur social. Toi seul pourras la convaincre de se détacher de MCS. Il faut absolument qu'elle y parvienne. Sans quoi, elle ne pourra jamais tourner la page et prendre sans ce fardeau les rênes de sa propre vie. »

— Chase ?

Mitzy reparut à la porte de la chambre, alors qu'il hésitait encore sur le palier.

— Tu veux voir les bébés ?

Sa voix le ramena brusquement à la réalité, mais il était si absorbé par le souvenir poignant des derniers instants de Gus, qu'il l'entendit confusément.

— Pardon ? fit-il en levant une main en signe d'excuse.

La jeune maman semblait un peu tendue.

— Les renforts ne vont pas arriver avant une demi-heure et je ne pense pas que les garçons attendront aussi longtemps. Ils sont généralement affamés au réveil.

On pouvait aisément comprendre son inquiétude. Il ignorait d'ailleurs comment elle s'était tirée d'affaire jusqu'alors.

— Pas de souci, je suis là.

Il lui avait tant de fois fait défaut par le passé qu'il était trop heureux de lui apporter son secours aujourd'hui. Il la rejoignit à grands pas et la suivit dans la chambre des enfants. Jadis, leur immaturité et leur inconséquence les avaient tragiquement foulés aux pieds. Au fil des ans, une sage prudence avait modifié leur comportement. S'ils pouvaient retrouver ne fût-ce qu'une part infime de leur ancienne complicité, ils n'avaient pas le droit de gâcher leur chance. Chase était bien décidé à saisir le bonheur que le destin mettait à sa portée une seconde fois. Il se jurait chaque jour de ne pas le compromettre. Il soutiendrait Mitzy et ses quatre fils de toutes ses forces et regagnerait sa confiance. Le souvenir obsédant de

Gus traversa à nouveau son esprit. N'avait-il pas promis de veiller sur sa fille ? Rien ne pourrait l'empêcher de tenir sa parole.

— Waouh ! s'exclama-t-il en posant un premier regard sur les adorables petits garçons.

Pour une fois, la rumeur n'avait pas menti. Les quadruplés étaient aussi resplendissants que leur maman. Leurs cheveux noirs, leur teint de pêche et leurs yeux bleus ourlés de longs cils suscitaient d'emblée l'admiration. Mitzy rayonnait de fierté. Avec raison. Ses bébés étaient parfaits. Tout comme l'aménagement de la chambre. Quatre lits blancs à barreaux étaient solidement rassemblés en carré au milieu de la pièce. Tous étaient garnis de parures bleu clair. Des mobiles colorés étaient suspendus au-dessus de chacun d'eux. Chaque bébé portait un bracelet gravé à son nom, le même qui figurait sur le bord de son matelas.

Elle se lança avec orgueil dans les présentations.

— Voici Joe !

Apparemment le plus sociable, songea Chase. Jugement immédiatement confirmé par sa maman.

— Il passe son temps à roucouler et à sourire.

Elle se glissa près du deuxième.

— Lui, c'est Zach.

L'enfant bâillait à s'en arracher la mâchoire.

— C'est mon bébé zen. Paisible, contemplatif, il ne se plaint jamais.

Elle se déplaça un peu plus loin.

— Voici Alex !

Le petit ange avait sorti un bras de son pyjama et s'appliquait à sortir le deuxième.

— Le sportif de la famille, décréta sa maman. Et enfin…

Elle marqua une pause devant le quatrième.

— Je te présente Gabe.

Ce dernier suivait fixement du regard le manège des deux adultes autour de lui. Il semblait doué d'un pouvoir de concentration étonnant pour un enfant aussi jeune.

— Sans doute le plus éveillé de tous, confirma Mitzy. Sensible à tous les bruits et au moindre mouvement. Il semble toujours aux aguets.

Chase était si attendri qu'il éprouva quelque difficulté à s'exprimer.

— Ils sont incroyables, murmura-t-il enfin d'une voix rauque.

Elle hocha la tête avec ravissement puis, comme affolée par la vague d'émotion qui les enveloppait, elle cligna des yeux et s'éloigna. Il ne pouvait la blâmer. La situation était assez délicate pour ne rien précipiter. Et puis les bébés avaient faim. C'était pour l'heure la seule priorité. Mitzy fit glisser l'élastique passé à son poignet, emprisonna ses longues mèches de cheveux de sa main libre et les rassembla en une solide queue-de-cheval. Le sourire aux lèvres, elle remonta les manches de son sweat-shirt.

— Tu veux bien mettre en marche tous les mobiles ? Le mélange des sons retient leur attention pendant la durée du change.

— Avec plaisir.

Ravi de constater qu'elle l'acceptait enfin dans cette partie intime de son existence, il s'exécuta. Les mélodies apaisantes des berceuses emplirent bientôt la pièce. Chase était bien décidé à être plus qu'un simple témoin. Il attendit que Mitzy eût terminé de se nettoyer les mains avant de l'imiter.

— Je peux t'aider ?

— Tu es sûr de savoir faire ?

Elle lui lança un regard étonné. L'univers de la petite enfance lui était totalement étranger lorsqu'ils se fréquentaient autrefois.

— J'ai souvent assisté mon frère Jack avec ses trois petits après le décès de sa femme, expliqua-t-il fièrement.

Elle lui tendit deux couches propres et un paquet de lingettes.

— Oui, je m'en souviens, maintenant. Tu venais tout le temps à Laramie, à l'époque.

— Il avait une nourrice, bien sûr, mais l'aide de son entourage était indispensable.

Mitzy lui lança un regard compatissant.

— N'est-elle pas indispensable à chacun de nous ?

Ils travaillèrent côte à côte en silence, jusqu'à ce que les quatre enfants soient changés.

— Et maintenant ?

Il se demandait secrètement comment elle pouvait se tirer d'affaire toute seule même si, par chance, ses bébés étaient exceptionnellement calmes. Elle lui sourit avec gratitude.

— On les descend au rez-de-chaussée.

Une occupation qui leur valut à chacun deux trajets dans l'escalier. Chase était impatient de participer au repas des enfants, mais c'était sans compter l'arrivée des deux nourrices rassemblées par la maîtresse de maison. En deux temps trois mouvements, les deux femmes avaient pris le contrôle de la situation, et Mitzy le conduisait vers la sortie. Apparemment désireuse de prendre congé rapidement, elle n'avait pas pris le temps de se couvrir. Frigorifiée, elle gardait les bras croisés devant elle.

— Pour en revenir à notre discussion sur MCS, dit-elle. J'imagine que ton travail t'occupe largement pendant la journée…

Elle leva sur lui un regard presque timide avant de poursuivre :

— Tu pourrais revenir demain soir pour commencer à m'aider ?

Chase n'hésita pas un seul instant. Son souhait le plus vif était de restaurer au plus tôt une relation de confiance avec elle.

— Bien sûr, Mitzy. À quelle heure ?

Elle mordilla sa lèvre inférieure, en grelottant de froid.

— On pourrait dire entre 20 et 22 heures ?

Refrénant l'envie de l'attirer contre lui pour la réchauffer, il se contenta d'effleurer doucement sa main. Chaque chose en son temps.

— À demain, fit-il sagement avant de disparaître.

- 4 -

Le lendemain soir, le pouls de Mitzy s'accéléra dès l'instant où elle entendit la sonnette de la porte d'entrée. Elle inspira profondément avant d'ouvrir à son visiteur. La coiffure impeccable, le visage rasé de près, il ressemblait à un jeune premier venant chercher sa belle pour une sortie en amoureux.

— Salut, fit-elle sans oser lui donner l'embrassade chaleureuse qu'elle accordait habituellement à ses amis. Quelle ponctualité !

Une qualité dont il n'avait jamais fait preuve autrefois. Il portait une couronne de sapin agrémentée de baies rouges dans une main et, de l'autre, un sac débordant de branches enneigées et pailletées.

— Et tu arrives avec des cadeaux en plus !

De cela, il n'avait jamais été avare. À nouveau sous le charme, elle accepta les présents qu'il lui tendait.

— Il ne fallait pas…

Chase haussa les épaules en laissant errer son regard sur les courbes gracieuses de sa silhouette.

— Quelques modestes décorations pour se plonger doucement dans l'ambiance des fêtes de fin d'année.

Et pour illustrer ses propos, il se mit à chantonner.

— *Bonjour Noël, sonnez sonnez clochettes, c'est aujourd'hui la fête de la terre et du ciel…*

Mitzy sourit comme une enfant. Cet homme avait le don de lui réchauffer le cœur.

— Il ne manque plus que les boules de gui ! s'exclama-t-elle joyeusement.

— Mince, j'ai oublié !

Il s'approcha un peu plus.

— Honte à moi ! murmura-t-il à son oreille.

Elle le connaissait suffisamment pour savoir qu'il ne garderait pas ses distances très longtemps et elle craignait aussi de ne pas trouver la force de lui résister. Aussi recula-t-elle d'un pas.

— Je suis désolée de ne pas partager ta bonne humeur, mais j'ai du mal à rester insouciante avec les soucis de l'atelier.

— Ne t'inquiète pas ! Quelles que soient la nature et l'ampleur des problèmes, nous trouverons des solutions.

Mitzy soupira.

— Nous ?

Il ouvrit les bras dans un geste de dévouement.

— Je t'ai dit que j'allais t'aider, et j'en ai bien l'intention.

— Merci, Chase, j'apprécie.

Elle tenait pourtant à rester sur ses gardes.

— Que tu m'aides pour MCS, c'est une chose, mais pour ce qui est de la décoration de ma maison…

— Si nous voulons travailler en toute discrétion, il faudra bien trouver des explications à mes visites quotidiennes. Alors disons qu'aujourd'hui, je suis venu donner un coup de main à une maman trop débordée pour accrocher ses guirlandes de Noël !

Il avait toujours réponse à tout. Une qualité pour qui avait besoin de réconfort ou de protection. Un défaut quand il tentait obstinément d'imposer ses opinions. Elle en avait fait la cruelle expérience lorsqu'il avait bousculé sans égard les habitudes et les convictions de son père en voulant moderniser son atelier à marche forcée. Son attitude autoritaire avait semé la discorde dans leurs vies et dans celles de tous les employés. Gus avait refusé de procéder aux licenciements qu'il préconisait, mais la seule éventualité avait mis le personnel en émoi. Il lui offrait aujourd'hui son assistance, et elle en avait grandement besoin. Elle le précéda dans le bureau de son père.

— Nos retrouvailles ont suscité des commentaires dans ton entourage ? demanda-t-elle.

Il la suivit dans le refuge de Gus, là où le vieil homme l'avait si souvent invité. Quand elle s'installa devant l'ordinateur, il posa les deux mains sur le dossier du fauteuil qui lui faisait face.

— Cinq personnes m'ont abordé à ce sujet, rien qu'aujourd'hui. Elles avaient eu vent de nos rendez-vous.

Mitzy attendit que le vieil équipement se mît en marche avant de saisir son mot de passe.

— De mon côté, je n'ai entendu que trois remarques. Plutôt bienveillantes, je dois dire.

— Tu as de la chance, soupira-t-il. Moi j'ai plutôt eu droit à des mises en garde. On m'a gentiment recommandé de ne pas te briser le cœur une deuxième fois.

S'efforçant de détourner le regard de la chemise gris-bleu qui épousait si fidèlement les muscles de son torse, Mitzy plissa gracieusement le nez.

— Je suis désolée.

— Il n'y a pas de quoi. J'ai répondu aux curieux de ne pas s'inquiéter. Je n'ai aucunement l'intention de te faire du mal.

Elle en était persuadée. S'il l'avait blessée autrefois, ce n'était pas délibérément. De même qu'elle n'avait jamais voulu le faire souffrir. Le motif de leur discorde se trouvait dans leurs philosophies de vie divergente. Ils n'avaient pas les mêmes priorités et les leçons du passé invitaient Mitzy à la prudence. Elle voulait procéder étape par étape. Voir dans un premier temps s'ils retrouvaient une confiance mutuelle. Alors seulement, leur relation pourrait peut-être dépasser à nouveau le stade de la simple amitié.

Elle tenta de se concentrer sur la manière de pénétrer dans la base de données de MCS mais, sentant qu'il attendait une réaction à ses propos, elle voulut assumer sa part de responsabilité dans leur séparation.

— Tu n'es pas le seul fautif dans l'échec de notre couple, admit-elle. J'étais aussi butée que toi, à l'époque.

Chase se détendit ostensiblement.

— Heureusement, nous avons mûri tous les deux.

Elle lui donnait raison sur ce point. Mais la maturité ne les mettait pas à l'abri de l'attirance physique qu'ils éprouvaient toujours l'un pour l'autre, ni des désaccords de fond qui les opposaient. Ils n'attendaient pas les mêmes choses de la vie. Elle rêvait d'une existence tranquille, modeste et heureuse avec ses quatre garçons. Il consacrait le plus clair de son temps à l'élargissement d'un empire pesant plusieurs millions de dollars. S'il avait récemment acheté un ranch dans le comté de Laramie, il possédait aussi, d'après sa sœur, un loft à Fort Worth, un appartement dans le quartier huppé de Houston, une maison sur la plage de Galveston et une autre à Panhandle.

L'immobilier était pour lui un investissement comme un autre, qui lui procurait des lieux d'accueil agréables quand il se déplaçait pour ses affaires. Qu'il soit aujourd'hui de retour à Laramie ne garantissait en rien qu'il ne s'envolerait pas le lendemain vers d'autres horizons.

Il inclina la tête, soudain surpris du silence qui régnait dans la maison.

— Où sont les enfants ? demanda-t-il.

Elle enfonça une nouvelle touche du clavier.

— Dans la salle de séjour. Ils dorment dans leurs transats, mais j'ignore jusqu'à quand.

Elle ponctua sa réponse d'une grimace.

— Ils sont complètement décalés depuis la visite de ma mère et de Walter.

Repérant enfin ce qu'elle voulait sur l'écran, elle lui fit signe de la rejoindre derrière le bureau. Il approcha une chaise et s'installa près d'elle.

— Par où veux-tu commencer ? demanda-t-il.

Bonne question. Mitzy n'était pas armée pour superviser l'aspect financier de l'entreprise. Elle en était parfaitement consciente. Mais elle avait promis à son père de préserver le fruit de son travail et elle entendait respecter son engagement, même si cela l'obligeait pour un temps à renoncer à son indépendance légendaire en recourant aux conseils de Chase.

— J'ai déjà consulté la base de données, ce matin. Pour dire la vérité, je ne suis pas arrivée à me faire une idée claire de la situation.

Il comprit très vite les raisons de sa confusion. Les transactions étaient enregistrées chronologiquement dans un document général dont il existait un exemplaire pour chaque jour de l'année. Aussi, si l'on pouvait facilement connaître le détail de l'activité d'une journée, on ne savait rien de l'impact que chaque mouvement générait sur l'équilibre des comptes.

Il s'enfonça dans son fauteuil.

— La comptabilité a toujours été tenue de cette manière ? demanda-t-il.

Il ignorait tout de la gestion de MCS. Pendant la brève période où il y avait travaillé, il s'était essentiellement concentré sur l'acquisition des techniques très complexes du traitement du cuir. À l'époque, il avait recommandé des transformations dans le processus de fabrication des selles, mais Gus n'avait rien voulu entendre, tant il était attaché à ses méthodes artisanales. Avec le recul, il s'expliquait les exigences du vieil homme et son entêtement. Mais à l'époque, il n'avait pas compris le sens de ses refus continuels. Il mit de côté ses déceptions passées pour reporter son attention sur les préoccupations du moment.

— Il n'y a pas d'autres documents ? Aucune comptabilité analytique ?

Mitzy se mordit la lèvre inférieure, étonnamment très vulnérable, et soudain très semblable à la jeune femme qu'il avait connue.

— Je ne pense pas.

Comme il aurait aimé la serrer tendrement contre lui à cet instant !

— Mais tu n'es pas sûre ?

Elle haussa les épaules.

— Je n'avais rien vérifié avant ce matin. Les employés m'ont toujours assuré que tout allait bien et je les ai crus sur parole. Je n'aurais pas dû ?

Préférant ne pas l'alarmer sans en savoir davantage, il éluda sa question.

— Qui est responsable de la tenue des comptes aujourd'hui ?

— Buck Phillips, le chef d'exploitation.

Elle se leva pour arpenter nerveusement la pièce avant d'affronter à nouveau son regard.

— Il m'a dit qu'il suivait en tout point l'exemple de mon père. Il enregistre les transactions au quotidien et fait un point de la situation à la fin de l'exercice. C'est-à-dire le 31 décembre.

Quelle étrange manière de gérer une affaire !

— Et toi, reprit-elle, tu n'étais pas du tout au courant de cette façon de procéder ?

Chase secoua la tête. Tout en réfléchissant, il admirait en secret les mouvements gracieux de sa silhouette. La lumière diffusée par le lampadaire derrière elle embrasait les contours de sa chevelure. Les lignes douces de son cachemire ivoire et la coupe ajustée de sa jupe lui conféraient une apparence à la fois sobre et féminine. Elle avait beau s'appliquer à garder ses distances, il émanait de tout son être une sensualité irrésistible.

— Gus ne m'a jamais montré les documents comptables, dit-il en essayant de recouvrer ses esprits. Avec lui, je ne parlais que de technique et de modernisation.

Elle se hissa sur le bureau et croisa les bras devant elle.

— Et mon pauvre papa ne voulait rien entendre…

— Rien, en effet.

À tort, songea-t-il avec amertume. S'il l'avait un peu écouté, Mitzy ne se trouverait pas aujourd'hui dans pareille situation.

— Alors, que faut-il faire maintenant ? demanda-telle.

Chase n'était pas homme à reculer devant l'obstacle, et l'envie de protéger la jeune femme renforçait sa détermination.

— J'aimerais reprendre toutes ces données, les organiser par catégories, et les rentrer dans un logiciel de gestion pour me faire une idée globale de la situation.

Elle lui sourit timidement.

— Combien de temps cela prendra-t-il ?

— Difficile à dire avec exactitude. Sans doute une ou deux heures par jour pendant un petit mois.

Il fallait bien cela pour réaliser un audit précis des deux dernières années et fournir à Mitzy les informations nécessaires à toute prise de décision.

— Tu préfères que je travaille ici ou chez moi ?

Elle réfléchit un instant.

— Ici, dit-elle enfin. Oui, ici ce sera mieux.

Chase était heureux de trouver ainsi une excuse pour la voir chaque jour, et soulagé de pouvoir honorer la parole donnée à Gus. Il se mit aussitôt au travail, tandis que Mitzy retournait à ses occupations de mère de famille. Il était sur le point d'éteindre l'ordinateur quand il entendit sonner le portable de la jeune femme. Comme elle répondait à son appel, sa voix mélodieuse franchit la porte ouverte du bureau.

— Non, non, tu restes avec elle à l'hôpital, je m'occupe de tout ici… Oui, je m'en sortirai, ne t'inquiète pas… Transmets-lui toute mon amitié… Merci.

Il la trouva dans la cuisine, le téléphone à la main, et l'air un peu perdu. Attendri, il l'observa en silence. Même si elle répugnait à l'admettre, trop de responsabilités pesaient sur sa seule personne.

— Tu as un problème ? demanda-t-il avec douceur.

Ses yeux étaient chargés d'inquiétude.

— La baby-sitter prévue pour ce soir ne viendra pas. Sa mère est tombée, on l'a hospitalisée pour une fracture de la hanche. Je vais devoir me passer d'elle aujourd'hui et pour quelque temps.

— C'est très ennuyeux ?

Elle laissa retomber ses épaules et soupira.

— Disons que ça tombe mal ! Jusqu'à présent, j'avais pour m'aider des équipes de deux personnes. Ce week-end j'ai décidé d'essayer de m'en sortir seule mais le relais devait arriver à 22 heures.

Faisant sienne son inquiétude, il s'approcha et réprima encore une fois l'envie de lui offrir beaucoup plus que son réconfort amical.

— Je peux rester, si tu veux.

Le combat qu'il livrait contre son désir était palpable, mais elle donna l'impression de l'ignorer.

— Ça ne t'ennuie pas ?

Il décida d'imiter son attitude faussement désinvolte.

— Pas du tout.

Elle lui sourit avec soulagement, et étira ses épaules trop tendues.

— Eh bien, puisque tu es volontaire, j'ai quelque chose d'un peu spécial à te demander.

Il l'écouta avec attention expliquer ce qu'elle attendait exactement de lui.

— Leur première carte postale de Noël, répéta-t-il, en écarquillant les yeux. Oui, oui, je vois.

Amusé et fier d'être impliqué dans un événement d'une telle importance, il la suivit dans la salle de séjour.

— Il faudrait prendre la photo juste à leur réveil. À condition qu'ils soient de bonne humeur…

Elle abaissa sur les quatre petits fauteuils un regard débordant de tendresse et de ravissement.

— Ils commencent à ouvrir les yeux. C'est le moment !

Le visage de Joe s'illumina aussitôt d'un grand sourire, Zach souleva doucement les paupières, Alex agita ses petits bras, et Gabe se redressa sur son siège. Jusque-là, tout allait bien, mais pour combien de temps ?

— Où veux-tu prendre la photo ? demanda Chase, prêt à l'action.

— Je pensais les installer sur mon lit. J'ai déjà préparé une couverture blanche pour le fond. Nous n'avons plus qu'à les changer et à leur enfiler leurs déguisements de Noël. Enfin…

Elle marqua une pause pour prendre sa respiration.

— Si tu es toujours partant. J'ai bien conscience de t'embarquer dans une drôle d'aventure…

Comment aurait-il pu la laisser tomber ?

— Tu peux compter sur moi, je te l'ai dit.

Sans plus attendre, Mitzy lui plaça un bébé dans chaque bras, souleva les deux autres et ils grimpèrent ensemble dans la nursery. Là, ils travaillèrent en silence et, sans perdre une minute, Chase s'acquitta du change pendant que la jeune femme enfilait les déguisements de Noël. La toilette achevée, ils passèrent dans la chambre.

La tête de lit en acajou était décorée des guirlandes multicolores qu'il lui avait apportées. Il sourit.

— Je vois que tu sais occuper tes loisirs, observa-t-il d'un ton légèrement moqueur.

— J'avoue que je ne m'ennuie jamais.

À l'aide des oreillers, elle installa aussi bien que possible les quatre petits garçons au centre du matelas puis, les laissant un instant sous l'œil attentif de son assistant, elle s'éloigna pour aller chercher l'appareil posé sur sa coiffeuse.

— Parfait, mes petits amours ! Et maintenant, il faut dire tous en chœur : « Joyeux Noël ! »

Joe pinça les lèvres et se mit à babiller, tandis que Zach se perdait dans la contemplation de son environnement. Toujours en mouvement, Alex étira son bras gauche avec tant de vigueur qu'il heurta le visage du pauvre Gabe, lequel fronça les sourcils et protesta avec véhémence. Plus ahuri que contrarié, Zach fut aussi la cible des gesticulations de son frère. Il ne se plaignit pas, mais perdit son équilibre et tomba sur le côté.

— Oh ! mince !

Mitzy tendit l'appareil à Chase et s'empressa de réconforter l'un tout en redressant le deuxième. Très vite, la situation fut rétablie.

— Tu veux bien prendre la première photo ! lança-t-elle par-dessus son épaule.

Elle plaça judicieusement un ours en peluche sur le lit pour captiver un instant l'attention des enfants.

— Avec plaisir.

Chase plaça l'œil derrière l'objectif, ajusta rapidement le cadre et prit des clichés en rafale, juste avant qu'Alex ne dégringole une seconde fois, causant cette fois une réaction en chaîne sur la couverture.

— C'est bon ? demanda Mitzy, un peu inquiète.

Il vérifia. Les garçons étaient mignons, mais le rendu général plutôt décevant. La prise était trop éloignée.

— Hum, pas terrible, avoua-t-il.

Ils renouvelèrent l'expérience, sans beaucoup plus de succès. Alors, il eut une autre idée.

— Pourquoi tu ne poserais pas avec eux ? Je suis sûr que le résultat serait plus satisfaisant.

Elle passa une main dans ses cheveux.

— Je… Dans cet état ? Je n'ai pas eu le temps de me préparer.

Elle était belle naturellement et le désordre de sa coiffure n'avait guère d'importance, mais le souvenir cuisant de quelques séances orchestrées par Judith appela la compréhension de Chase. On ne plaisantait pas avec l'image de la famille et chaque cliché faisait l'objet d'une mise en scène pointilleuse. La comédie de leurs photos de fiançailles avait atteint des sommets. Par amour pour Mitzy, il s'était sagement soumis à des exigences dignes d'une production hollywoodienne.

— Tu es magnifique. Mais si tu veux prendre un moment pour arranger ta coiffure et mettre un peu de rouge, il n'y a pas de problème. Je pense qu'ils auront l'air plus heureux dans tes bras.

Mitzy disparut dans sa salle de bains tandis qu'il s'allongeait sur le lit pour offrir aux quadruplés une version très personnelle de quelques chants de Noël. Quand la jeune femme reparut dans la chambre, il retint soudain son souffle. Elle avait troqué son pull classique en cachemire contre un chemisier en soie rouge. Ses yeux légèrement maquillés brillaient d'excitation, et un rouge discret soulignait le dessin de ses lèvres.

Il posa sur elle un regard enfiévré.

— Superbe ! murmura-t-il.

Cherchant à dissimuler son trouble, elle s'installa sur le lit et il l'aida à placer les bébés entre ses bras.

— Hum, fit-elle au moment où il s'éloignait.

— Qu'y a-t-il ?

— Ma jupe…

L'étoffe était remontée jusqu'à sa cuisse. Si Chase serrait suffisamment le cadre de la photo, cela passerait inaperçu, mais elle préférait ne pas prendre de risque.

Il se racla la gorge.

— Je vois. Tu veux que j'essaie d'arranger ça ?

Très embarrassée, elle approuva d'un signe de tête. Il s'agenouilla sur le lit, glissa avec précaution les doigts sous le tissu et le tira doucement. Les quelques centimètres ainsi gagnés mirent ses nerfs à rude épreuve.

— Je pense que ça va aller.

Il était pressé d'en finir avant de perdre le contrôle de ses émotions.

— Merci, souffla Mitzy d'une voix étranglée.

— Vous êtes prêts, les garçons ?

Chase s'était prestement éloigné pour reprendre la position du photographe. Apparemment aux anges, les petits levaient sur leur maman des regards de pure adoration. Il réalisa une douzaine de clichés. De légères nuances d'expression les différenciaient les uns des autres, mais tous montraient l'amour pur et immense qui unissait les enfants à leur mère.

— Parfait ! s'exclama-t-il juste au moment où les bébés commençaient à remuer.

Soulagés de trouver un dérivatif au trouble qui les avait gagnés l'un comme l'autre, Mitzy et Chase s'absorbèrent dans les soins à apporter aux enfants. Ils donnèrent les biberons, arpentèrent la chambre pour offrir aux garçons une promenade digestive, les changèrent une dernière fois et les couchèrent pour une brève nuit de sommeil.

Il était près de minuit quand enfin ils redescendirent dans la salle de séjour. Pourtant, ils n'avaient guère envie de mettre un terme à cette soirée.

— Je ne sais pas comment te remercier, dit-elle dans un sourire plein de gratitude.

L'occasion était trop belle. Tandis qu'elle le reconduisait dans le hall, Chase referma sa main sur la sienne et l'attira contre lui sans lui laisser le temps de s'éloigner.

— Je crois que j'ai une idée…

Soudain, tous les sens de la jeune femme furent en alerte.

— Chase…

Elle s'adossa contre le mur et leva sur lui un regard affolé. Abandonnant toute réserve, il libéra sa main pour poser la sienne sur la paroi, tout près de son visage.

— Embrasse-moi, Mitzy !

Il se pencha et prit possession de ses lèvres dans un élan de tendresse réprimé depuis des heures. Elle répondit à son baiser avec la même impatience. Depuis combien d'années n'avait-elle pas ressenti pareille émotion en présence d'un homme ? Elle se sentit fondre dans le grand corps musclé qui l'enlaçait avec une ardeur dont elle avait perdu le souvenir. Elle fut assaillie d'une fièvre qu'elle ne pensait plus pouvoir ressentir. Confrontée à la puissance de son désir, elle sentait renaître toute sa féminité. En un instant, Chase avait convoqué toutes les émotions du passé. Un torrent de sensations oubliées la submergea. Le cœur qui battait à tout rompre, la chaleur qui naissait dans sa poitrine et dans le creux de ses reins. Le vertige qui l'enivrait tandis qu'il mordillait doucement ses lèvres. Des baisers qui éveillaient et tourmentaient son désir, des baisers qui lui prouvaient son amour et qui la rassuraient.

Fébrile, elle passa les mains derrière sa nuque, comme si son geste pouvait effacer la durée interminable de leur séparation. Dix années de souffrance et de manque. Dix années de regrets immenses. Mais comment nier la réalité de cet éloignement et comment oublier ce qu'il avait engendré ?

À contrecœur, Mitzy s'efforça à la raison. Elle posa une main sur sa poitrine, détourna le visage et le repoussa.

— Cela ne fait pas partie du contrat, Chase.

Les hanches encore plaquées contre les siennes, elle respirait avec peine. Il prit son visage entre ses mains, déposa un dernier baiser sur sa tempe et recula.

— Peut-être pas encore, murmura-t-il, le regard brûlant. Mais bientôt.

- 5 -

— Tu n'as pas l'air très en forme ! fit Chase le lendemain soir quand Mitzy l'invita à entrer chez elle.

Il pensait la retrouver sur un petit nuage après leur baiser passionné de la veille.

— Je me suis encore accrochée avec ma mère, répondit-elle d'un air sombre.

Rien d'étonnant à cela. Judith était une personne tyrannique, incapable de respecter le désir d'indépendance de sa fille. Il retira sa veste et la lui tendit.

— À quel sujet ?

Elle suspendit son vêtement avant de lui faire face à nouveau. Loin du cachemire et de la jupe ajustée qu'elle portait la veille, son jogging et son T-shirt larges ne mettaient guère en valeur sa féminité. Espérait-elle par sa tenue décontractée éloigner ses regards ? Les mèches rebelles qui dépassaient de sa coiffure improvisée lui donnaient un air espiègle et la rendaient encore plus désirable.

Elle le précéda dans la cuisine et lui indiqua l'ordinateur portable installé sur la table.

— J'ai commis l'erreur d'envoyer à ma mère les photos que nous avons prises hier soir en lui indiquant celle que j'avais choisie pour la carte de Noël.

— Elles lui ont plu ?

— Pas du tout.

Il fronça les sourcils.

— Tu plaisantes ?

Il se hissa sur un tabouret à ses côtés, et découvrit sur l'écran la série de clichés incriminés. Quand elle posa les coudes sur la surface en granit, il vit à quel point le jugement de sa mère l'avait blessée.

— Les portraits des garçons ne sont pas assez flatteurs pour elle et elle déteste les photos où je pose avec eux.

— Moi je les trouve très bien.

— Tu la connais. Elle dit que je suis… négligée.

Il fit pivoter son siège pour la regarder droit dans les yeux.

— C'est une blague, protesta-t-il. Tu es merveilleuse.

Mitzy resta silencieuse, comme si elle ne savait que faire de son compliment.

— Quoi qu'il en soit, fit-elle après un temps, elle préférerait mourir plutôt que de les montrer à ses amis.

Chase prit gentiment ses deux mains.

— Elle a vraiment dit ça ?

— Mot pour mot.

— Que veut-elle exactement ?

Elle inspira profondément pour se redonner du courage.

— Convoquer un photographe professionnel de Dallas pour des portraits individuels et des photos de groupe. Elle a tout prévu. Jusqu'à l'entrée officielle des garçons dans le monde lors de la réception qu'elle organise le 15 décembre.

Judith dans toute sa splendeur ! Mondaine, si terriblement soucieuse des conventions et des apparences. Quelle vanité et quelle perte de temps ! Mitzy descendit de son siège.

— Et tu comptes faire quoi ? demanda-t-il avec douceur.

Elle haussa les épaules sans répondre et ouvrit la porte du réfrigérateur.

— Désolée, je n'ai pas encore dîné. Et toi ?

Il secoua la tête.

— Non, je n'ai pas eu le temps.

Elle inspecta le contenu des étagères.

— Un reste de lasagnes et une salade verte ?

— C'est parfait.

Il se promit d'apporter le dîner le lendemain soir et s'éclaircit la gorge tandis qu'elle sortait deux assiettes et deux verres du buffet.

— Pour en revenir aux cartes de Noël, tu as bien une idée de ce que tu veux faire ?

Du point de vue de Chase, c'était à elle et à elle seule que revenaient les décisions.

— Initialement, j'avais l'intention d'envoyer celle-ci, dit-elle en pointant du doigt un des clichés où les bébés la contemplaient avec adoration. Mais maintenant, je ne sais plus.

Il avait l'impression de retrouver la jeune fille mal assurée de jadis, si éloignée de la femme d'aujourd'hui.

— Tu ne vas pas te laisser démonter pour si peu ! La travailleuse sociale que tu es sait trouver des solutions à des situations beaucoup plus compliquées.

Elle plaça le plat de lasagnes dans le micro-ondes avant de lui répondre :

— Je vais couper la poire en deux. Envoyer la photo que j'ai choisie à mes amis de Laramie et accepter la séance avec le photographe de Dallas pour faire plaisir à Judith. C'est leur grand-mère, après tout.

— Tu vois ?

Il se leva pour l'aider à dresser le couvert.

— Le problème est réglé.

— J'espère !

Elle retira l'ordinateur de la table et y déposa le saladier.

— Notre dispute ne s'est pas arrêtée là. Comme c'est le premier Noël des enfants, elle ne sait plus quoi inventer pour fêter dignement l'événement et m'obliger à prolonger mon séjour à Dallas.

Il l'étudia un instant.

— Et tu n'es pas d'accord ?

— Non.

Elle avala sans conviction une bouchée de lasagnes.

— Depuis l'âge de cinq ans, j'ai partagé mon temps entre mes parents. Mes vacances avec papa étaient chaleureuses et détendues. Il ne m'imposait rien, et nous allions où bon nous semblait, au gré de nos envies. J'adorais la fête de Noël à l'atelier avec les employés.

— Et avec Judith, c'était différent ?

— Un emploi du temps surchargé, répondit-elle en levant les yeux au ciel. Jamais une minute de tranquillité. Oh ! je ne dis pas que tout me déplaisait ! J'aimais bien les concerts et aussi les sorties au théâtre. Une fois, nous avons participé à un week-end gastronomique pour apprendre à réaliser des recettes de Noël. Chaque année, il fallait choisir un thème pour la décoration du sapin et l'organisation de la réception prenait des proportions insensées.

Chase avait englouti tout le contenu de son assiette quand elle se forçait encore à avaler les premières bouchées.

— Mais les garçons sont bien trop petits pour ce genre de choses. Elle ne se rend pas compte. Figure-toi qu'elle les a inscrits à un parcours artistique au musée !

— Les quadruplés ? Au musée ?

Tout en riant de bon cœur, il l'aida à débarrasser la table. Aussitôt, elle y replaça son ordinateur et lui montra avec fierté le tableau à deux colonnes qu'elle avait élaboré. D'un côté, le planning imaginé par Judith, de l'autre la liste des activités dont elle voulait faire profiter les garçons à Laramie. Il comprit aussitôt la querelle qui se préparait entre les deux femmes.

— C'est quoi tout ça ? Une compétition ?

Mitzy secoua la tête.

— Absolument pas. Je veux juste montrer à ma mère que malgré tout l'amour que je lui porte, je suis tout à fait capable de me débrouiller sans elle.

Comme il ne se risquait à aucun commentaire, elle l'interrogea du regard.

— Tu n'approuves pas ma façon de faire ?

Il commença tranquillement à remplir le lave-vaisselle.

— Connaissant Judith…

Il se concentra un instant et décida de lui parler franchement.

— Si tu lui envoies cette liste, tu transformes ces vacances en une véritable compétition entre vous deux.

Les sourcils froncés, elle porta la main à ses cheveux, défit sa barrette et se massa le crâne.

— Tu penses que je ne devrais pas aller sur ce terrain ?

Il réfléchit un instant.

— Je pense que tu devrais te concentrer sur ce qui est vraiment important pour toi. Et pour tes enfants.

Elle baissa les yeux d'un air un peu coupable mais conserva le silence.

— C'est leur premier Noël, Mitzy. La seule chose dont ils ont besoin, c'est d'un climat…

— Harmonieux, acheva-t-elle à sa place.

Elle soupira, plus déprimée que jamais.

— Eh bien souhaite-moi bonne chance pour y arriver !

— Tu ne crois pas qu'il est l'heure de baisser le rideau ?

Interrompu dans son travail par la voix de Mitzy, Chase leva les yeux de son ordinateur personnel. Il était surpris de constater à quel point le temps avait filé.

— Tu as pu convoquer une nouvelle équipe pour les garçons ?

— Non, fit-elle en l'approchant d'un air soucieux. D'ailleurs, je voulais t'en parler. Cela t'ennuierait de me donner un coup de main avant de partir ? Il ne reste que les biberons et le dernier change avant la nuit.

Il avait secrètement espéré qu'elle le sollicite.

— Avec plaisir.

Puis, refermant son ordinateur :

— Tu as l'intention de m'embaucher aussi comme baby-sitter ?

— Pourquoi pas ? plaisanta-t-elle dans un sourire timide. Tu y verrais un inconvénient ?

— Aucun. J'adore passer du temps avec toi.

Ensemble, ils rejoignirent la salle de séjour où les quatre petits se réveillaient doucement. Quand Chase se pencha au-dessus d'eux pour leur parler avec tendresse, Joe gazouilla aussitôt en retour. Les trois autres accueillirent ses louanges avec retenue. Il fut un peu déçu, mais espéra en secret gagner un jour toute leur confiance.

Beaucoup plus pragmatique, Mitzy se mit immédiatement à l'action.

— Nous allons les laisser dans leurs relax pour les changer. Il faudra que je te donne quelques conseils pour la suite.

— La suite ?

— L'art de donner deux biberons à la fois.

— Waouh !

Chase doutait rarement de ses capacités, mais cette fois il n'était pas sûr d'être à la hauteur. Elle effleura son avant-bras dans un geste rassurant.

— Ne t'inquiète pas, cow-boy ! Je t'apprendrai.

La toilette achevée, elle l'invita à s'asseoir sur le canapé, installa sur ses genoux et autour de sa taille un coussin de maternité pour jumeaux, et y déposa Joe et

Zach avec précaution. Les deux petits crânes des enfants se touchaient presque, leurs corps reposaient chacun sur le côté, et leurs visages faisaient face à celui de Chase.

— Voilà ! Maintenant, tu peux les nourrir tous les deux.

Elle lui tendit deux biberons, prit place à côté de lui et reproduisit pour elle-même une installation semblable avec Gabe et Alex.

— Quel adorable tableau ! murmura Chase, attendri.

La jeune maman rayonnait de bonheur.

— Je rêve parfois de pouvoir régaler les quatre en même temps à moi toute seule, mais je n'ai pas encore trouvé la solution.

Un silence paisible s'installa dans la pièce, tandis que le jeune homme imitait scrupuleusement chacun des gestes de Mitzy. Les bébés tétaient avec application, s'arrêtant parfois pour babiller ou rêvasser avec béatitude. Un contentement qui n'était pas le fruit du hasard. Leur mère leur avait organisé une existence sereine, dans un cadre tranquille et rassurant. Chase regrettait sincèrement de ne pas être le père de ces quatre garçons.

— Tu as l'air beaucoup plus calme, murmura-t-il à l'intention de Mitzy.

Et tu es encore plus belle, songea-t-il sans oser exprimer sa pensée.

— Oui. J'étais de très mauvaise humeur tout à l'heure. Judith est impossible. Cela m'a fait du bien de te parler.

Il était heureux d'entendre que sa présence l'avait aidée. Il aurait fait n'importe quoi pour la voir sourire, pour rattraper toutes ces années perdues.

— D'ailleurs, reprit-elle après un temps, notre conversation m'a donné une idée.

Il posa ses deux biberons sur le canapé.

— Peut-on savoir laquelle ?

— Je vais essayer de conclure un marché avec

ma mère. J'emmènerai les garçons à Dallas pour les présentations officielles du 15 décembre, comme elle le souhaite. Mais ma bonne volonté a des limites. Et c'est là que tu entres en scène.

Chase haussa un sourcil et attendit la suite.

— Je pensais que tu pourrais m'accompagner pour ce voyage. Je ne peux pas conduire et surveiller les quadruplés en même temps.

Elle marqua une pause et reposa à son tour ses biberons.

— Mais si tu trouves ma demande exagérée, ou bien si tu as d'autres projets, je peux solliciter ta sœur Lulu. Ou peut-être Rio Vasquez.

Il jugea cette dernière idée totalement saugrenue.

— Rio est raide amoureux de toi.

Contrariée par sa réponse, elle se leva pour recoucher ses bébés dans leurs transats.

— Qu'est-ce que tu en sais ?

Chase quitta lui aussi le canapé.

— Je parle en connaissance de cause, dit-il. C'est que je suis moi-même fou amoureux de toi.

— Tu l'étais il y a dix ans, corrigea-t-elle.

Comprenant qu'elle n'était pas d'humeur à entendre ce genre de déclaration, il n'essaya pas de la contredire.

— Et tu as tort au sujet de Rio, reprit-elle d'un ton glacial. Nous sommes amis, c'est tout.

Il la regarda ramasser les biberons et la suivit dans la cuisine en essayant en vain de maîtriser sa jalousie.

— Et tu es sûre que Rio pense la même chose ?

— Évidemment.

— Tu veux dire qu'il ne t'a jamais fait d'avances ?

Agacée, elle marqua une pause devant l'évier.

— Il m'a demandé une fois de sortir avec lui. J'ai refusé, nous en avons parlé et nous avons décidé ensemble de nous limiter à une relation amicale.

Elle ouvrit le robinet, se frotta énergiquement les mains et lui céda la place.

— Et depuis, il n'est jamais revenu à la charge ?

Il essayait d'adopter un ton désinvolte, mais son inquiétude était palpable.

— Rio Vasquez est un bon copain et il ne cherche pas autre chose que mon amitié, contrairement à certains que je ne citerai pas.

Il accepta le torchon qu'elle lui tendait et s'essuya tranquillement les mains.

— Si tu attends des excuses pour les quelques baisers que…

— Je n'attends rien du tout, coupa-t-elle en s'efforçant au calme. Et si tu veux bien, revenons à des sujets plus sérieux ! Tu n'as pas répondu à ma question. Tu veux bien venir avec moi à Dallas ?

Chase connaissait la famille. Son intuition lui disait que son rôle ne se limiterait pas à celui de chauffeur.

— Tu as besoin d'un garde du corps pour te protéger de ta mère, c'est ça ?

Elle n'essaya pas de le contredire.

— Contre ma mère et quelques autres personnes.

— Des personnes, répéta-t-il sans comprendre. Tu ne peux pas être plus claire ?

Mitzy inspira une longue bouffée d'air.

— Maman a prévu de me présenter à quelques bons partis.

Il serra les mâchoires et la scruta avec attention.

— Tu n'es pas intéressée ?

Elle le regarda comme s'il venait de lui poser la question la plus bête du monde.

— Ces hommes ne cherchent qu'à se marier, Chase.

Il haussa les épaules.

— Et alors, ce n'est pas un crime ! Moi aussi j'aimerais bien me marier.

— Tu devrais en parler à ma mère. Je suis sûre qu'elle pourrait te concocter un joli catalogue de prétendantes.

— Bonne idée.

Il lui rendait la monnaie de sa pièce et la pâleur soudaine de son visage lui procura une certaine satisfaction.

— Tant que tu figures sur la liste, ajouta-t-il sans se démonter.

Mitzy leva les yeux au ciel.

— Chase McCabe, quelle mouche t'a piqué ce soir ?

Il haussa les épaules.

— La mouche de Noël, sans doute.

Elle exhala un long soupir.

— Tu as oublié le processus de séparation dans lequel nous sommes engagés ?

Il affronta son regard.

— S'il consiste à se débarrasser des mauvais souvenirs, je suis parfaitement d'accord. Je ne veux conserver dans ma mémoire que les moments merveilleux que nous avons partagés.

Sur ce point, ils étaient d'accord.

— Si nous y parvenons, notre amitié retrouvée sera pour nous deux un magnifique cadeau de Noël, murmura-t-elle avec espoir.

Heureux de constater qu'ils s'ouvraient peu à peu l'un à l'autre, il lui fit un clin d'œil et la prit galamment par le bras.

— Puisque nous parlons de Noël…

Elle se remit aussitôt sur ses gardes.

— Qu'est-ce que tu mijotes encore ?

— Tu vas voir.

Il la guida vers le hall d'entrée, et l'arrêta juste en dessous d'une énorme branche de gui suspendue au plafond. Elle leva les yeux et cligna les paupières.

— Par quel miracle ce bouquet est-il arrivé là ?

Il l'enveloppa tendrement dans ses bras.

— Officiellement, je suis là pour t'aider à décorer ta maison.

Il s'interrompit pour lui voler un baiser.

— Tu sais ce que l'on dit ? S'embrasser sous le gui apporte longévité et prospérité.

Profitant de sa surprise, il resserra son étreinte et ses lèvres se firent plus pressantes. Mais alors qu'il s'attendait à des protestations, la jeune femme se hissa sur la pointe des pieds pour se porter à sa hauteur, plongea les doigts dans ses cheveux et lui offrit sans retenue la chaleur de sa bouche. Quand il sentit sa silhouette chanceler entre ses bras et ses seins se raidir contre l'étoffe de sa chemise, il craignit soudain que leur désir ne les emporte trop loin. Mitzy n'était pas prête. À maintes reprises, elle avait exprimé la confusion de ses sentiments et sa vulnérabilité.

S'efforçant à la raison, il la repoussa doucement.

— Je suis désolée, souffla-t-elle en laissant retomber sa joue contre son épaule.

— Désolée de quoi, Mitzy ?

Il caressa ses cheveux avec tendresse.

— De mes changements d'humeur incessants.

Elle leva sur lui des yeux emplis de larmes.

— J'ai passé une période de dépression après la naissance. C'était plutôt normal. Mais…

Elle inspira profondément avant de poursuivre :

— Mais ces dernières semaines, j'ai à nouveau l'impression de n'être qu'un paquet d'hormones.

Il haussa les sourcils.

— Je n'ai rien contre tes hormones, fit-il malicieusement. Surtout quand elles t'inspirent des baisers aussi délicieux.

Elle se dégagea lentement de ses bras.

— Je suis sérieuse, Chase. Nous ne pouvons pas retomber dans une relation amoureuse comme si rien ne s'était passé entre nous, juste parce que nous sommes seuls en ce moment.

Un palliatif à sa solitude ? Était-ce ainsi qu'elle le voyait ? Il préféra penser qu'elle se berçait d'illusions pour refuser d'admettre que les années n'avaient en rien diminué l'attirance qu'ils éprouvaient l'un pour l'autre.

— Tu n'es pas d'accord avec moi ? demanda-t-elle.

Ne sachant que répondre sans la blesser, il s'en sortit par une pirouette.

— Joker.

Agacée, elle fit volte-face et posa la main sur la poignée de la porte pour l'inviter à partir. Conscient de l'heure tardive, il s'éclipsa un instant dans le bureau pour récupérer son ordinateur et revint pour prendre sa veste. Mitzy n'avait pas bougé d'un pouce. Elle paraissait hors d'elle.

— Tu ne peux pas nier l'évidence, Mitzy. Même si tu en as envie.

Et sur ces mots, il lui souhaita une bonne nuit.

- 6 -

Le lendemain matin, Mitzy s'en voulait encore de sa mauvaise humeur de la veille. Elle envoya à Chase un texto pour s'excuser.

Désolée d'avoir été aussi désagréable. Tu veux bien que nous restions amis ?

Il fut sur le point de lui répondre :

Amis et plus si affinités.

Mais la prudence lui dicta un simple :

Restons amis.

Les jours suivants s'installèrent dans une agréable routine. Chase arrivait à 20 heures et s'isolait une bonne partie de la soirée dans le bureau de Gus pour progresser sur son analyse financière. Au réveil des quadruplés, il refermait son ordinateur et courait au secours de la jeune maman. Au fil des jours, une atmosphère plus sereine régnait pendant le change et le repas des bébés. Ce qui ressemblait au début à des séances de soins purement techniques s'était peu à peu transformé en moments de détente et de tendre affection entre enfants et adultes. Chase prenait galamment congé autour de minuit, non sans avoir volé un baiser à son hôtesse.

Un beau jour, il choisit pourtant de rompre le rituel.

Une fois les garçons couchés dans leur chambre, il entraîna Mitzy dans le bureau.

— Même heure demain soir ? demanda-t-elle comme si elle devinait un changement dans leurs habitudes.

Elle avait pris goût à ses visites quotidiennes. Un peu inquiète, elle le regarda tandis qu'il rassemblait l'ensemble de ses notes dans son attaché-case.

— Je ne peux pas aller plus loin avec les informations dont je dispose, expliqua-t-il. Tu vas devoir te rendre à l'atelier pour recueillir davantage d'éléments et me permettre de compléter mon audit. Alors seulement, je pourrai te donner une image globale de la situation et des recommandations pour la suite.

Elle étudia longuement ses traits soucieux.

— Tu confirmes que l'entreprise est en difficulté, n'est-ce pas ?

Il s'assit sur le bord du bureau, étendit ses longues jambes devant lui et posa ses deux mains sur le côté.

— D'après ce que j'ai pu voir jusqu'à présent, oui. Tout indique que la production a enregistré une baisse de 20 % cette année.

Le verdict était sévère et la jeune femme accusa le coup.

— Il ne faut pas s'affoler pour autant, ajouta-t-il d'un ton plus rassurant. MCS peut encore être sauvé à condition d'agir vite. C'est pourquoi il faut que tu parles avec les employés sans tarder. Leur point de vue est important pour mieux cerner les problèmes.

Mitzy détourna le regard. Elle répugnait à alarmer le personnel juste avant les festivités. Soudain parcourue de frissons, elle attrapa le cardigan qu'elle laissait toujours sur le dossier du fauteuil de son père.

— Je préférerais attendre le début de l'année prochaine.

La situation était trop grave pour tergiverser. Chase la rejoignit et posa les mains sur ses épaules.

— Le fait que tu montres ton intérêt pour l'entreprise pourrait au contraire soulager tout le monde.

Elle plissa le front avec surprise.

— Je n'avais pas vu les choses de cette manière, murmura-t-elle. Tu as peut-être raison.

Tous deux plongés dans leurs réflexions, ils regagnèrent lentement le séjour.

— J'imagine que chacun ressent douloureusement l'absence de ton père et s'inquiète pour l'avenir de la fabrique, reprit Chase. Mieux vaut agir et ouvrir franchement le dialogue.

Mitzy hocha la tête.

— Merci pour tes conseils. J'irai à leur rencontre dès lundi matin. Cela me permettra aussi de voir où en sont les préparatifs de la fête de Noël prévue le 22 décembre mais aussi de calculer les primes de fin d'année qui sont toujours distribuées à cette occasion.

Elle ralentit le pas car ils se rapprochaient du hall.

— D'ici là, j'ai mille choses à faire pour la maison, dit-elle en levant les yeux sur la branche de gui solitaire suspendue au plafond.

Certes, elle avait accroché une couronne sur la porte d'entrée et disposé quelques guirlandes dans sa chambre, mais c'était encore bien peu.

— Ma mère a raison, je suis terriblement en retard. Je n'ai toujours pas acheté mon sapin.

Chase haussa les épaules.

— Besoin d'un coup de main ?

— J'ai un peu l'impression d'abuser de ta gentillesse. Tu as sans doute autre chose à faire.

Comme les doigts de la jeune femme effleuraient sa nuque, Chase prit sa taille et l'attira tendrement contre lui.

— Pour toi, je décrocherais la lune, Mitzy. Tu n'as toujours pas compris ?

Quand il prit possession de ses lèvres, elle ressentit

bien plus qu'une alchimie purement physique. Depuis qu'il était revenu dans sa vie, Chase montrait envers elle une attention et une sollicitude dont il avait été autrefois dépourvu. Une évidence s'imposa alors à son esprit et elle se reprocha l'absurdité de ses atermoiements. Qu'avaient-ils fait ces dernières semaines sinon perdre du temps ? Beaucoup trop de temps.

Elle passa les mains sous les revers de sa veste, la fit glisser sur le sol, se blottit contre lui et l'embrassa avec ferveur. Comme s'il n'avait vécu que pour cet instant, Chase lui répondit avec une exaltation qui emporta toutes les barrières érigées par le passé. En un instant, les obstacles qui les avaient tenus éloignés s'effacèrent devant la force de leur désir. Seul existait le moment présent. Ici. Ce soir. Sûre de son fait, allégée des doutes qui la tourmentaient depuis des jours, elle l'entraîna au premier étage.

La guirlande qui décorait la tête de son lit scintillait faiblement dans l'obscurité de la chambre.

— Une décoration très festive, murmura-t-il dans un sourire amusé.

— Un éclairage parfait, dit-elle.

— Pour quoi faire ?

— Pour cacher ce qu'il ne faut pas voir.

Son corps avait changé depuis leur dernière nuit d'amour.

— J'ai gardé d'horribles vergetures et la cicatrice de ma césarienne est encore très visible.

— Je m'en moque.

Dix longues années de séparation furent balayées comme par magie. Ils retrouvèrent avec aisance et ravissement les manières d'autrefois. Il lui enleva son T-shirt, son jogging et ses sous-vêtements. De son côté, elle le déshabilla sans pudeur inutile. Chacun de leur geste était une évidence.

— Tu es toujours aussi belle.

Sous l'intensité de son regard, elle sentait renaître sa chair, et sous l'ardeur de ses baisers elle éprouva la force impétueuse d'un désir nouveau. Lui seul savait ainsi réveiller sa féminité. Submergé par un trouble qui l'ébranlait tout autant, il s'écarta un instant pour envelopper sa silhouette d'un regard profondément ému. La marche du temps soudain suspendue, il contempla sans hâte les courbes généreuses de sa poitrine, admira la finesse de sa taille, s'émerveilla du galbe de ses hanches. Quand il effleura de ses doigts tremblants la pointe dressée de ses seins, son corps tout entier vibra sous ses caresses.

— Vraiment très belle, murmura-t-il d'une voix rauque.

Il l'attira alors contre lui dans une étreinte fougueuse et possessive, l'embrassant avec une rage presque frénétique, faisant jaillir de sa bouche les cris d'un désir fou. Dieu qu'il lui avait manqué ! Impatiente, elle aussi, d'explorer son corps, elle agrippa sa main pour l'attirer sur le lit. Émerveillée par la résurgence des émotions passées, bouleversée par l'euphorie du moment présent et l'imminence du bonheur à venir, elle guida ses doigts avec urgence sur les contours puissants des muscles de son torse, puis sur la vigueur de son sexe. Le cœur battant, son être entier libéré de toute censure, elle se mit à dévorer avidement sa bouche, acceptant la caresse brûlante de son souffle, mêlant sans retenue sa langue aux explorations délicieuses de la sienne. Bientôt, la main de Chase descendit sur sa hanche et effleura le dessin arrondi de son ventre avant de se loger entre ses cuisses. Tandis que ses doigts impatients écartaient ses lèvres humides, elle retint son souffle et se laissa submerger par un tourbillon de sensations divines.

Assuré de sa détermination, conscient aussi d'avoir atteint un point de non-retour, il la fit basculer doucement sur le dos pour la pénétrer. Comme Mitzy s'offrit à lui sans réserve, plus rien n'exista autour d'eux que l'expression farouche d'un désir depuis trop longtemps contenu et, grisés par la magie de leurs retrouvailles, ils atteignirent ensemble les sommets de la volupté. Heureux, libres. Et réunis. Enfin.

Un peu plus tard, quand leurs frémissements et leurs respirations se furent apaisés, Chase devina que Mitzy se laissait à nouveau gagner par ses pensées. Sachant qu'elle avait agi de manière impulsive, submergée par l'attirance qui les poussait l'un vers l'autre, il remonta le drap au-dessus d'elle et la serra contre lui. Son attitude irréfléchie ne pouvait cependant remettre en cause le sens profond de leur union charnelle. Qu'elle le veuille ou non, un pas important venait d'être franchi dans le processus de leur réconciliation. Certes, il n'allait pas dans la direction de la rupture réparatrice et raisonnable qu'elle avait appelée de ses vœux.

Il déposa un tendre baiser dans ses cheveux.

— Tout va bien, ma douce ?

Elle soupira en fronçant les sourcils.

— J'ai envie de dire que nous venons de commettre une erreur, le genre d'erreurs contre lesquelles je mets souvent en garde mes amies. Mais…

Il la serra un peu plus fort dans ses bras en attendant la suite.

— Mais à quoi bon nier l'évidence ? C'était tout simplement merveilleux.

— Pour moi aussi, souffla-t-il en passant une main dans ses mèches emmêlées.

Elle se mordit la lèvre et resta silencieuse.

— Et donc ? fit-il pour l'encourager à poursuivre.

Elle roula à nouveau sur le dos et replia son avant-bras sur ses yeux.

— Je ne veux pas que notre histoire se termine aussi mal qu'autrefois.

— Ce ne sera pas le cas, promit-il. Si nous franchissons une étape après l'autre.

Elle souleva son avant-bras pour affronter à nouveau son regard.

— Tu qualifies comment celle que nous venons de franchir ? demanda-t-elle d'un ton un peu sec.

Il ignora le doute contenu dans ses paroles.

— Une étape primordiale.

Comme elle ne disait rien, il poussa sa jambe d'un léger mouvement de genou.

— Tu n'es pas d'accord ?

Les traits de la jeune femme se détendirent à nouveau. Elle hocha la tête en se tournant vers lui.

— Absolument d'accord, murmura-t-elle.

Leurs bouches s'unirent et leurs corps brûlants se rapprochèrent avant de se fondre l'un dans l'autre, dans une étreinte plus passionnée que jamais.

Avant de partir, Chase promit à Mitzy de l'emmener le lendemain dans une forêt qu'il connaissait bien pour y couper, selon la tradition, son arbre de Noël.

Chose promise, chose due, il se présenta chez elle le samedi après-midi, dans la tenue de cow-boy qu'il affectionnait tant. Une veste fourrée passée sur une chemise de flanelle, un jean et des bottes. Sans perdre de temps, ils installèrent les quadruplés dans le SUV de Mitzy. Contente de lui laisser le volant, elle prit avec soulagement la place côté passager.

— Eh bien, où est cet endroit paradisiaque dont tu m'as parlé hier ? demanda-t-elle tandis qu'ils laissaient derrière eux les faubourgs de la ville.

Son corps vibrait encore de leurs étreintes de la veille.

— Chez moi, répondit-il. Au ranch du Vieux Pin.

Elle ne s'attendait pas à visiter aussi vite son domaine, mais ne laissa rien voir de son étonnement. Une quinzaine de minutes plus tard, elle levait les yeux sur l'arbre séculaire qui se dressait majestueusement au-dessus de l'arche métallique marquant l'entrée de la propriété.

— Combien d'hectares ? demanda-t-elle, en embrassant du regard les vastes prairies.

— Environ deux cents. Un tiers de pâturage et le reste en forêts de pins. Le lieu idéal pour choisir des arbres de Noël.

Elle reporta son attention sur le décor à la fois majestueux et accueillant, comprenant aisément combien Chase devait y être heureux. En vérité, elle se projetait assez bien elle aussi, avec ses quatre garçons, dans un domaine tel que celui-là. Mais qu'allait-elle imaginer ? Elle s'efforça de reprendre ses esprits et se concentra sur les bâtiments agricoles qui se dressaient au bord du chemin.

— Les granges sont superbes.

Une dizaine de chevaux paissaient l'herbe abondante de la prairie.

— Ils sont tous à toi ?

— Non. Ceux-là appartiennent au centre équestre du village. Ils ont besoin d'espace et j'en ai à revendre. Alors on a conclu un marché. Les employés viennent nourrir, soigner et faire travailler mes deux juments. En échange, je leur laisse gratuitement la jouissance des pâturages.

— Bonne idée !

— Oui, je dois dire que tout le monde y trouve son compte, et les relations de voisinage ne s'en portent que mieux.

Il ralentit l'allure au moment où ils longeaient les

écuries. Les stalles étaient neuves et parfaitement nettoyées. L'entretien du domaine forçait l'admiration.

— Tu es souvent absent ? demanda Mitzy.

— C'est variable, répondit Chase tout en haussant les épaules. Le plus gros de mon travail peut être effectué à distance, mais je mets un point d'honneur à visiter régulièrement les entreprises dont j'assure la gestion. C'est la seule manière de savoir ce qui s'y passe réellement.

Sa réflexion la ramena à sa propre situation.

— C'est ce que je vais faire lundi à MCS.

— Tu es inquiète ?

Elle soupira tristement.

— Je ne me sens pas vraiment à la hauteur. Mon père était si fort et sa présence si rassurante. Jamais je ne serai capable de combler le vide qu'il a laissé.

La bienveillance de Chase lui donnait le courage d'admettre ses faiblesses.

— Au début, quand je suis devenue P-DG, les employés m'ont assuré que je n'avais pas besoin de m'impliquer dans la gestion du quotidien. Ils pensaient s'en sortir en imitant les vieilles méthodes qui avaient fait leurs preuves du vivant de Gus. Je les ai crus.

Elle fixait le pare-brise d'un regard vide.

— Il faut bien admettre aujourd'hui que nous avons eu tort.

Chase ralentit, mit le véhicule au point mort et se tourna vers elle.

— Écoute, Mitzy, il est indéniable que MCS traverse une période délicate suite au décès de Gus. Mais cela ne veut pas dire que tout est perdu.

Il réchauffa sa main avec la sienne.

— L'atelier peut être remis sur les rails. Je n'ai là-dessus aucun doute.

Ce qu'elle ne pouvait faire seule, elle le réussirait

peut-être avec lui, mais l'objectif lui paraissait aujourd'hui hors de portée.

— J'ai consulté les tableurs que tu m'as passés par mail ce matin, reprit-il avec douceur. Il manque encore beaucoup de données.

Il resserra ses doigts sur les siens.

— À mon avis, tu devrais pouvoir récupérer la plupart des informations manquantes sur les relevés bancaires et auprès des employés. Le plus simple serait évidemment d'interroger directement Buck Phillips.

— Mais ? demanda-t-elle en percevant une hésitation dans sa voix.

— S'il est lui-même responsable des difficultés actuelles, il est sans doute préférable de le tenir à l'écart de tes recherches, tant que tu n'as pas une idée plus claire de la situation.

Mitzy ne fut pas surprise des réserves qu'il exprimait envers Buck. Une défiance réciproque et ancienne existait entre les deux hommes. Elle remontait à l'époque où Chase avait préconisé de nouvelles pratiques destinées à augmenter la productivité de l'atelier. Ses recommandations avaient pour conséquence de laisser un certain nombre d'employés sur le bord du chemin.

— Tu penses qu'il chercherait à dissimuler ses erreurs ? demanda-t-elle.

Il approuva d'un signe de tête.

— C'est un risque. Et cela ne ferait qu'ajouter à la confusion.

Elle se sentait un peu prise dans un étau.

— J'ai du mal à imaginer que Buck ait délibérément conduit l'entreprise dans le rouge.

— Personne ne dit cela. Pour l'instant, tu dois seulement ouvrir grand les yeux et recueillir toutes les données disponibles. C'est la seule manière d'obtenir une vue plus globale et plus juste de la situation.

Mitzy n'avait guère l'habitude de se reposer sur les autres, mais aujourd'hui elle acceptait avec soulagement le soutien que Chase proposait de lui apporter. Elle abaissa le regard sur leurs doigts enlacés puis releva la tête. Il n'était plus le jeune loup ambitieux d'autrefois. Elle savait qu'elle pouvait désormais lui faire confiance.

— Cela t'ennuierait de me faire une liste des informations que je dois rassembler et des questions que je dois poser au personnel ?

— Je le ferai avec plaisir, répondit-il dans un sourire indulgent.

Rassurée, Mitzy se détendit sur son siège tandis qu'il remettait la voiture en marche pour l'engager sur l'allée circulaire qui conduisait au ranch, une bâtisse imposante en adobe, surmontée d'un toit en tuiles rouges.

— Toi qui as réponse à tout, cow-boy, fit-elle d'un ton plus léger, tu vas me dire comment on va couper deux grands sapins avec quatre bébés dans les bras ?

Sans rien perdre de son calme, il rangea le véhicule devant l'entrée et coupa le contact.

— Ne t'inquiète pas, on va s'en sortir ! En attendant, tu ne veux pas visiter ma maison ?

— Oh si, bien sûr.

Les garçons avaient les yeux grands ouverts et commençaient à gesticuler. Sans leur laisser le temps de s'impatienter, ils détachèrent leurs sièges-autos pour les transporter chacun à leur tour à l'intérieur d'une maison très accueillante. Un plafond en arche surplombait un vaste salon aménagé en deux parties. D'un côté la cuisine et une longue table en chêne pour les repas, de l'autre un coin cheminée entouré de fauteuils et de canapés. D'immenses baies vitrées ouvraient sur une cour centrale protégée par deux bâtiments disposés en U. L'un abritait deux suites destinées aux invités, l'autre les quartiers du maître de maison.

Après une visite rapide, Chase et Mitzy rejoignirent le salon où ils avaient laissé les bébés alignés dans leurs sièges.

— Alors, comment trouves-tu le ranch ? questionna Chase, impatient de connaître son impression.

— Je l'adore ! s'exclama-t-elle avec enthousiasme. Et je suis sûre que tu t'y sens bien.

Il s'approcha et la prit dans ses bras.

— Et toi, comment t'y sens-tu ?

Affolée par les sous-entendus contenus dans ses paroles, autant que par la vitesse à laquelle s'engageait leur relation, elle recula d'un pas.

— C'est un sujet sérieux, Chase. Tu ne devrais pas m'embarrasser avec ce genre de questions.

Il ouvrait la bouche pour lui répondre quand des bruits de moteurs se firent entendre dans l'allée.

— Tu attends de la visite ? demanda-t-elle.

Il se racla la gorge d'un air un peu coupable.

— En fait, oui.

— Et de qui s'agit-il ?

Mitzy avait toujours détesté être mise devant le fait accompli.

— Mon père, ma mère…

— Quoi ?

— Et puis aussi mes frères, et ma sœur Lulu.

— Je vois, la famille au grand complet !

Comme elle semblait de plus en plus fâchée, il leva une main en signe d'apaisement.

— Chaque année, ils viennent couper leurs sapins à cette date. Et puis, comme tu le soulignais très justement tout à l'heure, nous aurions eu bien du mal à nous débrouiller seuls. Alors, je me suis dit… pourquoi pas ?

Il la couva de son sourire le plus charmeur et le plus enthousiaste.

— Si tu savais comme tu leur as manqué pendant

toutes ces années. Pas un rassemblement, pas un repas de famille sans que ton absence soit évoquée.

Elle avala sa salive avec difficulté.

— Ne me dis pas que tu as aussi prévu un dîner ?

Il ouvrit les bras d'un air impuissant.

— Il faut bien manger, Mitzy. Mais ne t'en fais pas ! J'ai tout organisé et tout se passera pour le mieux.

Elle n'en était pas aussi sûre. Croiser de temps à autre sa sœur Lulu était une chose. S'attabler avec sa famille entière en était une autre.

— Tu disais que tu voulais un Noël harmonieux pour tes enfants, reprit-il en passant un bras autour de sa taille. Qu'est-ce qu'un Noël sans une famille nombreuse ?

Le carillon de la porte d'entrée ne lui laissa pas le loisir d'exprimer sa contrariété et ses craintes. En quelques petites minutes, la tribu McCabe avait envahi le salon. Avec sa silhouette robuste, le père de Chase ouvrait la marche, immédiatement suivi par son épouse.

— Mitzy ! s'exclama Franck en l'attirant dans une embrassade chaleureuse.

— Cela faisait si longtemps ! renchérit Rachel.

Elle l'étouffa de baisers avant de l'abandonner aux bras de Dan, le frère avocat, accompagné de sa femme, Shelley, et de leurs trois enfants âgés de cinq à huit ans.

— Comme quoi, souligna Dan avec bonheur, une belle histoire d'amour n'est jamais vraiment terminée.

Lulu prit affectueusement Chase dans ses bras.

— Vous avez enfin retrouvé la raison, tous les deux ! Je suis vraiment heureuse pour vous. Cela faisait dix ans, n'est-ce pas ? Que de temps perdu !

L'arrivée de Cullen, Bridgett, avec leur petit garçon Robby, accompagné de son adorable beagle, créa la diversion que Mitzy appelait de ses vœux.

— Je pense que Chase est assez grand pour se passer de tes commentaires, petite sœur.

Jack, le chirurgien, veuf depuis quelques années, se joignit à Cullen pour remettre l'indiscrète à sa place.

— Il a raison, souligna-t-il en présentant à Mitzy ses trois petites filles.

Matt, le petit dernier de la fratrie, s'appliqua lui aussi à alléger l'atmosphère.

— Finement joué, Chase ! Mais si tu crois que la présence de ton ex et de ses quadruplés va te dispenser de tronçonneuse, tu te trompes lourdement !

— Loin de moi cette idée ! assura l'intéressé dans un éclat de rire.

Ainsi se déroula l'après-midi, dans une ambiance animée et joyeuse, ponctuée de plaisanteries bienveillantes. La petite troupe s'égaya dans le grand bois, chacun portant un enfant dans ses bras. Après bien des discussions et des hésitations, huit arbres furent abattus et transportés jusqu'au parking. Un pour Chase, un pour ses parents, un pour chacun de ses frères, un autre pour sa sœur, et bien sûr, un pour Mitzy.

Quand le dîner fut terminé et que les restes eurent été répartis entre tous, la jeune femme conserva l'impression d'avoir été placée dans une machine à remonter le temps, un peu comme si les dix années passées loin de Chase n'avaient jamais existé. Lorsque la famille tout entière eut levé le camp, Chase se tourna vers elle et lui prit la main.

— Tu vois, ce n'était pas si difficile !

S'il paraissait comblé par le déroulement de la journée, Mitzy était plus réservée. La joie qu'elle avait éprouvée à ces retrouvailles n'était pas dénuée d'appréhension. En la replongeant ainsi dans le passé, Chase la soumettait à une pression excessive.

— Toute ta famille nous voit déjà sur le chemin des fiançailles, soupira-t-elle.

Il inclina la tête sur le côté, le regard brillant de malice.

— Rien ne nous oblige à des fiançailles, dit-il d'un ton faussement désinvolte.

— Rien, en effet.

Elle le connaissait trop bien pour penser qu'il avait dit son dernier mot.

— On pourrait se marier tout de suite, ajouta-t-il.

- 7 -

Comment savoir s'il parlait sérieusement ? Son visage était aussi énigmatique que celui d'un joueur de poker. Se marier ! Elle ne pouvait croire qu'il ait osé aborder le sujet avec un tel détachement. Devant son air abasourdi, Chase n'eut d'autre choix que de développer sa pensée.

— Je m'explique. À quoi bon se fiancer pour la deuxième fois ? Nous l'avons déjà fait. Si nous voulons vivre ensemble de façon permanente, autant s'épargner des préliminaires inutiles !

Il s'exprimait avec une telle légèreté qu'elle jugea plus sage de ne pas accorder une trop grande importance à ses propos. Elle se garda de lui répondre en préférant penser que, sans bien mesurer la portée de ses paroles, il s'était lancé dans un doux verbiage, en émettant de vagues hypothèses qui n'engageaient en rien l'avenir.

Ramenés à la réalité par le babillage des quatre garçons, ils les transportèrent un à un près du SUV sur lequel le sapin de Mitzy avait été solidement sanglé. La nuit commençait à tomber et les étoiles scintillaient déjà sur le drap sombre du ciel. Sentant l'air frais envelopper ses épaules, la jeune femme remonta le col de sa veste. Sans perdre de temps, Chase ouvrit les portières et ils attachèrent soigneusement les sièges-autos à l'arrière du véhicule. Épuisés par leur après-midi au grand air, les garçons ne tarderaient pas à s'endormir.

Mitzy grimpa à l'avant, toujours un peu troublée par le tour inattendu qu'il avait donné à leur conversation.

— Alors, comme ça, si tu décidais de te marier, tu passerais outre à la proposition en règle et aux fiançailles ?

Elle n'était pas vraiment sûre d'approuver cette manière de procéder.

— Non.

Sans s'émouvoir, il tourna le bouton du chauffage pour assurer le confort de ses passagers avant de s'expliquer :

— En règle générale, je m'en tiendrais à la tradition. Mais…

Il la considéra, cette fois, avec le plus grand sérieux.

— S'il s'agissait de toi et moi, j'aurais plutôt envie de brûler les étapes.

Si ! Entre l'hypothèse sérieusement envisageable et la simple conjecture, elle ne savait toujours pas comment interpréter ses paroles.

— Pour ce qui est de la règle générale, y a-t-il beaucoup de candidates ?

Comme elle enfonçait les mains dans les poches de sa veste pour attendre sa réponse, il se pencha pour l'embrasser tendrement.

— C'est bien le problème, mon cœur. Je n'ai jamais songé à épouser une autre femme que toi.

Ils s'entendaient au moins sur un point. Pas plus que lui, elle n'avait un jour sérieusement envisagé de faire sa vie avec quelqu'un d'autre. Pour autant, cela n'indiquait en rien qu'ils étaient faits l'un pour l'autre. Pas davantage aujourd'hui qu'hier. Bien des choses les rapprochaient pourtant. Cette attirance physique irraisonnée mais bien réelle, l'attachement indéniable de tous les membres de la tribu McCabe à Mitzy et l'affection qu'elle éprouvait pour chacun d'eux. Seule ombre au tableau, les critères exigeants de Judith. Mais la jeune femme connaissait sa mère. Si Chase l'épousait, s'il jurait de lui apporter le confort matériel si important à ses yeux, elle finirait par l'accueillir à bras ouverts dans la famille.

Malheureusement, ce qui avait autrefois sonné le glas de leur relation risquait bien de les éloigner à nouveau. Leurs ambitions n'étaient pas conciliables. Quand elle se contentait de sa modeste mission d'assistante sociale dans la campagne texane, il consacrait l'essentiel de son existence à racheter aux quatre coins du pays des entreprises en difficulté pour bâtir l'empire de ses rêves.

Aujourd'hui, au nom de leur amitié passée, il mettait son expertise au service de MCS. Animés par un même objectif, sauver l'atelier de Gus, ils passaient beaucoup de temps ensemble. Mais qu'adviendrait-il une fois son contrat rempli ? Chase resterait-il à Laramie ? Continuerait-il à sonner chaque soir à sa porte ou se tournerait-il vers un nouveau défi en la délaissant comme il l'avait fait jadis ?

Mitzy l'ignorait et elle ne voulait pas savoir. Pas avant que son entreprise et son personnel n'aient retrouvé leur sérénité. Elle s'efforça de ne plus y penser jusqu'au lendemain, quand Chase se présenta à nouveau chez elle pour l'aider à décorer le sapin qui trônait maintenant dans le salon. Ils descendirent les cartons d'accessoires du grenier et se mirent au travail en bavardant.

— Alors, comment ça va avec ta mère ? demanda-t-il.

Elle émit un léger grognement sans lever les yeux du long chapelet doré qu'elle s'appliquait patiemment à démêler. Allongés dans leurs transats, les bébés se balançaient d'avant en arrière, observant sans s'émouvoir les deux adultes qui s'affairaient autour d'eux.

— Ne m'en parle pas ! soupira-t-elle.

Il brancha les guirlandes une à une pour vérifier leur bon fonctionnement avant de les installer.

— Je t'avais dit qu'elle avait réservé un photographe

professionnel pour la série de portraits qu'elle a l'intention de montrer lors de sa réception ?

— Oui, fit-il en approchant l'escabeau du sapin. Et alors ?

— Non contente d'engager une styliste pour le choix de ma toilette, elle veut aussi me faire passer entre les mains d'une coiffeuse et d'une maquilleuse. Des heures de préparation avant la pose.

Elle lui passa une étoile à accrocher au sommet de l'arbre.

— Et les garçons ? demanda-t-il.

— Quatre nounous sont réquisitionnées pour les préparer.

— Pas de brushing ni de rouge à lèvres pour eux ?

Elle sourit.

— Très drôle, vraiment !

Ils accrochèrent la grande guirlande électrique ensemble.

— Judith est admirable, observa Chase avec humour. Elle ne néglige jamais aucun détail.

— C'est bien le problème, se lamenta Mitzy. Elle s'occupe de tout et déploie des trésors d'imagination pour épater toute la ville de Dallas avec sa réception. Et je suis sûre qu'elle ne m'a pas tout dit.

Il la rejoignit et lui caressa tendrement la joue du revers de la main.

— Essaie de prendre les choses du bon côté. Ta mère s'applique à fabriquer de merveilleux souvenirs. Étant donné la vitesse à laquelle les enfants grandissent, tu seras heureuse de pouvoir graver ces moments dans ta mémoire.

Elle inspira profondément. Chase avait raison, bien sûr, mais elle n'avait pas envie de l'admettre.

— Tu n'as pas tort, c'est juste que…

Comme elle hésitait, il la prit dans ses bras et dégagea

délicatement les mèches qui recouvraient son front. La lueur bienveillante de ses yeux bleus l'encouragea à poursuivre.

— Je sais que ce n'est pas volontaire de sa part, mais elle me fait toujours sentir que je ne suis pas à la hauteur. Que je suis incapable de me débrouiller seule, et que je n'ai pas compris ce qui était important dans la vie.

Il massa doucement sa nuque.

— L'argent, par exemple ?

— C'est une de ses obsessions, en effet, admit-elle en enfouissant son visage contre son torse. Elle aime le luxe, et le confort matériel est pour elle essentiel. Mais ce qu'elle recherche profondément, c'est la sécurité.

Elle lui prit la main et l'invita à s'asseoir sur le canapé auprès d'elle.

— Les premières années de sa vie avec mon père ont été difficiles. Il travaillait jour et nuit pour faire sortir de terre son atelier. L'argent manquait et elle ne savait plus quel prétexte inventer pour faire patienter les créanciers. Pour boucler les fins de mois, elle organisait des réceptions. Un quotidien pénible, qui lui laissait bien peu de temps pour s'occuper de moi.

Chase lui prit la main et elle abaissa le regard sur leurs doigts entremêlés.

— Un jour, elle a brusquement pris conscience de la médiocrité de son sort. Les faibles gains de son travail étaient absorbés par les charges de l'atelier. Elle était épuisée et frustrée par une existence qu'elle trouvait misérable pour elle et pour moi. Persuadée que jamais sa situation ne s'arrangerait si elle restait à Laramie, elle a quitté mon père et m'a emmenée à Dallas. Elle était déterminée à tirer son épingle du jeu en trouvant un bon parti. C'est en organisant des réceptions pour la clientèle aisée de la ville qu'elle y est parvenue.

— D'où les trois mariages avant Walter.

— Avec des hommes de plus en plus riches. Pour elle, l'argent fait le bonheur. Sans lui, pas de salut.

Il hocha la tête d'un air songeur.

— Ce n'est pas ta philosophie de la vie, murmura-t-il.

Soucieuse de terminer la décoration du sapin, elle se leva pour déballer un assortiment de boules de Noël.

— D'après toi, Mitzy, que faut-il pour être heureux ?

— Ce que m'apportait mon père, je pense. La certitude qu'il plaçait mon bonheur au-dessus de tout, y compris de ses affaires.

Chase se tendit. Ces paroles lui étaient-elles destinées ? Devait-il les interpréter comme une mise en garde ?

— Je m'efforce d'y parvenir avec mes garçons, poursuivit-elle. Je veux qu'ils sachent, en toutes circonstances, que leur bien-être est ma priorité.

Il hocha lentement la tête et commença à accrocher les décorations sur les branches les plus hautes.

— Et tu ne penses pas que le couple parental est une nécessité pour l'équilibre des enfants ?

Mitzy se crispa à son tour. Il revenait encore une fois sur le sujet délicat du mariage. Elle s'appliqua à lui faire une réponse générale, aussi éloignée que possible de leur situation personnelle.

— Le couple est évidemment la meilleure solution quand il fonctionne. Malheureusement, ce n'est pas toujours le cas.

Elle marqua une pause pour inspirer profondément avant de poursuivre :

Dans l'exercice de mon métier, j'ai pu voir aussi des familles monoparentales très heureuses.

— Hum, fit Chase d'un air perplexe.

Mitzy était intriguée par son attitude. Elle aurait aimé lire dans ses pensées.

— Hum, répéta-t-elle. Ce qui veut dire ?

Il lui tourna le dos pour passer une guirlande sur les branches basses du sapin.

— La vie n'est pas toujours un long fleuve tranquille, répondit-il. Celle de mon frère Jack en est l'illustration. Il était fou amoureux de sa femme. Quand elle est morte en donnant naissance à leur troisième fille, il a très vite compris que personne ne pourrait jamais prendre sa place. Il a décidé de rester seul avec ses enfants et de se satisfaire de son sort.

Était-il vraiment heureux ? se demanda Mitzy. Ses amies, Bridgett et Bess Monroe, qui travaillaient avec lui à l'hôpital n'en étaient pas convaincues. Chase se redressa pour lui faire face à nouveau.

— Quant à moi, je n'ai pas renoncé à trouver l'âme sœur. Et je pourrais en dire de même pour Matt et Lulu.

— L'âme sœur, répéta-t-elle comme se parlant à elle-même.

Quand elle donnait libre cours à ses sentiments et à l'expression de ses désirs les plus profonds, elle se surprenait à espérer la même chose. Par réaction, les nombreux mariages de sa mère et la solitude de son père avaient sans doute éveillé en elle des aspirations romantiques. Et plus récemment, l'attitude des membres du clan McCabe et leur conviction de voir sa relation avec Chase trouver enfin un dénouement heureux avaient ravivé son rêve d'une belle histoire d'amour. Mais, échaudée par ses déceptions passées, elle n'osait se bercer d'illusions.

— Le mariage, les enfants, les animaux domestiques et tout le tralala, reprit-il.

Il marqua une pause et secoua la tête en se moquant de lui-même.

— J'ai l'impression de parler comme une fille.

Mitzy éclata de rire. Elle le rejoignit au pied du sapin et passa les bras autour de son cou.

— Je te souhaite de trouver ton tralala, Chase. Tu es une belle personne et tu mérites la vie de famille heureuse que tu espères.

Il déposa un tendre baiser sur ses lèvres et la contempla avec tendresse.

— Toi aussi, Mitzy.

Ils passèrent le reste de la journée à s'occuper des garçons, à poursuivre la décoration de la maison et à envoyer les cartes postales que la jeune femme avait choisies pour ses amis. Une fois les bébés couchés pour la nuit, Chase la conduisit dans sa chambre pour lui faire l'amour passionnément.

Avant de partir, il dressa l'inventaire des informations qu'elle devait recueillir le lendemain matin à MCS, et lui expliqua patiemment quelques notions de comptabilité indispensables.

— Comment fais-tu ? dit-elle en le raccompagnant jusqu'à la porte. Tu n'as jamais l'air fatigué.

Il l'enlaça pour un dernier baiser.

— Je ne sais pas. Mais toi, il faut que tu prennes soin de toi. Tu as une grosse journée, demain. Tu ferais mieux d'aller fermer ces jolis yeux.

Il avait raison. Elle était épuisée, et le tour que prenait leur relation la tourmentait profondément. La complicité qui les avait si vite rapprochés l'effrayait. Elle avait mis des années à se relever de l'échec de leur relation et redoutait de vivre la même expérience. Mais comment lui tourner le dos ? Auprès de Chase, elle éprouvait la joie de vivre et la sérénité. Loin de lui, les doutes et la peur l'assaillaient. Une fois encore, elle dormit d'un sommeil trop léger. Au matin, quand elle prit la direction de MCS, elle était déjà sur les nerfs.

Ses conversations avec les employés, puis avec les chefs de service, la laissèrent encore plus désemparée.

— Je n'arrive pas à comprendre pourquoi vous n'êtes

pas venus me trouver quand tous ces problèmes ont commencé à se poser.

Elle s'adressait au groupe des plus âgés réunis dans son bureau à la fin de la journée. Sue Miller fut la première à lui répondre.

— On pensait tous qu'il fallait te laisser un peu tranquille. La maladie de ton père, le deuil, ta grossesse compliquée et puis tes quatre enfants. Ça faisait beaucoup pour une seule personne !

— Et puis, tu es là, maintenant, glissa Chet Brown. C'est tout ce qui compte.

— Oui, répondit Mitzy, un sourire plein de gratitude aux lèvres.

Elle essayait en vain de chasser le sentiment de culpabilité qui la rongeait.

— Je suis là et j'ai l'intention de vous offrir une belle fête de fin année. Si nous respectons la tradition du dernier samedi avant Noël, elle aura lieu le 22 décembre. Vous avez des envies particulières ?

Un lourd silence s'abattit sur la pièce. L'absence d'enthousiasme de ses interlocuteurs intrigua Mitzy. Depuis qu'elle était petite fille, l'événement avait toujours été un moment de joie partagé par le personnel.

— Comment allons-nous procéder pour l'organisation ? Par mail ? Ou si vous préférez, je peux afficher un tableau dans la salle de repos. Chacun pourra y écrire ses suggestions pour le menu…

La gêne des employés était de plus en plus palpable. Ils échangeaient des regards embarrassés sans oser lui répondre.

— On pourra inviter des amis ? demanda la petite voix de Lisa Franklin.

Mitzy approuva d'un signe de tête.

— Bien sûr. Il suffira d'en préciser le nombre à l'avance.

Une nouvelle pause. Ce fut Bart Higgins qui enfin se décida à exprimer la préoccupation de ses collègues.

— Tu as l'intention de nous verser notre prime annuelle ?

Quelle drôle de question !

— Évidemment, fit-elle, très étonnée. Comme d'habitude.

Tous les yeux convergèrent ensemble sur son visage.

— On n'a rien eu l'an dernier, lança Randy O'Quinn depuis le fond de la pièce.

Il ne plaisantait pas. D'ailleurs, personne n'ouvrit la bouche pour le contredire.

— Vous aurez votre prime cette année, assura Mitzy, très ennuyée de découvrir l'oubli impardonnable. Je vous le promets.

Et elle se jura de la rendre plus généreuse que jamais. La réunion s'achevait quand Buck Phillips, le directeur d'exploitation, rentra de son rendez-vous à l'extérieur. Il croisa Mitzy qui s'apprêtait à sortir de son bureau et sollicita un entretien privé avec elle. Elle le lui accorda aussitôt.

— Qu'est-ce qui se passe ici ? demanda-t-il en refermant la porte derrière lui.

— Je pourrais te retourner la question, répondit-elle.

Il avait été le meilleur ami et le plus fidèle collaborateur de son père.

— Pourquoi as-tu donné des consignes pour abaisser la qualité de toutes nos matières premières ?

Buck se raidit.

— Je ne l'ai pas fait de gaieté de cœur. C'était la seule manière de joindre les deux bouts.

Mitzy s'assit derrière son bureau.

— C'est pour la même raison que les primes de Noël n'ont pas été distribuées l'an dernier ?

Il restait sur la défensive.

— Le personnel a bien compris que nous n'avions pas les fonds nécessaires pour la verser.

Songeant soudain que l'attaque était sa meilleure défense, il changea brusquement d'attitude.

— Qu'est-ce qui t'arrive, Mitzy ? C'est Chase McCabe qui est derrière tout ça, j'en suis sûr. C'est lui qui t'a poussée à réclamer les relevés bancaires.

Sa réaction n'était pas de nature à la rassurer. S'il n'avait rien à se reprocher, pourquoi montrait-il une telle agressivité ? Forte des explications de Chase, elle lui répondit sans perdre son calme.

— Nous avons besoin de ces éléments pour compléter le grand livre, calculer la balance et les profits.

Il eut une moue de dépit.

— Ton père ne réclamait jamais rien de tout ça.

— Mon père ne privait jamais le personnel de sa prime de fin d'année, rétorqua-t-elle sans se démonter.

— J'ai fait tout ce que j'ai pu, Mitzy. Si tu crois que c'était facile de combler le vide laissé par l'absence de Gus !

Elle partageait sa peine et comprenait son indignation.

— Je sais, Buck.

Il se mit à arpenter nerveusement la pièce avant de revenir se planter devant le bureau.

— Alors qu'est-ce que tu fabriques tous les soirs avec McCabe ? Il t'a promis de t'aider ? Je vais te dire, moi, ce qu'il veut.

Il était rouge de colère.

— Il veut ce qu'il a toujours voulu. L'entreprise de ton père, c'est tout !

Mitzy crispa les mâchoires. Ce qu'il affirmait lui était intolérable. Chase n'avait jamais proposé de lui racheter MCS, pas même quand Judith le lui avait suggéré, quelques semaines auparavant. Pourtant ses paroles avaient fait resurgir le doute. Devant elle, Buck secouait la tête en la regardant comme une petite fille bien trop naïve.

— Je sais que tu étais amoureuse de cet homme, il y a quelques années, mais tu ne dois pas lui faire confiance, Mitzy, surtout pas aujourd'hui. L'entreprise est vulnérable, et toi aussi. Il cherche à en profiter.

Elle passa mentalement en revue les services innombrables que Chase lui avait rendus ces dernières semaines. Non, elle ne pouvait croire à sa duplicité.

— J'ai confiance en lui, Buck. Et tu auras beau dire, je ne changerai pas d'avis.

Pourtant, à mesure qu'elle prononçait ces mots, l'ambition dévorante dont le jeune homme avait fait preuve par le passé lui revenait en mémoire. L'ombre du doute obscurcissait peu à peu ses pensées. Le doute sur ses valeurs. Le doute sur ses intentions. Le doute qui jadis avait détruit leur relation.

- 8 -

Deux heures plus tard, Chase sonnait à la porte de Mitzy. Le téléphone portable collé à l'oreille, elle l'invita à entrer sans interrompre sa conversation.

— Non, je n'ai besoin de personne pour m'aider pendant le voyage, maman. Chase a accepté de m'accompagner à Dallas… Samedi matin… Oui… Écoute, nous sommes sur le point de sortir, je suis obligée de te laisser… Oui, je t'aime aussi. Je t'embrasse.

Elle raccrocha dans un soupir de soulagement et se hissa sur la pointe des pieds pour le serrer brièvement dans ses bras.

— Très élégant, ce soir ! fit-elle en reculant d'un pas pour admirer sa tenue.

Sous sa veste de sport, il portait une chemise blanche et une cravate en soie était nouée à son col. La jeune femme avait elle aussi soigné sa toilette. Le regard de Chase descendit le long de la robe en fourreau rouge et des collants noirs qui dessinaient fidèlement les courbes de sa silhouette.

— Pas mal non plus ! fit-il d'un air approbateur.

Ils étaient excités comme deux adolescents apprêtés pour une sortie en amoureux. À une différence près. La présence de quatre petits chaperons auprès d'eux. Mitzy décrocha ses vêtements, tendit à Chase son manteau et doubla son écharpe avant de la passer autour de son cou. Comme elle la nouait devant le miroir, elle surprit le reflet de son regard sur ses épaules.

— C'est bien la première fois que j'oublie le grand concert de la chorale, dit-elle. Heureusement que tu me l'as rappelé !

L'événement était consigné sur l'une de ses nombreuses listes mais elle avait tant à faire qu'elle maîtrisait difficilement le calendrier. Un sourire indulgent sur les lèvres, il lui présenta son manteau.

— Je suis là pour ça, répondit-il.

Elle glissa ses bras dans les manches et se retourna pour lui faire face.

— Pour ça et pour tant d'autres choses ! murmura-t-elle d'un air malicieux et volontairement équivoque.

L'irruption soudaine d'une poussette à quatre places vint interrompre leur éclat de rire joyeux et complice.

— Et voici les petits anges, fin prêts pour la balade ! s'exclama l'une des nourrices qui les accompagnaient.

Deux bébés occupaient les sièges avant, tandis que les deux autres trônaient comme des princes sur une banquette arrière légèrement surélevée. Chase s'agenouilla pour mieux les admirer.

— Bonsoir, les petits anges !

Emmitouflés dans des combinaisons rouges, le crâne coiffé de bonnets de Noël étoilés, une couverture blanche soigneusement passée sur le bas du corps, ils offraient un spectacle irrésistible, à la fois drôle et émouvant. Leurs panoplies uniformes ne gommaient en rien la singularité de leurs caractères. Joe roucoulait comme à son habitude, Zach souriait, Alexander tambourinait de son petit bras le montant de la poussette et Gabe dévorait du regard tout ce qui se présentait à sa vue. Comme ils étaient attachants ! Cependant, Mitzy observait avec bonheur la figure puissante de l'homme qu'elle aimait recourbée au-dessus de ses enfants.

— J'ai pensé qu'il serait plus simple d'y aller à pied, dit-elle sans rien laisser paraître de ses sentiments.

— Nous rangerons la maison avant de partir, glissa l'une des deux jeunes filles.

— Vous aurez besoin de nous plus tard ? demanda l'autre.

— Non, merci, répondit Mitzy.

Elle tira la porte et la tint grande ouverte tandis que Chase guidait la poussette à l'extérieur.

— Ne vous inquiétez pas, nous avons la situation bien en main ! ajouta-t-elle avec fierté.

Ensemble, ils descendirent l'équipage en bas des quatre marches et se mirent côte à côte pour le pousser sur le trottoir. C'était une délicieuse soirée d'hiver. Une profusion d'étoiles tapissait le ciel noir. Des guirlandes multicolores et des couronnes de Noël embellissaient les façades des maisons, des rennes, des traîneaux lumineux et une multitude d'ornements féeriques parsemaient les pelouses. L'air vif était parfumé de l'odeur familière des feux de cheminée. Les yeux grands ouverts des garçons semblaient dévorer la magie du spectacle. Chase, quant à lui, était captivé par l'image envoûtante de la femme qui marchait à ses côtés. Il s'était attendu à quelques commentaires après sa visite à MCS mais, étonnamment, elle n'avait pas même abordé la question. Son attitude l'intriguait.

— Tout s'est bien passé à la fabrique ? finit-il par lui demander.

Elle se mit à jouer avec son écharpe et fit un pas de côté en le laissant seul derrière la poussette.

— J'ai beaucoup appris, répondit-elle.

Elle détourna brièvement son attention sur un groupe d'enfants qui les dépassait en courant puis, avec une légèreté un peu forcée, elle lui relata ses échanges avec le personnel.

— Le pire, soupira-t-elle en secouant la tête, c'est qu'ils n'ont pas touché leur prime de Noël l'an dernier. Je l'ignorais.

Puis, en redressant les épaules :

— Je ne suis pas très fière de ce manque évident de vigilance, mais j'espère bien rattraper le manque à gagner pour tous les salariés par une prime plus généreuse cette année. Je saurai précisément ce qu'il est possible de faire une fois le compte d'exploitation terminé. C'est-à-dire, je pense, au début de la semaine prochaine.

Chase n'était guère optimiste sur le montant des bénéfices sur lesquels elle paraissait compter, mais il se garda bien d'exprimer ses doutes.

— Tu as récupéré les documents auprès de la banque ?

Une fois encore, Mitzy sembla garder ses distances. Elle répondit en portant le regard au loin.

— J'ai chargé le cabinet comptable qui travaillait pour nous autrefois de s'en occuper et de sortir les résultats définitifs. C'est pour cette raison que je suis rentrée tard à la maison. J'ai dû faire un crochet à l'extérieur de la ville.

Chase marqua le pas tandis que les paroles de la jeune femme prenaient lentement sens dans son esprit. Ainsi, elle avait renoncé à lui confier ce travail. Pour quelle raison ? La défiance qui avait jadis miné leur relation était-elle à nouveau de mise ?

Un sourire soudain sur les lèvres, elle plaça une main en cornet sur son oreille.

— Tu entends ? fit-elle, alors que les notes lointaines d'un chant de Noël flottaient imperceptiblement jusqu'à eux. N'est-ce pas merveilleux ?

Puis elle reprit sa marche avec enthousiasme. Songeant que le devenir de l'atelier pouvait attendre, Chase l'imita. Quelques minutes plus tard, ils atteignaient le parc. On aurait dit que tous les habitants de la ville et de ses alentours s'y étaient réunis. La foule était compacte. Toutes les chorales des écoles et des paroisses de la région se trouvaient rassemblées autour d'un gigantesque arbre de Noël. Les voix des enfants se mêlaient aux chœurs des chanteurs les plus âgés pour s'élever à l'unisson dans l'harmonie la plus parfaite. Le corps parcouru de frissons, Mitzy s'accroupit près de la poussette.

— Vous entendez ça, mes petits chéris ? L'écho de Noël qui se répand dans notre ville !

— Il faut faire une photo ! décréta Chase en sortant son portable.

Pressé d'immortaliser la magie de l'instant, il prit une série de clichés des quadruplés et de leur maman quand Lulu fit brusquement son apparition.

— Et si tu te plaçais à côté d'eux, Chase ! Je vais vous prendre tous en même temps.

Mitzy marqua une brève hésitation avant d'approuver la proposition de Lulu. Un moment de flottement qui s'imprima dans le regard inquiet de Chase. Quelque chose ne tournait pas rond, il en était maintenant certain. Sans autre commentaire, ils se positionnèrent tous deux de part et d'autre de la poussette et se penchèrent au-dessus des enfants pour permettre à Lulu de réaliser une série de clichés avec son téléphone. Comme ils passaient en revue les photos, Chase se prit à rêver du bonheur qu'il pourrait partager avec la jeune femme et ses enfants, si elle décidait enfin de l'accepter dans sa vie. Le changement d'attitude qu'il observait ce soir ne présageait rien de bon. Si elle refusait de lui confier l'origine de ce regain de tension, ils ne pourraient continuer sur la voie de la réconciliation, ni se tourner vers un avenir auquel ils n'auraient jamais dû renoncer.

La jeune femme était consciente de la froideur qu'elle dégageait, mais elle ne parvenait pas à corriger son attitude. L'histoire semblait se répéter et l'avenir de

MCS jetait encore une fois une ombre sur leur relation. Elle percevait le malaise de Chase et cette sensation même les éloignait un peu plus. Déterminé à détendre l'atmosphère, il fit semblant d'ignorer le conflit qui semblait se livrer en elle et inclina la tête en souriant en direction des stands installés à quelques mètres de là.

— Un bon chocolat chaud ? Ou bien une glace à la menthe ? Qu'est-ce qui te ferait plaisir ?

Interrompue dans le cours de ses pensées, elle recula d'un pas et heurta la silhouette d'un passant qui avançait derrière elle. La foule s'était densifiée autour d'eux.

— Les deux, je crois, répondit-elle dans un faible sourire. Je n'ai pas dîné tellement j'étais occupée ce soir.

— Un chocolat et une glace pour madame ! Et pour Lulu, ce sera quoi ?

Sa sœur secoua négativement la tête.

— Non, merci, je ne veux rien.

Il posa les deux mains sur les épaules de Mitzy avec tendresse.

— Ne bouge pas, je reviens !

Comme elle regardait sa silhouette disparaître dans la cohue, la voix de Lulu la ramena à la réalité.

— Il ne t'a jamais oubliée, tu sais.

Je ne l'ai jamais oublié non plus, songea-t-elle. Un constat qui rendait plus douloureuses encore les accusations de Buck…

Lulu la couvait d'un regard affectueux.

— J'espère vraiment que vous allez vous donner une vraie seconde chance, tous les deux.

Sa nature romantique le souhaitait ardemment, mais la dualité de ses sentiments la paralysait. Le pessimisme de l'enfant durement éprouvée par le divorce de ses parents refaisait surface et elle ne savait plus ce qu'il était raisonnable d'attendre ou d'espérer de la vie. Une famille heureuse avec un mari aimant, un père pour ses enfants ? Qu'adviendrait-il de l'atelier de son père si elle se consacrait à son rôle de mère et d'épouse ? Son souhait était bien sûr de réussir dans les deux domaines. Mais si cela se révélait impossible, elle devrait faire un choix. Elle était perdue dans ses pensées quand Chase reparut avec un plateau chargé de deux bols de chocolat chaud, d'une glace et d'un sandwich gargantuesque à la dinde grillée.

— Je vois que tu as faim, toi aussi !

Elle regrettait de ne pas lui avoir demandé quelque chose de plus consistant mais, comme toujours, il avait sur elle un coup d'avance.

— Je ne prendrai que le chocolat, dit-il. Tout le reste est pour toi. Tu en as besoin.

Lulu afficha une mimique entendue.

— Bon, je crois que je vais laisser tranquilles les deux tourtereaux. N'hésitez pas à m'appeler si vous avez besoin d'un coup de main avec les enfants !

Comme elle tournait le dos pour s'éloigner, Chase se pencha pour murmurer à l'oreille de Mitzy.

— Et si on essayait de trouver un endroit plus calme pour manger ?

Les garçons dodelinaient de la tête. Le sommeil les gagnait doucement.

— Bonne idée, approuva-t-elle, notant une fois encore toute l'attention qu'il montrait envers elle et envers ses fils.

Laissant derrière eux le joyeux brouhaha où les voix et les cris se mêlaient aux chants de Noël, ils se frayèrent un chemin jusqu'à l'extrémité du parc où ils choisirent de s'installer sur un banc. À peine étaient-ils assis que déjà les quadruplés s'endormaient. Les yeux rivés au beau profil de Chase, Mitzy sentit la culpabilité l'envahir. Comment avait-elle osé douter de ses intentions, en choisissant de confier à d'autres un travail comptable sur lequel il s'était épuisé pendant des semaines sans jamais rien lui dissimuler des informations qu'il parvenait à rassembler ? Les insinuations de Buck l'avaient poussée dans une direction insultante pour celui qui ne demandait qu'à l'aider.

En vérité, elle ne savait plus à quel saint se vouer. Dans quelles difficultés se trouvait réellement son entreprise ? Force était de constater qu'elle n'était pas taillée pour assumer ce genre de responsabilités. La mort dans l'âme, elle essaya de se concentrer sur l'abondance de nourriture qu'il lui avait apportée.

— Ce sandwich est énorme. Je ne suis pas sûre d'en venir à bout…

— Mange, ma belle, tu as besoin de reprendre des forces !

Il enroula un bras autour de ses épaules, la serra affectueusement contre lui et la relâcha pour la laisser commencer son repas.

— Je ne sais pas comment te remercier, dit-elle.

— Inutile de me remercier, Mitzy. Un homme doit prendre soin de sa femme.

— D'accord, cow-boy, puisque c'est ainsi, nous allons partager.

Elle coupa le pain en deux parts égales.

— Car si je suis ta femme, alors tu es mon homme…

Sa voix se brisa imperceptiblement au souvenir de leur entente passée.

— … Et une femme doit veiller au bien-être de son homme.

Des larmes perlaient à ses yeux. Ces derniers temps, elle se laissait un peu trop facilement submerger par ses émotions.

— Hey, fit-il en caressant sa joue humide. Je ne voulais pas te contrarier.

Mitzy reposa son sandwich et tira de sa poche un mouchoir en papier.

— Ce sont des larmes de joie, Chase.

De confusion, aussi, songea-t-elle avec regret.

— Et peut-être un peu d'hypoglycémie, ajouta-t-elle. Cela m'apprendra à sauter des repas.

Une telle négligence ne lui ressemblait pas. Habituellement, elle n'avait besoin de personne pour prendre soin d'elle.

— Tu es sûre qu'il n'y a rien d'autre ? demanda-t-il d'un air sceptique.

— Je t'assure.

— Alors, mange !

Mitzy mordit dans le pain avec appétit et, en quelques minutes, engloutit la totalité du sandwich. Sous l'œil approbateur de Chase, elle se régala ensuite de la glace et du chocolat.

— J'aime une femme qui a bon appétit ! fit-il avec satisfaction.

Elle lui vrilla un regard malicieux.

— Il faut toujours que tu remettes le sexe sur le tapis.

Manifestement, son repas l'avait requinquée et elle était d'humeur plus joyeuse. Il repoussa les mèches qui recouvraient son front et déposa un baiser léger sur ses lèvres.

— Je ne parlais pas d'amour, très chère, mais de nourriture.

— Le sexe et l'amour, ce n'est pas la même chose, observa-t-elle après un temps.

Il la considéra avec surprise. La plaisanterie n'était plus de mise. Mitzy avait retrouvé tout son sérieux.

— C'est vrai, concéda-t-il.

Les enfants commençaient à s'agiter. Ils se levèrent et reprirent lentement leur marche autour du parc.

— Pour la plupart des gens, reprit-il. Mais…

Il marqua une halte, prit ses mains dans les siennes et l'attira contre lui.

— Pas pour nous.

Quand leurs lèvres s'unirent, leur baiser langoureux fit renaître la jeune femme à la vie. Soudain réconfortée, elle oublia toutes ses réserves. Au diable les problèmes, les bilans comptables et l'avenir préoccupant de MCS ! Seul comptait le bonheur de retrouver l'homme qu'elle aimait après toutes ces années de souffrance et de manque.

— Qu'est-ce que je vais faire avec toi, cow-boy ? fit-elle en éloignant sa bouche.

— Me donner une chance, répondit-il. C'est tout ce que je te demande, Mitzy. Une chance d'embellir notre vie.

Quand ils regagnèrent la maison, aux alentours de 22 heures, les enfants étaient à nouveau réveillés. Selon un rituel désormais bien rodé, elle prépara leur repas pendant qu'il s'occupait du change, et ils s'installèrent côte à côte sur le canapé pour donner les biberons. À la fin de la tétée, ils montèrent les quadruplés à l'étage.

— Si tu veux, je me charge du coucher pendant que tu fais ta toilette, proposa Chase.

Craignant de manquer à son devoir maternel en le laissant se débrouiller seul, elle hésita sur le seuil de la chambre. Jamais elle ne quittait ses enfants avant leur endormissement complet.

— Je promets de t'appeler s'il y a le moindre problème, insista-t-il.

Elle étouffa un bâillement et accepta de faire une exception à la règle.

— D'accord, je suis trop fatiguée pour te contredire.

Après un dernier regard à sa couvée, elle se détourna avec regret et disparut dans le couloir. Peu à peu, le silence envahit tout l'étage, tandis que les garçons s'abandonnaient un à un à un profond sommeil. Chase brancha le babyphone, éteignit les veilleuses, et s'éclipsa sur la pointe des pieds. La porte de la chambre de Mitzy était restée ouverte. Il jeta un coup d'œil à l'intérieur. Encore tout habillée, la jeune femme était recroquevillée sur le bord de son lit, les yeux fermés et la respiration régulière, son pyjama dans une main et ses pantoufles dans l'autre.

Il s'approcha et toucha doucement son épaule.

— Mitzy ?

Sans reprendre conscience, elle émit un faible soupir et un de ses chaussons lui échappa des doigts. Elle dormait si profondément qu'il n'eut pas le cœur de la réveiller. Débordant de tendresse, il la souleva pour installer sa tête sur son oreiller, remonta la couverture au-dessus de ses jambes et se pencha pour poser un baiser sur sa tempe.

La jeune femme s'éveilla dans un état de grande confusion, et mit quelques instants à se situer dans l'espace. La lumière du jour qui filtrait sous les rideaux tirés l'intriguait. Il ne pouvait être aussi tard puisqu'elle n'avait pas donné la tétée de la nuit. Elle découvrit alors que le babyphone était éteint et qu'elle portait toujours ses vêtements de la veille.

Elle tituba jusqu'à sa porte, et l'ouvrit au moment où Chase apparaissait en haut de l'escalier. Comme il avançait dans sa direction, elle vit qu'il ne s'était pas changé, lui non plus. Une barbe naissante assombrissait sa mâchoire et des cernes soulignaient ses beaux yeux bleus.

— Salut, fit-il dans un sourire éblouissant, il me semblait bien avoir perçu du mouvement à l'étage.

Elle passa les deux mains dans ses cheveux.

— Quelle heure est-il ?

Sa question lui valut un autre sourire. Plus indulgent que charmeur cette fois.

— Midi.

Non, c'était impossible.

— Midi ?

— Je t'assure, fit-il en hochant la tête pour essayer de la convaincre. Tu as fait le tour du cadran.

Mitzy n'aurait su dire depuis combien de temps cela n'était pas arrivé. Deux ans, au moins.

— Et les garçons ?

Il passa un bras rassurant autour de ses épaules.

— Ils vont bien, ne t'inquiète pas !

Puis, gonflant fièrement la poitrine :

— Je me suis occupé tout seul de leur repas de 4 heures. Et ils ont été assez gentils pour ne pas te réveiller.

Un vrai miracle de Noël ! Ou bien un rêve, tout simplement. Elle posa les mains sur son torse comme pour s'assurer qu'il était bien réel.

— Où as-tu dormi ? s'inquiéta-t-elle soudain.

— Sur la moquette de leur chambre.

La réponse semblait couler de source.

— La moquette ?

Il la suivit dans sa salle de bains où elle se passa de l'eau froide sur le visage.

— Je voulais être tout près au cas où ils auraient besoin de quelque chose.

— Je… Je ne sais pas quoi dire.

Chase était aux anges.

— Merci, peut-être ? Et si tu me trouvais une brosse à dents, je ne dirais pas non.

Elle ouvrit l'armoire, lui en tendit une, et s'écarta pour lui laisser l'accès au lavabo. La familiarité de la scène la laissait un peu perplexe. Au point où ils en étaient, devait-elle lui réserver un tiroir pour ses accessoires de rasage ? Elle soupira en s'efforçant de revenir au temps présent. Il était heureux, elle l'était aussi. Pourquoi penser plus loin ?

— Sérieusement, Chase, je suis impressionnée. Tu as vraiment fait des prouesses cette nuit. Je ne sais pas comment te remercier.

Un baiser aurait parfaitement fait l'affaire, mais ils savaient tous deux où pouvait les conduire une simple marque d'affection.

— Je suis heureux de t'avoir rendu service et je n'ai pas besoin de remerciements.

Percevant soudain le bruit d'une conversation, Mitzy reprit totalement pied dans la réalité.

— La relève ? demanda-t-elle.

— Emmaline Clark et sa mère. Elles sont arrivées à 7 h 30 et ont insisté pour me laisser partir en assurant qu'elles prenaient le relais. Mais…

Il la couva d'un regard amoureux.

— J'avais envie d'attendre pour te voir à ton réveil. Tu n'es pas inquiète de ce qui s'est passé cette nuit ? Tu ne te souviens vraiment de rien ?

Mitzy fronça les sourcils. Avait-elle oublié quelque chose d'essentiel ? En vérité, elle se rappelait lui avoir souhaité bonne nuit. Rien d'autre.

— Que cherches-tu à me dire ?

S'ils avaient fait l'amour, elle le saurait. D'ailleurs, elle ne porterait pas ses vêtements de la veille. Il la taquinait.

— Je t'ai trouvée endormie dans ta chambre et je t'ai bordée comme une enfant. Tu étais ravissante.

Il se pencha pour mordiller son oreille.

— Crois-moi, j'ai dû me faire violence pour rester sage !

— Je te remercie, Chase, d'avoir respecté mon sommeil. Je ne me suis pas sentie aussi reposée depuis des siècles. Tu m'as rendu un grand service et je me sens vraiment redevable envers toi.

— Je ne te le fais pas dire.

Il leva un bras en signe de victoire.

— D'ailleurs j'accepte, ajouta-t-il.

Elle le regarda sans comprendre.

— Tu acceptes quoi ?

— Tu as oublié ? s'étonna-t-il avec malice.

Elle fronça les sourcils.

— Tu as proposé de me réserver une journée entière. Juste toi et moi.

Il mentait bien sûr, mais c'était sans importance.

— Une vraie sortie en amoureux, reprit-il. J'ai décidé d'accepter.

- 9 -

Le mercredi suivant, ils riaient comme deux adolescents en quittant le dancing de San Angelo qui était autrefois le lieu de prédilection de leurs sorties nocturnes.

— Je me suis bien amusée ! s'exclama joyeusement Mitzy. Quelle plongée dans le passé !

À une différence près. Ils avaient investi les lieux en début d'après-midi. Hormis les deux étudiants chargés des lumières et de la sonorisation, l'endroit était désert. Les enceintes diffusaient d'anciens tubes et, parmi eux, quelques-uns de ses morceaux préférés.

— Un brin nostalgique ? demanda son complice.

Elle hocha la tête en se remémorant le temps où elle portait sur le monde le regard neuf de la jeunesse, sans idée préconçue sur l'avenir. L'initiative de Chase apportait une bouffée d'oxygène dans un quotidien lourd de responsabilités.

— Attends de voir notre prochaine destination ! dit-il, manifestement très heureux de lui apporter un peu de distraction.

La boutique de tacos. L'établissement ne payait pas de mine, mais il fournissait sans conteste le meilleur de la cuisine mexicaine de la ville. Chase descendit de voiture pour passer la commande, regagna la voiture avec un sac dans chaque main et conduisit Mitzy jusqu'à son ranch. Quelle ne fut pas sa surprise quand elle découvrit l'aire de pique-nique aménagée dans le salon ! Animé par l'idée de rompre avec le quotidien, le jeune homme avait étendu une nappe fleurie et des coussins sur le sol. En plein mois de décembre, l'étrange décor côtoyait les guirlandes de Noël et le grand sapin installé le week-end précédent avec le clan McCabe.

Mitzy n'en croyait pas ses yeux.

— Je voudrais bien comprendre à quoi tu joues, Chase.

Il la rejoignit au centre de la pièce et porta son poignet à ses lèvres.

— Ce n'est pourtant pas compliqué. En cette période de fêtes, nous méritons tous les deux un beau cadeau.

— Un cadeau, répéta-t-elle en fronçant les sourcils.

Il referma les mains sur sa taille et l'attira tout contre lui.

— Un *remake*. Imagine que nous tournions un film ! Je veux refaire la scène de notre dernier rendez-vous.

Elle se sentit soudain vaciller.

— Celui de notre séparation ?

— Exactement. Dans une nouvelle version et avec une conclusion plus heureuse.

Elle plaça une main sur sa poitrine et le repoussa. La vie n'était pas un conte de fées où l'on pouvait changer le cours des événements d'un coup de baguette magique.

— Nous ne pouvons pas réécrire l'histoire, dit-elle.

Il la guida jusqu'à la couverture et l'invita à s'asseoir.

— C'est vrai, mais rien ne nous interdit de corriger nos erreurs. Accepter cette rupture a été la plus terrible erreur de ma vie. J'en suis sorti totalement brisé.

Elle retira lentement ses bottes, les posa sur le côté et plaça ses jambes en tailleur.

— Pour un homme brisé, je trouve que tu t'en es plutôt bien sorti, observa-t-elle.

— Professionnellement, peut-être. Et de ce point de vue, toi aussi. Mais pour le reste…

Il prit sa main et la posa sur son cœur.

— Là, à l'intérieur, tout s'est arrêté le jour où tu es sortie de ma vie. Au fond de moi, je suis resté le jeune homme éperdument amoureux de la plus belle fille de la ville.

Un sourire tendre se dessina sur ses lèvres tandis que les souvenirs de sa jeunesse revenaient à sa mémoire.

— Pourquoi crois-tu que je mettais tant d'énergie à convaincre mes parents d'acheter toutes ces nouvelles selles pour les chevaux ?

Le pouls de Mitzy s'accéléra.

— Parce que Gus et son équipe fabriquaient les plus belles de tout l'État ?

Avant de lui répondre, il commença à étaler le contenu des deux sacs de pique-nique.

— Parce qu'à chaque fois que nous allions à l'atelier, j'avais une petite chance de te croiser. Si par bonheur tu étais chez Gus le jour J, j'étais récompensé de mes efforts.

Il ouvrit un pot de guacamole et un sac de tacos.

— Sans compter que j'ai vite gagné la confiance de ton père. Il m'a offert un boulot d'été et, plus tard, le début de carrière que tu connais.

Émue par cette évocation du passé, elle rajusta sa position et l'observa attentivement.

— Tu as fait tout cela pour être près de moi ?

— Eh bien oui…

Il lui tendit une assiette et l'invita d'un geste à se servir.

— Tu étais la femme de mes rêves. Celle que je voulais. La seule que j'ai jamais vraiment désirée.

La sincérité contenue dans ses déclarations invita Mitzy à tomber le masque pour de bon.

— Je pourrais en dire autant de moi. Je n'ai jamais vraiment désiré un autre homme. Et j'ai beaucoup souffert moi aussi de notre séparation.

Il l'embrassa en la serrant tendrement.

— Voilà pourquoi nous devons absolument corriger nos erreurs !

Il posa la nourriture de côté, lui prit la main et l'aida à se remettre sur pied.

— Je ne connais pas de meilleur moyen que de faire l'amour. Ici et maintenant.

Il la souleva de terre et la porta dans sa chambre sans autre préambule. Mitzy ne fit rien pour l'en empêcher, même si le cours des événements l'affolait un peu. Avant de rejoindre Chase ce jour-là, elle avait su qu'ils retomberaient dans les bras l'un de l'autre. Mais se retrouver chez lui, dans son lit, revêtait une importance qu'elle n'avait pas mesurée. Le soir de la sortie avec les enfants, il lui avait dit qu'elle était *sa* femme. Elle le ressentit pleinement dans la joie évidente qu'il prit à lui ôter ses vêtements. Elle lui appartenait. Il le savait tout autant qu'elle et la réciproque était vraie. Mitzy connaissait chaque centimètre de son torse. Ses doigts eux-mêmes se rappelaient la sensation douce de la toison brune qui s'affinait en descendant vers son nombril. Quand sa main atteignit la raideur de son sexe, il gémit de plaisir sans cesser de l'embrasser. Portée par une pulsion trop primaire pour être maîtrisée, elle le caressa avec ses deux mains, glissa entre ses cuisses et se pencha pour embrasser sa virilité. Sur le point de perdre le contrôle, il la repoussa et inversa les rôles.

— C'est à mon tour, dit-il en la faisant rouler sur le dos.

Il écarta largement ses deux jambes, se coula entre elles, et explora son sexe avec sa langue, éveillant en elle des sensations étourdissantes. Lui seul était capable de jouer si sûrement avec ses sens, de la porter jusqu'à l'extase, tout en lui faisant ressentir l'absolue certitude de son amour. Elle trembla, son corps tout entier trembla, et il la serra fort contre lui pour l'apaiser doucement.

Quand le désir la tourmenta à nouveau, elle agrippa ses hanches et se hissa contre lui. Leurs bouches s'agrégèrent aussi frénétiquement que leurs corps. Elle pressa ses seins contre son tore, se cramponnant à ses épaules comme si sa vie en dépendait et il la pénétra puissamment. Enfin unie à l'homme qu'elle aimait, elle se laissa bercer lentement, longuement, jusqu'à l'instant où, au comble de l'excitation, il accentua la force et le rythme de ses coups de reins. Quand leur plaisir sembla atteindre son paroxysme, Mitzy perdit tout contrôle, un cri fulgurant jaillit de sa gorge et, ensemble, ils basculèrent dans l'extase.

Elle faisait partie de lui. Il faisait partie d'elle. Les atermoiements n'étaient plus de mise. Comment nier encore la force du lien qui les unissait ? S'agissait-il d'amour ou de passion ? La jeune femme n'aurait su le dire. Un désir brut, une compensation à leur solitude ? Qu'importait, après tout ! Ils avaient besoin l'un de l'autre et seul comptait le bonheur qu'ils éprouvaient à être ensemble.

Malheureusement, l'horloge du temps était implacable. Mitzy était attendue chez elle par ses quatre garçons et le moment arriverait bientôt où, une fois leurs derniers frissons apaisés, ils devraient se lever et quitter le ranch. Ils le regrettaient l'un et l'autre, mais si Chase voyait dans le mariage la solution évidente à leur problème, elle n'était pas encore prête à franchir le pas. Pour l'heure, ils devaient se contenter de quelques heures volées çà et là.

Elle enfila ses bottes et remonta la fermeture Éclair de son jean.

— C'est impossible, Chase.

Il haussa les sourcils. Pouvait-elle lire dans ses pensées les plus secrètes ?

— Qu'est-ce qui est impossible ?

Elle passa son pull-over au-dessus de sa tête et le fit glisser sur ses hanches.

— De reprendre notre relation là où nous l'avons laissée il y a dix ans.

Il soupira et la rejoignit à côté du lit. Combien de temps encore allait-elle hésiter entre passion et regret ? Plus ils se rapprochaient, plus elle semblait vouloir le fuir.

— Tu en es vraiment sûre ?

— Malheureusement, je le crains.

Il prit une de ses mains et la plaça sur son cœur.

— Mitzy, tu peux prétendre ce que tu veux, mais tu ne peux pas nier la profondeur de nos sentiments.

Elle battit des paupières et se détourna de lui.

— Je suis incapable de brûler les étapes, Chase. Ne me demande pas de remettre à mon doigt ma bague de fiançailles comme si rien de grave ne s'était passé entre nous.

Il la laissa sortir de la chambre sans se précipiter derrière elle pour éviter de l'importuner. Quand il la rejoignit dans le salon, quelques minutes plus tard, il la trouva agenouillée sur la couverture, occupée à remballer les restes du repas qu'ils avaient à peine entamé.

— Tu l'as toujours ? demanda-t-il en se joignant au rangement.

Le jour de leur séparation, elle avait voulu la lui rendre, mais il n'avait pas accepté de la reprendre.

— Oui, sans doute quelque part.

Le rouge qui colorait ses joues prouvait assez clairement qu'elle savait avec exactitude où se trouvait le bijou en diamants. Il lui adressa le regard sévère que l'on réserve à un enfant pris en flagrant délit de mensonge.

— D'accord, admit-elle dans un soupir. Je sais où elle est rangée. Dans sa boîte d'origine, au milieu de mon tiroir de lingerie, sous une pile de caracos.

Voilà qui était étrangement précis pour un objet dont elle prétendait ignorer l'emplacement un instant plus tôt !

— Pourquoi là ? demanda-t-il avec curiosité.

Ses questions commençaient à l'agacer.

— Je ne sais pas. J'ai sans doute pensé qu'elle serait en sécurité ou bien…

Elle leva sur lui un regard exaspéré.

— Je ne suis jamais retournée à la bijouterie pour essayer de la revendre, si c'est cela que tu veux entendre.

Le cœur de Chase s'allégea. Si elle n'avait pas cherché à se défaire du symbole de leur engagement, c'était qu'elle ne voulait pas non plus se débarrasser de lui. Il la prit dans ses bras avec une assurance retrouvée.

— Tu vois que j'avais raison. Tu es restée attachée à moi autant que je le suis à toi.

Elle resta silencieuse, sentant sa résistance faiblir inexorablement.

— Je n'ai aucune envie de l'admettre, cow-boy, mais il semble que tu aies raison.

Heureux comme un adolescent, il appliqua un baiser sonore sur sa bouche. Qu'elle le veuille ou non, il était toujours *son* homme et elle était toujours *sa* femme. Fin de l'histoire.

— Alors, tout va bien, dit-il.

Mitzy ne semblait pas en être aussi convaincue.

— Entre nous, oui, admit-elle en se laissant aller à contrecœur dans ses bras.

— Mais… ?

Elle avait encore des réserves et il répugnait à les entendre. Il la regarda s'éloigner et récupérer son manteau.

— Personne ne doit savoir que nous sommes peut-être sur la voie de la réconciliation. En tout cas, pas maintenant. Je ne supporterais aucune pression de l'extérieur.

Si elle songeait à sa mère, elle avait sans doute raison. Étant donné son caractère, il était bien inutile de mêler

Judith à leur histoire. Si elle faisait par contre allusion aux habitants de Laramie, mieux valait la prévenir tout de suite.

— Au risque de te décevoir, Mitzy, je suis obligé de te dire la vérité. Les rumeurs sur notre compte vont bon train.

Elle se figea sur place.

— Mais encore ?

Puisqu'il avait commencé, il était obligé de poursuivre.

— D'après mon frère Jack, les gens ont commencé à prendre des paris sur la date de notre mariage.

— Tu plaisantes ? questionna-t-elle en pâlissant.

Il aurait préféré. La pression, d'où qu'elle vienne et quelle que soit sa nature, était source de complications. Mitzy le rejoignit et le défia du regard.

— Et toi ? Dis-moi la vérité ! Combien as-tu parié ?

Il secoua désespérément la tête.

— Rien, je te jure. Je ne veux pas risquer de compromettre nos chances.

Elle ferma les yeux avec lassitude.

— Moi non plus, murmura-t-elle. Au moins nous sommes d'accord sur un point.

Sur cet échange un peu tendu, les deux amants quittèrent le ranch pour aller relayer les nourrices. Ils s'entendaient sur le fond, la profondeur de leurs sentiments. Mitzy avait envie de discrétion et Chase le comprenait aisément. Le divorce de ses parents et les remariages successifs de sa mère l'avaient rendue prudente et dubitative sur la possibilité d'une relation durable. Il rêvait d'un mariage solide et éternel, calqué sur le modèle de celui de ses parents. De son côté, elle craignait de renoncer à sa liberté pour un avenir incertain. Et s'il était persuadé de la rallier un jour à sa cause, il doutait d'y parvenir avant leur voyage à Dallas, le samedi suivant. À force de patience et de détermination, il espérait néanmoins atteindre son objectif avant Noël.

Le jour suivant s'écoula trop vite pour qu'ils trouvent le temps de se voir. Chase consacra toute son énergie à la conclusion du rachat d'une entreprise en difficulté. Quant à Mitzy, elle passa en revue les derniers détails de la fête de l'atelier prévue le samedi suivant son retour de Dallas. L'éloignement étant propice à la réflexion, elle resongea aux événements de la veille. Ce bref retour dans le passé avait suscité en elle des sentiments contradictoires, alors que Chase semblait revivre les temps anciens à travers un prisme entièrement coloré en rose. Elle admettait cependant avoir changé d'attitude au cours des dernières semaines et n'envisageait plus du tout la rupture définitive qu'elle évoquait lors de leurs retrouvailles. Mais toujours incapable de se projeter dans l'avenir, elle préférait se contenter de l'instant présent.

Quand il frappa à sa porte le vendredi soir, elle l'accueillit tout naturellement. Il faisait désormais partie de son quotidien.

— Il va y avoir un monde fou à la fête de MCS ! lui confia-t-elle dès son arrivée. Je suis très contente. Tous les employés seront présents, certains avec leurs familles et d'autres ont même invité des amis.

Puis elle plissa le nez et fit une étrange grimace.

— Mon seul problème, c'est la salade de pommes de terre. Ils veulent tous apporter la même éternelle salade de pommes de terre. Si je laisse faire, il y en aura des kilos.

Chase la suivit dans le salon où les quadruplés étaient endormis. Il se pencha au-dessus de chacun d'eux, le visage attendri, puis il prit la main de leur maman et l'invita à s'asseoir près de lui.

— Quel sera le plat principal ?

Elle se glissa contre son épaule.

— Un barbecue préparé par le traiteur, et offert par l'entreprise.

Il passa doucement le pouce sur sa joue rouge d'excitation.

— Pourquoi tu ne commandes pas aussi le reste du repas ? Je serais ravi de prendre en charge l'addition.

— Merci, répondit-elle avec gratitude. Mais je refuse. Tu es mon invité.

Il était heureux de faire partie des convives, même si elle avait soumis sa présence à une condition un peu regrettable pour lui. Il avait le droit de se joindre au personnel comme un vieil ami de la famille, mais surtout pas comme le compagnon de la patronne.

— De toute façon, reprit-elle, c'est la tradition. Chacun apporte un plat qu'il a concocté. Entrée ou dessert. Il me reste juste à équilibrer les propositions en essayant de ne vexer personne.

Le regard de Chase tomba sur les catalogues et listes de cadeaux disposés sur la table basse.

— C'est quoi tout ça ?

La jeune femme soupira.

— J'hésite encore au sujet des cadeaux pour les garçons. Ma mère leur a déjà acheté tous les jouets adaptés à leur âge. Elle a une théorie sur la question, tu t'en doutes. Ils sont venus au monde tous les quatre en même temps, mais ce n'est pas une raison pour qu'ils soient moins gâtés que des frères nés séparément.

— Du coup, tu ne sais plus quoi leur offrir…

— Exactement. Ce matin, j'ai quand même eu une idée. Ils n'ont pas encore de doudous et ils arrivent à un âge où ils pourraient en avoir besoin. J'ai pensé que des animaux en peluche et des couvertures brodées avec leur prénom pourraient leur plaire.

Il approuva d'un signe de tête.

— Bonne idée !

— En vérité, je ne sais plus, reconnut-elle avec lassitude.

Heureuse de pouvoir enfin échanger sur la question, elle prit un catalogue et le feuilleta devant lui.

— Est-ce que je dois choisir des bêtes sauvages, comme des zèbres, des ours, des tigres et des lions ou plutôt des animaux de la ferme ?

Le premier Noël des quadruplés la mettait dans un état d'excitation inhabituel et elle parlait sans pouvoir s'arrêter.

— Les dinosaures sont très populaires, surtout pour les petits garçons, mais tu ne les trouves pas effrayants ? Il vaut peut-être mieux s'orienter vers des animaux domestiques. Chiens, chats, lapins… Regarde comme ils sont beaux !

— Adorables, fit-il.

— Tu choisirais quoi à ma place ?

Il l'observa un instant, tout à la fois surpris et flatté d'être consulté sur un sujet qui concernait si intimement les enfants.

— À ta place, j'opterais peut-être pour quatre races de chiens différentes. Une pour chaque enfant. Golden retriever, labrador noir, husky et pourquoi pas un bouvier bernois ? Tu sais, ces magnifiques chiens des montagnes…

Tout en parlant, il pointait les images sur la page ouverte du catalogue.

— Ils sont tous magnifiques. Et aucun ne ressemble à l'autre, ajouta-t-il.

Mitzy fut aussitôt séduite. Elle le serra chaleureusement dans ses bras.

— L'idée me plaît bien.

Il ne lui restait plus qu'à faire son choix. Après une brève discussion, elle passa sa commande sur son ordinateur portable. Soulagée d'avoir enfin réglé le problème, elle se leva et s'étira paresseusement.

— Je dois encore acheter les couvertures et les faire broder. Je m'en occuperai à notre retour de Dallas.

Chase quitta le canapé pour se placer derrière elle et masser les muscles tendus de ses épaules. Elle ferma les yeux avec bonheur. Cet homme savait toujours lui apporter le réconfort dont elle avait besoin. Chaque jour, elle le constatait davantage. Percevant son changement d'humeur, il la fit pivoter face à lui.

— En parlant de Dallas, tu es prête pour le départ, demain matin ?

Elle ne savait que répondre. Embarquer pour la première fois les quadruplés pour un voyage en voiture était une chose. Supporter sa mère et toutes les surprises qu'elle avait sans doute en réserve en était une autre. Mais à quoi bon s'inquiéter à l'avance ?

— Bridgett, Bess et Lulu m'ont aidée à préparer les bagages cet après-midi. Alors oui, à part pour les petits accessoires à glisser dans le sac de change au dernier moment, je suis prête.

— Tu veux toujours que je passe vous chercher à l'aube ?

Elle aurait aimé l'inviter à passer la nuit, mais ce n'était pas raisonnable. Ils avaient besoin de dormir avant le départ.

— Oui. J'ai promis à Judith d'arriver avant 10 heures.

Il embrassa le revers de sa main.

— Inquiète de ce séjour ?

— Un peu, je l'avoue. Heureusement que tu es là pour nous accompagner.

— Tout va bien se passer, promit-il.

Mitzy inspira profondément. Elle l'espérait de tout cœur.

- 10 -

Le lendemain, Judith les accueillit très froidement sur le seuil de sa villa. Il était près de midi.

— Voilà deux heures que je vous attends ! Que s'est-il passé ?

Chase se tourna vers Mitzy pour la laisser répondre. Les pleurs et les nausées des quadruplés ne lui avaient pas laissé une minute de répit.

— Après trente minutes de voyage, ils ont tous été malades. Nous avons dû nous arrêter un nombre incalculable de fois.

Judith s'était approchée pour les serrer dans ses bras mais, constatant l'étendue du désastre, elle recula en levant les mains en l'air pour se mettre hors de portée.

— Navrée, mes petits chéris, mais vous êtes… répugnants !

Bien peu surprise par la réaction de sa mère, Mitzy envoya à Chase un regard entendu. Tout comme lui, elle portait un bébé débraillé et ensommeillé dans chaque bras et elle était éreintée.

— Nous sommes bien conscients de sentir le lait caillé, maman. Alors, le mieux serait de passer tout le monde sous la douche et de faire nettoyer d'urgence l'intérieur de ma voiture.

Dépitée, Judith fit volte-face et ouvrit la marche en

direction de l'imposante montée d'escalier qui surplombait le hall de la résidence.

— La styliste vous attend de pied ferme. Le photographe est arrivé, lui aussi.

Elle adressa un signe aux quatre jeunes femmes réunies près de la balustrade de la deuxième galerie. Telle une armée bien dressée, elles accoururent au rez-de-chaussée. Au comble de l'énervement, la maîtresse de maison interpella à nouveau sa fille.

— Les choses se seraient mieux passées si tu n'avais pas insisté pour tout faire en une seule journée !

Habituée à ses reproches depuis sa plus tendre enfance, Mitzy lui répondit sans s'émouvoir :

— Nous sommes là, maintenant. Tu veux continuer à faire des histoires ou tu préfères te montrer efficace ?

Sans paraître l'entendre, Judith dirigea sa colère vers les baby-sitters.

— Qu'attendez-vous pour les emmener à l'étage et les débarrasser de ces vêtements dégoûtants ?

Docile, chacune se chargea d'un enfant et s'exécuta sans mot dire.

— Le valet de chambre montera vos bagages, ajouta la maîtresse de maison à l'intention de Mitzy. Tu devrais conduire Chase dans la suite bleue. Pendant ce temps, je vais charger quelqu'un d'emmener ta voiture au garage.

Chase lui tendit les clés du SUV.

— Merci, Judith.

Walter apparut sans bruit dans l'encadrement de la porte du grand salon. Il paraissait totalement extérieur à l'activité intense qui animait toute la résidence. D'une démarche tranquille, il s'approcha de Chase.

— Bonjour, cher ami. Quand vous serez prêt, rejoignez-nous au bord de la piscine ! Vous avez bien mérité un petit rafraîchissement.

Installé dans sa suite, Chase attendit l'arrivée de sa

valise, puis il passa sous la douche avant d'enfiler une tenue propre. Comme il regagnait l'escalier, il eut un aperçu du ballet des nounous, couturières, coiffeuses et autres maquilleuses qui s'affairaient autour des quadruplés et de leur maman.

Il s'était préparé à un tête-à-tête avec Walter, mais il le découvrit dans le parc en compagnie de son épouse. Ils étaient tous deux installés à l'ombre d'un parasol.

— J'ignore combien de temps nous pourrons parler tranquillement, commença Judith, d'un ton aussi chaleureux que la température de décembre. Alors je n'irai pas par quatre chemins.

Elle servit aux deux hommes un verre de jus de fruits.

— Gus ne t'a pas réservé ses confidences, Chase. Il nous a parlé à nous aussi, juste avant sa mort. Nous savons ce que tu lui as promis. Convaincre Mitzy de se décharger de la responsabilité de l'entreprise. C'est très bien, mais je ne comprends pas pourquoi cela doit prendre autant de temps.

Ayant ponctué sa remarque d'un soupir impatient, elle se pencha au-dessus de la table pour s'approcher de lui.

— Qu'est-ce que tu attends pour trouver un acquéreur à MCS ? Ou mieux, pour l'acheter toi-même ?

Chase ne s'était pas préparé à un assaut aussi franc et direct. Il reposa son verre.

— J'ai aussi promis à Gus de faire les choses en douceur, répondit-il posément. Je fais en sorte que Mitzy se rende compte par elle-même de son incapacité à diriger l'atelier.

— Ce n'est pas si simple, glissa Walter pour tenter d'apaiser la discussion. Tu penses y arriver ?

— Je fais mon possible.

Judith le considéra avec le plus grand mépris.

— En lui faisant la cour ? Ne cherche pas à le nier,

Chase ! J'ai mes sources. Tu es chez elle pratiquement tous les soirs. Pour soi-disant l'aider.

Comment pouvait-il se justifier sans s'attirer plus tard les foudres de Mitzy ?

— En vérité, je n'ai jamais cessé de l'aimer.

Judith leva les yeux au ciel.

— Tu aurais dû l'épouser il y a dix ans, au lieu d'accepter cette rupture insensée.

Sur ce point, il ne pouvait la contredire.

— Je sais, j'ai agi comme un imbécile. Mais j'ai changé depuis. Croyez-le ou non…

Il regarda successivement ses deux interlocuteurs pour donner plus de poids à ses paroles.

— Je maîtrise parfaitement la situation.

Si seulement il avait pu en être aussi sûr ! Le processus était périlleux car la jeune femme pouvait le repousser à tout moment. Il devait agir prudemment et la convaincre sans la brusquer de renoncer à MCS. C'était la mission délicate que Gus lui avait confiée.

— Je maîtrise parfaitement la situation, répéta-t-il comme pour s'en convaincre lui-même. Mitzy finira par entendre raison.

Judith se racla bruyamment la gorge comme pour le prévenir d'un danger imminent. L'ombre qui se dessina sur la table lui fournit aussitôt l'explication de son comportement. La jeune femme s'était approchée sans bruit. Sous son maquillage excessif, son visage semblait porter toute la misère du monde. Qu'avait-elle entendu de leur conversation ?

— Maman, tu ne voudrais pas laisser Chase un peu tranquille ! Il a été très aimable de faire le voyage avec nous.

Sa mère redressa fièrement la tête.

— J'ai tout de même le droit de donner mon avis de temps en temps ! s'indigna-t-elle.

Comme si elle avait l'habitude de s'en priver !

— Chase n'était pas un bon parti autrefois, reprit-elle sans vergogne. Il était jeune et sans le sou. Maintenant qu'il a réussi, il devrait t'épouser, adopter les enfants, et vous ramener tous à Dallas.

Son esprit d'ingérence n'avait pas de limite. Mitzy eut toutes les peines du monde à conserver son calme.

— Mes décisions n'appartiennent qu'à moi, fit-elle d'un ton glacial.

Songeant que rien de bon ne sortirait de la discussion, Chase se leva de sa chaise.

— Tu as besoin de quelque chose, ma chérie ?

Elle lui vrilla un regard franchement hostile avant de se retourner vers Judith.

— Je suis navrée de l'admettre, maman, mais j'ai besoin de toi à l'étage. Ma couturière et le photographe se chamaillent sans arrêt. Ils ne s'accordent sur rien et j'avoue que mes nerfs sont à bout.

— Ne t'inquiète pas, je vais arranger ça !

Comme les deux femmes disparaissaient à l'intérieur de la maison, Walter repoussa son verre au centre de la table d'un air embarrassé.

— Je suis désolé, Chase. J'avais pourtant demandé à Judith de rester discrète. Ce n'est vraiment pas le jour d'aborder des sujets aussi personnels. Elle est incorrigible.

— Et plutôt incohérente. Je croyais qu'elle avait l'intention de présenter ce soir à Mitzy toute une palette de prétendants triés sur le volet.

Walter haussa les épaules.

— Elle aimerait bien vous voir enfin réunis, mais elle sait d'expérience que les réconciliations ne sont jamais gagnées d'avance. Son obsession est de marier sa fille. Alors elle a imaginé un plan B.

Le pragmatisme de cette femme était sans pitié. Chase l'éprouva à ses dépens pendant tout l'après-midi quand, fou de jalousie, il observa de loin les manœuvres bien peu subtiles de la maîtresse de maison qui exhibait sa fille comme une véritable bête de foire. Quoi de plus écœurant que le spectacle des notables de la ville défilant devant les deux femmes ? Tous posaient sur Mitzy des œillades teintées d'une convoitise abjecte. Rien d'étonnant à cela. Elle était éblouissante. Le dos nu de sa robe de satin rouge était vertigineux. Un maquillage subtil avait remplacé le fard trop lourd appliqué pour la séance de photographie. Ses cheveux relevés en un chignon savamment désordonné laissaient voir les diamants qui brillaient à ses oreilles et le collier court qui entourait la base de son cou. Chase était d'autant plus abattu que les quelques fois où leurs regards se croisèrent, il crut subir les foudres de l'enfer. Elle était clairement remontée contre lui et ne cherchait pas à dissimuler sa colère.

— C'est le moment ! souffla soudain Judith à son oreille.

Brusquement sorti de sa rêverie, il acquiesça sans beaucoup d'enthousiasme. Il n'avait pas pu refuser à Judith la mission qu'elle lui avait confiée en secret.

— Où se trouve le costume ? demanda-t-il aussi poliment que possible.

— Dans le vestiaire des thermes. Une fois habillé, tu attendras mon signal derrière la porte principale. Surveille ton téléphone, je t'enverrai un texto !

Il serra les mâchoires en s'abstenant de tout commentaire, même si le déroulement des festivités et le rôle qui lui était imparti commençaient sérieusement à lui taper sur les nerfs. Docile, il prit la direction de la piscine, revêtit son déguisement et vint se planter devant l'entrée de la villa en attendant le signal de son entrée en scène. La nuit était froide. Les étoiles brillaient au-dessus de sa tête et les guirlandes de la façade projetaient sur la pelouse des flashs intermittents de lumière. Sa grande hotte posée derrière lui, il attendit ce qui lui parut une éternité en se frottant les mains pour les réchauffer. Enfin, la sonnerie de son téléphone retentit.

C'est le moment de faire ton entrée, Père Noël !
J'espère que tu sauras nous faire rire !

Comme s'il était d'humeur ! Songeant qu'il se sacrifiait pour le bonheur de Mitzy et de ses enfants, il saisit la poignée de la porte d'entrée.

Cependant, la jeune femme se tenait en haut du grand escalier. Ses chaussures à talons aiguilles lui infligeaient une véritable torture. Sa robe, certes très élégante, se révélait tout aussi inconfortable. Elle avait le dos glacé depuis la nuque jusqu'à la taille, et le front brûlant sous l'effet du stress et de la fatigue. Ultime épreuve, pour le seul plaisir de sa chère maman, elle devait encore se pavaner avec ses enfants devant deux cent cinquante personnes. Elle avait hâte d'en finir et espérait que les garçons seraient à la hauteur.

Selon une mise en scène minutieusement réglée, les musiciens de l'orchestre convoqué pour l'occasion cessèrent de jouer au moment où Judith et Walter vinrent se placer au centre du grand hall.

— Bienvenue à tous ! fit chaleureusement la maîtresse de maison. Et joyeux Noël ! Je sais que vous êtes impatients de rencontrer les quatre nouveaux membres de notre famille, alors nous n'attendrons pas plus longtemps. Mitzy, ma chérie, viens nous montrer tes petites merveilles !

Un sourire plaqué sur les lèvres, l'intéressée ouvrit gracieusement la marche. Derrière elle, les quatre babysitters déguisées en lutins descendirent les marches avec les enfants. Elles avaient presque atteint le rez-de-chaussée quand la porte principale s'ouvrit bruyamment, laissant le passage à un imposant Père Noël.

— Ho ho ho ! tonna une voix familière.

Mitzy crut qu'elle allait défaillir. Non, Judith n'avait pas osé... L'homme en rouge avança jusqu'à elle et laissa tomber sa hotte à ses pieds.

— Mais qui est donc cette ravissante demoiselle ? gronda-t-il en posant les mains sur ses hanches.

Sans prévenir, il enroula un bras autour de sa taille et la fit basculer en arrière comme une danseuse de tango. Elle s'accrocha à ses épaules.

— Ça ne serait pas la future Mère Noël, par hasard ?

Des cris de surprise et des rires parcoururent l'assemblée quand il se pencha pour lui voler un baiser. Mitzy n'osait imaginer l'indignation de sa mère. Elle était elle-même partagée entre le choc, la colère et la honte.

— Père Noël, comment osez-vous ? gronda-t-elle en plongeant un regard sévère dans le bleu étincelant de ses yeux.

Loin de se démonter, Chase fronça les sourcils.

— Je crois que la jolie dame essaie de nous dire quelque chose. Ah, je comprends !

Dans un geste très théâtral, il plaça une main sur son cœur, pour le plus grand plaisir des spectateurs.

— Elle demande un autre baiser. Comment lui refuser ?

Comme il arrachait sa fausse barbe avant d'approcher sa bouche de la sienne, Mitzy comprit qu'il allait l'embrasser sans aucune retenue. Elle aurait pu l'en empêcher, bien sûr, tourner la tête ou se dégager de son étreinte d'une manière ou d'une autre, mais elle n'en fit rien. Comme si le lourd tribut qu'elle avait payé aux exigences de sa mère méritait bien une récompense, elle décida de s'accorder enfin un moment de plaisir. Au mépris des règles de la bienséance, devant l'alignement de ses prétendants médusés, elle offrit au Père Noël le plus fiévreux et le plus indécent des baisers. Bien qu'elle fût encore très fâchée contre lui, elle était ravie de voir Chase exposer aux yeux de tous la profondeur de son amour pour elle et se moquait bien de se donner en spectacle.

Sous les applaudissements enthousiastes d'une partie de l'assemblée, il relâcha doucement son étreinte, aida la jeune femme à se redresser puis, ayant recollé sa barbe blanche sur ses joues, il se tourna vers les quadruplés tranquillement installés dans les bras de leurs jolis lutins.

— Ho ho ho ! fit-il cette fois d'une voix plus douce. Mais voici les petits chérubins ! Bonjour Joe, Zach, Alex. Bonjour Gabe !

Il les embrassa l'un après l'autre sur le front, comme il le faisait presque chaque soir pour leur souhaiter bonne nuit.

— Vous avez été bien sages avec votre maman, les garçons ? Oh oui, j'en suis sûr !

Cependant, Judith se portait à la hauteur de sa fille.

— Un jour, je le tuerai celui-là, siffla-t-elle entre ses dents.

Puis elle se retourna vers ses convives pour leur offrir son sourire le plus charmant et les inviter à rejoindre le buffet. Deux longues heures durant, les nounous exhibèrent les enfants dans le sillage de Judith et Walter. Rivalisant de compliments et de bonnes manières, le couple déploya des trésors d'imagination pour faire oublier à la bonne société de Dallas l'épisode désastreux du baiser. Débarrassé de son déguisement, Chase arborait un costard très élégant. Il se mêla à la foule en compagnie de Mitzy. Tous deux attendaient avec impatience la fin de la réception.

Quand sonna l'heure du repas des enfants, les quatre jeunes femmes les conduisirent à l'étage. Mitzy leur emboîta le pas. Lasse de toute cette agitation, elle éprouvait le besoin de se ressourcer auprès d'eux. Une fois ses petits anges endormis, elle redescendit dans le hall. Chase la rejoignit aussitôt. Il arborait la mine sombre des mauvais jours. Lui réservait-il quelque sinistre révélation ? Elle s'attendait au pire après la conversation qu'elle avait surprise dans le parc et le soupçonnait presque d'avoir ourdi un complot contre elle avec la complicité de Judith et Walter.

— Le buffet est délicieux, fit-il d'un air faussement désinvolte.

Elle n'avait plus le cœur à jouer la comédie.

— J'en suis persuadée, répondit-elle sèchement. Pourquoi ne vas-tu pas te servir une assiette ?

— Je t'attendais.

Face à son air embarrassé et coupable, elle soupira avec lassitude.

— J'avais d'abord envie de prendre un peu l'air.

Il acquiesça d'un signe de tête comme s'il approuvait la nécessité d'alléger la tension qui pesait à nouveau sur leur relation.

— Je t'accompagne.

Elle passa son châle en cachemire sur ses épaules et le précéda au fond du hall. Comme ils traversaient l'office à l'abri des regards indiscrets, Chase attrapa deux coupes de champagne et la suivit à l'extérieur par la porte de service. Ils s'éloignèrent de la villa, laissant derrière eux l'agitation, la musique et les rires.

— Tu sembles très en colère contre moi, fit-il comme ils atteignaient le pavillon de jardin.

Le cœur de Mitzy battait à l'idée que leur belle histoire pourrait une fois encore se voir anéantie.

Elle le fixa courageusement, déterminée à connaître la vérité.

— Ai-je bien entendu ce que tu disais ce matin à mes parents ? Que tu maîtrisais parfaitement la situation ? Que tu finirais par me faire entendre raison ?

- 11 -

Chase regrettait la duplicité où l'avait plongé bien malgré lui sa fidélité aux dernières volontés de Gus. Il n'avait pas mérité le ressentiment qu'il lisait sur les traits de Mitzy.

— Qu'as-tu entendu d'autre ?

— Quelle importance ?

Le secret et le non-dit étaient source de conflit. Il l'avait toujours su.

— Je n'ai pas demandé à me trouver au milieu de cet imbroglio familial.

Elle se débarrassa de son téléphone et de sa coupe de champagne en les posant sur la rambarde.

— C'est un peu facile ! s'indigna-t-elle.

Déterminé à rétablir la vérité, il réduisit la distance qui les séparait pour se placer devant elle.

— Ton père m'a appelé peu avant sa mort. Il voulait me voir. Son cancer était en phase terminale et il venait d'apprendre qu'il ne vivrait pas au-delà du printemps.

Le visage de Mitzy devint blême.

— Il est parti au mois de mai, murmura-t-elle d'une voix à peine audible.

Elle accepta à contrecœur le réconfort de ses bras.

— Gus voulait être sûr que je serais là pour te protéger, reprit-il avec douceur.

Comme elle abaissait les paupières pour contenir ses larmes, il choisit ses mots avec soin.

— Il avait envisagé de vendre l'atelier et les actions qu'il détenait dans d'autres sociétés pour te léguer ton héritage en te libérant de tout souci de gestion. Tu as toujours refusé.

Elle posa une main sur sa poitrine et le repoussa.

— Avec raison, rétorqua-t-elle en relevant fièrement le menton. C'est son atelier qui l'a raccroché à la vie pendant sa maladie.

Elle se détourna et avança jusqu'à la rambarde pour reprendre son verre. La grâce de sa démarche et de ses gestes était émouvante. Chase mourait d'envie de l'étreindre passionnément, mais il savait qu'elle avait besoin d'autre chose en cet instant.

— Ce n'est pas tout à fait vrai, Mitzy. Gus ne vivait pas pour son entreprise. Il vivait pour toi et pour toi seule.

Bouleversé lui aussi, il se racla la gorge avant de poursuivre :

— Il t'aimait plus que tout et sa volonté était d'alléger tes responsabilités.

Il porta sa coupe à ses lèvres et avala une gorgée de champagne. Résolu à lui apporter son soutien, il la regarda droit dans les yeux.

— Alors il m'a demandé de veiller sur toi, de loin, et puis de t'acheter l'atelier, le moment venu. Si possible avant la fin de l'année.

Comme si ses jambes refusaient de la porter davantage, Mitzy s'effondra sur l'un des bancs de pierre qui encerclaient le périmètre du pavillon.

— C'est pour cela que tu es venu me voir avant Thanksgiving, dit-elle après un temps.

La promesse faite à Gus n'avait pas été sa seule motivation mais, l'heure n'étant pas aux déclarations d'amour, il se contenta de hocher la tête. Puis, lentement, il vint s'asseoir à ses côtés et lui prit la main.

— Gus savait que la vente de MCS t'arracherait le cœur. Il comptait sur moi pour te guider pas à pas vers la bonne décision.

— Alors tout ce manège, fit Mitzy en se remettant sur ses pieds, tes visites quotidiennes, ton aide, ta sollicitude, et cette journée atroce à Dallas avec cette réception ridicule, tout ça n'était qu'un calcul de ta part. Depuis le début, tu n'avais qu'un seul but…

Comme elle criait entre deux sanglots, Chase décida de lever le masque.

— Absolument ! déclara-t-il en la prenant presque brutalement dans ses bras. Un seul but.

Il repoussa les mèches de cheveux collées sur son visage humide et plongea un regard effrayant de sincérité dans le sien. Choquée, Mitzy cligna les paupières. Elle n'était pas habituée à un comportement aussi entier. Affolé par les tremblements qui secouaient le corps tant aimé, il remonta son châle sur ses épaules et la serra éperdument contre lui.

— C'était pour moi le seul moyen de retrouver le chemin de ton cœur.

Il l'embrassa avec passion, exprimant par ses baisers tout l'amour, toute la souffrance, tout le manque qui le rongeaient depuis tant d'années.

— Chase…

Sans paraître l'entendre, il mordilla fiévreusement le lobe de son oreille, posa ses lèvres sur son cou, sa joue, sa tempe, avant de reprendre possession de sa bouche. Un cri sensuel jaillit de la gorge de Mitzy quand, submergée par ses propres sentiments, elle abandonna toute réserve pour s'accrocher désespérément à lui. Elle pouvait vivre en dehors de sa protection, de sa bienveillance, de sa présence rassurante, mais elle les acceptait avec bonheur. Son désir d'indépendance ne pouvait la condamner éternellement à la solitude.

Une sonnerie malencontreuse les fit tous deux sursauter. Le signal d'un texto sur le téléphone de Mitzy. Brusquement arrachés à un moment de communion intense, ils restèrent un instant désemparés et confus. Puis la jeune femme reprit ses esprits et s'éloigna pour récupérer son téléphone et lire le message affiché à l'écran. *Oh non !* Elle se retourna d'un air affolé.

— Je suis demandée d'urgence dans la chambre des enfants, dit-elle en ramassant vivement son châle.

Chase lui emboîta le pas, la suivit à l'intérieur de la résidence, traversa l'office et s'engouffra avec elle dans la montée d'escalier. En un éclair, ils atteignirent le couloir du deuxième étage de l'aile ouest de la résidence. Quand le regard de Mitzy tomba sur les visages congestionnés et larmoyants de ses petits anges, son cœur se serra.

— Ils pleurent comme cela depuis longtemps ? demanda-t-elle, épouvantée.

La plus âgée des baby-sitters se dévoua pour lui répondre.

— Ils ont commencé peu après votre départ. Nous leur avons donné leurs biberons, ils ont bien mangé, mais ils ont ensuite refusé de retourner dormir. Nous ne savons plus quoi faire pour les calmer. Ils ne veulent pas être bercés, ni portés ni promenés. Nous avons tout essayé…

— Rien d'étonnant, dit Mitzy en comprenant très vite l'origine du problème.

Les quatre enfants avaient été couchés dans quatre pièces différentes. Elle plaça Joe contre sa poitrine pour le rassurer. C'était lui qui hurlait le plus fort. Puis elle souleva Gabe avec son bras libre. Chase se chargea de Zach, que son calme légendaire avait abandonné, et d'Alex, qui se débattait comme un beau diable entre les mains de sa nounou.

— Qui a démonté l'installation provisoire que j'avais arrangée dans la salle de jeux ?

— Votre mère nous a ordonné de le faire. Elle voulait que les bébés dorment chacun dans un vrai berceau, pas dans les petits lits d'appoint que vous aviez apportés.

La jeune maman laissa échapper un cri d'indignation.

— Mais les berceaux ne sont pas dans la même chambre !

— Elle a dit qu'ils dormiraient mieux séparément.

Oh ! maman ! Tu voulais sans doute bien faire, mais…

— Les garçons ont besoin de rester ensemble pour se sentir en sécurité, expliqua-t-elle.

Il semblait aussi que sa présence et celle de Chase leur étaient indispensables pour retrouver leur calme. Les paroles de la baby-sitter vinrent le confirmer.

— Le fait de les réunir n'a servi à rien jusqu'à votre retour.

Mitzy lança un regard vers Chase. Il paraissait lui aussi très contrarié.

— Où sont passés les lits pliants ? demanda-t-elle.

La jeune femme prénommée Belinda haussa les épaules d'un air désemparé.

— Je ne sais pas. Dans le grenier, je suppose.

Mitzy soupira. Le grenier surplombait l'aile opposée de la résidence. Quand Chase proposa de monter les chercher, elle secoua la tête. Il essaya de trouver une autre solution

— Je pourrais démonter trois berceaux pour réunir les quatre dans la même pièce.

Une tâche qui requérait des outils et des heures de patience. Elle refusa encore.

— Nous allons les ramener à la maison, déclara-t-elle.

Il plissa le front sans oser croire ce qu'il venait d'entendre.

— Tu veux faire la route jusqu'à Laramie maintenant ?

— Il est à peine 21 heures. Si nous partons tout de suite, nous serons rentrés vers minuit.

— Et s'ils sont malades à nouveau ?

— On se débrouillera, comme on l'a fait ce matin.

Le plus important était de les reconduire dans leur environnement familier. Chase avait envie de partir, lui aussi, mais il semblait hésiter.

— Que diras-tu à ta mère ?

— Ma mère devra faire preuve de compréhension, pour une fois. De toute manière, sa réception va se prolonger jusqu'à l'aube et elle n'aura pas le temps de profiter de ses petits-enfants.

— Elle sera folle de rage.

— Je sais.

Mitzy s'en moquait. Elle plaçait avant toute chose le bien-être de ses enfants. Déterminée à lever le camp sans tarder, elle se tourna vers les quatre baby-sitters qui avaient conservé leurs habits de lutins ridicules, conformément à la consigne de la maîtresse de maison.

— Vous voulez bien nous aider à rassembler toutes nos affaires et à les sortir par la porte de service ? C'est le seul moyen de partir rapidement.

La nounou dénommée Gwen était manifestement la plus ennuyée des quatre.

— Sans rien dire à Judith ? Ni à Walter ?

— Sans rien dire à personne. Je les avertirai quand nous aurons pris la route.

Sans plus attendre, les six adultes bouclèrent les bagages des enfants et la petite troupe se fraya discrètement un chemin jusqu'à l'office.

— Je vous promets que vous ne recevrez aucun blâme de la part de ma mère, assura Mitzy aux nounous qui n'en menaient pas très large. Je me charge de tout lui expliquer.

Moins d'un quart d'heure plus tard, les garçons étaient confortablement installés dans leurs sièges-autos et les bagages chargés à l'arrière du véhicule. Un cuisinier avait même trouvé le temps d'improviser un panier-repas pour les fugitifs. Chase s'installa au volant et Mitzy choisit de s'asseoir sur la banquette médiane aux côtés de Zach et Alex, non loin de Gabe et de Joe qui occupaient quant à eux l'arrière du SUV. Sur les premières notes d'un chant de Noël apaisant, le véhicule quitta la propriété. Quand ils atteignirent l'autoroute, les bébés dormaient tous à poings fermés. Pour la première fois depuis des heures, Mitzy commençait à se détendre. Soudain affamée, elle inspecta le contenu du panier posé à ses pieds.

— Voyons ce que nous avons là-dedans ! Mini-sandwichs au jambon et à la marmelade de myrtilles, filet de bœuf sur canapés au raifort…

— Un menu cinq étoiles ! observa Chase avec appétit.

L'habitacle de la voiture était devenu le décor d'une scène conjugale ordinaire. Amusée et songeuse, telle une épouse attentionnée, Mitzy passait à son chauffeur nourriture et boisson. Ayant engouffré une dernière tartelette à la praline, Chase croisa son regard dans le rétroviseur.

— Merci. Je me sens beaucoup mieux.

Rassasiée, elle aussi, elle lissa le jupon de sa robe sur ses jambes et se cala confortablement dans son siège.

— C'est moi qui te remercie, Chase. La journée a été longue et elle n'est pas encore terminée.

— Nous devrions atteindre Laramie dans une heure environ.

Elle contempla tour à tour avec émotion les visages endormis de ses quatre garçons.

— Avec un peu de chance, ils ne se réveilleront pas avant notre arrivée. Ils sont épuisés.

Il tourna brièvement la tête au-dessus de son épaule, lui donnant un aperçu de son beau profil.

— Au moins, ils ne sont pas malades !

Leur bien-être semblait compter pour lui tout autant que pour elle.

— Espérons qu'ils resteront sages jusqu'au bout ! soupira-t-elle en joignant les mains devant elle.

Le voyage du matin avait été atroce, et la journée guère plus réjouissante.

— Tu vas bien ? demanda-t-il, comme s'il lisait dans ses pensées.

Oui et non. Était-ce l'effet de la fatigue ? Les réflexions de Mitzy étaient soudain teintées de pessimisme. Chaque fois qu'ils goûtaient au plaisir d'être ensemble, le souvenir de leur rupture venait la hanter. Elle redoutait l'avenir. Car à ses yeux, ils n'avaient pas changé et leurs projets de vie n'étaient pas plus compatibles aujourd'hui qu'hier.

— Mitzy ? Tu es sûre que tout va bien ?

Elle inspira une longue bouffée d'air, sans parvenir à lui répondre. Chase éprouvait du désir pour elle, il aimait sa compagnie et celle de ses garçons. Mais cela était-il suffisant pour bâtir un avenir et former une famille unie et heureuse ? N'était-il pas plus intéressé par la réussite de ses affaires que par celle de sa vie privée ?

— Tu penses à notre discussion de tout à l'heure ?

Tant de questions restaient en suspens.

— Je voudrais comprendre en quoi ma mère et Walter sont impliqués dans ce qui s'est passé entre nous ces dernières semaines. Qu'est-ce que vous complotiez exactement au bord de la piscine ?

Chase crispa les mains sur le volant. La curiosité de Mitzy était justifiée. S'il voulait vraiment regagner sa confiance, il ne devait rien lui dissimuler.

— Je pensais être seul à connaître la promesse que j'avais faite à ton père, mais j'ai découvert aujourd'hui que Judith et Walter étaient au courant eux aussi.

Elle resta un instant silencieuse.

— Cela t'a surpris ?

— Énormément. J'ignorais que Gus s'était confié à eux.

Mitzy hocha lentement la tête.

— Je comprends mieux, maintenant. Ma mère compte sur toi pour accélérer la vente de l'atelier. Elle te met la pression et toi, tu cherches à calmer son impatience.

— Bingo ! fit-il en essayant de dédramatiser la situation. Malheureusement, je ne suis pas certain d'arriver à mes fins. Il n'est pas né celui qui fera entendre raison à ta mère !

— Bingo ! répéta-t-elle dans un sourire.

— Cela dit, je comprends l'attitude de Judith, étant donné les épreuves qu'elle a traversées.

Il quitta l'autoroute et prit la direction de Laramie.

— Elle veut t'épargner une existence trop dure, maintenant que tu as la responsabilité de quatre enfants.

Les quadruplés constituaient une lourde charge, elle l'admettait bien volontiers. Une charge infiniment plus supportable quand Chase était à ses côtés. Avec lui, la vie était plus facile.

— Et toi ? demanda-t-elle, curieuse de mieux connaître les sentiments qu'il éprouvait pour elle. Que veux-tu pour moi, Chase ?

— Je veux que tu sois heureuse, répondit-il simplement.

La question pour Mitzy était de savoir où résidait son bonheur. Dans une existence paisible auprès de ses garçons ? Auprès de Chase ? Dans la pérennisation de l'entreprise familiale ? Sans doute dans une savante combinaison de sa vie affective et professionnelle.

Ils atteignirent leur destination vers minuit, comme

prévu. Aussitôt arrivés, ils donnèrent les biberons et changèrent les bébés pour la nuit. Chase les promena l'un après l'autre sur son épaule pour les aider à digérer leur repas et Mitzy les borda avec amour. Une demi-heure plus tard, ils dormaient paisiblement dans le confort retrouvé de leurs lits.

— Quelle journée ! souffla Chase en se penchant au-dessus d'eux pour un dernier regard.

— Un vrai marathon ! approuva la jeune femme.

Ils sortirent ensemble de la chambre des enfants. Leur apparence portait les stigmates du long voyage qu'ils avaient enduré. La robe de Mitzy était froissée. Chase avait abandonné son nœud papillon dans la bataille. Le col de sa chemise était ouvert, ses manches retroussées jusqu'au coude et le pli de son pantalon de costume n'était plus qu'un lointain souvenir.

— Nous avons accompli la routine du coucher en un temps record, observa-t-il en passant un bras sur son épaule.

Il l'attira contre lui, massa doucement sa nuque et, de sa main libre, passa une mèche de cheveux derrière son oreille.

Tu vas me mettre dehors, maintenant ?

Elle hésita un instant. La sagesse lui dictait de le renvoyer chez lui, mais elle n'avait pas le courage de rompre l'intimité qui les avait rapprochés dans le rythme effréné des dernières heures passées ensemble. Autorisant son cœur à lui dicter ses actes, elle passa les mains autour de son cou et attira sa bouche jusqu'à la sienne.

— Non, sauf si tu tiens vraiment à partir…

— Je n'y tiens pas.

Il la serra contre lui pour lui faire éprouver toute la force de son désir et leurs lèvres s'unirent avec une infinie tendresse. Elle abaissa les paupières tandis que des frémissements délicieux parcouraient ses reins et durcissaient vigoureusement l'extrémité de ses seins avant de gagner tout le bas de son ventre. La caresse de ses lèvres l'emplissait d'un bonheur sauvage et rassurant à la fois, provoquant en elle le trouble profond que seule une passion véritable pouvait éveiller.

— Mitzy, je veux que tu sois sûre…

— Reste, je t'en prie !

Sans cesser de l'embrasser, il la guida jusqu'à sa chambre et l'invita à s'allonger sur le lit. Les yeux fiévreux, il caressa sa poitrine à travers le satin de sa robe. Puis, comme elle dégrafait les boutons de sa chemise, il passa les mains derrière son dos pour faire glisser sa fermeture Éclair. Heureux, impatients de goûter au contact de leur nudité, ils se débarrassèrent de leurs vêtements et les firent voltiger sur le sol. Chase s'éloigna un instant pour mieux admirer la beauté harmonieuse de sa silhouette. Il s'émerveilla du soutien-gorge en dentelle qui rehaussait les courbes de ses seins et vénéra la ligne généreuse de ses hanches.

— Tu es si belle…

— Toi aussi, cow-boy, tu es très beau, dit-elle en effleurant la fermeté de son sexe.

Dans un cri de pure jouissance, il se pencha au-dessus d'elle et dessina avec ses lèvres un sentier brûlant le long de son cou, jusqu'à son décolleté. Mêlés à la chaleur de ses lèvres, la morsure délicate de ses dents et les assauts légers de sa langue déchaînèrent peu à peu l'excitation de Mitzy. Secouée de frissons incontrôlables, elle l'attira à nouveau contre son corps, le fit rouler sur le côté, et fit glisser son pantalon et son caleçon le long de ses jambes. Impatientes d'explorer le moindre centimètre de sa peau, ses mains parcoururent la largeur de ses épaules avant de descendre sur son torse, prenant un plaisir intense en découvrant sa robustesse. Puis, incapable de contenir plus longtemps l'exaltation de ses sens, elle se positionna au-dessus de lui. Jamais son envie de lui appartenir ne lui avait semblé plus opportune, jamais elle ne l'avait jugée plus légitime.

Chase était à la fois surpris et ravi par l'énergie qu'elle déployait après une journée aussi éreintante. Son désir aussi clairement manifesté le rassurait. Rejetant le besoin urgent de la posséder, il s'efforça de la cajoler sans hâte, visitant, scrutant, reconnaissant avec bonheur tous les secrets de son corps. Avec une infinie délicatesse, il lui ôta ses dessous en dentelle, la portant presque malgré lui au sommet de son désir. Lentement, il écarta ses jambes, se glissa entre elles et, quand sa langue se posa contre son sexe, elle se cambra en agrippant sa tête avec ses mains. Un cri de bonheur jaillit de sa poitrine quand elle atteignit le point culminant de la jouissance.

Comblé par son bonheur, il s'allongea au-dessus d'elle et la pénétra lentement. Dès lors, leurs consciences s'égarèrent dans l'incroyable vertige de leur passion. Leurs corps se mirent à onduler doucement. Puis, comme il accélérait le rythme, elle glissa les chevilles derrière son dos et, ses mains cherchant désespérément à agripper les draps, elle se laissa bercer par ses mouvements. Dans un cri presque sauvage, ils atteignirent ensemble le sommet du plaisir. Puis, pendant un long moment, ils restèrent enchevêtrés l'un dans l'autre, le corps tremblant et le souffle court.

Il était 4 heures du matin quand ils se réveillèrent pour changer et nourrir les enfants. Une fois les petits recouchés, Mitzy se tourna vers Chase avec gratitude. Enveloppée dans son peignoir blanc, les cheveux en désordre, les joues encore rosies par le sommeil, elle était plus délicieuse que jamais. Il la suivit au rez-de-chaussée, puis dans la cuisine, et la regarda amoureusement.

— À quoi penses-tu ? demanda-t-elle en remplissant deux verres de jus d'orange.

— Tu es sûre que les enfants vont bien ? Je croyais qu'ils faisaient leurs nuits depuis quelques jours.

Elle sourit, heureuse de l'intérêt qu'il manifestait à l'égard de ses garçons.

— Si l'on considère que cinq ou six heures de sommeil constituent une nuit de sommeil, alors oui, on peut dire qu'ils ont accompli cet exploit plusieurs fois. J'imagine qu'ils se sont réveillés aujourd'hui parce qu'ils ont été dérangés dans leurs habitudes. Ce voyage à Dallas était pour eux une grande première.

Le jour n'était pas levé. Mitzy paraissait éreintée.

— Tu veux retourner te coucher un moment ? suggéra-t-il avec tendresse.

Elle bâilla à s'en décrocher la mâchoire.

— Oh oui, avec plaisir.

Ils remontèrent ensemble dans la chambre. Chase retira son pantalon et, vêtu de son seul caleçon, avança vers le fond de la pièce pour aller rejoindre son côté du lit. Son regard tomba sur un coffret recouvert de tissu. Le couvercle était à moitié soulevé. Reconnaissant les couleurs du blason de son université, il retourna sur ses pas.

— Qu'est-ce que c'est ?

Elle rougit, visiblement très embarrassée.

— Juste une boîte de vieux souvenirs.

— C'est celle que je t'ai donnée pendant ma dernière année d'études ? questionna-t-il en s'asseyant.

Elle hocha la tête.

— Tu n'avais pas trouvé de cavalière pour le bal de ta promo, et tu m'avais convaincue de venir à ton secours.

La brusque résurgence du passé amena un sourire nostalgique sur les lèvres de Chase.

— Tu étais aussi venue assister au match de foot pour me voir jouer.

— Et c'est là que tu m'avais offert le corsage à rubans.

Une fête était donnée chaque année en l'honneur de l'équipe de football du comté et, selon la tradition texane, les garçons offraient à leurs mères et à leurs fiancées des corsages ornés de chrysanthèmes et de rubans de soie.

Il retira délicatement le couvercle de la boîte et le posa sur la table de nuit.

— Qu'y a-t-il d'autre là-dedans ?

La jeune femme se détourna timidement.

— Des choses diverses et variées.

— Des choses qui nous concernent tous les deux, ajouta Chase avec un contentement manifeste.

Des tickets de cinéma, des programmes de concert, le menu de leur première sortie au drive-in de San Angelo, et une série de cassettes audio qu'il avait spécialement enregistrées pour elle. Il fronça les sourcils en découvrant le livret du concert de Noël auquel ils s'étaient rendus avec les quadruplés quelques jours plus tôt.

— Voilà un souvenir tout récent ! s'exclama-t-il. Il n'a rien à faire avec ces reliques !

Elle haussa les épaules avec une fausse désinvolture.

— Il fallait bien que je le range quelque part.

— Est-ce que tu as gardé un coffret comme celui-là pour chacun de tes amoureux ?

— Bien sûr que non ! s'indigna-t-elle, sincèrement offensée. Et toi, tu as conservé des souvenirs de nos sorties d'autrefois ?

Il soupira avec regret.

— Je crains que non.

Elle fit semblant de ne pas être affectée par sa réponse et replaça le couvercle sur la boîte.

— Nous avions rompu, reprit-il en tentant de se justifier. C'était trop douloureux. J'ai préféré ne rien garder.

— Même pas la photo de nos fiançailles ?

Il étendit les jambes devant lui, et croisa les mains derrière la tête.

— J'ai failli bien souvent la déchirer en morceaux.

— Mais ?

Chase n'avait pas l'habitude de parler de lui, mais il comprenait l'importance que revêtaient ses confessions pour la jeune femme.

— Eh bien, chaque fois que j'essayais de faire le tri dans mes photos, quelque chose me retenait. Je… Je n'arrivais pas à m'en défaire.

Il rejeta la couverture en bas du lit pour l'inviter à le rejoindre. Elle se blottit contre lui.

— Lulu était au courant. Elle m'a proposé de les garder chez elle jusqu'au jour où je déciderais de ce que je voulais en faire.

Elle se redressa, enroula les bras autour de ses jambes repliées et l'étudia attentivement.

— Et ?

Il soupira profondément.

— Eh bien, je ne me suis jamais décidé. Elle m'a rappelé l'autre jour qu'elle les avait conservées.

À l'instar de Gus, sa famille n'avait jamais vraiment renoncé à leurs retrouvailles.

— Et maintenant ? demanda-t-elle encore avec gravité.

Il souleva sa main jusqu'à ses lèvres et embrassa son poignet, songeant qu'il n'était jamais trop tard pour s'amender.

— Je regrette de n'avoir conservé aucune image du début de notre histoire. Tu te rappelles comme nous étions sages, tous les deux ?

Il eut un sourire amusé en se remémorant leur maladresse et leur timidité.

— Nous aurions pu les ajouter à notre collection.

Elle haussa les sourcils.

— Quelle collection ?

Il souleva son portable de la table de nuit et lui montra des dizaines de clichés d'elle et de ses enfants.

— Vous êtes toujours avec moi, dit-il.

Émue, elle lui montra aussi son téléphone. Elle avait choisi pour son écran d'accueil l'une des photos prises par Lulu le soir du concert de Noël.

— Tu ne nous quittes jamais non plus, murmura-t-elle.

Chase posa les deux appareils de côté et la gratifia d'un regard malicieux.

— Puisque nous sommes dans les souvenirs, murmura-t-il à son oreille. Que dirais-tu d'en ajouter un autre à notre collection ?

- 12 -

Comme ils s'y attendaient, Judith téléphona dès le lendemain matin.

— Je comprends ce qui a motivé ton départ, ma chérie, mais tout de même, tu aurais pu me dire au revoir.

Mitzy leva les yeux au ciel et prit son mal en patience. Croisant le regard de Chase, elle forma en silence avec ses lèvres le prénom de sa mère, et colla à nouveau son portable à son oreille.

— J'en avais l'intention, mais tu étais trop occupée avec tes invités.

Elle entendit un soupir à l'autre bout du fil.

— Voyons, Mitzy, si j'avais su que vous partiez, je me serais libérée !

La discussion promettait de durer. Judith ne renonçait jamais à exprimer sa façon de penser.

— Et tu m'aurais convaincue de rester. Ou du moins, tu aurais essayé. Vu l'état d'agitation des enfants, ce n'était pas raisonnable. La seule façon de les calmer était de les ramener à la maison.

Son interlocutrice marqua une pause, et sembla enfin se radoucir.

— Ils ont bien dormi, une fois rentrés à Laramie ?

Mitzy souriait en observant les allées et venues de Chase dans la cuisine. Il ne s'était pas rasé, et sa chevelure couleur sable était joliment ébouriffée.

— Ils ont piqué du nez à minuit pour environ quatre heures de sommeil. Ils ont dormi à nouveau quelques heures, et je viens tout juste de les recoucher.

— Aucun problème pendant le voyage ? Ils n'ont pas été malades ?

— Pas du tout. Sages comme des images.

— Voilà une excellente nouvelle ! s'exclama Judith, soudain fière de ses petits-enfants.

Tout en poursuivant la conversation, Mitzy passa dans la salle de séjour pour s'assurer que les quadruplés dormaient tranquillement dans leurs transats. Quand elle regagna la cuisine, elle trouva Chase en train de préparer le café. Comme il était agréable de l'avoir à la maison ! L'envie lui vint soudain d'organiser un vrai Noël en famille.

— J'aimerais vraiment que tu viennes passer les fêtes à Laramie avec Walter, proposa-t-elle à sa mère. C'est important pour moi, surtout cette année.

Comprenant qu'elle faisait allusion à la disparition de son père, Judith réfléchit un instant.

— Si je peux amener des nounous et un chef cuisinier avec moi, il n'y a pas de problème.

Pour transformer le repas en un moment présomptueux, chic et impersonnel ? songea Mitzy.

— Non, je préfère que nous restions entre nous, répondit-elle fermement. Nous serons huit, pas un de plus.

Chase avait sorti du réfrigérateur un paquet de bacon et des œufs. Il s'affairait devant la cuisinière.

— Huit ? s'étonna Judith.

Mince ! Elle regretta d'avoir parlé un peu trop vite.

— Eh bien oui, je… Je pensais que Chase pourrait se joindre à nous. Mais je ne lui en ai pas encore parlé.

Il s'empressa de saisir la balle au bond.

— Si c'est une invitation, ma chérie, j'accepte avec plaisir.

Sa voix de baryton parvint aux oreilles de Judith.

— Il est toujours avec toi ?

— En train de préparer le petit déjeuner, confirma Mitzy, quelque peu embarrassée.

— Je vois…

Judith pouvait en effet se représenter la scène sans difficulté. Surtout après le baiser torride que le Père Noël avait appliqué sur les lèvres de sa fille au beau milieu de sa réception.

Mitzy se racla la gorge et s'empressa de changer de sujet.

— Ta fête était magnifique et j'ai été très heureuse de revoir mes amis de Dallas. Bien sûr, j'aurais préféré que les garçons soient un peu plus tranquilles…

— Les portraits sont très réussis, ma chérie. Je viens d'avoir les épreuves. Je te les enverrai par mail.

Elles bavardèrent encore un moment, puis Judith accepta enfin de raccrocher. L'odeur du bacon embaumait la pièce.

— On dirait que tout s'est arrangé avec ta mère ? observa Chase en la voyant reposer son téléphone.

Elle approuva d'un signe de tête.

— Plus vite que je ne le craignais.

— Je trouve qu'elle s'est adoucie avec les années.

L'amour inconditionnel qu'elle portait à Walter n'était sans doute pas étranger à l'amélioration de son caractère.

— Comme nous tous, peut-être. Je ne sais plus si je t'ai remercié pour tous les services que tu m'as rendus ces derniers temps ?

Une lueur espiègle traversa le regard de Chase. Il s'approcha pour l'enlacer.

— À de nombreuses reprises, répondit-il. Et je dois dire que, cette nuit, tu t'es appliquée au-delà de toute espérance.

La charge érotique contenue dans ses paroles la fit rougir.

— Tu n'imaginais pas que nous trouverions l'énergie de faire l'amour.

Il leva la main vers sa bouche et dessina avec le pouce la courbe de ses lèvres.

— C'est vrai, mais il semble que nous avons beaucoup à faire pour rattraper le temps perdu.

Joignant le geste à la parole, il prenait amoureusement possession de ses lèvres quand une odeur de brûlé les ramena à la réalité.

— Les œufs ! s'exclama-t-il.

Ils se précipitèrent en riant vers la cuisinière et s'attablèrent devant un petit déjeuner appétissant bien qu'un peu trop doré.

— Tu proposais tout à l'heure de m'inviter pour Noël ?

Tout en parlant, il beurra un toast et le lui tendit.

— Merci, fit-elle. J'aurais dû t'avertir avant d'en informer ma mère. Ta présence parmi nous me ferait très plaisir, mais je ne veux pas que tu te sentes obligé d'accepter. Je sais que tu as de ton côté des obligations familiales.

— C'est exact, mais rien ne nous empêche de réunir tout le monde au ranch de mes parents.

— Cela ne dérangerait pas Rachel et Franck de me voir arriver avec ma mère, mon beau-père et mes quadruplés ? Ils ont déjà six enfants, deux belles-filles et je ne sais plus combien de petits-enfants.

Le visage de Chase s'illumina.

— Bien au contraire ! Ils seraient ravis. Et moi aussi.

L'affaire fut rondement menée. À peine sorti de table, il appela ses parents et, quelques heures plus tard, Mitzy et Judith recevaient une invitation en bonne et due forme. La nuit était tombée et Chase n'était toujours pas rentré chez lui. Il n'avait aucune envie de quitter la jeune femme, et encore moins de la laisser seule avec ses quatre petits. N'ayant pas imaginé un retour de Dallas aussi rapide, elle n'avait prévu personne pour lui prêter main-forte.

— Tu es partant pour donner le bain aux garçons ?

La question était rhétorique. Son assistance lui paraissait des plus naturelles. D'ailleurs, il ne chercha pas à se défiler.

— Bien sûr, répondit-il avec assurance.

Puis il rit de lui-même.

— Il y a juste un petit problème. Je n'ai jamais donné le bain à un enfant. Alors quatre à la fois…

— Ne t'inquiète pas ! J'ai mis au point une organisation infaillible.

Elle le précéda dans la salle de séjour où les bébés se réveillaient doucement.

— Pour commencer, il faut les déshabiller, les envelopper dans leurs peignoirs et les asseoir dans la poussette.

Chacun se chargea de deux enfants. Quand ils furent tous confortablement installés, elle fit rouler le charmant équipage jusqu'à la cuisine. Là, sous les yeux attentifs de ses quatre garçons et le regard admiratif de son apprenti, elle accomplit avec précision des gestes cent fois reproduits. Une fois la baignoire installée sur le plan de travail voisin de l'évier, elle en remplit le fond d'eau tiède, vérifia la température et déposa à portée de main le savon pour bébé, et le récipient pour le rinçage.

— À qui l'honneur ? demanda Chase.

— Joe.

Mitzy dénuda son fils, le plaça sur son avant-bras replié et l'immergea lentement dans le bain. Puis elle le savonna et le rinça avec soin. Chase lui présenta le peignoir quand elle le sortit de l'eau et le replaça près de ses frères. L'opération fut reproduite pour les trois autres, sans stress, sans pleurs, sans marque d'impatience. Vingt minutes à peine s'étaient écoulées quand ils regagnèrent la salle de séjour. Chase se chargea de les rhabiller tandis que Mitzy retournait dans la cuisine pour ranger les accessoires de bain et préparer le repas. Conformément à une routine bien rodée, les deux adultes s'assirent ensuite sur le canapé pour donner le biberon aux quatre bouches affamées.

Chase était sincèrement épaté.

— Je n'arrive pas à croire qu'on ait pu faire tout ça en quoi… ?

— Une demi-heure, glissa fièrement la jeune femme. De l'eau a coulé sous les ponts depuis mon retour de la maternité. Si tu avais vu le premier bain, une vraie pagaille ! Et pourtant, j'avais trois personnes pour m'aider à l'époque.

Tandis que les bébés tiraient sur leurs tétines avec application, un bonheur paisible se répandit dans la pièce. Un moment parfait, si irréel, que Mitzy en vint à redouter ce qu'il adviendrait lorsque, passé la joie de la découverte et la pause de Noël, Chase retournerait à la gestion de ses affaires. Quel temps pourrait-il alors lui consacrer ? Son ardeur au travail et son ambition démesurée ne risquaient-elles pas d'éclipser la magie de leur amitié retrouvée ?

— Je suis bluffé, murmura Chase, en chassant soudain le cours sombre de ses pensées. Tu es un modèle d'organisation et d'efficacité.

Elle sourit humblement.

— Je n'ai pas vraiment eu le choix. D'ailleurs, quand on m'a appris que j'étais enceinte de quadruplés…

Il posa Alex sur son épaule et lui tapota doucement le dos.

— Tu ne t'y attendais pas ?

Elle fit de même avec Joe avant de lui répondre :

— Comme il s'agissait d'une première tentative d'insémination artificielle, les médecins m'avaient plutôt préparée à un échec. Mais l'opération a immédiatement réussi et je suis devenue mère de quatre enfants, alors que mon idée était d'en avoir un seul.

— Comment ont réagi Judith et Walter ?

— Après le choc de la nouvelle, ils ont été d'un grand soutien. Ils ont partagé mes émotions, tous mes moments de joie et de découragement. Mes appréhensions aussi. Les grossesses multiples comportent un certain nombre de risques.

Il caressa sa joue du dos de sa main libre.

— Tu as superbement tiré ton épingle du jeu.

Elle inclina la tête sur son épaule.

— Je ne m'en suis pas trop mal sortie, c'est vrai. Mais je dois avouer que plus d'une fois, j'aurais aimé…

Elle s'arrêta net, craignant soudain de s'abandonner à des confidences trop intimes. Le reste de la tétée se déroula dans un silence embarrassé et les garçons retrouvèrent bientôt leurs transats. Encore troublée par son échange avec Chase, la jeune femme ramassa serviettes, couches et vêtements sales avant de se diriger vers la buanderie. Chase la suivit pour l'aider, prêt à reprendre la conversation là où ils l'avaient laissée.

— Qu'est-ce que tu aurais aimé, Mitzy ?

Elle le regarda dans les yeux et sourit. À quoi bon des secrets inutiles ? Elle avait envie de se livrer à lui. Le dos tourné vers la machine à laver, elle posa les deux mains sur ses hanches pour lui répondre en toute sincérité.

— J'aurais aimé ne pas traverser ces épreuves toute seule. Avoir…

L'aveu n'était pas anodin. Les mots restèrent bloqués dans sa gorge et elle baissa les yeux. Chase la rejoignit, passa un doigt sous son menton et l'obligea à redresser la tête.

— Un mari ? souffla-t-il.

Rouge de honte, elle chercha une issue à son embarras.

— Je ne veux pas me marier simplement pour rendre ma solitude plus supportable, ni pour trouver un soutien pour l'éducation de mes fils.

— Je comprends. Tu attends autre chose d'une vie de couple. Moi aussi.

Il marqua une pause. Il aurait aimé aller plus loin, mais il craignait de l'effrayer avec une demande en mariage prématurée.

— Je suis sûr que tu trouveras un homme bien.

Elle hésita un instant. Faisait-il allusion à lui-même ? Une fois encore, elle préféra opter pour la franchise.

— Je n'ai jamais imaginé me marier avec quelqu'un d'autre que toi.

Chase la contempla sans ciller.

— Moi non plus. C'est pourquoi j'ai préféré rester seul après notre rupture.

— Je n'ai jamais désiré un homme comme je te désire, avoua-t-elle encore.

Il la hissa sur la machine à laver et se glissa entre ses genoux.

— Qu'allons-nous faire de ce désir, Mitzy ?

— En plus de faire l'amour, tu veux dire ?

— En plus de faire l'amour.

Un lourd silence s'abattit sur leur tête-à-tête.

— Je ne sais pas, admit-elle.

Il parcourut longuement son visage avant d'arrêter son regard sur ses yeux.

— Moi, je veux faire partie de ta vie. Et de celle des garçons. Pour grandir ils auront besoin de…

Il s'exprimait avec prudence, de peur de la vexer ou de l'effrayer.

— … d'une figure paternelle.

— Et toi ? De quoi as-tu besoin, Chase ?

Un sourire sensuel se dessina sur ses lèvres et il abaissa les paupières.

— De toi…

Comme pour illustrer ses paroles, il l'embrassa fiévreusement, s'abandonnant sans limite à une étreinte totale.

Le soir venu, ils regagnèrent la chambre de Mitzy sans que le départ de Chase fût une seule fois évoqué. Allongés l'un près de l'autre, ils bavardaient tranquillement. Chase se délectait de son bonheur retrouvé, même s'il savait qu'il faudrait encore du temps à la jeune femme pour franchir le pas du mariage. Il adorait sentir sa tête sur sa poitrine et plus encore le contact de son corps frêle contre le sien. Comme elle conservait soudain le silence, il passa une main dans ses cheveux.

— Quelque chose ne va pas, mon cœur ?

Elle se redressa sur un coude.

— Dans le cadre de mon travail, je prône toujours la prudence aux couples que je conseille. Mais je sais aussi que trop d'hésitation peut nuire à une relation amoureuse.

Comprenant qu'elle exprimait à voix haute ce qui la préoccupait depuis un moment, il se garda de l'interrompre. Elle s'assit et remonta le drap sur sa poitrine.

— Il faut savoir saisir sa chance et prendre les décisions au bon moment, poursuivit-elle. Sans quoi, la vie se charge de placer des obstacles au milieu du chemin.

Était-ce une allusion directe aux problèmes de MCS ou une réflexion d'ordre général ? Chase n'aurait su le dire. Il se redressa à son tour et s'appuya contre la tête de lit.

— Ni précipitation, ni attentisme, observa-t-il prudemment. Il faut savoir trouver le juste milieu.

— Je n'ai pas vraiment l'impression d'être raisonnable en ce moment.

— Nous ne faisons rien de mal, ma chérie.

Elle passa la langue sur ses lèvres irritées par la fureur de leurs baisers.

— Tu crois que c'est l'esprit de Noël qui nous fait perdre la tête ?

C'est l'amour, songea-t-il sans se risquer à prononcer le mot à voix haute. L'amour trouvé, mis à mal pendant des années et enfin de retour. Mais Mitzy n'était pas prête à une conversation aussi sérieuse.

— Je crois, dit-il en déposant de doux baisers sur sa gorge, que l'esprit de Noël nous invite à exaucer tous nos vœux et tous nos désirs. Sans modération.

Il roula au-dessus d'elle et étouffa sa bouche d'un baiser.

- 13 -

Chase venait de quitter la maison quand les baby-sitters du lundi matin arrivèrent pour prendre leur service. En accrochant sa veste au portemanteau de l'entrée, Bess Monroe toisa Mitzy de la tête aux pieds.

— Très en beauté ! s'exclama-t-elle. Le premier Noël de tes enfants semble te mettre en joie.

— S'il n'y avait que ça ! glissa sa sœur jumelle dans un clin d'œil malicieux. Il ne faut pas oublier le fiancé.

Mitzy feignit l'étonnement.

— Le fiancé ? Et ce serait qui, d'après toi ?

Bess se mit à glousser comme une adolescente.

— Le même qu'autrefois. Le très séduisant Chase McCabe, évidemment.

Mitzy admettait volontiers que la présence de Chase à ses côtés lui faisait voir la vie sous un jour beaucoup plus optimiste, mais elle n'osait croire à son bonheur. Le passé lui avait servi de leçon et la crainte d'une nouvelle discorde planait comme une épée de Damoclès sur leur relation.

Quand on parle du loup ! fit Bridgett en suivant la maîtresse de maison dans la cuisine.

Elle avait commencé à déballer sa boîte de souvenirs sur la table et oublié de la ranger.

— J'ai décidé de faire un album, se justifia-t-elle, embarrassée.

Bess haussa les sourcils.

— Eh bien, tout cela ne date pas d'hier, on dirait !

— Ce n'est pas ton faire-part de mariage ? demanda Bridgett en ouvrant des yeux ronds.

— Et le programme de la cérémonie… Enfin, si elle avait eu lieu…

— Vous avez décidé de vous remettre ensemble ?

Mitzy leva la main pour tenter de contenir le flot de remarques et de questions.

— Je n'en sais rien. J'ai sorti ces reliques l'autre jour et j'ai eu l'idée de les organiser plutôt que de les laisser dépérir dans une boîte.

Puis, posant sur les jumelles un regard suppliant :

— S'il vous plaît, je vous demande de ne rien dire à Chase…

Le même sourire entendu étira les lèvres des deux sœurs.

— C'est une surprise pour lui ? fit Bridgett.

— En effet, admit-elle à contrecœur. Un cadeau très modeste.

Modeste dans les faits, mais très lourd de symboles. Elle tenta immédiatement d'en limiter la portée.

— Cette période de Noël nous ramollit le cœur et nous devenons tous un peu trop sentimentaux.

Elles l'observèrent d'un air sceptique tandis qu'elle remettait hâtivement les souvenirs dans leur boîte.

— Je te repose la question, fit Bridgett, impitoyable. Vous vous remettez ensemble officiellement ?

Qu'en savait-elle ? Dix ans auparavant, ils s'étaient promis l'un à l'autre et leurs fiançailles s'étaient soldées par le pire des échecs.

— Tout ce que je peux te dire, c'est que nous sommes prudents l'un et l'autre et que nous nous gardons bien de nous précipiter.

Elle fouilla le fond de son sac à main à la recherche de ses clés de voiture.

— Comme je ne sais pas combien de temps je vais devoir m'absenter, j'ai convoqué deux autres personnes pour vous relayer à 14 heures, si nécessaire. J'ai même laissé des instructions pour ce soir, au cas où je serais retenue jusque-là. Les choses sont plus compliquées que prévu à l'atelier.

Ses craintes se vérifièrent dès le début de sa réunion au cabinet comptable. MCS se trouvait dans une situation financière dramatique. Comme convenu, elle se rendit chez Chase pour lui faire part des résultats de l'audit. Quelle ne fut pas sa surprise quand elle découvrit le pick-up de l'atelier garé devant le ranch du Vieux Pin. Buck Phillips l'utilisait fréquemment pour ses déplacements. Les deux hommes apparurent sur le seuil du bâtiment qui abritait les bureaux à l'instant même où elle garait son propre véhicule. Ahurie, elle les vit échanger une cordiale poignée de main. Un sentiment immédiat de trahison lui serra le cœur. Décidément, Chase semblait prendre un malin plaisir à conspirer dans son dos avec les membres les plus proches de son entourage.

L'équilibre précaire de son existence n'allait-il pas voler en éclats une seconde fois ? Elle s'arma de courage et marcha dans leur direction.

— Je ne m'attendais pas à te trouver là ! lança-t-elle à l'adresse de son directeur d'exploitation.

Ne l'avait-il pas récemment mise en garde contre les intentions de Chase ? Ne l'avait-il pas encouragée à confier les comptes de son entreprise familiale à un cabinet indépendant ?

Il fit mine d'ignorer le ton contrarié de sa patronne.

— Nous avions besoin de nous retrouver au calme pour discuter d'un certain nombre de choses.

Il échangea un regard avec Chase. Celui-ci approuva

d'un bref signe de tête par lequel il semblait l'encourager à poursuivre.

— Je suis au courant de la mission que Gus a confiée à Chase. Il m'en a parlé quelques jours avant sa mort.

Le visage de Mitzy se vida de tout son sang. Elle se faisait l'effet d'une marionnette dont chacun tirait les fils à sa guise.

— Y a-t-il quelqu'un, en dehors de moi, qui ignore encore les volontés de mon père ?

Chase enroula un bras protecteur autour de ses épaules et tenta de la rassurer.

— Gus a parlé à Buck, Judith, Walter et moi. C'est tout. Personne d'autre n'est dans la confidence.

Un petit rire nerveux jaillit de sa gorge.

— Me voilà rassurée ! fit-elle avec amertume.

Puis, s'adressant à nouveau à Buck :

— Si tu connaissais le désir de mon père d'impliquer Chase dans mes affaires, pourquoi m'as-tu conseillé de me méfier de lui ?

Au milieu de tant d'hypocrisie, elle préférait jouer cartes sur table.

— Je ne pensais pas qu'il prendrait les bonnes décisions. Les mesures qu'il avait préconisées il y a longtemps à MCS avaient éveillé ma méfiance. J'avais tort. Tu dois l'écouter, Mitzy.

Il fit un dernier geste en direction de Chase.

— N'hésite pas à m'appeler si tu as besoin de nouveaux éléments !

Puis il se tourna vers la jeune femme pour la saluer.

— Au revoir, Mitzy. Nous nous verrons samedi, à la fête de l'atelier.

Sur ces mots, il regagna son véhicule, mit le contact et quitta la propriété. Plus immobiles que deux statues, ils le regardèrent disparaître dans un silence de mort.

Chase savait qu'il avait commis une erreur grossière en omettant de signaler à Mitzy la visite de Buck.

— Je crois que des explications s'imposent, dit-il avec douceur. Entrons, si tu veux bien !

Elle n'était pas d'humeur à lui obéir.

— Non merci.

Il l'observa d'un air soucieux en priant en silence pour que l'intrusion des problèmes financiers de MCS dans leur vie privée ne sonne pas le glas de leur relation.

— Tu préfères que je sorte les livres que j'ai montrés à Buck ?

Il s'était suffisamment rapproché pour la couvrir de son parfum musqué et enivrant.

— Tu serais plus à l'aise pour les consulter à l'intérieur, ajouta-t-il très justement.

Un point pour lui. Son comportement était puéril. N'était-elle pas venue au ranch pour lui demander conseil ? Les lèvres pincées, elle ouvrit la porte et le précéda dans le bâtiment, sans se douter du spectacle qui l'attendait à l'intérieur. Un alignement de tableaux de conférence et de panneaux d'affichage accueillait le visiteur dès son entrée dans le hall. Les uns, couverts de chiffres et de graphiques, mettaient en évidence la dérive financière de MCS et proposaient divers scénarios de sortie de crise. Les autres montraient le portrait légendaire de Gus Martin entouré de slogans publicitaires. Un véritable plan de guerre marketing.

Le visage de Mitzy était blême.

— Inutile que je te rapporte les conclusions du cabinet comptable, murmura-t-elle d'une voix à peine audible. On dirait que tu as sur moi quelques coups d'avance.

Chase acquiesça avec le plus grand calme.

— Buck m'a fourni les données qui me manquaient.

La jeune femme se retenait de fondre en larmes.

— Quel est ton diagnostic ?

Il lui prit gentiment la main et l'invita à s'asseoir.

— Il te faudrait un million de dollars en cash pour rembourser la dette déjà existante et presque autant pour réaliser les investissements indispensables à un nouveau départ.

Il aurait pu tout aussi bien chiffrer le désastre en milliards de dollars. La somme était de toute façon bien au-delà de ses moyens. Anéantie, elle s'affaissa dans l'immense fauteuil en cuir.

— Je n'ai pas cet argent. Je n'ai même pas de quoi verser la prime de Noël que j'ai promise au personnel.

Le flegme imperturbable de Chase avait de quoi surprendre.

— Tu aurais autant de liquidités à ta disposition ? demanda-t-elle sans beaucoup d'espoir.

Il secoua la tête et s'assit tranquillement en face d'elle.

— Non.

L'amant sensible et débordant de sollicitude qui s'était réveillé le matin même auprès d'elle avait cédé la place à un homme d'affaires pragmatique et froid.

— Mais j'ai un moyen de me les procurer si j'obéis à la volonté de ton père en rachetant l'atelier avant la fin de l'année civile.

Racheter MCS ? Comment osait-il évoquer pareille hypothèse quand il connaissait son opposition radicale à l'idée de céder son entreprise ? Son attitude glaciale lui était insupportable. Pour lui, il ne s'agissait là que d'une banale opération financière visant à élargir son empire. Pour elle, cela représentait la destruction d'une vie entière de labeur. Elle n'ignorait pas les dernières volontés de Gus et l'étrange mission qu'il avait confiée à Chase pour la libérer des responsabilités qu'impliquait la direction de l'atelier, mais elle refusait de rompre le lien qui l'unissait à l'œuvre de son père. D'autant que les circonstances ne lui avaient jusqu'alors pas permis de s'essayer correctement à la gestion de l'atelier. Déçue et frustrée, elle réfléchissait à une autre manière de procéder. Peut-être fallait-il arrêter de penser sur le long terme pour se concentrer sur les besoins immédiats ?

Elle se leva avec raideur, contourna son fauteuil et se pencha au-dessus du dossier en l'agrippant des deux mains.

— Les deux cent mille dollars dont j'ai besoin pour la prime de Noël, tu ne les as pas non plus ?

Chase soupira.

— Je ne peux pas me les procurer sans avoir procédé au rachat. Aussi étrange que cela paraisse, je ne suis pas seul à McCabe Leather Goods. J'ai des comptes à rendre à mon conseil d'administration. Chacune de mes décisions est scrutée à la loupe.

Persuadée qu'il avait la possibilité de lui venir en aide, Mitzy prit comme une gifle cette fin de non-recevoir.

— L'univers des affaires est vraiment impitoyable, ironisa-t-elle avec amertume.

Il tenta encore de se justifier.

— Si les administrateurs trouvent ma gestion hasardeuse, ils sont en droit de m'éjecter. Je perdrai alors ma qualité de directeur général. Concrètement, je resterai détenteur de mes parts, mais je perdrai tout pouvoir de décision.

— Et tu n'es pas prêt à prendre ce risque.

— Non.

Son visage ne trahissait aucune émotion.

— Je ne prendrai pas un tel risque.

Mitzy se sentit soudainement transportée dans la pire époque de son existence. Celle où rien ne comptait en dehors des affaires et de l'ambition de Chase.

— Il faut que je m'en aille, fit-elle en prenant la direction de la sortie.

Il lui emboîta le pas et attrapa son avant-bras pour l'obliger à lui faire face.

— Mitzy, je t'en prie. Calme-toi et assieds-toi ! Nous pouvons discuter tranquillement et mettre toutes les options sur la table.

— Tranquillement ? répéta-t-elle d'une voix blanche. Quand la succession de mon père est en jeu ?

Il l'attira contre lui et la serra avec force dans ses bras. Son regard s'était adouci, son attitude était à nouveau amicale et protectrice.

— Je comprends ce que tu ressens.

Elle connaissait trop bien son pouvoir de persuasion et n'avait pas l'intention de lui céder sans se battre. Si elle ne montrait aucune résistance, elle regretterait toujours d'avoir trop vite abandonné la partie. Déterminée, elle se dégagea de son étreinte.

— Je veux prendre le temps de la réflexion. Il y a forcément une autre solution.

Elle sortit sans se retourner et, cette fois, il n'essaya pas de la retenir. Sur le chemin du retour, elle élabora un plan d'action et arriva chez elle en sachant précisément ce qu'elle devait faire. Elle salua les deux jeunes femmes qui avaient pris la relève de Bess et de Bridgett, s'assura que les garçons ne manquaient de rien et se rendit sans attendre dans l'ancien bureau de son père.

Quand elle referma la porte derrière elle, une impression étrange la paralysa. Pour la première fois, l'endroit lui apparaissait comme un sanctuaire poussiéreux. Le décor vétuste qu'elle avait choisi de garder en l'état par respect pour la mémoire de Gus ne lui procurait plus le même réconfort. Au contraire, il lui inspirait un sentiment de culpabilité profonde, comme si, privant le lieu de toute nouvelle décoration, elle l'avait injustement abandonné à un sort funeste.

Tout mettre en œuvre pour améliorer le quotidien de

ses employés l'aiderait peut-être à soulager sa conscience. L'avenir de l'atelier n'était-il pas entre leurs mains ? Elle ramassa son téléphone, composa le numéro de son beau-père et lança un appel vidéo. Walter décrocha immédiatement. Les appels de la jeune femme étaient rares, surtout pendant les heures de travail. Elle découvrit sur l'écran qu'il portait une cravate. Manifestement, elle le dérangeait en pleine réunion.

— Un instant, je te prie.

Il sortit du bureau et referma la porte derrière lui.

— Mitzy, ma chérie, que se passe-t-il ? Tu as un souci ?

Elle lui fit brièvement l'exposé de ses préoccupations.

— Si tu pouvais juste me prêter l'argent pour les primes de Noël, j'aurais le temps de me retourner et de ne pas vendre l'atelier avant d'avoir tenté de le sauver. Je te promets de te rembourser jusqu'au dernier centime.

Walter lui avait toujours témoigné une grande indulgence, mais cette fois sa requête le mettait dans l'embarras.

— Si j'accède à ta demande, ta mère ne me le pardonnera jamais.

Le ton était gentil mais ferme. Abasourdie, Mitzy chercha ses mots.

— Mais je… Maman ne peut pas t'empêcher de venir à mon secours…

— C'est ma femme. Mon premier devoir est d'agir en accord avec elle.

— Je lui parlerai, promit-elle, désespérée. Je suis sûre de pouvoir la convaincre.

Il exhala un soupir.

— N'en fais rien, ma chérie ! Une telle conversation vous rendrait malheureuses toutes les deux. Tu connais ses sentiments à l'égard de MCS.

Mitzy avala tristement sa salive.

— Je sais. Elle a toujours rendu l'entreprise responsable de l'échec de son mariage avec Gus.

Walter acquiesça, l'air tout aussi accablé.

— Oui, et aujourd'hui, à tort ou à raison, elle pense que le même scénario se reproduit dans ton histoire avec Chase.

Ainsi s'acheva son dialogue avec Walter, et ses dernières paroles résonnèrent dans son esprit jusqu'au soir. L'attitude de Judith jetait un éclairage différent sur l'attitude de Chase. Elle pensait, tout comme son mari, qu'il s'efforçait de lui venir en aide. Mais quel cas faisaient-ils tous de ses sentiments ? N'était-elle pas libre de faire ses propres choix ?

Elle rédigea un texto à l'intention de Chase pour le dissuader de se présenter à sa porte en début de soirée mais renonça finalement à l'envoyer. Jadis, leur relation avait été brisée par ses ambitions démesurées. Aujourd'hui, elle ignorait s'il agissait pour l'aider ou pour servir ses propres intérêts. Refuser de le recevoir n'arrangerait rien à l'affaire.

Désireuse de retrouver un peu de tranquillité après les épreuves de la journée, elle libéra ses deux baby-sitters et donna seule le bain à ses quatre garçons. L'organisation était rodée, aucune larme ne fut versée pendant tout le temps que dura l'opération. Elle s'apprêtait à préparer le repas quand le carillon de l'entrée annonça l'arrivée de son visiteur. Quand elle ouvrit la porte, une rafale de vent froid s'engouffra dans la maison. Les joues colorées par l'air frais et les cheveux ébouriffés, il était plus séduisant que jamais. Une lueur déterminée scintillait dans son regard quand il pénétra dans le hall. Mitzy n'aurait su dire si elle était heureuse de le voir, mais elle ne pouvait ignorer le soulagement que lui avait procuré son coup de sonnette. Les décorations de Noël teintaient le décor d'une touche de magie. Un élan d'optimisme la traversa sans crier gare. Oui, elle se trouvait dans une belle impasse, mais c'était aussi la saison des miracles.

— J'espère que tu ne vas pas me mettre dehors ? fit-il en percevant son hésitation.

— Bien sûr que non. Je suis une fille bien élevée.

Elle prit sa veste et la suspendit au portemanteau.

— Comment vont les petits gars ce soir ?

— Sans doute prêts pour le repas de 20 heures. Ils ont piqué du nez après le bain et ne devraient pas tarder à se réveiller.

— Je peux te donner un coup de main ?

— Je suis sûre qu'ils seront ravis.

Elle le précéda au fond du salon, où les petits anges commençaient en effet à gesticuler. Sans attendre, elle passa dans la cuisine pour allumer les chauffe-biberons. Chase la rejoignit aussitôt.

— Et toi, qu'est-ce qui te ferait plaisir ? demanda-t-il en glissant une main dans la sienne.

Comme il la faisait pivoter pour l'attirer contre lui, une vive émotion la submergea. L'insécurité qu'elle avait éprouvée pendant leur longue séparation revenait la hanter. Elle avala sa salive, prudente.

— Chase…

— Je sais que tu traverses une période difficile, Mitzy. Gus l'avait prévu. Buck Phillips et le reste du personnel, tous en sont parfaitement conscients.

Des larmes vinrent brouiller les yeux de la jeune femme.

— Si j'accepte de vendre l'atelier, j'aurai l'impression de tous les abandonner.

— Ce ne sera pas le cas, rassure-toi !

Elle aurait aimé le croire, mais un sentiment d'échec mêlé de culpabilité la rongeait. Chase passa un doigt sous son menton et l'obligea doucement à relever la tête.

— Si je te promets d'agir selon la volonté de Gus, parviendras-tu à me faire confiance ? Je jure de sauver l'atelier et de préserver les intérêts de tous les employés.

Un long silence s'écoula puis, au prix d'un effort infiniment douloureux, Mitzy se rangea à l'avis de son entourage.

— C'est d'accord, murmura-t-elle enfin. Si tu me fais une offre, j'y réfléchirai sérieusement !

— C'est tout ce que je te demande.

Le sourire qui accompagna ses paroles ne lui apporta aucun réconfort. Elle avait l'impression de rendre les armes avant d'avoir commencé à lutter.

Chase fut absent pendant le reste de la semaine. Il séjournait dans son loft de Dallas-Fort Worth, non loin du siège de sa compagnie. Son objectif était de convaincre son conseil d'administration d'acquérir rapidement MCS et de conclure un arrangement avec sa banque. Mitzy l'appelait chaque soir. Il lui manquait terriblement et cette dépendance affective l'effrayait quelque peu. N'avait-elle pas commis une erreur en s'exposant sans retenue à une nouvelle déception ? Elle avait le sentiment que les rênes de son existence lui avaient échappé. Sa vie entière dépendait aujourd'hui d'un homme qui lui avait jadis brisé le cœur. Au mépris de toute prudence, elle imaginait avec lui des projets d'avenir qui auraient été impensables un mois auparavant. Elle voulait qu'ils réussissent ce qu'ils avaient manqué autrefois et aspirait à construire la famille traditionnelle à laquelle elle avait renoncé en mettant au monde ses quadruplés. Par sa présence assidue, l'intérêt et l'affection qu'il portait à ses fils, Chase avait bouleversé son quotidien et ses projets.

Quand le doute l'assaillait, elle trouvait mille occupations pour se distraire. Elle accorda à ses enfants une attention redoublée, cuisina elle-même les gâteaux de la fête de l'atelier, et passa des heures à préparer le cadeau de Noël qu'elle destinait à Chase. Jour après jour, l'album de souvenirs s'enrichit de photos, de cartes, de poèmes et de décorations. Le résultat était sentimental et tendre, à l'image de ce qu'elle attendait de l'avenir de leur relation.

Chase examinait avec sa mère les conditions d'acquisition de MCS. Rachel était experte en droit des affaires. Il n'aurait pu trouver de meilleure conseillère. De passage à Fort Worth pour une journée de shopping, elle avait fait une halte dans le loft de son fils.

— Je suis d'accord avec toi, approuva-t-elle en relevant les yeux des documents comptables étalés devant elle. La date de la vente fera une grande différence sur l'état des finances.

Elle marqua une pause pour pointer les résultats de chacun des scénarios envisagés.

— Tu n'as pas le choix, et ton conseil d'administration non plus. L'opération doit être conclue avant la fin de l'exercice comptable. J'imagine que tes avocats ont fait le même diagnostic.

Chase massa sa nuque tendue.

— En effet.

— Cela n'a pas l'air de te plaire.

— J'avoue que j'aurais préféré avoir une autre option. Un peu moins de précipitation aurait sans doute rendu la transaction plus acceptable aux yeux de Mitzy. Rachel but une gorgée de café et reposa sa tasse.

— Tu penses que le calendrier ne lui conviendra pas ?

Une sourde angoisse serrait la poitrine de Chase. Il n'avait pourtant pas l'habitude de laisser ses émotions affecter ses affaires.

— Je le sais d'avance.

— Si tu lui expliques calmement la situation, elle finira par comprendre.

Il s'efforça de partager l'optimisme de sa mère.

— La cession de l'atelier la soulagera d'un immense fardeau. Il faut juste qu'elle arrive à l'admettre.

— Mitzy est une femme intelligente, dit Rachel. Je suis sûre qu'elle se rangera à la raison.

Les yeux de Chase se posèrent sur la photo de la jeune femme et de ses enfants qui trônait sur une étagère de sa bibliothèque.

— Elle ne le fera pas de gaieté de cœur, dit-il en cédant à nouveau au découragement.

Rachel plissa le front.

— J'ai du mal à comprendre pourquoi. La vente de l'entreprise mettra définitivement ses enfants à l'abri du besoin. C'est un argument décisif pour une mère.

Ce que Rachel ne mesurait pas, c'était l'humiliation que représentait pour Mitzy l'abandon de ses responsabilités. L'atelier était la fierté de son père. Découvrir qu'il était à deux doigts de la faillite avait été une première épreuve. Se trouver dans l'obligation de le céder était le coup de grâce.

— Je la connais bien, fit Chase. C'est une femme indépendante qui pense toujours agir pour le mieux. Elle n'aime pas qu'on lui dicte ses décisions.

— Le monde des affaires lui est étranger. Comme il l'était à son père.

Rachel se leva pour se servir une nouvelle tasse de café et revint s'installer près de son fils.

— Ce sont des gens intuitifs, incroyablement doués. Gus était un véritable artiste, mais il a toujours été incapable de gérer son affaire. Mitzy n'a pas davantage ces compétences.

— Elle n'a pas eu l'occasion de le montrer, en tout cas.

Sans savoir vraiment pourquoi, il éprouvait le besoin de la défendre.

— Ce n'est pas son domaine, Chase. En plus, elle n'a aucune formation. Nul ne peut s'improviser chef d'entreprise du jour au lendemain.

À contrecœur, Chase se rangea à ses arguments.

— Où est le problème ? demanda Rachel en le voyant toujours préoccupé. Tu penses qu'elle te rendra responsable de la perte de l'atelier ?

Il lui répondit par un long soupir, et s'éclipsa dans sa chambre pour aller chercher le cadeau qu'il avait l'intention d'offrir à la jeune femme pour Noël. Un cadeau en forme de proposition qui, il l'espérait, lui permettrait de prendre une décision sans aucun rapport avec les problèmes de MCS.

— J'espère que Mitzy finira par écouter la voix de la raison et qu'elle acceptera enfin de tourner la page de l'héritage de son père pour se tourner vers l'avenir. Notre avenir.

Il posa un épais dossier sur la table et invita sa mère à l'ouvrir. Découvrant les plans d'architecture, elle comprit quelles étaient ses intentions.

— Oh ! Chase ! Quelle belle manière de demander la main d'une femme !

Mais voyant que son émotion cédait aussitôt le pas à une attitude plus réservée, il se demanda s'il n'était pas allé un peu trop vite en besogne. Soucieux, il tenta de déchiffrer l'expression de sa mère.

— Tu penses que c'est trop ?

Rachel lui répondit avec sa franchise coutumière.

— Je pense que tu marches sur des œufs, mon garçon. Si Mitzy t'en veut pour le rachat de son atelier, je ne suis pas certaine qu'elle accepte aussi vite de construire des projets d'avenir avec toi.

Chase avait bien conscience de se trouver dans une

impasse. La convaincre de vendre l'affaire de son père revenait à faire son bonheur malgré elle. Au risque de la perdre.

— Elle tient à moi, j'en suis sûr.

— Je n'en doute pas, fit Rachel en posant la main sur son avant-bras. Je l'ai vu le jour où nous étions au ranch tous ensemble. Mais vous allez traverser une période compliquée. Je souhaite de tout mon cœur que tu parviennes à la convaincre.

Chase inspira profondément. C'était aussi son vœu le plus cher. Mais ses prières suffiraient-elles à trouver à la crise un dénouement heureux ?

- 14 -

— Je ne comprends pas, dit Mitzy.

Chase lui avait donné rendez-vous au centre-ville, devant la maison victorienne de Spring Street. La grande bâtisse avait connu des jours meilleurs. Elle était sur le marché depuis des mois et ne trouvait pas d'acquéreurs tant l'ampleur des travaux décourageait les meilleures volontés.

— Tu m'envoies Lulu et Bess pour garder les enfants et tu me fais venir ici ce matin sans aucune explication. Le jour de la fête de l'atelier, comme si je n'avais que ça à faire !

— Je sais que tu es très occupée, aujourd'hui. Attends de voir et tu comprendras !

Il prit son avant-bras et la guida à l'intérieur de la maison vide. Tous les volets du grand hall étaient clos et toutes les lumières allumées. Aussi à l'aise que dans son propre ranch, il referma tranquillement la porte derrière eux.

— Nous devons aussi faire un point sur MCS.

Elle savait seulement qu'il avait réussi à maintenir la prime des employés et elle se réjouissait de la distribuer l'après-midi même. Sans lui dévoiler davantage ses intentions, il la conduisit dans l'aile principale.

— Avant de parler de l'atelier, j'ai quelque chose à te montrer.

— Je me demande toujours ce que nous faisons ici.

— J'aimerais acheter cette maison et la rénover.

Elle ouvrit de grands yeux.

— Et que ferais-tu de ton ranch ?

Il haussa une épaule d'un air insouciant.

— Je n'ai pas encore décidé. Je pourrais le mettre en location. Ou bien l'utiliser le week-end. Tout dépend de ce que tu en penses.

Ce qu'*elle* en pensait ? Depuis quand lui demandait-il son avis sur la gestion de ses affaires ? Surtout quand il s'agissait d'un investissement aussi important ! Sans paraître se soucier de son étonnement, il l'entraîna le long d'un couloir tapissé de lambeaux de papier peint qui débouchait sur une cuisine monumentale et baignée de lumière. Deux cartons à dessin étaient ouverts sur la table centrale.

Il l'invita à s'approcher de la première série de plans.

— Voici ce qu'il est possible de faire avec la maison que tu habites aujourd'hui. Pour donner une chambre à chacun de tes enfants, il faut bâtir une extension en mordant sur le jardin. Comme il n'est déjà pas très grand, cela pourrait très vite devenir un problème.

— Euh oui…

Il se tourna vers la deuxième pile de croquis.

— Ici, nous avons des plans pour la rénovation de cette résidence. Sept chambres et trois salles de bains à l'étage. Cinq pièces au rez-de-chaussée, sans compter la buanderie et le garde-manger. On peut les répartir comme tu le souhaites. L'architecte suggère d'aménager deux bureaux et une salle de jeux. Son idée serait aussi d'ouvrir la cuisine sur un grand espace servant de living et de salle à manger.

Sans lui laisser le temps de respirer, il l'escorta jusqu'à la baie vitrée qui surplombait la cour. L'espace était envahi de mauvaises herbes et les haies qui longeaient la clôture n'avaient pas été taillées depuis des lustres.

— Un sérieux rafraîchissement serait nécessaire, bien évidemment. Mais, comme tu peux le voir, le terrain est assez vaste pour organiser un jardin et une aire de jeux.

Mitzy le regardait comme s'il avait perdu la raison. Comme elle cherchait ses mots pour lui répondre, il ouvrit grand les mains et lui offrit le plus beau de ses sourires.

— Joyeux Noël, Mitzy ! À toi de choisir la maison que tu préfères. Et si tu n'es pas prête à habiter avec moi, nous pouvons tout à fait rénover les deux et vivre chacun chez soi.

Elle cligna les paupières pour s'assurer qu'elle ne rêvait pas. Chase était un homme déterminé, qui ne s'épargnait jamais aucun effort pour mener à bien ses projets. Mais aujourd'hui, il avait perdu toute mesure.

— Tu me proposes de vivre avec toi ? demanda-t-elle pour être sûre d'avoir bien compris.

Il acquiesça d'un signe de tête.

— Je pense que ça serait mieux pour nous et pour les garçons. On peut se marier, ou simplement vivre ensemble, mais je le répète, on fera ce que tu veux.

Il la scruta longuement sans parvenir à déchiffrer la myriade d'émotions qui traversèrent son visage.

— Ce que tu veux, répéta-t-il patiemment.

Ressentant le besoin de prendre l'air, elle lui prit la main, ouvrit la porte donnant sur la cour et l'entraîna jusqu'à un banc de pierre adossé au mur de façade. Souvent, dans le cadre de son travail, elle avait tenté d'apaiser des personnes confrontées à des dilemmes insolubles. Rattrapée par sa fibre d'assistante sociale et par l'immense affection qu'elle portait à Chase, elle s'efforça d'envisager la situation sous l'angle de la raison.

— Avant de prendre la moindre décision, je crois

nécessaire de prendre un peu de recul. D'abord, commençons par faire le tri des problèmes. Le plus simple est sans doute celui de MCS. Ton conseil d'administration a-t-il décidé de réinjecter des fonds dans l'atelier avant la fin de l'année ?

— Oui. Et comme je te l'ai dit, il a aussi accepté de verser les primes de fin d'année. Les chèques pour les employés sont dans mon attaché-case. Tu devras les signer avant de les distribuer.

Elle posa une main sur son cœur.

— C'est un grand soulagement. Je te remercie. Les salariés passeront un joyeux Noël.

Il sourit avec elle, puis il se rembrunit.

— Il y a des points moins réjouissants dans la transaction.

Inquiète, elle redressa fièrement le menton et attendit.

— Les administrateurs exigent de nouvelles têtes à la direction, et je les approuve. Il nous faut des gestionnaires efficaces, capables de mettre en œuvre rapidement les mesures indispensables à la survie de l'atelier.

Mitzy n'aimait guère le ton détaché de son discours.

— Vous voulez remplacer Buck Phillips ?

— Lui attribuer d'autres fonctions, plus en accord avec ses compétences.

— Et baisser son salaire par la même occasion ?

— Non. Chacun conservera son niveau de rémunération. Des augmentations seront accordées dès que les comptes seront équilibrés.

Elle respira à nouveau.

— Parfait, dit-elle.

— Il y a autre chose. Tu es licenciée.

La nouvelle était si monstrueuse que son cerveau refusa de l'entendre.

— Je te demande pardon ?

— Le conseil d'administration a décidé de confier le

redressement de l'atelier à un nouveau directeur général. Nous sommes donc contraints de te licencier.

— Nous, répéta-t-elle d'une voix blanche.

Chase s'incluait sans honte dans la prise de décision. Il acquiesça avec un calme révoltant.

— C'est une pratique courante dans ce genre de situations.

Pensait-il ainsi se dédouaner de ses responsabilités ?

— Nous avons déjà quelqu'un en tête. Une gestionnaire expérimentée qui a fait ses preuves dans un groupe renommé de l'État du Texas.

— Si je comprends bien, tu as accepté de me mettre dehors.

Le choc et la colère décomposaient ses traits. Une lueur de regret passa dans les yeux de Chase, mais son éternel pragmatisme reprit aussitôt le dessus.

— J'ai voté la décision du conseil. C'est une mesure raisonnable.

La jeune femme hésitait entre rires et pleurs. Quelques secondes avaient suffi à détruire la confiance et la complicité qui les avaient rapprochés ces dernières semaines. L'animosité dévastatrice qui les avait autrefois opposés avait brusquement resurgi. Elle quitta le banc, s'éloigna de quelques mètres et revint sur ses pas.

— J'ai l'impression de revivre un mauvais film. Je te revois en train d'expliquer à mon père que la seule manière d'augmenter les performances de son atelier était d'embaucher des gens de l'extérieur. Je ne vois aucune différence dans ce que tu proposes aujourd'hui.

— Il n'y en a pas, concéda-t-il avec froideur. De telles mesures étaient nécessaires à l'époque et elles demeurent indispensables.

Comme si ses paroles n'admettaient aucun commentaire, il se leva et regagna le perron. Mitzy le rattrapa à l'intérieur de la maison.

— Buck avait raison à ton sujet. Avant que tu n'arrives à le rallier à ta cause. Tu n'as jamais eu qu'une obsession. T'emparer de MCS pour mettre un nouveau trophée à ton tableau. Je me demande comment tu as pu ronger ton frein aussi longtemps.

Il continua avec la même rigidité.

— Il est vrai que j'ai mal géré la situation avec Gus.

— Parce que tu trouves que tu le fais mieux aujourd'hui ? En soudoyant Buck ? Que lui as-tu proposé ? Un architecte pour restaurer sa maison ?

Il s'efforça au calme.

— Je comprends que tu sois contrariée, Mitzy, et que tes paroles dépassent ta pensée.

— Décidément, tu ne veux rien entendre !

Qu'il veuille ou non l'admettre, vingt-neuf employés comptaient encore sur elle et elle ne voulait pas gâcher leur Noël une seconde fois. Pourtant, elle devait bien se rendre à la raison. L'intervention de Chase et de son groupe sauvait MCS d'une mort certaine. Il ne servait à rien de nier l'évidence.

— Dis-toi bien que le constat m'arrache le cœur, mais je suis obligée de reconnaître que toi seul es en mesure de sauver l'atelier de mon père. Je n'ai pas d'autre choix que de te laisser la main sur MCS.

Des larmes amères roulaient sur ses joues.

— Tu es tellement ambitieux et tu détestes tellement l'échec que tu en prendras le plus grand soin.

Il accepta sans ciller le jugement cinglant contenu dans ses paroles.

— Je vais faire en sorte que Gus soit fier de toi, murmura-t-il avec douceur. Je te le promets.

Elle se mit à arpenter la cuisine de long en large.

— Où sont les papiers à signer ?

Il ouvrit l'attaché-case posé sur le comptoir et en sortit les contrats qui faisaient tant souffrir la jeune femme mais qui garantissaient la survie de son entreprise. Les endroits où elle devait apposer sa signature étaient indiqués par des flèches. Elle s'acquitta courageusement de l'épreuve. Puis elle posa son stylo et se redressa avec dignité.

— J'ai tout de même une demande à te faire, dit-elle. Nous allons remettre les primes au personnel cet après-midi. Pour le reste, je souhaiterais que nous attendions la nouvelle année. Leur annoncer la vente et les changements à venir aujourd'hui risquerait de gâcher la fête.

— C'est impossible, dit Chase. Les grands groupes ne fonctionnent pas de cette manière.

Elle ne le reconnaissait plus et ce ton affairiste lui déplaisait au plus haut point. Elle inspira profondément et chercha à toucher sa corde sensible.

— Je tiens vraiment à ce que le personnel parte en vacances l'esprit plus léger que l'an dernier. J'étais tellement mal durant la maladie de Gus que je les ai totalement négligés.

Et, joignant ses deux mains en signe de prière :

— Je veux me racheter auprès d'eux, Chase. Tu comprends, n'est-ce pas ?

Il lui sourit avec mansuétude, mais resta inflexible.

— Les sentiments n'ont pas leur place dans les affaires, Mitzy. MCS ne sera plus jamais l'entreprise familiale qu'ils ont connue. Je le regrette, mais c'est ainsi.

— Les affaires, répéta-t-elle comme un écho.

Chase n'était pas différent de sa mère. Il ne cédait jamais une once de terrain. Formée à résister aux manœuvres de Judith depuis l'enfance, elle n'avait elle non plus pas l'habitude de lâcher prise à la première difficulté.

Elle le transperça du regard.

— En tant que principal actionnaire de McCabe

Leather Goods, tu peux au moins m'accorder la faveur que je te demande.

Il secoua résolument la tête de gauche à droite.

— J'ai fait tout ce qui était en mon pouvoir pour épargner à l'atelier un exercice comptable désastreux. Quoi que tu en penses, ce n'est pas simple de lever des fonds en si peu de temps.

Elle savait qu'il n'avait pas ménagé sa peine, mais cela ne lui suffisait pas.

— J'apprécie tout ce que tu as fait, mais je refuse de rendre la vente publique avant le nouvel an.

Il avait beau s'efforcer au calme et à la patience, l'exaspération commençait à se lire sur ses traits.

— Ce genre de nouvelles finit toujours par se répandre, Mitzy. Surtout quand les gens sont inquiets. Ils guettent le moindre signe et ne tardent jamais à connaître la vérité.

Elle balaya ses arguments d'un revers de la main.

— Tu veux parler de ta réapparition soudaine dans ma vie ? Du temps démesuré que tu m'as accordé ?

— Tu connais aussi bien que moi les raisons de ma présence auprès de toi.

Elle avait le sentiment que son univers se brisait en mille morceaux. Une fois de plus.

— Je croyais les connaître, mais je me suis trompée.

Excédé, il réduisit la distance qui les séparait. Cette fois, il semblait prêt à en découdre.

— Cette discussion est inutile. Nous ne pouvons pas garder le secret sur la vente plus longtemps. Le chéquier utilisé pour les primes est celui du groupe. À partir du moment où les employés ouvriront leur enveloppe, ils connaîtront leur nouvel employeur. Crois-moi, nous avons tout à gagner à jouer cartes sur table et à répondre avec franchise à leurs questions !

Elle ne partageait en rien son point de vue et redoutait les réactions du personnel face à un changement aussi brutal. Comme elle regrettait sa naïveté ! Elle avait placé toute sa confiance dans un requin déguisé en cow-boy et attendait aujourd'hui qu'il agisse avec douceur et bienveillance. En vérité, il n'avait jamais perdu de vue son objectif initial. Mettre le grappin sur l'atelier de son père.

— Rien ne nous empêche de refaire les chèques et de tirer les primes sur le compte de MCS. Cela nous permettrait de faire l'annonce officielle du rachat au début de l'année prochaine.

— En dissimulant à tous ces pauvres gens ce qui se trame dans leur dos ? Ce n'est pas ma façon de procéder, Mitzy. Je veux agir en toute transparence avec eux. Et nous ne commencerons pas plus tard qu'aujourd'hui.

— Nous ?

Vaincue, elle fondit en larmes.

— Oui, nous. Pour être honnête…

Il s'interrompit pour la prendre tendrement dans ses bras.

— … Pour être honnête, j'espérais bien leur annoncer une tout autre nouvelle.

Dévastée, écœurée, elle songeait à l'album qu'elle avait mis tant de soin à préparer pour lui. Un rire nerveux jaillit de sa gorge.

— Nos fiançailles, tu veux dire ?

La perspective d'une histoire d'amour sur fond d'intérêts financiers lui donnait la nausée.

— Ou notre mariage, répondit Chase en tentant d'ignorer son ton outrageusement sarcastique.

Elle le fixa avec ressentiment. Non content d'absorber l'atelier de son père, il espérait aussi acheter ses sentiments ?

— Tu as vraiment cru que je tomberais dans un piège aussi grossier ?

Il recula, accablé et meurtri.

— Tu parles comme si nous n'avions rien partagé ces derniers temps. Tu sais pourtant ce que je ressens pour toi et pour tes enfants. Je ne te l'ai pas assez montré ?

Elle lui tourna le dos et s'éloigna comme si elle n'avait que faire de ses déclarations.

— Je pensais en effet que tu accepterais ma demande en mariage, reprit-il avec amertume. Que tu serais heureuse de dire oui.

Elle se retourna pour lui faire face.

— Ta proposition se résume à un marché répugnant. J'accepte de te céder mon entreprise familiale, et en échange je gagne une belle maison victorienne, assez luxueuse et assez grande pour abriter confortablement mes quadruplés. C'est bien cela ?

— Je ne présenterais pas les choses ainsi.

Ils se sentaient tout aussi insultés l'un que l'autre.

— Je pensais que renoncer à MCS serait moins douloureux pour toi si tu avais la perspective d'un avenir heureux avec tes enfants et avec moi.

— Eh bien, je suis désolée de te décevoir, Chase, mais ma réponse est non. Je ne serai pas la seule à me faire congédier aujourd'hui.

Il fronça les sourcils.

— Qu'est-ce que tu veux dire ?

Elle se rapprocha de lui et pointa un doigt sur son torse.

— Tu n'es plus mon ami, ni mon amant, cow-boy. Et encore moins une figure paternelle pour mes garçons ! Tu as peut-être sauvé l'atelier que mon père m'a légué, mais tu as aussi détruit notre relation. Pour la deuxième fois.

Le visage inondé de larmes, elle pivota sur ses talons et disparut.

- 15 -

23 décembre

— Comment te sens-tu, ma chérie ?

Judith débarrassa Mitzy de son panier à provisions et le porta dans la cuisine.

— Pas trop mal, je te remercie.

La présence de sa mère et de Walter lui apportait un réel soulagement. Apprenant le différend qui l'avait opposée à Chase la veille, ils avaient avancé d'un jour leur arrivée à Laramie. L'invitation de Franck et Rachel avait été déclinée et ils s'apprêtaient à passer Noël en petit comité.

— Les garçons ne sont pas réveillés ?

— Pas encore.

Mitzy déballa ses courses sur le comptoir.

— En vérité, je suis dans une colère noire.

— Tu en veux encore à Chase pour les annonces qu'il a faites hier à l'atelier ?

— Je ne suis pas près de lui pardonner. Mais ce qui me déçoit encore plus, c'est la réaction des salariés.

Walter les rejoignit, vola au passage une feuille de la salade que Judith préparait pour le dîner et se hissa sur un tabouret.

— J'ai eu l'impression que le rachat de MCS leur

faisait tout autant plaisir que les primes, poursuivit-elle. Ils n'avaient même pas l'air surpris.

Elle rangea la viande et les légumes qu'elle avait achetés dans le réfrigérateur.

— Certains étaient même persuadés que Chase arriverait tôt ou tard pour sauver l'entreprise.

— Il l'a fait.

— En me licenciant par la même occasion.

— Tu sais au fond de toi qu'il a pris les bonnes décisions, dit Judith. Pour MCS, pour le personnel et pour toi.

La jeune femme s'installa près de Walter et posa les coudes sur la table en soupirant avec regret.

— J'avais promis de veiller sur les intérêts de l'atelier de papa.

Sa mère plaça un verre de cidre chaud devant elle.

— C'est exactement ce que tu as fait. En acceptant enfin de le placer entre les mains de vrais professionnels.

— Des professionnels, répéta-t-elle d'un air sombre, avant de marquer une pause pour porter la boisson à ses lèvres. Tout le monde semble m'accuser d'avoir péché par orgueil.

— Avoue que tu n'avais pas les compétences pour gérer cette affaire !

Lui avait-on seulement laissé le temps d'apprendre ? Judith lui tapota affectueusement le bras.

— Gus a essayé de te faire entendre raison, mais tu n'as pas voulu l'écouter. Pour des raisons tout à fait compréhensibles. Tu n'as pas à t'en vouloir pour cela.

Le chagrin et la peur de le perdre l'avaient aveuglée. Des larmes perlaient à ses paupières. Décidément, ce Noël n'était pas plus gai que le précédent ! Walter descendit de son siège et contourna la table pour lui passer un bras sur l'épaule.

— Voyant ton désarroi, ton père s'est tourné vers

Chase et ils ont mis au point un plan de sauvetage pour l'entreprise. Ils ont agi pour le mieux, ma chérie.

Tandis que Judith mettait une touche finale au repas, Mitzy l'observait en silence.

— Quoi qu'elle en dise, maman non plus n'a pas l'air ravie de la situation, observa-t-elle comme en se parlant à elle-même.

L'intéressée s'interrompit dans ses préparatifs et lui sourit tristement.

— Qui pourrait se réjouir de te voir à nouveau fâchée avec Chase alors que vous paraissiez avoir retrouvé le bonheur d'être ensemble ?

Morose, elle but une autre gorgée de cidre.

— Je sais ce que tout le monde pense de notre relation, mais en vérité, il n'y avait entre nous qu'une vieille amitié.

— Tu en es bien sûre ? glissa son beau-père en fronçant les sourcils. Vous paraissiez si proches tous les deux.

— Chase était follement amoureux, renchérit Judith. Et toi aussi. Et il était si attentionné avec les enfants ! Cela me fend le cœur de te voir reproduire les mêmes erreurs que moi.

Mitzy ouvrit de grands yeux. Il était si rare d'entendre sa mère se remettre en cause personnellement.

— Qu'est-ce que tu veux dire ?

Walter retrouva sa place et invita sa femme à s'asseoir près de lui.

— J'ai toujours rendu l'atelier responsable de tous les maux de mon mariage avec Gus, expliqua Judith. Je me cachais derrière un arbre pour ne pas voir la forêt. En réalité, nous nous comportions comme des enfants. Si nous avions tous les deux accepté quelques compromis, nous aurions été beaucoup plus heureux. Et toi aussi.

Les traits de son visage exprimaient un regret très sincère.

— À cause de nos disputes continuelles, tu étais sans cesse tiraillée entre nous deux.

Sur ce point, Mitzy ne pouvait guère la contredire. Elle gardait de cette époque des souvenirs infiniment douloureux. Pour autant, le parallèle que sa mère cherchait à établir entre son premier mariage et sa relation avec Chase ne lui semblait pas justifié. Elle voulut riposter.

— Nos situations ne sont absolument pas comparables, maman.

Judith plaça ses mains dans celles de Walter.

— Je n'en suis pas si sûre, ma chérie.

— Toi et papa, vous n'étiez pas faits l'un pour l'autre. Vous étiez trop différents et vous n'attendiez pas les mêmes choses de la vie. Tu as reproduit la même erreur avec les hommes que tu as épousés ensuite. Et puis un jour, tu as rencontré Walter et tu as enfin trouvé le bonheur.

Elle marqua une pause, prête à éclater en sanglots.

— Tu ne vois donc pas comme je vous envie ? C'est un mariage solide comme le vôtre que je voudrais.

Son beau-père intervint avec douceur dans la discussion.

— Ne te méprends pas, ma chérie ! Notre quotidien n'est pas toujours simple. Nous avons aussi nos désaccords. Mais notre union est bâtie sur un amour profond, qui nous permet de surmonter les épreuves.

Un sourire songeur détendit les traits de Judith.

— Nous sommes passés maîtres dans l'art du compromis. La vie nous a sans doute donné quelques leçons.

Mitzy se remémora la manière dont il avait décliné sa demande de prêt pour respecter la position de sa mère.

— Vous êtes en train de me dire que je devrais pardonner à Chase, murmura-t-elle après un temps.

Le couple échangea un regard puis Judith reprit la parole :

— Nous pensons que tu devrais réfléchir sérieusement à ce qui compte réellement pour toi. Et puis agir en conséquence.

Chase coupait du bois dans son jardin quand la voiture de ses parents franchit le porche de son ranch. Rachel et Franck sortirent du véhicule et, apparemment décidés à obtenir des explications, ils foncèrent droit sur lui.

— Nous étions sûrs de te trouver ici, commença son père.

Sans s'interrompre dans sa tâche, Chase visa au cœur de la bûche, et abattit puissamment sa hache.

— Tu entends ? s'emporta sa mère. Dis-nous que ce n'est pas vrai ! Mitzy n'a pas pu te rejeter encore une fois !

Il se baissa pour ramasser le bois coupé et le posa dans sa brouette.

— Eh bien si, elle l'a fait. En me donnant le mauvais rôle, bien sûr. Le vilain capitaliste, guidé par ses seuls intérêts.

Franck s'approcha pour mieux voir le visage de son fils.

— Elle n'a pas supporté le rachat de l'atelier ?

— Elle rejette complètement la réalité du monde des affaires.

L'air était vif. Rachel frissonna, releva le col de son manteau et demanda à rentrer pour continuer la conversation. À contrecœur, Chase rangea son outil dans son étui de protection.

— Tu veux dire qu'elle mélange tout ? demanda Franck. Les affaires et les sentiments ?

— C'est ça.

Il attrapa quelques bûches et accompagna ses visiteurs à l'intérieur du ranch.

— Quand je pense que tu t'es mis en quatre pour respecter une promesse faite à Gus, soupira Rachel.

— Et sauver de justesse une entreprise au bord de la faillite, renchérit son époux.

Ils retirèrent leurs manteaux et s'installèrent près de la cheminée. Plongé dans une immense tristesse, Chase écoutait ses parents sans vraiment les entendre. Il craqua une allumette et regarda le petit bois et le papier froissé prendre feu. Rachel et Franck étaient animés de bonnes intentions. Il ne pouvait leur en vouloir, même s'il aspirait plus que tout à la tranquillité.

— Cela dit, tu n'as pas fait une mauvaise affaire, mon fils !

La remarque de son père le piqua au vif.

— Tout en délicatesse, papa.

Ce dernier se redressa sur son siège.

— Il faut bien appeler un chat un chat. McCabe Leather Goods a réalisé une belle transaction. Il serait hypocrite de prétendre le contraire.

Chase disposa une bûche dans le foyer.

— C'est la loi du genre, papa, observa-t-il avec lassitude.

— Tu as peut-être un peu précipité les choses, ajouta Rachel. Pour le bien de ton groupe.

— L'atelier était au bord du gouffre, se défendit-il. J'ai toujours procédé de cette manière, et je ne compte pas les entreprises qui m'en savent gré aujourd'hui.

— C'est vrai, concéda Franck. Mais celle de Gus ne méritait peut-être pas le même traitement que les autres.

Chase resta silencieux. Il était las de cette discussion.

— Ce que veut dire ton père, c'est qu'il y a plus en jeu que l'avenir de MCS dans cette histoire.

La voix de Rachel s'était adoucie.

— Il y a ton avenir, celui de Mitzy et de ses enfants. Je sais combien ils comptent pour toi.

— Elle ne veut plus de moi.

Le constat était simple et cruel à la fois. Franck le jugea irrecevable.

— Tu baisses les bras un peu trop vite, fiston. Un McCabe ne recule jamais devant l'obstacle.

Il ne trouva pas les mots pour lui répondre. Avait-il abandonné la partie trop rapidement ? Son orgueil l'avait-il aveuglé ? Ses parents semblaient en tout cas le penser.

— Il n'est pas trop tard pour arranger les choses, glissa gentiment Rachel.

Son mari acquiesça.

— Si quelqu'un est capable de faire des miracles, c'est bien toi, fiston ! Un Noël sans une belle surprise n'est pas un vrai Noël.

Chase fut obsédé par les conseils de ses parents pendant le reste de la journée et de la nuit. À son réveil, il savait ce qui lui restait à faire. Quelques coups de téléphone suffirent à libérer son agenda. Il ne lui restait plus qu'à convaincre Mitzy de lui accorder une ultime chance. Il reconnaissait avoir agi trop vite et sans aucune concertation. Il avait clairement manqué d'indulgence et de pédagogie.

Après une douche stimulante, il sortit une tenue décontractée de son dressing. La panoplie de l'homme d'affaires n'était pas de mise en pareille circonstance. Comme il s'apprêtait à sortir, le carillon de la porte d'entrée le figea brusquement sur place. Il fronça les sourcils. Craignant de découvrir sur le perron un nouveau membre de sa famille soucieux de son état et prêt à l'accabler de conseils, il ouvrit à son visiteur.

Mitzy se tenait devant lui, plus séduisante que jamais dans son manteau blanc, rehaussé d'une écharpe en soie rouge. Était-elle le fruit de son imagination ? Il la contempla un long moment avant de reprendre ses esprits.

— Je m'apprêtais à descendre en ville pour te voir.

Le visage de la jeune femme s'illumina.

— Les grands esprits se rencontrent, dit-elle.

Elle prit une nouvelle inspiration, courte et tremblante.

— Je peux entrer ?

Le cœur battant, il s'effaça devant elle et accepta le panier rempli de victuailles qu'elle lui avait apporté.

— Une courtoisie de Judith et Walter. Ils voulaient te remercier d'avoir joué le rôle du Père Noël, le jour de leur réception.

Il déposa le présent sur le comptoir de la cuisine.

— Moi qui croyais que ma prestation avait déplu ! observa-t-il avec humour.

Elle enleva son manteau et le posa sur un coin de canapé.

— Personnellement, je l'ai trouvée très réussie.

Ils échangèrent un sourire, heureux d'évoquer ensemble un souvenir heureux.

— Mitzy, je…

Elle porta un doigt à ses lèvres pour lui intimer gentiment le silence.

— Laisse-moi parler la première ! Je te dois des excuses. J'étais tellement aveuglée par mes regrets de céder l'atelier que je me suis montrée très injuste envers toi.

Ses yeux étaient remplis de larmes.

— Ce n'est pas ton ambition qui s'est mise sur notre chemin, cette fois-ci. C'est la mienne.

Elle le prit par la main et l'entraîna vers le canapé.

— Je pensais naïvement que je pouvais diriger l'entreprise sans beaucoup d'efforts, simplement parce que j'étais la fille de son fondateur.

Silencieux, Chase savourait le plaisir infini que lui procurait sa présence.

— La vérité, reprit-elle en se blottissant contre lui, c'est que je n'ai pas la bosse des affaires. Pas plus que mon père. Gus était un artisan exceptionnel, un excellent vendeur aussi, mais dans le domaine professionnel, ses qualités s'arrêtaient là. Je sais aujourd'hui que MCS a toujours été au bord de la faillite.

— Qui te l'a appris ?

Elle aspira une longue bouffée d'air avant de poursuivre :

— J'ai eu une longue conversation avec Buck et quelques autres employés, une fois la fête terminée. Ils se faisaient des cheveux blancs depuis des années et s'attendaient à la banqueroute à chaque instant.

Chase fut soulagé d'entendre qu'elle acceptait enfin de voir la réalité en face, sans le rendre responsable de tous les maux de la terre.

— Comme dit toujours Walter, avoir du talent ne suffit pas, ajouta-t-elle tristement. Encore faut-il savoir l'exploiter. Tu as les compétences qui faisaient défaut à mon père, Chase. Et grâce à toi, le personnel de la fabrique est tiré d'affaire pour longtemps.

Il la serra amoureusement entre ses bras.

— J'ai une lourde responsabilité dans nos désaccords, dit-il d'un ton chargé de regrets. Je me suis entêté trop longtemps dans l'idée que les sentiments et les valeurs morales n'avaient pas leur place dans les affaires. C'est absolument faux. La loyauté, le respect et la bienveillance sont des atouts majeurs. MCS en est la preuve.

Mitzy se détendait dans la chaleur de son étreinte. Il l'attira sur ses genoux. Si l'atelier de Gus avait été deux fois la cause de leurs dissensions, il leur permettait aujourd'hui de se retrouver.

— Le lien familial qui t'unit à l'entreprise est indissoluble. J'ai mis trop longtemps à le comprendre.

Elle ne s'attendait pas à un changement d'attitude aussi radical.

— J'espère que tu ne regrettes ni la transaction, ni mon licenciement, dit-elle. Je pense, avec un peu de recul, que les deux étaient indispensables. Je suis soulagée de ne plus avoir à porter le poids de responsabilités bien trop lourdes pour moi. Et je sais que l'avenir de l'atelier et de son personnel est entre de bonnes mains.

Il acquiesça d'un air compréhensif.

— Je n'ai pas suffisamment pris en considération ton attachement à l'héritage de ton père. Mais comme il n'est jamais trop tard pour corriger ses erreurs, j'ai pris quelques mesures qui devraient te consoler.

Elle ouvrit grand les yeux.

— Lesquelles ?

— Je me suis porté acquéreur de toutes les parts de l'atelier et je les ai transformées en patrimoine fiduciaire au nom de ton père. Elles resteront entre tes mains et celles de tes enfants.

Mitzy resta un instant abasourdie.

— Tu veux dire que tu as racheté l'intégralité des parts de l'atelier ?

— L'intégralité.

— Pour… Pour moi ?

— Pour qui d'autre, mon cœur ?

Elle n'en revenait toujours pas.

— C'est un sacré cadeau de Noël, cow-boy !

Chase se racla la gorge avant de poursuivre :

— Il y a cependant quelques conditions, confessa-t-il d'un air malicieux.

— Je te reconnais bien là ! Quel est donc le prix à payer pour tant de générosité ?

Il reprit son sérieux.

— Je veux que tu me laisses une chance d'arranger les choses entre nous.

— C'est déjà fait.

Elle tendit le bras pour attraper son sac, en sortit deux paquets et les lui tendit. Le premier contenait un album chargé de souvenirs. Le titre choisi pour la couverture était prometteur : *Mitzy et Chase. Tome I.* Le message était clair. Le cœur de Chase se gonfla d'espoir.

— Tu me le donnes ?

— Je pensais qu'on pouvait le partager. Ouvre le petit paquet, maintenant !

Sous le papier cadeau, il reconnut aussitôt l'écrin en velours bleu marine. Comme il l'ouvrait, Mitzy glissa du canapé et se mit à genoux devant lui.

— Monsieur McCabe, j'ai l'honneur de vous demander votre main.

Comprenant que son plus grand désir était enfin sur le point de se réaliser, il la rejoignit sur le tapis.

— Tu veux te marier ? demanda-t-il, fou de bonheur.

— Le plus vite possible.

Ils s'étreignirent en s'accrochant l'un à l'autre comme si leur vie en dépendait. Puis le regard de Mitzy se posa sur le diamant qu'il lui avait offert des années auparavant.

— Si tu dis oui, je pourrai à nouveau porter cette bague.

— Rien ne me rendrait plus heureux, ma chérie.

D'une main tremblante, il passa le bijou à son doigt et elle releva la main pour contempler la pierre étincelante.

— Il faut préparer le faire-part, dit-elle, un peu étourdie.

Chase éclata de rire.

— Tu as raison, il n'y a pas une minute à perdre.

Il la prit par la taille et la ramena contre lui.

— C'est un sacré cadeau de Noël ! lança-t-il pour faire écho aux paroles qu'elle avait prononcées un peu plus tôt.

— Je t'aime, Chase. Je n'ai jamais cessé de t'aimer.

Il ferma les yeux et déposa un tendre baiser sur son front.

— Je n'ai jamais aimé que toi, Mitzy, et je t'aimerai jusqu'à mon dernier jour.

Épilogue

Le mariage fut célébré au domicile de Mitzy, dans un décor très romantique, né de l'imagination de Judith. Une parenthèse enchantée, réservée au cercle des intimes. Dans l'ancienne maison de Gus, les bouquets de roses, les orchidées et les œillets blancs avaient remplacé les décorations de Noël. La cheminée du salon, parée d'un tissu de soie broché d'or et d'argent, avait été convertie en autel. Les vœux furent échangés en présence des quelques invités installés en arc de cercle autour des deux promis. Au terme d'une cérémonie émouvante qui tournait enfin la page d'un long malentendu, les convives se retrouvèrent autour d'un somptueux buffet.

Chase était le plus heureux des hommes.

— Quelle belle célébration ! Ta mère a déployé pour nous tout son génie. Nous avons beaucoup de chance.

Touchée par le compliment, l'intéressée s'approcha pour les envelopper tous les deux dans ses bras.

— C'est nous qui avons de la chance. Vous voir enfin réunis est une immense joie pour nous tous.

— Je soupçonne Gus d'avoir tout manigancé, glissa Walter avec la délicatesse mêlée d'humour dont il était coutumier. Le sauvetage de l'atelier n'était qu'un prétexte pour réconcilier sa fille avec l'homme qu'elle aimait.

La ruse du vieil homme se voyait couronnée de succès. Chase avait rempli sa mission. L'affaire familiale était sauve, Mitzy était libérée d'un héritage bien trop lourd, et comblée d'avoir retrouvé celui qui avait hanté tous ses rêves.

— Vous devrez bientôt emménager dans votre nouvelle maison, observa Judith. Ici, vous serez très vite à l'étroit. Les enfants ne prennent pas beaucoup de place pour l'instant, mais imaginez quatre grands gaillards au milieu de ce salon !

— Ils peuvent aussi s'installer au ranch, glissa joyeusement Rachel. Ils n'ont que l'embarras du choix. La ville ou la campagne.

— Peu importe l'endroit, nota Franck. Ce qui compte, c'est le bonheur de vivre ensemble.

— Bien parlé ! fit Walter en levant sa coupe de champagne. Je porte un toast à Mitzy, à Chase et à leurs petits anges !

En début de soirée, le couple fut heureux de se soustraire au rassemblement familial. Comme ils franchissaient le portail du ranch, le jeune homme se tourna vers sa passagère.

— C'est la première fois que les garçons passent une nuit sans toi. Tu n'es pas inquiète ?

Elle attendit qu'il eût contourné le véhicule pour venir lui ouvrir la porte.

— Avec quatre grands-parents pour veiller sur eux, je pense qu'ils ne devraient manquer de rien.

Elle afficha un sourire resplendissant, glissa la main dans la sienne, et ils avancèrent ensemble jusqu'au perron.

— Et toi ?

Comme il la soulevait dans ses bras pour franchir avec elle le seuil de sa maison, la clarté de la lune répandit ses reflets sur l'étoffe écrue de sa robe.

— Tu ne vas manquer de rien ? demanda-t-il en la déposant délicatement à l'intérieur.

Un chandelier trônait sur une table dressée près de la

cheminée et des flammes dansaient joyeusement dans le foyer. Elle se blottit tendrement contre lui.

— Pour moi, il n'y a pas de plus grand bonheur que celui d'être auprès de toi.

Il caressa tendrement ses cheveux et laissa descendre ses mains sur ses épaules.

— Nous avons perdu trop de temps, mon cœur. À partir de maintenant, nous ferons de chaque instant une fête.

Elle acquiesça avec émotion.

— Je t'aime de tout mon cœur et de toute mon âme.

— Et moi je ne pensais pas qu'il était humainement possible d'aimer une femme comme je t'aime.

Elle se hissa sur la pointe des pieds, se fondit dans la chaleur de son corps et l'embrassa avec dévotion. Une fois, puis une autre. Et puis une autre, encore.

— À notre futur ? souffla-t-elle.

Il l'enlaça passionnément.

— Au futur prodigieux qui commence aujourd'hui avec toi !

ANDREA LAURENCE

Idylle en Irlande

Traduction française de
FLORENCE MOREAU

Passions

HARLEQUIN

Titre original :
THE BOYFRIEND ARRANGEMENT

- 1 -

— C'est une plaisanterie, j'espère !

Sebastian West passa pour la troisième fois sa carte d'accès devant le lecteur : la porte de BioTech – la société de technologie biomédicale qu'il avait cofondée – refusait obstinément de s'ouvrir ! Apercevant des employés à l'intérieur, il tapa sur la vitre avec son poing, mais personne ne lui prêta attention.

— Je possède cette société, cria-t-il à sa secrétaire qui passa sans le regarder. Ne m'obligez pas à vous renvoyer, Virginia !

À ces mots, elle s'immobilisa et fit demi-tour.

— Ah, enfin ! dit-il en poussant un soupir.

Mais, contrairement à ce qu'il espérait, elle ne lui ouvrit pas la porte, se contentant de secouer la tête.

— J'obéis aux ordres du Dr Solomon qui m'a strictement interdit de vous laisser entrer, monsieur.

— Allons, Virginia, ça suffit maintenant ! grommela-t-il.

Mais elle ne fit aucun mouvement vers la porte.

— Il faut voir ça avec lui, répondit-elle.

Puis elle tourna les talons et disparut.

— Finn ! hurla-t-il alors de toutes ses forces en tambourinant, furieux, contre les carreaux. Laisse-moi entrer, espèce d'abruti !

Quelques instants plus tard, Finn Solomon, son ancien

compagnon de chambre à l'université et désormais associé, surgit derrière la porte vitrée, sourcils froncés.

— Tu es censé être en congé, lui répondit-il à travers la paroi.

— Oui, c'est ce que le docteur a recommandé, mais depuis quand je prends des vacances, ou écoute les docteurs, tu peux me le dire ?

La réponse était « jamais », tout comme il ne suivait pas davantage les recommandations de Finn. Et quant à des vacances, il n'en avait pas pris depuis une décennie, c'est-à-dire depuis la création de la société. On ne pouvait pas à la fois se faire dorer sur une plage et être à l'avant-garde en matière de technologie médicale, les deux choses étaient incompatibles.

— C'est bien là tout le problème, Sebastian. Aurais-tu oublié que tu as eu une crise cardiaque, il y a deux jours ? Tu n'es pas censé venir au bureau pendant au moins deux semaines.

— Une *petite* attaque, nuança-t-il. Je ne suis resté que quelques heures à l'hôpital, et d'ailleurs, ils n'étaient même pas sûrs que j'en aie fait une. Je prends les fichus comprimés qu'ils m'ont donnés, que veux-tu de plus ?

— Que tu rentres chez toi. Je ne te laisserai pas entrer. Ton badge a été désactivé à ma demande, et j'ai envoyé une note de service pour indiquer à tous que, quiconque te laissera entrer dans ces murs, sera renvoyé.

Aucune chance, donc, de soudoyer quelqu'un à travers la vitre, pensa-t-il. Néanmoins, il avait un ordinateur, le tout était de parvenir à convaincre Virginia de le lui apporter. S'il travaillait de chez lui, en théorie, il n'enfreindrait pas ces règles, n'est-ce pas ?

— J'ai aussi suspendu temporairement ton adresse e-mail et ton accès à distance afin que tu ne puisses pas travailler de la maison, ajouta Finn.

Décidément, celui-ci avait toujours été très doué pour

lire dans ses pensées, et ce depuis la faculté, de sorte qu'il était très agréable de travailler avec lui. Du moins jusqu'à aujourd'hui.

— Tu es en congé maladie, Sebastian, et en tant que médecin, je suis désolé, mais je vais t'obliger à respecter cet arrêt. Je peux m'occuper des affaires courantes tout seul pendant deux semaines mais je ne pourrais pas gérer la société sans toi si tu mourais. Donc, va te reposer, pars en voyage, fais-toi masser ou plus si affinités, je m'en fiche complètement, mais je ne veux pas te voir traîner par ici.

Sebastian se sentit soudain perdu. Finn et lui avaient fondé la société après leurs études, résolus à se dévouer corps et âme à la technologie afin d'améliorer la vie des personnes handicapées. Diplômé du MIT, il était ingénieur, tandis que Finn avait étudié la médecine. À eux deux ils formaient une équipe gagnante qui avait mis au point des technologies avant-gardistes comme les mains prothétiques ou les fauteuils roulants électriques contrôlés par les ondes cérébrales du patient. C'était selon lui une cause suffisamment noble pour qu'il lui dédie sa vie, mais de toute évidence sa décennie passée à troquer le sommeil et les légumes contre du café et du sucre avait fini par le rattraper.

Il ne voulait pas mourir, bien sûr, il n'avait que trente-huit ans, seulement il était sur le point de faire une découverte capitale relative à un exosquelette robotique susceptible de permettre à des paraplégiques comme son frère de remarcher.

— Et que fais-tu du nouveau prototype de jambes robotisées ?

Derrière la vitre, Finn croisa ses bras musclés.

— Ces gens ne marchent plus depuis longtemps, ils peuvent encore attendre deux semaines, pendant que tu te remets. Mais si tu rends ton dernier souffle devant ton écran par un fatal après-midi, il est certain qu'ils ne remarcheront jamais. À propos, je vais faire installer un défibrillateur près de ton bureau.

Sebastian soupira : cette bataille-là était perdue d'avance, Finn pouvait être aussi entêté que lui. En temps normal, c'était plutôt positif, puisque aucun des deux ne se laissait décourager par une réponse négative. Mais en l'occurrence, il devait aujourd'hui s'incliner. Pourtant il n'aurait jamais cru que Finn appliquerait à la lettre les ordres du docteur. Il avait d'ailleurs pensé ralentir le rythme et passer de ses dix-huit heures habituelles de travail à dix.

— Puis-je au moins entrer et…

— Non ! l'interrompit Finn. Rentre chez toi. Va faire du shopping ou ce que tu veux, mais va-t'en.

Et, prenant un air suffisant, il lui adressa un petit signe de la main puis lui tourna le dos.

Sebastian resta un moment devant la porte, pensant que Finn reviendrait peut-être pour lui annoncer que tout cela n'était qu'une plaisanterie… Hélas, quand il fut clair que son ami était des plus sérieux, il se dirigea à contrecœur vers l'ascenseur pour se retrouver quelques secondes plus tard sur les trottoirs animés de Manhattan, sans savoir vraiment où aller, avec comme seul horizon deux longues semaines de désœuvrement.

Il avait les moyens de céder à toutes les folies imaginables : s'envoler pour Paris en jet privé, s'offrir une croisière de luxe dans les Caraïbes, ou encore se retrouver dans un karaoké à Tokyo. Seulement, rien ne le tentait.

L'argent lui était une donnée étrangère ; contrairement à Finn, il n'avait pas baigné dedans depuis sa naissance. Ouvriers, ses parents avaient toujours travaillé dur sans obtenir de promotion substantielle, et après l'accident de son frère Kenny, ils étaient passés de pauvres à démunis, en raison des lourds honoraires médicaux sous lesquels ils ployaient désormais.

Grâce à des bourses et des emprunts, Sebastian avait pu décrocher son diplôme universitaire et avait immédiatement fondé sa société avec Finn. Celle-ci avait fini par rapporter : de fait ils engrangeaient des sommes énormes, mais il avait toujours été bien trop affairé pour s'en rendre compte, ou songer à les dépenser. Il n'avait jamais rêvé de voyager ou de posséder des voitures de sport onéreuses car, en toute honnêteté, il était nul dans la peau d'un homme riche. D'ailleurs, il n'avait probablement pas vingt dollars en poche.

S'arrêtant au coin de la rue, il sortit son portefeuille pour vérifier, et se rendit compte que le cuir s'était pratiquement désagrégé au fil des années et pour cause : il le possédait probablement depuis l'université. L'heure était peut-être venue de s'en procurer un nouveau, pensa-t-il, puisqu'il n'avait rien de mieux à faire.

Un peu plus loin dans la rue, il repéra l'enseigne de Neiman Marcus : à n'en pas douter, on y vendait des portefeuilles. Il s'y dirigea sans plus attendre. Arrivé à hauteur du magasin, il tint la porte à un groupe de jeunes femmes, toutes plus séduisantes les unes que les autres et encombrées de sacs qui contenaient sûrement de quoi payer une année d'études entière. Elles lui semblèrent vaguement familières, surtout la dernière avec sa longue chevelure noire et son regard bleu acier…

Un regard qui s'attarda d'ailleurs sur lui, ce qui lui fit l'effet d'un coup de poing en plein torse. Il sentit aussitôt son pouls s'accélérer, et tenta alors d'avaler le nœud qui venait de se former dans sa gorge : pourquoi cette femme déclenchait-elle en lui une réaction si viscérale ? Il voulut engager la conversation, mais ne parvint pas à se rappeler où il l'avait déjà vue, aussi s'abstint-il, d'autant qu'elle venait de détourner les yeux et s'éloignait déjà en compagnie de ses amies.

Sebastian contempla le groupe un instant avec un léger regret, puis se força à pénétrer dans le magasin, où il fonça vers le rayon maroquinerie pour hommes et choisit promptement un portefeuille. Le choix fut rapide, puisqu'il n'était pas vraiment difficile en la matière, pourvu que le sésame soit en cuir noir et fin.

Alors qu'il attendait devant une caisse pour payer, il remarqua la présence d'une jeune brune fort attirante devant lui, avant de comprendre que c'était l'une des femmes devant lesquelles il s'était effacé, quelques minutes auparavant, et plus précisément celle qui l'avait frappé par son regard bleu acier. Comme il aurait aimé la remettre pour échanger quelques mots avec elle ! Ils s'étaient sans doute rencontrés à l'un de ces galas de charité ou quelque autre réception auxquels Finn le forçait à se rendre. Mais il n'aurait pas été jusqu'à parier, puisque la plus grande partie de son cerveau était occupée par son travail.

Encore que… Il avait le sang assez chaud pour repérer une femme svelte et élancée, au physique avantageux et aux lèvres appétissantes. Il était d'ailleurs impossible de ne pas remarquer la perfection de celle-ci, manifeste jusque dans la fragrance qui émanait d'elle, et lui évoquait les prairies de son enfance après une chaude ondée, au cœur de l'été ; à cette pensée, il éprouva une forte émotion, tout au fond de lui…

Allons, que lui prenait-il ? Sa réaction n'avait vraisemblablement rien à voir avec cette jeune femme, mais incombait à la mise en garde du médecin concernant les activités physiques à prescrire pendant au moins une semaine – « Oui, cela inclut les relations sexuelles, monsieur West ! » Il suffisait que les rapports lui soient interdits pour que son esprit se focalise sur ce qu'il ne pouvait concrétiser.

Bon sang, pourquoi oubliait-il toujours le nom des gens ?

Tout à coup, il s'aperçut qu'elle retournait tout ce que contenaient ses sacs… Curieux ! Elle avait acheté des vêtements pour une valeur de 1 500 dollars et les rendait immédiatement. Pour le coup, elle venait de l'arracher à son ennui chronique et de piquer sa curiosité. Sur une impulsion, il s'exclama :

— Excusez-moi, mais…

Elle se retourna si brusquement qu'elle se heurta à lui, et il fut contraint de la prendre dans ses bras afin qu'elle ne chavire pas sur ses talons vertigineux. Il la maintint fermement contre lui, plaquant son torse contre sa poitrine, le temps qu'elle retrouve son équilibre, et ce fut vraiment à regret qu'il la relâcha. Il était complètement envoûté par son odeur et la sensation si douce de ses seins sur son corps anguleux. Depuis combien de temps ne s'était-il pas approché aussi près d'une femme ? s'interrogea-t-il alors. Outre les patientes qu'il appareillait, bien sûr ! Force était d'avouer qu'il ignorait la réponse…

Une fois dégagée de son étreinte, la jeune inconnue recula d'un pas et rougit violemment.

— Je suis désolée, dit-elle. Je suis toujours si pressée que je ne regarde pas où je vais.

Il perçut alors, à un scintillement dans son regard, qu'elle aussi l'avait reconnu. Il était donc à présent certain qu'ils s'étaient déjà rencontrés.

— Ne vous excusez pas, reprit-il, bref sourire à l'appui. C'est l'incident le plus réjouissant qui me soit arrivé de la semaine.

Elle fronça les sourcils, visiblement incrédule et il

en déduisit qu'au fond, le sentiment d'ennui qui était le sien ne devait pas être aussi apparent qu'il le pensait.

— Je ne vous ai pas fait mal ? s'enquit-elle alors.

Sa question le fit rire.

Certes, elle était plutôt grande, surtout juchée sur ses stilettos, mais elle n'était toutefois pas en mesure de le blesser.

— Non, et je suis heureux d'avoir pu vous rattraper.

— Oui, admit-elle en baissant les yeux, l'air gêné, ça aurait sans doute pu être pire.

— En fait, votre visage m'est familier, mais je n'arrive jamais à retenir les noms. Je suis Sebastian West, dit-il alors en lui tendant la main.

Elle la lui serra et, au contact de sa paume, il eut la subite sensation qu'une étincelle folle parcourait tout son corps : lui qui était d'ordinaire accaparé par son travail et réprimait toute envie en lui, comme le désir sexuel, se retrouva brutalement face à une attirance physique qu'il ne pouvait fuir.

Contrairement à ce qui s'était passé lors de leur brève collision, il retint sa main un peu plus longtemps qu'il n'aurait dû, savourant les petites piqûres d'électricité sur sa peau, certain qu'elle éprouvait les mêmes ; d'ailleurs, quand ils finirent par se lâcher, elle se frotta doucement la main contre son pull bordeaux, comme pour atténuer cette sensation.

— Moi aussi, il me semble vous connaître, reprit-elle. Je m'appelle Harper Drake, nous avons dû nous croiser en ville. Peut-être chez mon frère, Oliver ? Orion Computers, cela vous parle-t-il ?

Oui, ce nom lui disait quelque chose !

— Il fréquente probablement mon ami Finn Solomon. Finn connaît tout Manhattan.

Harper plissa les yeux.

— J'ai déjà entendu ce nom. Attendez… Vous ne

travailleriez pas dans le domaine des appareillages médicaux ?

Surpris, Sebastian haussa les sourcils : ce n'était pas vraiment ainsi qu'il aurait décrit son métier, mais le fait qu'elle se souvienne de cela le stupéfia, et lui procura d'ailleurs une certaine satisfaction.

— On peut le formuler ainsi.

Et sur ces mots, il lui sourit.

Harper lui adressa à son tour un sourire rayonnant, ravie de l'avoir enfin remis. Tout à l'heure, quand elle l'avait croisé en sortant du magasin, il avait attiré son attention, et elle était certaine de l'avoir déjà vu quelque part. Malheureusement, Violet étant alors très pressée d'aller choisir le cadeau d'Aidan, elle n'avait pas pu s'attarder.

Toutefois, après avoir pris congé de ses trois meilleures amies, Lucy Drake, Violet Niarchos et Emma Flynn, elle était revenue discrètement sur ses pas afin de rendre tout ce qu'elle avait acheté chez Neiman Marcus de sorte que cette somme ne pèse pas longtemps sur son compte. Naturellement, elle ne s'était pas attendue à tomber de nouveau sur cet homme au visage familier, et encore moins au sens littéral du terme.

Bien joué, Harper.

— De fait, il me semble que nous nous sommes vus à un gala de bienfaisance en faveur de la recherche médicale, l'hiver dernier, déclara-t-elle.

Il hocha la tête.

— Certainement, Finn réussit toujours à m'entraîner dans quelque événement mondain.

Bien que le contexte exact de leur rencontre lui échappât, elle se souvenait en revanche très bien de ce magnifique visage : une mâchoire carrée encadrée d'une épaisse chevelure couleur de jais, des yeux tout aussi noirs, sans compter ce sourire en biais qui était loin de la laisser indifférente. En réalité, il correspondait tout à fait à son type d'hommes, si tant est qu'elle en eût un.

Dommage qu'il ne soit pas un de ces riches P-DG avec qui son frère sortait tout le temps ! Loin d'elle l'idée d'être une aventurière, mais un compte en banque fourni l'aurait certainement aidée, en ce moment, et cela lui aurait aussi permis de moins appréhender son anniversaire…

Les sept dernières années avaient servi de bonne leçon à la petite fille riche et gâtée qu'elle avait été et qui ignorait la valeur de l'argent. Elle était la première à reconnaître que son père lui avait toujours donné tout ce qu'elle voulait : après le décès de sa mère, il l'avait choyée au-delà du raisonnable jusqu'à ce qu'il n'en ait lui-même plus les moyens.

Or, elle n'avait jamais imaginé que le puits se tarirait un jour, mais quand ce fut bel et bien le cas, elle avait été contrainte de revoir son train de vie, du moins secrètement. Il était si embarrassant pour elle d'avoir dépensé en un rien de temps tout l'argent qu'elle avait hérité à ses dix-huit ans, qu'elle préférait que personne ne soit au courant, et ce d'autant plus qu'elle exerçait la profession de comptable.

Après les sommets, elle avait quasiment touché le fond, mais avait appris dans sa chute à porter un tout autre regard sur l'argent et sur la façon de le gérer. Bientôt, à ses trente ans, quand son compte serait de nouveau très généreusement approvisionné, elle serait très prudente dans la gestion de son argent. Cela incluait par exemple de se renseigner précisément sur les hommes qui l'invitaient à dîner. Enfin, non pas qu'elle ait l'intention de sortir avec Sebastian !

— Eh bien, je suis heureux que nous soyons tombés l'un sur l'autre, aujourd'hui, reprit Sebastian avec un sourire entendu.

Elle éclata de rire. Mais alors qu'elle détournait un instant le regard du sien, elle vit Quentin, son ex – mais que faisait-il là, bon sang ? –, se diriger droit vers eux. Sans réfléchir, elle passa le bras sous celui de Sebastian et l'attira vers le rayon chaussures pour hommes, espérant que Quentin ne l'avait au fond peut-être pas repérée.

— Désolée, marmonna-t-elle, le souffle court. J'essaie juste de…

— Harper ?

Et zut !

Elle se retourna pour faire face à son ex-petit ami qu'elle avait soigneusement évité au cours des deux dernières années et, s'écartant un peu de Sebastian, adressa un hochement de tête poli mais un peu sec à Quentin.

— Bonjour, lui dit-elle d'un ton détaché.

— Comment vas-tu ?

Je suis seule, et rongée par l'angoisse.

— Très bien, merci. En fait, je ne me suis jamais sentie mieux. Et toi ?

— Au top ! Je viens de me fiancer.

Se fiancer, lui qui n'avait jamais voulu s'engager avec elle ? Si elle n'avait pas déjà touché le fond, cette nouvelle aurait été le coup de grâce.

Affichant un sourire hypocrite, elle répliqua :

— Génial. Je suis ravie pour toi.

Naturellement, Quentin ne remarqua pas son manque total de sincérité, mais ce n'était guère étonnant puisqu'il ne se rendait jamais compte de rien.

— Merci, enchaîna-t-il. Elle s'appelle Josie et elle est merveilleuse. J'ai hâte que tu la rencontres, je pense que vous vous entendrez très bien, toutes les deux.

Harper se mordit la langue : pourquoi aurait-elle eu envie de faire la connaissance de sa nouvelle fiancée ? Franchement, cet homme était insensé.

— Je n'en doute pas, lui assura-t-elle cependant.

— Bien, Harper…

Et à cet instant, il se pencha vers elle, et l'eau de Cologne qui se dégageait de lui lui rappela des nuits qu'elle aurait préféré oublier.

— On se verra au mariage de Violet, n'est-ce pas ? poursuivit-il. C'est l'événement de l'année. Je n'arrive toujours pas à croire qu'elle emmène tous ses invités à Dublin dans un jet privé et qu'elle ait loué un château là-bas ! C'est avec elle que j'aurais dû sortir, pas avec toi.

Et sur ces mots, il éclata de rire tandis qu'elle serrait les poings.

— J'y serai, naturellement, je suis une des demoiselles d'honneur, déclara-t-elle avec un sourire éclatant.

Elle espéra ainsi masquer l'anxiété qui montait en elle au fur et à mesure que le voyage se rapprochait.

— Tu y vas seule ?

À cette question, il inclina la tête d'un air à la fois curieux et compatissant qui la hérissa. Pourquoi supposait-il qu'elle ne serait pas accompagnée ? Ils étaient séparés depuis deux ans, il avait tourné la page, et elle aussi aurait tout à fait pu retrouver quelqu'un, même si jusque-là, ce n'était pas le cas.

— Non, répondit-elle sans ciller, je ne serai pas seule, mon petit ami m'accompagne.

À peine eut-elle prononcé ces mots qu'elle les regretta vivement. Pourquoi avait-elle menti ? Mais pourquoi, nom d'un chien ? En fait, l'explication était simple : il avait mentionné sa nouvelle fiancée et elle en avait perdu la tête étant donné que depuis leur séparation, elle était seule. Et à présent, comment allait-elle trouver un petit ami en trois jours, avant le voyage ?

Quentin plissa les yeux, l'air incrédule.

— Vraiment ? Je n'ai pas entendu dire que tu étais de nouveau en couple.

Sa réponse la surprit : depuis quand s'intéressait-il à elle ?

— J'ai appris à être discrète sur ma vie privée, répliqua-t-elle.

Après leur affreuse rupture en public, c'était l'autre leçon que la vie lui avait enseignée. D'ailleurs, pendant six mois, elle n'avait même pas envisagé l'idée de ressortir un jour avec un homme.

— Et qui est l'heureux élu ? Je le connais ? Je suis impatient de le rencontrer au mariage.

Un nom, elle avait besoin d'un nom, mais rien ne lui venait… Ce fut alors que son regard tomba sur Sebastian, qui était absorbé par la contemplation d'élégants mocassins.

— Pourquoi attendre ? Tu peux faire tout de suite sa connaissance… Sebastian, mon chou, pourrais-tu venir une minute ? Je voudrais te présenter quelqu'un.

Ce dernier leva les sourcils d'un air curieux tandis qu'elle prononçait « s'il vous plaît » en remuant silencieusement les lèvres. Par chance, il parut tout de suite comprendre de quoi il retournait.

— Oui, *chérie* ?

— Sebastian, je te présente mon ex, Quentin Stuart. Je t'ai déjà parlé de lui, non ? Bref, j'étais en train de lui dire que nous irions tous les deux au mariage de Violet et Aidan en Irlande.

Quentin lui tendit aussitôt la main.

— Ravi de vous rencontrer, Sebastian… ?

— West. Sebastian West, dit-il en serrant promptement la main de Quentin.

— Vous êtes le Sebastian West de la société BioTech ?

— Oui, tout à fait.

Harper ne connaissait pas cette société, et pour cause, elle en savait très peu sur Sebastian avec qui elle ne sortait même pas. Elle se rappela toutefois à présent une discussion à son sujet : quelqu'un avait affirmé qu'il travaillait dans le matériel médical et qu'il sortait très peu. Elle en avait déduit qu'il vendait des fauteuils roulants et des lits d'hôpitaux, mais elle avait dû mal comprendre car Quentin ne s'encombrait pas les méninges de personnes dont le métier n'avait rien d'impressionnant.

— Waouh, Harper ! Quel beau parti tu as trouvé ! s'exclama-t-il.

Et sur ces paroles, une expression de malaise traversa son visage, qu'il s'empressa bien vite de faire disparaître.

— Bon, je dois y aller. J'ai rendez-vous avec Josie et je suis déjà en retard. Je vous revois dans le jet pour Dublin, les tourtereaux.

Harper regarda Quentin sortir du magasin, et une fois qu'il eut disparu, elle enfouit son visage dans ses mains, rouge de honte.

— Je suis désolée, marmonna-t-elle.

Contre toute attente, Sebastian éclata de rire.

— Tu peux m'expliquer de quoi il s'agit…

Tiens, il restait donc au tutoiement : qu'à cela ne tienne !

— Eh bien, Quentin est mon ex. Notre rupture s'est très mal passée, mais nous fréquentons toujours les mêmes cercles d'amis et il nous arrive parfois de nous croiser. Quand il m'a demandé si je serais accompagnée, pour le mariage de Violet, j'ai paniqué et j'ai prétendu que tu étais mon petit ami… Navrée, je n'aurais jamais dû t'impliquer dans cette histoire, mais j'étais au pied du mur et tu te trouvais juste à côté de moi…

Elle secoua la tête.

— Je suis vraiment une imbécile !

— J'en doute, renchérit Sebastian.

Et une lueur amusée brilla dans ses yeux noirs.

— Oh si ! Je suis une triple idiote, car j'ai rendu la

situation dix fois plus délicate étant donné que j'assisterai seule à ce mariage et qu'il se rendra alors compte que je lui ai menti. Alors que lui, il paradera au bras de sa toute nouvelle et belle fiancée et je serai encore plus mortifiée que je le suis déjà.

Pourquoi n'avait-elle donc pas eu la présence d'esprit de répondre à Quentin qu'elle sortait avec des hommes mais n'avait pas dans l'idée de se fixer, pour l'instant ? OK, elle aurait bientôt trente ans, mais ce n'était pas la fin du monde, loin de là d'ailleurs : elle trépignait d'impatience à l'idée d'avoir trente ans pour pouvoir encaisser ses vingt-huit millions !

— Pourquoi son opinion te préoccupe-t-elle ? Il m'a l'air d'un crétin fini.

— Je sais, je ne suis pas très douée pour choisir mes petits amis et il vaut sans doute mieux que je les invente au lieu d'en trouver un.

Sebastian hocha la tête, l'air gêné.

— Je suis ravi de t'avoir aidée, et j'espère que tu t'amuseras malgré tout au mariage.

— Merci.

Elle le regarda alors s'éloigner, et à chaque pas qu'il faisait, elle sentait la panique monter en elle. Non, elle ne pouvait pas le laisser partir… Et il ne s'agissait pas juste de Quentin.

— Sebastian ?

Elle avait presque hurlé son prénom.

Il s'immobilisa et se retourna.

— Oui ?

— Serais-tu intéressé par un voyage en Irlande aux frais de la princesse ?

- 2 -

Sebastian fut pris de court : jamais une femme ne lui avait proposé de l'emmener en vacances, et encore moins une inconnue. Et comment aurait-ce été possible, étant donné qu'il passait le plus clair de son temps cloîtré dans son laboratoire ? La seule femme qu'il côtoyait au quotidien était son assistante, heureuse en mariage depuis fort longtemps et approchant de la soixantaine.

— Pardon ? Redis-moi ça.

Sourire contrit aux lèvres et déhanchement provocateur à l'appui, elle ondoya vers lui. De son beau visage émanait une audace folle, alors que ses magnifiques yeux perçants, ses hautes pommettes et son nez droit exsudaient la sensualité. Ses sourcils fins et arqués lui rappelaient par ailleurs les vagues déchaînées au large du Maine, dont il était originaire.

Il pouvait aisément imaginer qu'un maelström similaire bouillait en elle pour qu'elle fasse une telle proposition au parfait inconnu qu'il représentait pour elle. Nul doute qu'elle pouvait nouer des idylles plus romantiques avec d'autres, et pourtant, il était prêt à accepter tout ce qu'elle lui proposerait si elle continuait à le regarder de cette façon.

— Mes amis se marient en Irlande, le week-end prochain. Ils embarquent tous leurs invités à bord d'un jet, et les logeront dans un château reconverti en hôtel.

Cela ne te coûtera rien, à part quelques jours loin de ton travail. Je ne suis pas certaine que ton chef voie ces congés impromptus d'un bon œil, mais j'espère néanmoins que ma proposition t'intéresse.

— Euh, ta proposition d'aller en Irlande ?

— Oui, dans le rôle de mon petit ami pour une semaine… Quentin s'attend maintenant à ta présence à mes côtés lors de l'événement.

Il fronça les sourcils : jouer son petit ami pendant une semaine en Irlande ? Après tout, que pouvait-il se passer de terrible ? En fait, tout ! Feindre d'être son amant pourrait se révéler compliqué. Et que pourrait-il arriver de bien ? pensa-t-il en balayant du regard la silhouette svelte de Harper. Tout…

Oh ! oh ! Il n'était pas censé être actif, se rappela-t-il. C'était bien sa veine !

— Donc pour que les choses soient claires, reprit-il en toussotant, tu veux que toi et moi… Euh…

— Non, pas pour de vrai ! s'empressa-t-elle de répondre, yeux écarquillés. On fera juste semblant d'être en couple devant les autres, on échangera quelques baisers et gestes tendres, mais loin des regards, je te promets qu'il ne se passera rien entre nous ; simplement, je suis incapable d'y aller seule, après cet échange avec Quentin. D'autant que lui sera accompagné. Sans personne à mes côtés, c'est au-dessus de mes forces.

Sebastian cligna des yeux pour masquer la déception insidieuse qu'il ressentait : il n'était pas certain, après avoir fait semblant d'être sa moitié et donc l'avoir touchée en public, s'il la suivait bien, de pouvoir passer dans un tout autre mode en privé. Cependant, le docteur ne lui avait-il pas ordonné de s'abstenir de tout effort physique pendant quelques jours, y compris dans la chambre à coucher ? Sans doute, mais il suivait rarement les prescriptions médicales.

En tout cas, cette journée lui avait joué un sacré tour : d'abord, on lui avait interdit l'accès à son travail, le forçant à prendre des vacances, puis une magnifique femme venait de l'inviter à se rendre avec elle en Irlande – sans débourser le moindre centime – pour jouer les petits amis imaginaires. C'était une situation des plus inhabituelles. Il lui semblait complètement fou de décliner sa proposition et tout aussi stupide de l'accepter.

— Je te donnerai deux mille dollars, précisa-t-elle, percevant sans doute son dilemme, c'est tout ce qui me reste sur mon compte épargne.

De toute évidence, elle était sérieuse ! Comment pouvait-elle être si paniquée à l'idée de se rendre seule à un mariage alors qu'elle semblait par ailleurs si confiante et indépendante ? Il ne comprenait pas très bien pourquoi il était si important pour elle d'être accompagnée, elle avait probablement omis quelques éléments concernant sa relation avec son ex.

— Tes amies ne vont-elles pas se demander d'où je sors ? Tu ne leur as jamais parlé de moi, et tout à coup, je suis ton cavalier au mariage de l'une d'elles ?

Harper balaya l'argument.

— Je m'en occupe. Mes amies ont été si accaparées par leur propre vie, dernièrement, qu'elles n'auraient sans doute rien remarqué, si j'avais eu un petit ami. En tout cas, elles n'ont émis aucune remarque sur le fait que je n'en avais pas.

— À propos, comment se fait-il que tu sois célibataire ? osa-t-il lui demander.

Il se posait mille questions, c'était plus fort que lui, et il avait en outre besoin de savoir si quelque chose clochait vraiment chez elle, pour qu'aucun homme n'ait déjà remplacé Quentin. De son point de vue, il ne voyait rien qui n'allait pas : elle était belle, s'exprimait fort correctement, avec assurance et courtoisie, et à part ce ton un rien désespéré dans sa voix, elle semblait être un beau parti. Néanmoins, il se méfiait.

Elle haussa les épaules et il crut percevoir un premier signe de vulnérabilité en elle, ce qui le rassura.

— Comme je te l'ai dit, je n'ai pas très bon goût, en matière de partenaires. Et depuis Quentin, ça n'a marché avec aucun des hommes qui m'ont invitée à sortir.

— Si je comprends bien, tu es trop exigeante pour trouver un homme qui te convienne pour un dîner, mais tu me fais assez confiance pour traverser l'océan avec toi, partager la même chambre d'hôtel et faire semblant devant tes amies ?

Voilà qui n'était guère logique. Aussi poursuivit-il :

— Je pourrais être fou, ou recherché par la police, ou encore marié. Je pourrais t'agresser pendant ton sommeil, ou te voler tes bijoux. Les éventualités sont infinies.

Encore une fois, Harper se moqua de ses appréhensions.

— Franchement, je prends ce risque avec tous les hommes qui me donnent rendez-vous le soir dans cette ville. Tu as vu les types qui s'inscrivent sur Tinder, dernièrement ? Non, j'en doute.

Elle émit un petit rire avant d'enchaîner :

— Je sais que tu as un métier, que tu sens très bon, que tu es beau et tu as accepté de mentir pour moi, il y a un instant, donc tu es accommodant. Et ne serait-ce que pour ces raisons, tu arrives loin devant tous les hommes que j'ai rencontrés, récemment. Si tu ne peux pas m'accompagner, ou ne veux pas, il suffit que tu me le dises mais ne refuse pas ma proposition juste parce que tu te tracasses au sujet de ma désinvolture quant à ma sécurité, ou pour un éventuel manque de discernement. Mes amies sont parfaitement conscientes de ces défauts, chez moi.

— Si, je peux tout à fait t'accompagner dans la mesure

où, depuis ce matin, mon agenda est complètement vide pour deux semaines !

En réalité, on n'aurait pu lui faire proposition plus alléchante.

— C'est mon physique qui ne te plaît pas ? reprit-elle.

Il déglutit avec difficulté.

— Pas du tout ! Au contraire, il y a très longtemps que je n'ai pas rencontré une femme aussi belle que toi.

Il la vit ouvrir grands les yeux avant de se ressaisir bien vite, un petit sourire entendu aux lèvres. Ses paroles avaient dû la rassurer, car elle se rapprocha de lui au point de presque le toucher.

— Penses-tu que tu seras capable de feindre d'être mon amant ? Ou que m'embrasser ne te posera pas problème ?

Il sentit tous ses muscles se raidir car la chaleur de son corps si proche combinée à l'effluve troublant qui en émanait avait suscité une réaction physique instantanée chez lui qui aurait répondu à toutes ses questions, si elle l'avait remarquée. Il serra les poings pour que ses mains se tiennent tranquilles car il mourait d'envie de la reprendre dans ses bras, depuis qu'il avait dû la relâcher, après leur collision.

— Non, dit-il, je crois que je pourrais y arriver.

— Parfait, déclara Harper sans détourner les yeux. Dans ce cas, rien ne s'oppose à ce que tu fasses un voyage gratuit en Europe. Tu as un passeport, j'imagine ?

— Exact.

Il n'avait aucun tampon à l'intérieur, mais il en possédait bel et bien un, car Finn y avait tenu, même si c'était lui qui effectuait tous les voyages à l'étranger pour la société, pendant que Sebastian pouvait tranquillement s'adonner à ses recherches.

— Alors je ne vois pas de raison pour que tu n'acceptes pas de te joindre à moi.

Lui non plus, pourquoi au juste jouait-il les difficiles ?

C'était vraiment très simple : tout ce qu'il aurait à faire, ce serait de parader au bras de cette femme fantastique en Irlande. Il n'avait bien sûr nulle intention d'accepter la somme proposée en compensation, mais ce voyage constituait pour lui un agréable divertissement qui lui ferait oublier qu'il avait interdiction de travailler jusqu'à nouvel ordre. Au fond, Finn avait raison : il serait plus utile aux autres en bonne santé que mort, et se trouver à trois mille kilomètres de son travail lui permettrait bien plus aisément de suivre ses conseils à la lettre.

— Quelle est la date de départ ? demanda-t-il.

— Lundi après-midi.

— Et nous sommes vendredi matin, donc, nous partons dans trois jours… Honnêtement, ton amie ne va-t-elle pas trouver étrange que tu l'avertisses au dernier moment que tu viens accompagnée ?

— Non, pas vraiment. J'ai reçu une invitation pour deux, il suffisait que je trouve un cavalier.

— Un de dernière minute, tu ne crois pas que tu vas passer pour désespérée ?

— Je préfère le terme *optimiste*.

— Trois jours, répéta-t-il, pensif.

Tout cela lui semblait complètement fou, mais la frontière n'était-elle pas ténue entre la folie et la raison ?

— Dois-je en déduire que ce silence résigné signifie que tu vas accepter ma proposition ?

Et sur ces mots, elle lui adressa un grand sourire qui alluma aussi des lueurs dans son regard.

Comment aurait-il pu refuser ?

— Bon, entendu, je viens. Cela dit, je ne suis pas certain de faire un très bon petit ami, dans la mesure où je manque un peu d'entraînement.

— Je ne m'inquiète pas du tout pour ça, lui assura-t-elle.

Puis elle noua les bras autour de son cou d'une façon étonnamment intime, et quand elle se pressa contre lui, il se figea.

— Tu connais l'adage…

Il reprit sa respiration, s'efforçant de chasser le désir soudain qui l'avait saisi : il ne pouvait pas réagir ainsi envers une femme dont il venait à peine de faire la connaissance, tout de même !

— Euh, non… Que… Quel adage ?

Il en bredouillait, à présent. Cette enchanteresse lui faisait tourner la tête !

— « C'est en forgeant qu'on devient forgeron. »

Il hocha la tête.

— Oui, j'ai déjà entendu cette expression.

Ce fut alors que, fronçant les sourcils, elle saisit ses poings serrés et les plaqua sur ses hanches.

— Détends-toi, Sebastian. Je ne mords pas, tu sais. Il va falloir qu'on soit bien plus à l'aise l'un envers l'autre si l'on veut convaincre les autres que nous sortons vraiment ensemble.

Il lui étreignit aussitôt les hanches, et eut spontanément envie de l'embrasser ; sa bouche était si appétissante et son regard innocent ne semblait attendre que cela. Oui, un baiser lui paraissait aller de soi… Encore qu'ils se trouvaient chez Neiman Marcus, ce qui n'était pas franchement le bon endroit ! Mimer une attirance pour Harper n'allait pas du tout lui poser de problème, la difficulté consisterait en revanche à feindre l'indifférence lorsqu'ils seraient seuls.

— Je dois y aller, déclara-t-il brutalement.

Ses propres paroles le surprirent ; dans le même temps, il sentit Harper se raidir dans ses bras, puis lui sourire d'un air hésitant.

— Tu es toujours d'accord, n'est-ce pas ?

— Naturellement, je ne reviens jamais sur ma parole.

Poussant un petit cri ravi, Harper l'enlaça de nouveau et, sans prévenir, captura sa bouche. Alors ce qui était incontestablement destiné à être un petit baiser de remerciement déboucha sur tout autre chose…

Il ne rêvait pas, il se dégageait une énergie sexuelle tangible, entre eux : la façon dont Harper s'abandonnait à lui en était bien la preuve. Il aurait aimé l'embrasser de façon plus torride encore mais ce n'était ni le bon moment ni le lieu idéal pour tester le puissant courant qui les reliait l'un à l'autre…

— Écoute, dit-elle alors en levant les yeux vers lui, tu ne voudrais pas me raccompagner jusque chez moi ?

— Non, je ne peux pas…

Naturellement, il en mourait d'envie mais il était préférable selon lui de décliner l'invitation : une semaine les attendait, il pouvait éviter que les choses dégénèrent avant même le départ.

— Ah bon ? Mais pourquoi ?

— Eh bien… Je n'ai pas encore choisi mon portefeuille.

Sa réponse parut l'amuser.

— Tu prends tout au pied de la lettre. Dans ce cas, je vais t'attendre.

Comme il aurait été aisé de répondre « oui » ! À la place, il prit une grande inspiration, pensant à un motif probable à invoquer.

— Je dois régler certaines choses si je pars avec toi lundi.

Elle fit une brève moue, puis un sourire vint masquer sa déception.

— Très bien. Demain, je sors en ville avec mes amies, aussi, je te propose qu'on se retrouve dimanche soir, afin que l'on fasse un peu mieux connaissance avant de s'envoler pour l'Irlande.

— Chez toi ?

— Non, dans un bar, ce sera sans doute préférable :

tu es un étranger, pour moi, n'oublie pas tout ce que tu pourrais me réserver, ironisa-t-elle.

Ouf ! Dans un établissement public, il lui serait bien plus facile de résister à la tentation, mais une fois en Irlande… En toute honnêteté, il ne pouvait pas répondre de lui.

— Parfait, dit-il.

— Donne-moi ton téléphone, s'il te plaît.

Il obtempéra et Harper entra ses coordonnées dans ses contacts.

— Envoie-moi un texto afin que j'aie moi aussi ton numéro, ajouta-t-elle. Ainsi, je t'indiquerai où l'on se retrouve dimanche.

Et, un sourire aux lèvres, elle lui fit un petit signe de la main avant de sortir du magasin. Il riva ses yeux à ses reins : plus elle s'éloignait, plus il était certain d'avoir commis une erreur irréparable.

— Je sais que nous partons lundi et que je devrais probablement être en train de faire mes bagages ou de me préparer, mais j'avais vraiment besoin d'une dernière soirée entre filles, déclara Violet en se calant sur les coussins, un verre de vin à la main. Pourquoi aucune de vous ne m'a dit que les mariages étaient stressants ?

— En fait, Oliver et moi nous sommes enfuis, donc, ça n'a pas été du tout anxiogène, renchérit Lucy. Et puis, à bien y réfléchir, ce n'est qu'une réception. En revanche, des jumeaux de neuf mois, ça, c'est une épreuve.

Harper éclata de rire en entendant la remarque de sa nouvelle belle-sœur. Alice et Christian étaient d'adorables bambins, mais depuis que ces deux-là marchaient, des mini-tornades dévastatrices étaient susceptibles de se déclencher à chaque instant ; sa nièce était notamment redoutable.

— Personne ne t'a non plus obligée à inviter tous tes amis et ta famille en Europe pour te marier, commenta Harper en avalant une gorgée de vin. Tu aurais tout à fait pu célébrer l'événement en grande pompe et en fanfare ici à Manhattan, comme Emma.

Cette dernière, qui entrait à cet instant dans la pièce, afficha une moue boudeuse.

— Mon mariage était intime et de bon goût, répliqua-t-elle.

Harper leva les sourcils et émit un petit rire.

— Il est vrai que nous n'étions qu'une trentaine, cependant je lui attribuerais difficilement ces qualificatifs.

— C'était une réception sobre et magnifique, insista Emma.

— Avec une fontaine à vodka en glace sculptée, renchérit Harper.

Emma soupira.

— C'était une idée de Jonah, il y tenait vraiment. Et encore, nous avons échappé au pire : si nous avions écouté ma mère, la fontaine aurait été dix fois plus imposante. Pour en revenir à ton mariage, Vi, franchement, inutile de stresser. Tout se déroule en Irlande, dans un château, ce sera merveilleux, j'en suis certaine.

— Naturellement ! approuva Lucy. D'autant que tu as une formidable organisatrice qui maîtrise la situation. Tu as juste à apparaître et à épouser l'amour de ta vie. C'est très facile.

Violet lui sourit.

— Tu as raison, c'est d'ailleurs ce que ne cesse de me répéter Aidan, mais j'angoisse, c'est plus fort que moi… Enfin, dans une semaine aujourd'hui, je serai Mme Aidan Murphy. Oh ! j'espère que je n'ai rien oublié !

— Si tel est le cas, ce n'est pas très grave, tant que tu viens à la cérémonie, que tu dis « oui » et que tu signes en présence d'un représentant officiel, tu seras mariée à la fin de la journée. Le reste, ce ne sont que des détails.

Violet acquiesça.

— Tu as raison, je le sais, il faut juste que je me le répète encore jusqu'à y croire. Et vous, les filles ? Vos valises sont prêtes ?

Toutes hochèrent la tête.

— Tout à fait, répondit Lucy. Et c'est le père d'Oliver qui garde les jumeaux. Je dois avouer que cela me préoccupe un peu car c'est la première séparation depuis leur naissance, mais il est hors de question que je voyage avec des enfants de cet âge.

— Knox est un peu plus âgé qu'eux, et j'espère que le voyage se passera bien pour lui car ce sera la première fois qu'il prend l'avion, expliqua Violet. Cela dit, je tenais à ce qu'il vienne, ce n'aurait pas été correct que son père se marie sans qu'il assiste à la cérémonie.

— Absolument, répliqua Lucy. Et je suis certaine que tout ira pour le mieux. Quant à moi, il faut que je me calme, car il y aura une nounou chez le père d'Oliver.

Elle se tourna alors vers Harper.

— Et toi, ma chérie, tu es prête ? Au moins, tu n'as pas d'enfants et de mari avec qui te quereller avant le départ. J'ai presque oublié ce que c'était de n'avoir à s'occuper que de soi.

— Mm, fit Harper.

Puis elle prit une profonde inspiration, se préparant pour raconter qu'en fait, elle ne venait pas seule. Elle avait l'intention d'en dévoiler le moins possible, mais elle devait au moins prévenir les filles de la présence de Sebastian avant le voyage. Elles étaient les seules à qui cela importait, et si elle parvenait à leur vendre son histoire, alors tout le monde y croirait.

Y compris Quentin, du moins se plaisait-elle à l'espérer, sans quoi, cette ridicule mascarade n'aurait aucun sens :

il était impératif qu'il morde à l'hameçon. Il fallait qu'il ignore qu'elle ne s'était pas remise de leur rupture et qu'elle était pathétiquement célibataire. Rien n'aurait pu être plus faux : elle ne se languissait absolument pas de lui et était au contraire ravie que cet ego maniaque soit sorti de sa vie.

Mais ses amies allaient-elles avaler le mensonge ?

— J'ai mes robes, enchaîna-t-elle, mon passeport et euh… un petit ami prêt à emporter.

Comme elle l'avait prévu, toutes ses amies en restèrent bouche bée, tête tournée vers elle. D'un coup, les questions fusèrent :

— Quoi ?

— Un petit ami ?

— J'ai manqué un épisode ?

Harper leur sourit, attendant qu'elles se calment.

— Oui, vous avez bien entendu, et il s'appelle Sebastian.

Sur cette confirmation, elle se leva pour aller se resservir du vin dans la cuisine : elle allait avoir besoin d'alcool pour soutenir cette conversation. Quand elle revint, les filles attendaient, littéralement figées.

— C'est un homme que je vois depuis deux mois.

Comment ? hurla Violet. Tu sors avec un homme depuis deux mois et tu ne nous en as pas parlé ?

— Vous étiez si accaparées par votre propre vie. Les bébés, les mariages… Et pour être honnête, je ne voulais pas trop l'ébruiter, par peur que ça me porte la poisse. Au début, ce n'était pas vraiment sérieux, et comme je suis fatiguée de vous parler de mes histoires qui n'aboutissent jamais… En l'occurrence, nous avons tenu au-delà du troisième rendez-vous, tout se passait bien et par superstition, j'ai préféré ne rien dire.

— Et maintenant, tu te sens prête à nous révéler cette liaison ? Parce que je t'assure qu'on veut tous les détails ! déclara Lucy d'un ton suffisant.

Harper haussa les épaules : l'heure était venue de distiller quelques informations.

— J'imagine que oui, si je veux qu'il m'accompagne en Irlande.

— J'avais bien remarqué que tu avais confirmé l'invitation pour deux personnes, mais aussi que tu n'avais pas mentionné le nom de l'invité, dit alors Violet. Je me demandais ce que cela signifiait.

— J'espérais que notre relation tiendrait la route pour pouvoir lui dire de venir, poursuivit Harper.

Au fond, ne leur avait-elle pas menti pendant presque dix ans au sujet de l'argent ? Prétendre aujourd'hui avoir un petit ami caché n'était pas si difficile qu'elle l'aurait cru.

— Et puis j'avais pensé que si les choses tournaient mal entre nous, je pourrais toujours inviter un ami, mais tout va bien, et c'est Sebastian qui m'accompagne.

— J'ai hâte de faire sa connaissance, dit Emma. Et je suis aussi intriguée. Tu n'as vraiment pas eu de chance depuis ta rupture avec Quentin. Où l'as-tu rencontré, celui-ci ? Tu ne l'as quand même pas trouvé sur Tinder ?

— Oh non, je ne vais plus sur ce site de rencontres ! Non, j'ai rencontré Sebastian lors d'une levée de fonds en faveur de la recherche médicale, cet hiver, et plus particulièrement des appareils orthopédiques.

Ça au moins, ce n'était pas un mensonge, ils s'y étaient bien vus, seulement, ils n'étaient pas sortis ensemble.

— Il travaille dans ce domaine-là. Mais il vous en dira plus en Irlande. Bref, il m'a invitée à dîner dès le lendemain et à partir de là, nous nous sommes vus régulièrement.

— Attends une seconde, dit Violet en se calant sur le sofa. Nous étions toutes à ce gala. On le connaît ? Quel est son nom de famille ?

— West, il s'appelle Sebastian West.

Et elle se sentit soudain à cran : et si l'une de ses amies intimes le connaissait ? Sebastian et elle ayant très peu échangé jusqu'à présent, elle venait de courir un risque : celui d'être prise en flagrant délit de ne pas connaître des informations que ses amies détenaient. Quentin n'avait-il pas tout de suite reconnu son nom et sa société ?

Par chance, aucune ne dressa l'oreille en entendant son nom, aussi poursuivit-elle :

— Je doute que vous le connaissiez, il passe plus de temps à travailler qu'à assister à des réceptions mondaines. Il est très intelligent, et je suis vraiment impatiente que vous le rencontriez.

Sur ces mots, elle leur adressa un grand sourire, croisant les doigts discrètement pour que son histoire passe…

— C'est formidable, déclara alors Violet, en plissant les yeux, l'air vaguement suspicieuse. J'ai hâte d'être à lundi.

Avant une gorgée de vin, Harper renchérit avec un enthousiasme feint :

— Moi aussi !

- 3 -

Le dimanche soir, Sebastian pénétra dans le bar quinze minutes avant l'heure prévue. Ce rendez-vous ne l'angoissait pas particulièrement ; seulement, il tournait comme un lion en cage dans son appartement : cela faisait deux jours qu'il se demandait comment remplir les heures, car sans travail, il se sentait désemparé.

Il avait pris tout son temps pour préparer sa valise, avait porté ses costumes, chemises et aussi son smoking au pressing, choisi soigneusement ses sous-vêtements et ses affaires de toilette, mais le tout n'avait pris que quelques heures…

Il avait commencé un livre, regardé un peu la télévision, mais s'était rapidement ennuyé, et le dimanche après-midi, il n'en pouvait plus de tourner en rond : comment aurait-il pu tenir deux semaines s'il n'avait pas rencontré Harper et n'était pas parti en Irlande avec elle ? Il serait à coup sûr devenu fou. Et dire que ces congés forcés étaient censés lui faire du bien ! Il n'y avait pas que la santé physique, dans la vie, on devait aussi prendre en compte le côté psychologique, mais personne ne s'en était préoccupé.

Aussi, quand l'heure de son rendez-vous avec Harper avait approché, s'était-il rué hors de chez lui. Arrivé au bar, il avait choisi une table dans un coin tranquille, puis s'était commandé un gin tonic – contre l'avis du docteur – et avait attendu son arrivée avec un calepin afin de relire des notes qu'il avait prises. Il l'emportait partout où il allait afin d'y consigner ses idées ou de dessiner des schémas qui lui traversaient l'esprit. Il avait en effet appris à ses dépens qu'il pouvait perdre l'étincelle de l'inspiration s'il ne la capturait pas sur-le-champ.

De la sorte, il attendait toujours, mais au moins il n'était plus chez lui, et il réfléchissait à des choses potentiellement utiles. Par chance, Harper fut ponctuelle : elle était très séduisante et très branchée, avec ses hauts superposés en dentelle et un long gilet sur un jean skinny. Ce soir, elle avait relevé ses cheveux en un chignon, ce qui soulignait son port gracieux et faisait ressortir ses boucles d'oreilles pendantes.

Encore une fois, il se fit la réflexion que Harper aurait pu facilement trouver un petit ami sans avoir à feindre d'en avoir un. Mais sans doute pouvait-on dire la même chose de lui… La vie était parfois très compliquée.

— Merci d'être venu et de te prêter au jeu, dit-elle en s'asseyant en face de lui.

— Je t'en prie. Que prendras-tu ?

— De l'eau, ce sera parfait pour moi, dit-elle avec un sourire poli.

Curieux ! Il l'aurait imaginée siroter un verre de vin ou un martini. Cependant, il ne posa aucune question et héla le serveur pour commander.

— Tes bagages sont-ils prêts ? questionna-t-elle.

— En partie. Et toi ?

— Pareil. Pourtant, j'ai l'impression d'avoir oublié quelque chose.

— J'espère que ce n'est pas ta lingerie fine, dit-il alors.

Aussitôt, il se la représenta dans une nuisette en soie et regretta vivement ses propos : était-il vraiment utile que cette vision le hante pendant toute la semaine ?

— Pardon ? s'exclama-t-elle en ouvrant de grands yeux affolés.

— Je plaisantais, bien sûr, lui assura-t-il vivement.

Et telle était de fait son intention, même s'il se rendait compte à présent que sa remarque était déplacée.

— Oh ! dit-elle, visiblement soulagée.

Il était évident que l'idée qu'ils sortent ensemble « pour de vrai » n'était pas aussi séduisante pour elle que pour lui.

— Et pour répondre à ta question, j'ai pris mon pyjama le plus affreux.

— En flanelle, un peu trop grand avec une fermeture Éclair sur le devant ?

— À peu près, oui. Dedans, je ressemble à un carlin géant.

Intéressant.

— Avec une trappe secrète au cas où ?

— Non, juste une fermeture Éclair, mais il y a aussi une queue et une capuche avec yeux et museau.

— Parfait. Comme les carlins ne sont pas franchement ma tasse de thé, ta vue dans ce déguisement canin suffira à étouffer une éventuelle attirance qui pourrait naître entre nous.

— Je devrais peut-être en commander un semblable en express pour toi. Une grenouillère crapaud, ça te plairait ?

— Ah bon ? Tu ne me verrais pas plutôt en Spiderman ou en Deadpool ?

— Non, désolée.

Et tous les deux éclatèrent de rire, ce qui dissipa toute tension entre eux. Il préférait cette complicité, même peu valorisante pour lui, à une gêne pendant toute une semaine…

— Eh bien, dis-moi tout ce que je dois savoir sur toi, reprit Harper. Après tout, je suis ta petite amie, donc j'ai besoin d'être au courant de toutes les choses importantes te concernant.

Sebastian s'efforça de ne pas grimacer : il détestait parler de lui. Il fournit néanmoins un effort et répondit :

— Je suis originaire du Maine, plus précisément de Rockport, une petite ville portuaire. Je suis diplômé du MIT en ingénierie mécanique, mais j'ai rapidement étendu ma spécialité en sortant de l'université.

— Je croyais que tu travaillais pour une société d'appareils médicaux.

Sebastian fronça les sourcils : sans doute ce malentendu résultait-il de son besoin de toujours demeurer vague.

— Pas exactement. BioTech est une société spécialisée dans la robotique appliquée à la médecine. Mon associé Finn et moi mettons au point des technologies à la pointe du progrès.

— Ton associé ? Tu veux dire que tu n'es pas juste un employé de BioTech ?

— Euh... Non. Nous avons créé la société juste après nos études. Elle m'appartient.

Ce fut au tour de Harper de plisser le front.

— Tu es sérieux ? Je t'offre toutes mes économies pour que tu m'accompagnes alors que tu es directeur d'une société ? Tu gagnes sans doute plus en un après-midi que le montant que je t'ai proposé.

Sebastian leva le doigt pour protester.

— Certes, tu m'as offert une somme d'argent, mais je n'ai jamais dit que je l'accepterais, et naturellement, je ne le ferai pas.

— Donc tu es un homme fortuné ? Mais pourquoi n'as-tu rien dit quand Quentin t'a posé des questions sur ta société ?

Il haussa les épaules.

— Je n'aime pas me vanter. C'est Finn, le visage de notre société, moi, je suis le scientifique fou qui œuvre en coulisses et l'anonymat me convient parfaitement. J'ai vu comme le fait d'être riche et connu avait compliqué sa vie amoureuse et cela ne m'intéresse pas.

— Ah bon ? Tu ne veux pas avoir de vie amoureuse ? s'enquit-elle, sourcils arqués.

— Pas de vie amoureuse *compliquée*, corrigea-t-il. Évidemment, une « normale » me plairait ; cela dit, je travaille trop pour tout type de relation.

— Et brusquement, tu laisses tout en plan pour partir en Irlande avec moi ?

Il s'adossa à sa chaise et soupira. Cela aurait été le moment opportun de lui expliquer qu'il avait eu une crise cardiaque et que les médecins l'avaient obligé à prendre un congé, mais il n'en avait aucune envie. Moins on en savait sur lui, mieux il se portait, d'autant que certaines révélations changeaient la perception que les gens avaient de lui, en l'occurrence le fait qu'il soit fortuné, en convalescence ou ancien pauvre. Les choses privées devaient le rester.

— Quand tu es le patron, tu peux faire ce que tu veux, répondit-il à la place.

Elle secoua la tête.

— Je n'arrive pas à croire que tu ne m'aies rien dit jusque-là. Et si je ne t'avais rien demandé ? Aurais-tu attendu que quelqu'un te reconnaisse dans l'avion ? J'aurais eu l'air d'une parfaite idiote de ne pas être au courant que mon petit ami était millionnaire !

— Bien sûr que non, je comptais te le dire, d'ailleurs, c'est fait ! Mais tu as beau jeu de m'accuser, alors qu'il est manifeste que toi-même tu as de nombreux secrets.

Elle se raidit et plissa les yeux.

— Que veux-tu dire, au juste ? questionna-t-elle.

— Je t'ai vue sortir de chez Neiman Marcus avec tes amies. Puis tu les as laissées tomber, et tu es revenue pour te faire rembourser tous tes achats. Pourquoi ? Et ne me dis pas que c'étaient des achats impulsifs, car je ne le croirais pas.

Il la vit pincer les lèvres, en quête d'une réponse plausible.

— J'essaie d'économiser de l'argent.

Il lui adressa un regard lourd de sous-entendus : il était certain qu'il s'agissait de tout autre chose. Il avait effectué des recherches depuis leur rencontre et découvert que sa famille possédait la Orion Computers, et qu'elle-même résidait dans un superbe appartement du côté de Upper East Side. Et elle voulait lui faire croire qu'elle ne possédait que deux mille dollars sur son compte épargne ? Non, ça ne collait pas.

Devant son silence, elle reprit :

— Je suis un peu à court d'argent, en ce moment. J'en suis fort gênée, et pour cette raison, je ne l'ai dit à personne, ni à mes amis, ni à ma famille. Et tant que les choses ne sont pas rentrées dans l'ordre, j'essaie de ne pas dépenser mon argent à tort et à travers, mais je dois malgré tout sauver les apparences.

— C'est-à-dire acheter des vêtements de créateurs qui valent une fortune puis les rapporter immédiatement ?

— Oui.

— Tes amies ne remarquent-elles pas ensuite que tu ne les portes pas ?

Elle secoua la tête.

— Pour s'y retrouver dans mon dressing, un plan est nécessaire. Des vêtements y disparaissent et ne réapparaissent jamais.

Il la regarda d'un air pensif.

— Voilà un rôle bien difficile à tenir ! En comparaison, prétendre que tu as un petit ami, c'est un jeu d'enfant !

— Heureusement, cela va bientôt prendre fin, je vais retomber sur mes pieds et personne n'aura su que j'ai menti. Et en ce qui nous concerne, eh bien, nous allons nous séparer tristement, mais pas tout à fait de manière inattendue après le voyage. Pas trop tôt toutefois afin de ne pas éveiller les suspicions, mais sans attendre non plus très longtemps afin que les gens ne commencent pas à nous inviter en tant que couple.

— C'est tragique, je me sens déjà triste.

Elle lui adressa un petit sourire.

— J'apprécie beaucoup ton sens de l'humour. Je suis certaine que nous allons bien nous en sortir, tous les deux.

— Moi aussi. Et je pense aussi qu'au fil des jours, tu vas finir par t'accrocher à moi et que nous reconsidérerons alors notre relation.

Elle émit un grognement.

— On dirait Quentin. Ne recommence pas s'il te plaît, car nous serions obligés de rompre tout de suite.

Il éclata de rire.

— Comme nous allons côtoyer cet individu, il serait bon que je sache ce qui s'est passé entre vous, tu ne crois pas ?

Elle fit la grimace.

— C'est une histoire qui requiert une boisson plus forte qu'un verre d'eau.

— Un cocktail, peut-être ? Je t'invite.

Et il fit signe au serveur, tout en pensant qu'elle avait sans doute initialement commandé un verre d'eau non par goût mais par nécessité.

— C'est gentil à toi, répondit-elle avant d'ajouter à l'adresse du serveur : Un Cosmo, s'il vous plaît.

Elle attendit qu'il revienne avec la boisson rose foncé, en avala une gorgée et se lança :

— Nous sommes restés ensemble trois ans et nous avons rompu il y a deux ans. Nous nous étions rencontrés à une soirée, et nous nous entendions vraiment très bien. Toutefois, au bout d'un certain temps, notre relation n'a pas évolué comme elle aurait dû, comme celle des autres autour de nous. Nous stagnions à une étape où, généralement, les gens sont censés passer à la suivante.

— Tu veux dire qu'il ne recherchait pas une relation sérieuse ?

— Le problème, c'est que moi je pensais que c'était sérieux entre nous puisque ça durait depuis trois ans, mais je m'étais visiblement trompée. Je croyais qu'on allait se fiancer, s'installer ensemble, bref, suivre la logique habituelle. Mais lui, il travaillait tout le temps ou du moins, c'était ce qu'il me disait. Il est avocat et prétendait qu'il devait rester tard le soir au cabinet en vue de s'associer avec les autres. J'en déduisais qu'il voulait nous assurer un avenir confortable, alors qu'en vérité il se servait de la situation.

— Il voyait d'autres femmes, c'est ça ?

— Bingo ! Certes, j'étais sa petite amie officielle, mais j'ai découvert que nous étions trois sur les rangs. Et quand je lui ai demandé des explications, il m'a dit qu'il n'était pas prêt à s'engager avec une femme. J'ai aussitôt rompu.

Sebastian fronça les sourcils.

Mais l'autre jour, il t'a dit qu'il était fiancé, non ?

Il vit ses épaules s'affaisser légèrement et il se détesta pour la question, tout comme il aurait aimé assener un coup de poing à Quentin pour sa muflerie.

— Si, répondit-elle à mi-voix. Et il l'amène avec lui en Irlande. Tu comprends mieux à présent pourquoi je ne pouvais pas y aller seule ? Je ne peux pas les affronter, lui et sa fiancée, étant donné mon statut… Je vais bientôt avoir trente ans, je suis dans l'ensemble contente de la vie que je mène, mais je dois avouer que je n'en suis pas là où je pensais être à cet âge. Et je suis certaine que tout le monde me voit comme la triste célibataire de service.

Il saisissait aisément ce qu'elle éprouvait, étant bien placé pour savoir qu'il était terrible d'être jugé par les autres. Si Harper n'avait pas ménagé sa peine pour sauver les apparences, il s'était contenté de pratiquer la politique de l'autruche et de se noyer dans le travail. Une vraie fuite en avant, puisque son propre corps avait fini par se rebeller et qu'une crise cardiaque l'avait terrassé. Il espérait qu'en raison du tissu de mensonges qu'elle avait échafaudé, Harper ne s'effondrerait pas elle aussi, et croisait surtout les doigts pour ne pas en être la cause.

— Je m'efforcerai d'être le petit ami imaginaire dont tu as toujours rêvé, promit-il.

— À toi l'honneur ! Je préfère le siège côté couloir, si tu n'y vois pas d'inconvénient.

Harper hocha la tête et, passant devant Sebastian, elle grimpa la passerelle d'un jet privé qui ne ressemblait nullement au Boeing Business qu'utilisait habituellement le père de Violet, Loukas Niarchos, s'aperçut-elle en pénétrant à l'intérieur. Elle eut en effet l'impression d'entrer dans un bar sélect, avec canapés, petites tables et écrans plats.

Une hôtesse les salua et les conduisit dans la pièce voisine, meublée d'une table entourée de vingt sièges en cuir couleur caramel, chacun possédant une ceinture en cas de turbulences.

— J'ai l'impression d'être monté dans l'Air Force One, lui murmura Sebastian à l'oreille.

Ils longèrent ensuite un long corridor et passèrent devant une suite, des toilettes avec douche et une cuisine façon coquerie, gérées par deux hôtesses tout aussi souriantes que celle qu'ils suivaient.

— Tu voyages toujours dans ces conditions ? s'enquit-il.

Elle secoua la tête.

— Non. Je suis habituée aux bonnes vieilles secondes classes rasoir, sauf quand je voyage en famille, dans le jet de la société Orion. Mais il n'y a pas de suite, pas de bureau, pas de cocktails. Ma famille est normalement fortunée, pas aussi affreusement riche !

Sebastian se mit à rire et lui donna un léger coup dans l'épaule.

— Parfait. Je ne crois pas que j'aurais pu supporter une fille « affreusement riche ». Tout comme je suis heureux que ce genre d'avion soit une première pour nous deux.

Ils finirent par déboucher sur un espace tel qu'on pouvait l'attendre dans un avion, avec six sièges par rangée disposés par deux, le tout étant divisé en deux allées. Naturellement, chaque siège était équipé d'un écran de télévision, d'une couverture, d'un oreiller ainsi que de boutons de commande qui permettaient à chaque voyageur de le baisser complètement pour dormir, lors des vols de nuit. Une flûte de champagne ainsi qu'une bouchée de chocolat sur lequel les lettres V & A étaient finement écrites en doré attendaient chaque invité à son siège, tout comme une carte où l'on avait calligraphié le nom de chaque invité.

Violet savait au moins comment organiser un mariage mémorable ! pensa-t-elle.

On leur avait réservé les sièges A et B de la rangée 13 sur les seize que l'avion comportait, aussi s'y rendit-elle en croisant de nombreux visages familiers, d'autant qu'ils avaient quasiment été les derniers à embarquer. Quentin ne plaisantait pas quand il avait affirmé que ce mariage était l'événement de l'année ; d'ailleurs, les gens autour d'elle salivaient à l'idée d'en être, mais la liste des invités avait dû rester inférieure à cent en raison de l'avion et du lieu du mariage.

Malgré tout, Harper connaissait à peu près tout le

monde, dans l'avion, à part quelques amis d'Aidan, le fiancé de Violet, ainsi que la famille de celui-ci. Elle souriait et salua poliment de la main les passagers, et ne fit pas exception avec Quentin, quand elle le découvrit tout au fond de la cabine, à gauche, en compagnie d'une brune un peu trop jeune pour lui. Elle s'efforça de ne pas laisser son amère colère lui brouiller le jugement.

— Voici nos places ! déclara-t-elle, en s'arrêtant à leur rangée.

Emma et Jonah étaient assis dans la partie centrale et Harper constata que cette première, de son siège, examinait attentivement Sebastian. S'efforçant d'en faire abstraction, elle rangea son sac et son manteau dans le casier au-dessus d'elle afin de ne pas encombrer l'allée.

— Les présentations ! réclama Emma avant qu'elle n'ait le temps de s'asseoir.

Arborant, tel un automate, un sourire rayonnant, elle obtempéra.

— Sebastian, je te présente mes proches amis, Jonah et Emma Flynn. Je travaille pour la société de logiciels de jeux fondée par Jonah, la FlynnSoft. Les amis, voici mon compagnon, Sebastian West.

Jonah tendit le bras et les deux hommes échangèrent une énergique poignée de main.

— Ravi de faire votre connaissance, leur dit Sebastian. Harper m'a dit combien elle aimait son travail et je suis certain que cela reflète l'état d'esprit qui règne grâce à vous dans votre entreprise.

Non, elle ne devait pas avoir l'air impressionnée, se répéta-t-elle comme un mantra, en s'apprêtant à se glisser sur son siège. Ce fut alors qu'elle y repéra une petite enveloppe blanche… Curieux ! D'autant qu'elle lui était spécifiquement adressée puisque son nom y figurait en caractères d'imprimerie.

Fort intriguée, elle l'ouvrit, pour y découvrir un texte

court manuscrit, au pouvoir immédiatement déflagrateur sur elle :

Je connais ton petit secret. Si tu ne veux pas que tout le monde apprenne la vérité et voir ton héritage t'échapper, fais exactement ce que je te dis : une fois en Irlande, va à la banque et retire cent mille dollars. Puis mets la somme dans une enveloppe, à l'attention de « B. Mayler », et laisse le tout à la réception de l'hôtel demain, à l'heure du dîner. Si tu ne respectes pas la consigne, je vais te créer d'énormes problèmes, Harper.

Elle relut le texte une bonne douzaine de fois, le cœur battant si fort que ses oreilles en bourdonnaient : l'avion fantastique et tout le reste s'effaça pour laisser place à une pure panique.

On voulait la faire chanter !

Comment était-ce possible ?

Comment son secret, si prudemment gardé, avait-il pu être ébruité ? À part le peu qu'elle en avait dit hier à Sebastian, personne, pas même ses amies intimes ou sa famille, n'était au courant. Jusqu'à son frère et son père qui ignoraient tout de ses difficultés financières. Depuis huit ans, elle travaillait dur pour boucler ses fins de mois, et le calvaire était sur le point de se terminer, puisque son anniversaire se profilait ; aussi, il ne lui avait pas paru imprudent de livrer quelques informations à Sebastian puisqu'il avait remarqué son attitude singulière, chez Neiman Marcus.

Qui avait donc découvert le pot aux roses ?

Son grand-père maternel avait ouvert un compte en fidéicommis d'une valeur de trente millions de dollars à sa naissance et celle de son frère : ils devaient toucher chacun deux millions de dollars pour leur dix-huitième anniversaire, et le reste, c'est-à-dire vingt-huit millions, quand ils fêteraient leurs trente ans. L'anniversaire de

Harper était dans deux semaines, à présent, le bout du tunnel était proche, seulement, ses erreurs de jeunesse risquaient de lui coûter très cher…

En effet, après que son père eut connu des déboires financiers en raison de sa deuxième épouse, une aventurière, son grand-père avait ajouté une clause au fidéicommis de ses petits-enfants : s'il était avéré que ceux-ci avaient dépensé leur argent de façon irresponsable lors du déblocage des deux premiers millions, ils ne recevraient pas le reste de la somme. Oliver, qui était toujours fort raisonnable, avait géré savamment son legs qui lui avait rapporté au centuple et il n'avait guère eu besoin du deuxième paiement quand son anniversaire était arrivé. Mais il en allait bien autrement pour elle, car elle avait dépensé les deux premiers millions de façon inconsidérée et frivole.

Lorsqu'elle avait découvert la clause ajoutée par son grand-père, elle n'avait plus eu qu'une solution : cacher à tout prix sa situation. Ainsi, son grand-père ne l'apprendrait jamais et son anniversaire mettrait enfin un terme à sa vie de mensonges. Elle n'aurait plus à manger de pâtes lyophilisées en fin de mois afin de pouvoir payer les charges considérables de son appartement grand luxe. Elle ne devrait plus se faire rembourser tous les vêtements qu'elle achetait, et ne courrait plus les boutiques de seconde main en quête de vêtements de designers bradés afin de garder la face, c'est-à-dire celle d'une riche héritière. En outre, si elle avait l'intention de prendre grand soin de ces nouveaux fonds – elle n'était plus une naïve enfant –, il serait néanmoins fort agréable d'avoir plus de deux mille dollars sur son compte épargne…

Ce qui la ramenait au présent : où allait-elle trouver d'ici à demain la somme exigée par le maître chanteur ? Elle n'y parviendrait jamais.

— Tout va bien ?

Harper remit promptement la lettre dans l'enveloppe et regarda Sebastian qui venait d'attacher sa ceinture.

— Oui, ça va, je lisais juste quelque chose.

— On dirait que tu viens d'apprendre que l'avion va se crasher, tu es toute pâle.

— Je ne suis jamais très à l'aise, en avion, mentit-elle en glissant l'enveloppe dans son sac. Mon médecin m'a donné des somnifères et j'espère me réveiller en Irlande sans m'être rendu compte de rien.

— Tu veux dormir ? Et ne pas profiter de cet avion grand luxe ?

Prenant sa flûte de champagne, il poursuivit :

— Pouvons-nous au moins porter un toast avant que tu ne sombres dans un coma volontaire ?

S'efforçant de calmer les tremblements de sa main, elle leva son verre.

— À quoi buvons-nous ? demanda-t-elle.

— À un vol sans problème, divertissant et romantique, suggéra-t-il avec un sourire entendu.

— Parfait ! dit-elle.

Elle fit tinter sa flûte contre la sienne, et en avala le contenu d'un trait, sous le regard étonné de Sebastian. Après quoi, elle attacha sa ceinture et ferma les yeux.

— Tout va bien se passer, lui assura-t-il. Tu es entourée d'amis, de membres de ta famille et je te tiendrai la main pendant tout le voyage s'il le faut. Tu n'as aucune inquiétude à avoir.

En temps normal, il aurait eu raison, mais comment être détendue et en sécurité alors qu'une personne parmi les voyageurs – un proche – était un maître chanteur ?

Ce vol allait être le plus long de sa vie.

- 4 -

— Quelle superbe pièce !

Harper entra à la suite de Sebastian dans leur chambre d'hôtel, soulagée d'être enfin arrivée. Le vol en lui-même s'était passé sans encombre, elle avait pris les comprimés prescrits par le médecin, bu une autre flûte de champagne, et s'était réveillée quand les roues de l'avion avaient touché le tarmac, à Dublin. Même si elle avait eu les fonds pour payer son maître chanteur, elle n'aurait pas eu la possibilité de s'arrêter dans une banque : deux bus de luxe les attendaient en effet au pied du jet pour les transporter à Markree Castle, leur destination finale dans la campagne irlandaise, à presque trois quarts d'heure de Dublin. Le château et ses jardins avaient été convertis en un hôtel dont toutes les chambres avaient été louées pour accueillir leur groupe.

Pendant le trajet en bus, alors que Sebastian avait contemplé, apparemment subjugué, le paysage d'un vert remarquable à travers la vitre, elle avait été incapable d'en profiter ; à la place, elle avait passé mentalement en revue tous les invités, pour établir la liste des potentiels coupables ou innocents. Le plus perturbant, c'était que le criminel soit une personne qu'elle connaissait, à qui elle faisait confiance. Elle n'arrivait pas à s'en remettre !

Comme si elle n'avait déjà pas suffisamment de quoi s'inquiéter lors de ce séjour, songea-t-elle en jetant un coup d'œil à Sebastian qui testait le confort du matelas. C'était certes un lit double, mais bien trop petit à ses yeux, détail auquel elle n'avait pas du tout pensé en concoctant son plan. De nombreux hôtels européens offraient des lits jumeaux et c'était ce à quoi elle s'était attendue, pas à ce nid pour amoureux !

Était-ce intentionnel de la part de Violet ? Si tel était le cas, merci du cadeau !

La chambre n'était pas très spacieuse, mais fort bien agencée et équipée, et exsudait le luxe : serviettes moelleuses dans la salle de bains, baignoire sur pied et gel de bain à la rose disposé sur le rebord, rideaux en dentelles, chocolats sur les oreillers, causeuse en velours près de la cheminée… En toute autre circonstance, elle aurait été fort excitée par l'atmosphère romantique qui se dégageait de l'ensemble. Comme elle regrettait que son seul souci ne soit pas d'être célibataire !

En l'occurrence, elle avait la sensation que son monde venait de voler en éclats.

— Qu'est-ce qui ne va pas ?

À ces mots, elle tourna la tête vers Sebastian, sourcils froncés.

— Que veux-tu dire ?

Il la regarda d'un air pensif.

— Eh bien, tu es étrange depuis que nous avons pris l'avion. Je pensais que c'était à cause du vol, or nous avons atterri depuis longtemps à présent et tu sembles plus distante que jamais. Nous sommes pourtant en Irlande, tout le monde pense que nous formons un couple adorable, tu devrais être contente, non ? Explique-moi ce qui te tracasse.

C'était bien sa veine que son faux petit ami soit sensible à ses changements d'humeur : Quentin n'aurait jamais remarqué son état, il était bien trop centré sur lui-même. Elle ouvrit la bouche pour lui certifier que tout allait bien, mais il se leva pour venir se planter juste devant elle. Elle puisa alors dans ses ultimes forces afin de ne pas se jeter dans ses bras pour qu'il la protège du monde extérieur qui semblait se liguer contre elle.

Il plongea son regard dans le sien.

— Et ne me dis pas que tout va bien ! ajouta-t-il. Ma mère portait le poids du monde sur ses épaules et assurait toujours que tout allait bien. Aussi, je sais tout de suite détecter ce genre de déni, chez une personne.

Et si elle se confiait à lui ? Peut-être lui serait-il de bon conseil car, n'ayant jamais subi de chantage, elle ignorait comment réagir. Sur une impulsion, elle s'empara de son sac, y prit la lettre et la lui tendit.

Il la parcourut rapidement : un déplaisir évident se lut alors sur ses lèvres, tandis qu'une lueur de colère s'allumait dans les yeux du beau ténébreux.

— Où as-tu trouvé ça ? demanda-t-il.

— Sur mon siège, dans l'avion. Je n'en sais pas plus.

Par réflexe autoprotecteur, elle croisa étroitement les bras autour de son corps, se sentant réellement démunie. Cette lettre ne donnait aucune indication sur son auteur, songea-t-elle.

— Pourquoi ne m'as-tu rien dit ?

— Comment aurais-je pu parler dans l'avion alors que le fautif se trouvait parmi les passagers et m'observait sans doute pour voir comment j'allais réagir ? Je ne voulais pas lui donner la satisfaction de me voir céder à la panique. Tu es le seul à avoir remarqué que je n'étais pas bien et je t'en remercie.

L'air tendu, ce qui soulignait sa mâchoire carrée, il demanda :

— Tu suspectes les passagers, pas le personnel navigant ?

Harper haussa les épaules et détourna les yeux de ses lèvres si tentantes, même si elle aurait réellement apprécié le réconfort d'un baiser pour oublier tous ses problèmes ; elle avait le sentiment que lui non plus n'aurait pas été contre. Allons, ce n'était vraiment pas le moment de s'accorder de telles distractions ! Le chantage était une affaire sérieuse.

— Je n'en connais pas un seul membre et comme nous étions le dernier couple à monter dans l'avion, n'importe quel invité ou presque aurait pu déposer cette enveloppe sur mon siège. Je suis censée remettre l'argent ce soir à la réception, or l'équipage est déjà reparti à Dublin, personne n'est resté à Sligo.

Sur ces mots, elle s'écroula sur le lit. Pourquoi ne s'était-elle pas autorisée à réagir sur-le-champ ? À présent, dans l'intimité de cette chambre, elle se sentait assaillie par des émotions bien trop tumultueuses.

— Qu'est-ce que je vais faire, Sebastian ? demanda-t-elle en fermant les yeux, pour bloquer ses larmes.

Elle sentit le lit ployer et perçut soudain sa chaleur à côté d'elle.

— Selon moi, tu as trois options. La première, tu paies le maître chanteur, ton secret est conservé, mais il est en position de force. Je ne sais pas quel est ce secret pour lequel on te fait chanter mais à tout moment, il peut exiger une nouvelle somme contre son silence. En fait, tu n'en seras jamais libérée. Mais c'est un risque à prendre, toi seule peux l'évaluer.

Céder au chantage n'était jamais le meilleur choix, malgré tout, elle l'aurait fait, si elle en avait eu les moyens.

— Je ne pourrais pas remettre cette somme, quand bien même je le voudrais. Je t'ai dit que j'étais fauchée. Si j'avais un peu de temps devant moi, je pourrais éventuellement me rendre à la banque et négocier un prêt en hypothéquant mon appartement, mais il me faut l'argent pour ce soir. C'est impossible ! On est en pleine campagne irlandaise et d'ailleurs, je me demande si à Dublin, les banques accepteraient de me prêter de l'argent puisque je suis juste de passage.

— Bien, reprit Sebastian, la deuxième solution serait de dénoncer cette personne à la police car ce genre de pratique est illégal, mais ton secret risque alors de s'ébruiter.

Harper secoua la tête : impossible, pas dans sa situation. Elle ne voulait certainement pas faire la une des journaux, il serait déjà assez affreux de perdre le reste de son héritage et que tout le monde sache qu'elle avait dilapidé deux millions de dollars en un temps record.

— Et l'option trois ? interrogea-t-elle.

— Elle consiste à révéler toi-même ton secret de sorte à reprendre le dessus sur le maître chanteur.

Effectivement, mais cette option lui coûterait vingt-huit millions de dollars et, à cette seule pensée, son estomac se contracta…

— Non, c'est impossible. Cela anéantirait tout ce pour quoi j'ai travaillé si dur pendant des années.

Quand Sebastian l'enlaça par l'épaule, incapable de résister, elle posa la tête sur son torse : qu'il était apaisant d'entendre les battements de son cœur, de s'abandonner à la chaleur de son étreinte ! Cela faisait très longtemps que personne ne l'avait tenue dans ses bras de cette façon, ni ne l'avait écoutée s'épancher. Elle souffrait un peu de solitude, bien sûr, mais elle n'en avait pas réellement pris la mesure jusqu'à cet instant.

— Harper, reprit Sebastian au bout de quelques minutes, je ne sais pas si tu voudras répondre à ma question, mais il m'est difficile de t'aider sans savoir de quoi il retourne : qu'as-tu fait pour que l'on te menace ?

Elle savait que la question finirait par arriver et même si elle avait peur de décevoir cruellement Sebastian, elle avait besoin de faire confiance à quelqu'un, lors de ce séjour, et il était par ailleurs le seul à ne pas avoir pu concrètement déposer l'enveloppe sur son siège.

Poussant un profond soupir, elle enfouit le visage contre son torse pour gagner un peu de temps : son après-rasage aux senteurs épicées, mêlées à l'odeur subtile de sa peau, emplit tout de suite ses poumons… Comme il aurait été facile de rester dans cette position et de se convaincre que tout allait bien pendant quelques minutes encore ! Mais c'était reculer pour mieux sauter.

— Je suis une petite fille riche et gâtée, finit-elle par dire.

— Tu ne m'apprends rien.

Elle releva brusquement la tête, surprise.

— Je plaisantais, enchaîna-t-il, je voulais juste détendre l'atmosphère. Poursuis, s'il te plaît.

De nouveau, elle soupira.

— Bien… Tout comme mon frère, j'ai un compte en fidéicommis et mon grand-père paternel a déposé sur chacun trente millions de dollars. À la mort de ma mère, il a estimé plus prudent de diviser le versement en deux paiements puisqu'elle n'était plus de ce monde pour nous conseiller sur la meilleure façon d'en faire usage. Nous avons donc touché deux millions à nos dix-huit ans, le reste devant nous revenir à nos trente ans.

— Cela me semble tout à fait raisonnable, car à dix-huit ans, on peut dépenser tout cet argent en un rien de temps et rapidement ne plus rien avoir.

— Tout à fait, et c'est en gros ce qui m'est arrivé avec le premier versement. Enfant, mon père a toujours comblé mes moindres désirs, et quand je suis allée à l'université, la vie a continué ainsi, il alimentait mon compte dès que mes fonds baissaient, jusqu'au jour où lui aussi a eu des problèmes financiers, et je n'ai plus pu compter sur lui.

— Jusque-là, je ne vois pas en quoi on peut te faire

chanter. As-tu acheté de la drogue ou des choses illicites avec cet argent ?

— Bien sûr que non ! Mais je l'ai gaspillé dans des vêtements de marque, des voyages, du maquillage, des sacs de créateurs, des repas onéreux, bref, des choses vraiment futiles. Rien de délictueux. À Yale, où j'ai passé mon diplôme d'économie, j'ai continué à dépenser sans compter jusqu'à ce que mon père divorce de sa deuxième femme, et qu'elle le laisse sur la paille. C'est là que les ennuis ont commencé. Mon grand-père, craignant que nous suivions son mauvais exemple, a ajouté une clause à notre deuxième versement, qui tenait en une phrase : si nous dilapidions le premier, nous ne toucherions pas le deuxième.

— Sait-il que c'est ce que tu as fait ?

— Non, j'avais déjà dépensé la majeure partie de la première somme quand il a pris cette décision. Comme j'avais transféré les fonds sur mes comptes privés, personne n'a pu avoir accès à mes finances et me démasquer. Du moins jusque-là, car il semblerait que quelqu'un soit désormais au courant. Et comme je ne peux pas faire apparaître comme par magie cent mille dollars, cela va me coûter vingt-huit millions !

Sebastian sentait son sang bouillir dans ses veines : nul doute que le médecin n'aurait guère été satisfait de voir la tournure que prenait ce congé dès le premier jour. De fait, il entendait son cœur battre à tout rompre pendant qu'il faisait les cent pas dans le corridor du château.

Il était sorti de la chambre pour prétendument laisser à Harper son espace vital et lui permettre de défaire tranquillement ses valises, mais en réalité, après son aveu, c'était lui qui avait besoin de prendre l'air.

Courroucé contre le maître chanteur, il nourrissait

des envies protectrices envers elle, comme si elle était réellement sa moitié. Quand il l'avait tenue dans ses bras, il avait dû fournir un effort pour se rappeler que ce n'était pas le cas, car tout semblait tellement réel, entre eux.

Naturellement, il lui avait promis de ne pas divulguer son secret mais avait aussi précisé qu'il ne pourrait pas forcément se retenir de mettre son poing sur la figure de l'infâme personne qui la menaçait : pour avoir grandi du mauvais côté de la barrière, il n'arrivait pas toujours à maîtriser le gamin bagarreur qu'il avait été et qui pouvait resurgir parfois en lui. Et celui qui s'en était pris à Harper méritait un œil au beurre noir, ou deux !

Sur une impulsion, il descendit à la réception : le coupable y rôdait peut-être, attendant qu'on lui remette une épaisse enveloppe, se dit-il.

Ne voyant personne, il s'installa dans un fauteuil au coin du feu et, incapable de dessiner ou de prendre des notes, il s'empara d'un journal, qui lui donnait un bon prétexte pour surveiller les allées et venues, peu nombreuses à cette heure : seuls s'affairaient les employés de l'hôtel, dans leur uniforme.

Au bout de trente minutes, il vit du coin de l'œil une personne se rapprocher de la réception : il tourna la tête… et reconnut Quentin, l'ex de Harper !

Ce qui au fond n'était pas insensé : ils étaient sortis ensemble quelques années et il avait forcément remarqué qu'elle ne roulait pas sur l'or ; s'il l'avait interrogée à ce sujet, elle lui avait peut-être fait des confidences, et Quentin savait donc qu'elle allait bientôt entrer en possession d'une grosse somme.

Ce dernier attendait, l'air nerveux, le retour de la réceptionniste et après un court échange – que Sebastian ne put entendre – il pivota sur ses talons et se dirigea de nouveau vers l'ascenseur, regardant tout autour de lui d'un air agité. Puis il croisa le regard insistant de Sebastian qui se fichait pas mal que ce crétin voie qu'il l'observait, et devine qu'il était au courant. Quentin pourrait bien venir vingt fois ce soir vérifier si l'enveloppe était arrivée, ce serait en vain, tout comme le lendemain, car Harper avait raison : aucune banque irlandaise ne prêterait cent mille dollars à une non-résidente.

D'ailleurs, même pour lui qui avait dix fois l'argent exigé sur son compte courant, l'obtention d'une si grosse somme en espèces aurait été peu aisée, les banques rechignant à remettre un montant aussi élevé en coupures.

Par conséquent, si Quentin était à l'origine de toute cette affaire, il avait mal choisi son heure. Pour l'instant, ce dernier venait de détacher vivement son regard du sien en se mordant la lèvre ; quelques secondes plus tard, il disparut dans l'ascenseur…

— Puis-je me joindre à toi ?

Il leva les yeux. Si absorbé par l'étrange attitude de Quentin, il n'avait pas entendu le frère aîné de Harper, Oliver, s'approcher de lui. La jeune femme avait rapidement fait les présentations dans le bus, mais il se doutait bien que son grand frère avait des questions à poser à son nouveau petit ami, et n'était-ce pas légitime, pour peu qu'on aimât sa sœur, même si elle était une adulte ?

— Assieds-toi, je t'en prie, répondit-il. J'essaie de ne pas m'assoupir avant le dîner, aussi, un peu de compagnie me fera le plus grand bien.

En riant, Oliver prit place dans l'autre fauteuil, près de la cheminée. Il tenait à la main un verre dans lequel quelques glaçons dépassaient d'une boisson ambrée.

— Je sais ce que c'est, renchérit Oliver. Les voyages internationaux détraquent les horloges internes. J'espère que le dîner sera mené rondement et que l'on pourra se mettre au lit de bonne heure. Je ne sais pas si Harper te l'a dit, mais Lucy et moi avons des jumeaux de neuf mois et notre sommeil est un peu perturbé, depuis leur naissance.

— J'imagine !

Visiblement, les parents étaient venus sans eux, et allaient mettre à profit la semaine pour se reposer.

— D'ailleurs, enchaîna Oliver, Lucy est en train de faire une petite sieste, et elle m'a renvoyé de la chambre quand je lui ai dit que ce soir, elle ne pourrait pas dormir et qu'il valait mieux qu'elle s'abstienne.

Sur ces mots, il se mit à rire et avala une gorgée d'alcool.

— Ah, elle et ses copines forment un sacré groupe ! poursuivit-il. Je n'aurais jamais cru que je me retrouverais marié, et père de deux enfants à mon âge, mais je ne regrette rien. Et toi, Sebastian, sais-tu les risques que tu encours en te liant à ma sœur ?

Il sourit, conscient d'être tombé sur la tête quand il avait accepté d'accompagner Harper en Irlande et l'avait embrassée dans le grand magasin.

— Si je n'étais pas au courant, j'ai l'impression que ce voyage va m'ouvrir les yeux, répondit-il. Comme je ne connais encore personne, cela me permet d'observer tout le monde, ce qui me va très bien, car pour être honnête, je ne suis pas habitué aux mondanités. C'est mon associé, Finn Solomon, qui se charge du relationnel de notre société. Pour ma part, je passe l'essentiel de mon temps à dessiner mes plans ou à réfléchir à de nouvelles idées dans mon laboratoire, au travail.

— J'étais comme toi quand j'ai hérité Orion de mon père, la société était au bord du gouffre, j'ai sacrifié une grande partie de ma vie personnelle pour discuter avec mes ingénieurs afin de mettre au point d'autres ordinateurs qui nous rendraient de nouveau compétitifs. Aujourd'hui, nous sommes heureusement retombés sur nos pieds, ce qui me permet de me consacrer à des choses plus importantes comme Lucy et les jumeaux. Et toi, as-tu déjà été marié ?

Et voilà, l'interrogatoire commençait ! Mais force était de reconnaître que c'était bien amené.

— Non, pas encore, j'ai été trop accaparé par ma société. Je n'ai pas non plus d'enfant.

Oliver hocha la tête, pensif.

— Les amies de Harper se sont toutes mariées récemment, et elles ont des enfants. Après le mariage de Violet et Aidan, ce week-end, Harper sera la seule à ne pas avoir d'époux.

— Oui, elle me l'a dit.

— J'imagine qu'elle ressent une certaine pression et est sans doute tentée de les imiter.

Sebastian plissa alors les yeux.

— En fait, tu te demandes si Harper a frappé à la bonne porte avec moi dans la mesure où je suis un homme de trente-huit ans complètement dévoué à son travail ?

Oliver haussa les épaules et avala un trait d'alcool.

— Eh bien, s'est-elle trompée d'adresse ?

— Je suppose que je suis arrivé à un âge où il convient de songer à fonder une famille, même si avant de rencontrer Harper, l'idée ne m'avait jamais traversé l'esprit.

Oliver lui adressa un regard songeur.

— J'étais comme toi avant que Lucy s'engouffre tel un ouragan dans ma vie, mais elle a complètement changé ma façon de voir l'existence et l'avenir. T'est-il arrivé la même chose, depuis que tu connais Harper ?

Certes, il pouvait faire semblant de sortir avec celle-ci et d'être attiré par elle car c'était effectivement le cas, mais affirmer à son frère qu'il l'aimait et envisageait l'avenir avec elle, c'était tout autre chose ; d'ailleurs, il était certain que ce dernier percevrait un éventuel mensonge de sa part en la matière.

— Nous ne nous connaissons que depuis deux mois,

mais je crois que notre relation devient de plus en plus sérieuse. Ta sœur me plaît.

En cela, il disait vrai. Il lui aurait été insupportable de la blesser ou de laisser Quentin la meurtrir, si c'était bien lui le maître chanteur ; il était donc bien obligé de s'avouer qu'elle ne le laissait pas indifférent, même s'il la connaissait encore peu. Mais comment aurait-il pu demeurer insensible, eu égard à la vitesse à laquelle elle l'avait attiré dans son monde et ses problèmes ? Si Lucy était un ouragan, Harper était une vraie tornade, qui l'avait enlevé au long cours tranquille de son existence pour le précipiter dans le tourbillon tumultueux de la sienne.

— Écoute, je ne veux pas tomber dans le cliché du frère surprotecteur, d'ailleurs, Quentin est la preuve que je ne le suis pas, mais il y a un certain temps que ma sœur ne nous a pas présenté un homme, ce qui signifie que tu comptes pour elle. Or, sache que si elle fanfaronne en public, elle est fragile à l'intérieur, et on peut facilement la blesser.

Sebastian l'écoutait attentivement, et même s'il n'oubliait pas que sa relation avec Harper était une mascarade, il prenait à cœur les propos d'Oliver. Il avait pu constater à quel point l'opinion d'autrui importait à sa fausse fiancée, tout comme il connaissait son lourd secret, et d'ailleurs, pour être honnête, cela la rendait encore plus chère à ses yeux : il était désireux de découvrir d'autres faces cachées de sa personnalité.

Regardant sa montre, Oliver poussa un soupir et termina son verre.

— Bien, je suis ravi d'avoir eu cette petite discussion avec toi. Et maintenant, il faut que je remonte dans ma chambre pour réveiller Lucy afin qu'elle ait le temps de se préparer pour le dîner. À tout à l'heure, avec Harper.

— Oui, à tout à l'heure, renchérit Sebastian.

Puis il le regarda s'éloigner avant de jeter de nouveau un coup d'œil vers la réception : il avait négligé sa surveillance pendant une bonne vingtaine de minutes et n'importe qui aurait pu se présenter pour récupérer une enveloppe, il ne s'en serait pas rendu compte, tout à sa discussion avec Oliver.

Frustré, il replia le journal et décida d'imiter ce dernier : l'heure du dîner approchait, il devait lui aussi se préparer. Son carnet de notes sous le bras, il se dirigea vers l'ascenseur pour raconter à Harper ce qu'il avait vu, mais il tairait prudemment sa petite discussion avec son frère.

À ses yeux, Quentin était le numéro un sur la liste des suspects, et il allait le garder à l'œil.

- 5 -

Comme tout le monde était fatigué, le dîner ne s'éternisa pas, et Harper en fut soulagée. Aidan et Violet adressèrent quelques mots à leurs invités, remerciant chacun d'être venu et leur remettant un petit sac qui contenait le programme de la semaine, le plan de la propriété, et d'authentiques chocolats irlandais.

Harper avait des difficultés à se concentrer sur sa nourriture ou encore la conversation, ses yeux passant d'un convive à un autre, à la recherche d'une réponse : lequel espérait posséder cent mille dollars de plus avant d'aller se coucher ? Soudain, elle sentit que quelqu'un l'observait : Quentin, tiens donc ! Il semblait un peu étrange, ce soir, jouant avec sa nourriture, ne discutant avec personne, pas même avec sa fiancée.

Depuis que Sebastian lui avait rapporté qu'il l'avait vu rôder autour de la réception, ses suspicions s'en étaient trouvées renforcées : il était quelque peu au courant de sa situation, la question étant de savoir s'il avait ou non besoin d'argent. Elle l'ignorait, car pour lui, cent mille dollars ne représentaient pas une somme très importante ; ce qu'elle savait en revanche, c'était que se trouver dans la même pièce que lui la rendait affreusement nerveuse et elle était résolue à s'enfuir dans sa chambre dès que la décence le permettrait.

Mais quand tout le monde se leva après le dîner pour

regagner sa suite, elle réalisa qu'elle redoutait aussi de se retrouver dans la même chambre que Sebastian. Lorsqu'il était revenu dans la chambre avant le repas, elle était déjà presque prête, occupée à se boucler les cheveux. Il s'était alors changé… sans que le fait qu'elle soit dans la pièce voisine paraisse le déranger, alors que la porte était ouverte !

Elle s'était efforcée de faire abstraction de son reflet dans le miroir quand il s'était retourné, en boxer, pour choisir un autre costume – sans y parvenir. Elle avait alors essayé de se convaincre que c'était la surprise et non le désir qui l'avait conduite à observer attentivement son corps quasi nu. Comment un scientifique fou, qui passait tout son temps dans son laboratoire, pouvait être aussi musclé ? Elle s'en était presque brûlé les doigts avec son fer à friser !

— Pourrais-tu enfiler un peignoir, s'il te plaît ? avait-elle fini par demander.

Car s'il continuait à rôder en boxer à deux pas d'elle, elle finirait par s'abîmer les cheveux.

Sebastian avait paru fort surpris, voire vexé par sa demande, mais s'était tout de suite exécuté.

Elle l'en avait remercié et la tension entre eux avait baissé d'un cran. Alors, enfin prêts, ils étaient descendus dans la salle à manger et avaient retrouvé les autres et endossé leur rôle de façon toute naturelle. De parfaits tourtereaux, se souriant, se penchant l'un vers l'autre ! Des tourtereaux ravis de remonter dans leur chambre pour dormir.

Toutefois, maintenant qu'elle l'avait vu en boxer, allait-elle pouvoir passer une nuit tranquille, à quelques centimètres à peine de lui ?

Alors qu'ils sortaient de l'ascenseur, elle sentit la main de Sebastian effleurer la sienne, et comprit ses intentions : deux amoureux étaient censés se tenir la main, il avait raison !

Lorsque sa paume large et chaude s'emboîta dans la sienne, elle éprouva un trouble profond, et une chaleur irradia dans tout son bras ; une fois devant la porte, outre son sang qui courait à vive allure dans ses veines, elle eut la sensation que la lavallière en soie de son chemisier l'étranglait subitement…

Il lui lâcha la main pour ouvrir la porte et la laissa entrer, avant de s'engouffrer derrière elle et de refermer à clé.

Visiblement, elle n'était pas la seule à avoir un peu trop chaud, car Sebastian retira bien vite sa cravate et sa veste. Et quand il se mit à déboutonner sa chemise, elle riva ses yeux à ses doigts, à la fois stupéfaite qu'il continue de se déshabiller et fascinée par le torse qui peu à peu se dévoilait à elle.

Soudain, l'idée de l'embrasser s'imposa à elle, tout comme celle de sentir sa barbe de deux jours contre sa joue, le rythme de son pouls sous ses lèvres, l'odeur boisée qui émanait de lui… Un fulgurant élancement de désir la traversa et le regard de Sebastian croisa subitement le sien.

— Quoi ? demanda-t-elle d'un ton innocent.

S'asseyant dans un fauteuil, Sebastian retira ses chaussures.

— Tu me regardais, c'est tout, je pensais que tu voulais me dire quelque chose. J'ai une tache de tourte à la viande sur ma chemise ? demanda-t-il en se baissant pour vérifier.

Comme elle aurait aimé que ce soit le cas ! Cela lui aurait peut-être permis de se focaliser sur autre chose que l'attirance qu'elle éprouvait pour lui : il avait en effet été le compagnon parfait jusque-là, sauf qu'il était bien trop séduisant, gentil, et attentif.

— Non, j'étais juste perdue dans mes pensées, marmonna-t-elle, gênée.

Elle ne pouvait tout de même pas lui avouer ce qu'il lui inspirait ! Bien… Elle allait s'enfermer dans la salle de bains pour enfiler son pyjama et se concentrerait pour se mettre dans la peau d'une petite fille de dix ans qui passait la nuit chez un de ses copains : de la sorte, il pourrait lui aussi se changer tranquillement. Elle chercha alors dans sa valise le pyjama peu affriolant qu'elle avait emporté, en flanelle et à manches longues, ayant au dernier moment renoncé à sa « grenouillère » avec capuche à tête de Carlin.

— Voilà, déclara soudain Sebastian.

À ces mots, Harper tourna les yeux vers lui… pour constater qu'il était en boxer !

— Mais… Que fais-tu ? demanda-t-elle en serrant son pyjama contre elle.

— Je désamorce la bombe, annonça-t-il. On ne peut pas marcher sur la pointe des pieds toute la semaine, et tu ne peux pas risquer de te brûler les doigts chaque fois que tu te sers de ton fer à friser.

OK… Il avait donc vu clair dans son jeu, tout à l'heure.

— Nous occupons la même chambre, partageons notre lit, peu importe ce qui se passe ou non sous les draps, nous ne devons pas être gênés en présence l'un de l'autre, poursuivit-il. C'est toi-même qui l'as dit lorsque nous nous sommes embarqués dans cette histoire.

Tendant les bras, il ajouta :

— Inspecte-moi tranquillement, ainsi, tu ne fantasmeras pas sur moi. J'ai un matos standard, comme tu peux le voir.

Plongée à la fois dans la confusion et la curiosité, elle n'en scruta pas moins le splendide corps qu'il lui présentait et qui n'avait rien de banal, contrairement à ce qu'il affirmait. Elle passa en revue ses pectoraux, la ligne de fin duvet qui disparaissait sous l'élastique de son boxer, mais se garda de porter son regard en dessous ; et d'ailleurs, il venait de se tourner pour lui présenter son dos tout aussi musclé, et son derrière rebondi.

— Eh bien ? s'enquit-il en lui faisant de nouveau face.

— Pourquoi es-tu si bronzé ? demanda-t-elle spontanément avant de se mordre la langue.

Il lui adressa un grand sourire.

— Ah bon, c'est tout ce que tu trouves à dire ? Pas de commentaire sur mes superbes fesses ?

Il soupira et enchaîna :

— Il y a une piscine, sur le toit de mon immeuble et j'y nage beaucoup, ça me permet d'évacuer le stress. Apparemment, ça ne suffit pas mais à part la natation, les autres sports m'ennuient.

— Que veux-tu dire par « ça ne suffit pas » ?

— Euh… Rien, répondit-il d'un air dubitatif. Juste que, étant donné le travail que j'exerce, nager ne suffit pas pour me détendre assez. Bon, tu as tout vu ? Je peux me rhabiller ?

Elle hocha nerveusement la tête, tenant toujours son pyjama serré de façon étroite contre sa poitrine, ce qui était stupide après ce qui venait de se passer. Mais franchement, elle n'avait pas le cran de…

— À toi !

— Pardon ? répliqua-t-elle, sous le choc.

Il leva les bras pour calmer le jeu.

— Pas de panique, je plaisantais, Harper.

— Oh ! dit-elle en émettant un petit rire fébrile.

— Enfin, sache malgré tout que j'ai déjà vu des femmes en sous-vêtements, et je suis certain que les tiens sont ravissants, mais je ne compte pas te supplier pour que tu me les montres.

Devait-elle se réjouir ou s'offusquer de ses paroles ? Elle n'aurait su dire. Cela lui était-il vraiment égal de voir son corps, ou peut-être était-ce une stratégie pour l'inciter précisément à se dénuder ?

Eh bien, elle allait montrer de quoi elle était capable !

— C'est bon à savoir, dit-elle.

Et, de façon bien déraisonnable, elle posa son pyjama sur le rebord du lit, bien résolue à lui donner une leçon. Elle retira alors son chemisier, ne lui adressant aucun regard quand elle remonta l'une des bretelles de son soutien-gorge en satin beige, avant de descendre la fermeture Éclair de sa jupe crayon qu'elle laissa tomber sur ses chevilles ; puis elle pivota et se pencha lentement pour la ramasser et lui laisser tout loisir d'admirer son string beige et ses fesses toutes fermes. Elle passait des heures au club de gymnastique pour les entretenir : il avait intérêt à être impressionné !

Soudain, elle eut envie de se retourner, besoin de lire du désir dans ses yeux… Elle savait qu'il en ressentait pour elle, son regard transperçait quasiment son corps, elle le percevait ! Mais, redoutant que ce soit le premier pas vers un engrenage, elle enfila son pyjama à la place ; elle perçut alors un mouvement à la lisière de son champ de vision, puis entendit la porte de la salle de bains claquer et l'eau de la douche coula bientôt.

Et qui parlait de se dénuder l'un devant l'autre pour ne plus se sentir gêné ? pensa Harper, un sourire aux lèvres.

Ce n'était que le premier jour et déjà elle pouvait prédire que le séjour allait être affreusement rasoir.

Ce n'était pas du tout l'idée qu'elle s'était faite du mariage glamour outre-Atlantique de Violet Niarchos et Aidan Murphy. Bien sûr, ils avaient effectué le vol dans un avion de luxe, et ils dormaient dans un château irlandais reconverti en hôtel privatisé pour l'occasion, mais le spectacle de la reine d'Angleterre en train de prendre le thé aurait été plus excitant que traîner entre ces vieilles pierres, entourés de milliardaires vantards. Et le programme de la semaine lui semblait ennuyeux à mourir ! Les « temps forts » comme le golf pour ces messieurs et du shopping et un thé pour ces dames, dans un village endormi, lui paraissaient rédhibitoires.

Pourquoi n'étaient-ils donc pas restés à Dublin, au moins pour une nuit ? Toutes les personnes qu'elle croisait possédaient des fortunes inimaginables et aucun ne savait comment dépenser son argent pour se divertir.

Sans le petit chantage auquel elle s'était livrée, ce séjour aurait été une pure perte de temps. Encore que jusque-là, il ne lui avait rien rapporté : certes, voir Harper au supplice était assez réjouissant, mais ce n'était pas non plus l'unique but recherché. Cette petite princesse gâtée avait intérêt à la fermer et à payer. Elle en avait les moyens, c'était une fraction de la somme qu'elle allait bientôt hériter de son cher grand-père. Harper n'avait pas travaillé ni fourni le moindre effort pour entrer en possession de cet argent, il allait tomber sur son compte en banque parce qu'elle avait eu la chance de naître dans une famille de milliardaires qui transmettaient des comptes en fidéicommis à leurs enfants et petits-enfants, comme d'autres la couleur de leurs yeux ou leurs taches de rousseur.

Certes, Harper n'était pas encore en possession de son héritage, mais cela ne saurait tarder et elle pouvait tout à fait rassembler la somme qu'elle exigeait d'elle en l'empruntant à ses riches amies, son frère ou encore son nouveau fiancé, qui lui non plus ne manquait pas de fonds.

Harper ne méritait pas les vingt-sept millions et neuf cent mille dollars qui lui resteraient après qu'elle lui aurait donné la somme réclamée.

Elle, en revanche, en avait besoin.

Et elle l'obtiendrait avant la fin de la semaine.

***

Ce fut la soirée la plus longue que Sebastian ait jamais connue.

Il resta dans la salle de bains bien plus longtemps que nécessaire et après s'être douché et avoir calmé ses ardeurs, il se brossa méticuleusement les dents, fit des bains de bouche, se passa de l'eau sur le visage, bref, fit preuve d'imagination pour tuer le temps et conjurer l'image de Harper dénudée dans ses bras.

Elle aurait tout aussi bien pu être nue, car ce string fascinant, couleur chair, laissait bien peu de place à l'imagination. Il avait bien tenté de serrer les dents et de le prendre avec détachement : après tout, n'avait-il pas commencé le jeu ? Mais quand elle avait dégrafé son soutien-gorge pour enfiler son haut de pyjama, il n'avait pas été capable d'en supporter davantage, au risque de…

Non, l'option était inenvisageable ! Ils formaient un couple de façade, rien de plus, en dépit de tous les petits gestes tendres qu'ils échangeaient en public. Tout cela était factice, ils n'étaient pas amoureux l'un de l'autre, ils se connaissaient à peine ! Force était de reconnaître que lorsqu'il avait accepté ce petit jeu, il n'avait pas cru que le rôle serait si difficile à tenir. Mais à présent, il aurait tant aimé que leur couple soit une réalité qu'il pouvait à peine humer son parfum sans être en érection !

Quand il sortit enfin de la salle de bains, la chambre baignait dans une semi-pénombre et Harper s'était couchée. Allongée sur le côté, elle lui tournait le dos, aussi parvint-il à se glisser sous les draps sans qu'elle le voie, puis il éteignit la lampe à faible éclairage, sur son chevet.

Hélas, le sommeil ne vint pas vite et il passa une bonne partie de la nuit à se tourner et se retourner dans son lit, alors qu'avec le décalage horaire, il aurait dû s'effondrer ! Mais il était obsédé par la douce chaleur qui émanait de la femme étendue à quelques centimètres de lui.

Ce ne fut qu'aux premières lueurs de l'aube qu'il finit par s'assoupir…

Soudain, un bruit de douche le réveilla et lorsque Harper émergea de la salle de bains, fort heureusement tout habillée, elle se laissa choir dans un fauteuil et se mit à fouiller dans le sac de bienvenue qu'on leur avait remis la veille.

— Quel est le programme, aujourd'hui ? demanda-t-il d'une voix encore endormie.

— Après le petit déjeuner, ceux qui souhaitent se rendre à Sligo pour visiter la ville et faire du shopping pourront prendre le bus affrété à cet effet à 10 heures.

— Et à quelle heure est le petit déjeuner ?

— Dans un quart d'heure.

Avec réticence, Sebastian se redressa et s'assit sur le rebord du lit.

— Je serai prêt dans dix minutes, marmonna-t-il.

Et il entra dans la salle de bains où, contrairement à la veille, il ne lanterna pas. Vêtu d'un jean et d'un polo, il retrouva Harper, sur le pied de guerre, et ne put s'empêcher de constater que son jean skinny épousait ses hanches comme une seconde peau. Immédiatement, une vision d'elle en sous-vêtements s'imposa à lui, ce qui n'était guère opportun juste avant le petit déjeuner.

— Quelque chose ne va pas ? s'enquit-elle.

— Euh, non, pas du tout, répondit-il promptement avant de sortir un anorak du placard. Je me demandais juste si je mettais une veste ou pas.

Il posa alors son vêtement sur son bras et la suivit à l'extérieur.

— Mademoiselle Drake ? appela la réceptionniste alors qu'ils se dirigeaient vers la salle à manger.

Ils s'immobilisèrent tout net et tournèrent la tête vers l'intéressée : celle-ci brandit alors une enveloppe qui leur était étrangement familière.

Sebastian sentit son estomac vide se contracter : le pli était semblable à celui que Harper avait trouvé sur son siège dans l'avion. Pourquoi en était-il si surpris ? Celle-ci n'avait pas remis la somme attendue, aussi recevait-elle un rappel, ce matin. Quand il lui avait raconté avoir vu Quentin rôder autour de la réception, la veille, elle n'avait pas paru étonnée, ce qui avait renforcé ses suspicions à son endroit.

— J'ai un message pour vous, mademoiselle, ajouta la réceptionniste avec un lourd accent irlandais.

Nul doute que Harper savait aussi de quoi il s'agissait. Tous deux se rapprochèrent de la réception, et elle s'empara de l'enveloppe qu'on lui tendait : son nom y figurait en lettres d'imprimerie, de la même manière que la veille.

— Merci, dit-elle.

— Avez-vous vu la personne qui l'a remise ? s'enquit Sebastian.

— Non. La lettre a été déposée très tôt ce matin, avant que je prenne mon service, ma collègue étant alors au réfectoire. Pourquoi ? Y a-t-il un problème ?

— Pas du tout, répondit-il, grand sourire à l'appui. Merci beaucoup.

Passant promptement son bras sous celui de Harper, qui était blême, il lui murmura à l'oreille :

— Allons la lire en haut, le petit déjeuner peut attendre.

Elle hocha la tête sans mot dire et se laissa entraîner vers l'ascenseur, personne ne remarqua leur manœuvre car la plupart des gens étaient déjà attablés, impatients de découvrir en quoi consistait un petit déjeuner irlandais.

Une fois dans la chambre, Harper se laissa tomber sur la causeuse et il s'assit près d'elle.

— Avec tout ce qui s'est passé hier soir, j'en avais presque oublié que j'avais manqué la date butoir. Et ce matin, l'idée ne m'a pas non plus effleurée. Pourtant, comment ai-je pu ne pas me souvenir de ce chantage ? Quand j'ai vu la lettre dans la main de la réceptionniste, je me suis rappelé dans quel guêpier je me trouvais et maintenant je n'ai aucune envie de l'ouvrir.

— Je te comprends, mais il le faut pourtant.

— J'ai tellement peur qu'il ait déjà tout dévoilé !

— Lis la lettre, tu seras fixée.

Poussant un soupir, elle obtempéra. La même petite carte avec la même écriture l'y attendait ; elle la lut à haute voix :

Il semblerait que le facteur ait égaré ton paiement, Harper. Comme hier était une journée épuisante à cause du voyage, je vais être magnanime et te donner une seconde chance : cette fois, je te demande cent mille euros à remettre dans une enveloppe à la réception demain, à midi. Ne t'avise pas de me décevoir à nouveau.

Harper laissa sa main retomber dans son giron.

— Génial, le prix a augmenté, puisque quand j'ai regardé le taux de change hier, l'euro valait plus cher que le dollar. Il exige donc maintenant à peu près cent vingt mille dollars, sans doute en guise de dédommagement.

Un petit rire nerveux lui échappa.

— Je n'étais déjà pas en mesure de payer cent mille hier, mais naturellement, je dois à présent lui donner encore plus.

Sebastian l'enlaça alors par l'épaule et la serra fort contre lui : de son côté, elle enfouit le visage dans son torse et s'accrocha à lui. Ce qu'il détestait la voir si désemparée ! Ah, s'il mettait la main sur ce maître chanteur, il l'étranglerait jusqu'à ce que les larmes lui viennent aux yeux, en compensation de celles qui roulaient actuellement sur les joues de Harper.

— Qu'est-ce que je vais faire, Sebastian ? Il ne va pas me lâcher et je ne possède pas cette somme.

Il soupira et se mit à lui caresser les cheveux, tout en réfléchissant… Pas certain qu'elle s'en sorte sans y laisser quelques plumes.

— Ne peux-tu demander de l'aide à tes proches amies, Lucy ou Emma, par exemple ? Ou encore à ton frère ? Ils te feront un prêt que tu leur rembourseras dès que tu auras l'argent.

Elle secoua la tête et les dernières larmes séchèrent, laissant la place à des traces de mascara.

— Non, je ne peux pas.

— Penses-tu qu'ils refuseraient ?

— Non, chacun accepterait spontanément, mais je ne peux pas leur demander, ce serait abuser de leur affection, et puis ils voudraient savoir pourquoi j'ai besoin d'une telle somme. Ils comprendraient que je suis en difficulté.

— Mais c'est bien le cas, non ?

— Tout à fait, seulement je ne veux pas qu'ils le sachent, toute cette affaire est si embarrassante. Même si je ne risquais pas de perdre tout mon héritage, je ne voudrais pas qu'on soit au courant de mes difficultés financières. Je te rappelle que je suis comptable, c'est extrêmement humiliant.

Sebastian lui caressa le dos avec douceur.

Au départ, il lui avait déconseillé de payer, mais de toute évidence le maître chanteur n'allait pas en rester là.

— Écoute, déclara-t-il, voilà ce que je te propose : une fois à Sligo, nous nous rendrons dans une banque et nous ferons un prêt à deux.

— Pardon ? fit-elle en se redressant, l'air ahuri.

— Je te propose d'être co-emprunteur.

— C'est vraiment adorable de ta part, Sebastian, mais je ne peux accepter, ce ne serait pas juste.

— Pourquoi ? C'est toi qui rembourseras ce prêt une fois en possession de ton héritage, et si tu ne le fais pas, eh bien, je m'engage à t'y contraindre si cela peut te soulager.

Elle cligna plusieurs fois des yeux.

— Tu ferais vraiment ça pour moi ?

— Bien sûr, tu es ma petite amie. Ne crois-tu pas que cela éveillerait les soupçons du maître chanteur sur notre relation, si tu ne lui remets pas l'argent parce que tu n'as pas cette somme, alors que ton fiancé est millionnaire ?

Et avant qu'il ne comprenne ce qui se passait, Harper pressa ardemment sa bouche contre la sienne : c'était sa façon à elle de le remercier, comme à Neiman Marcus, mais contrairement à la première fois, il n'y avait aucun spectateur pour les inciter à se ressaisir…

Pour tout avouer, il attendait ce baiser depuis que l'autre avait été brutalement interrompu et les petits bisous qu'ils s'étaient donnés en public n'avaient pu apaiser cette envie.

Soudain, leurs langues s'emmêlèrent et il glissa la main sous son pull, l'étreignant plus étroitement tandis qu'elle gémissait contre lui… Il aurait été si facile de lui retirer son haut puis d'embrasser ses seins délicats… Mais non, le moment n'était pas opportun !

Puisant dans ses ultimes forces, il s'écarta d'elle : si Harper et lui devenaient réellement amants, il ne voulait pas que ce soit à cause du prêt. Pas question d'exploiter ses émotions ou un éventuel sentiment de culpabilité !

Posant son front contre le sien, il reprit son souffle et se mit à rire.

— Qu'y a-t-il de drôle ? interrogea-t-elle.

— Je me disais juste que je t'aurais proposé de cosigner ton fameux prêt dès hier, si j'avais su que j'y gagnerais un tel baiser en retour.

Harper fit la grimace, puis arbora un air faussement hautain.

— Allons rejoindre les autres. Il ne faudrait pas que l'on manque le bus pour Sligo ! lui dit-elle.

- 6 -

— Ne prends pas cet air anxieux !

À ces mots, Harper resserra son sac à main contre elle et fronça les sourcils.

— Je ne peux pas m'en empêcher, répondit-elle. Je n'aime pas me déplacer avec tant d'espèces dans mon sac.

— Allons ! Tu n'es pas en train de marcher sur les trottoirs de New York, tu te trouves dans un bus avec des amis, au beau milieu de la campagne irlandaise. Nous serons au château dans quelques minutes, personne dans le bus ne va t'agresser, tu peux me croire.

Elle se contenta de soupirer, regardant le paysage par la fenêtre pour se divertir. L'Irlande était superbe avec ses coteaux vert émeraude, ses vallées brumeuses et ses lacs immenses et gris. Comme elle regrettait de ne pas être en mesure de les apprécier, elle qui avait toujours rêvé de visiter ce magnifique pays. Mais à présent qu'elle s'y trouvait, tout ce qui l'obsédait, c'étaient les vingt-cinq mille euros que contenait son sac Birkin et le crétin à qui elle allait les remettre.

— Peut-être qu'il est dans le bus, tu as pensé à ça ? Il se peut qu'il nous ait suivis en ville.

— J'en doute. Pourquoi te volerait-il cet argent puisque tu t'apprêtes à le lui remettre ?

Il avait probablement raison, elle n'avait vu Quentin ni dans le bus ni en ville, et s'attendait presque à le voir surgir dans le hall quand ils arriveraient à l'hôtel, impatient qu'elle dépose le paquet à la réception. Sebastian ne l'avait-il pas aperçu en train de rôder de ce côté-ci, la veille ? Pourtant, il allait être déçu…

En effet, ils n'avaient pu obtenir que vingt-cinq mille euros de la banque, bien que Sebastian ait cosigné le prêt : ils n'étaient que de passage, leur avait-on argué, ils n'avaient aucune attache sur l'île, ils étaient trop pressés, bref, les meilleures raisons s'accumulaient pour limiter le montant du prêt. Encore qu'elle devait sans doute s'estimer heureuse d'avoir au moins obtenu un quart de la somme exigée.

Sans répondre, elle vérifia pour la vingtième fois que la liasse de billets était toujours dans son enveloppe, ainsi que la note précisant qu'elle ne pouvait pas obtenir davantage, puisque non-ressortissante irlandaise. Elle comptait la déposer à la réception à leur arrivée et espérait ensuite pouvoir se reposer pour la première fois depuis la découverte du message dans l'avion.

Ils s'engagèrent enfin dans l'allée qui menait au château, et elle fut heureuse, en dépit de tout, que Sebastian soit à ses côtés quand tous descendirent du bus. Le pauvre, il n'imaginait pas une telle histoire quand il avait accepté de l'accompagner : elle lui avait fait miroiter de belles vacances et voici qu'il se retrouvait au cœur d'un sombre complot. Malgré tout, il n'avait pas émis la moindre plainte : il l'avait consolée, conseillée et en ce moment il jouait son garde du corps. Comment pourrait-elle assez le remercier ? Elle ignorait ce qu'elle aurait fait seule, confrontée à cet odieux chantage.

En passant devant la réception, elle remit l'enveloppe à l'hôtesse qui la prit comme n'importe quel autre pli, la glissa dans une case et répondit au téléphone, parfaitement désinvolte. Comment aurait-elle pu deviner ce que contenait l'enveloppe et tout l'enjeu qui y était lié ?

— Montons l'escalier, suggéra Sebastian. Nous devons nous éloigner pour qu'il vienne prendre le paquet.

Passant son bras sous le sien, elle obtempéra : qu'il était bon de sentir le soutien vigoureux de son corps contre le sien. Il y avait si longtemps qu'elle n'avait éprouvé pareille sensation et pour cause : quand on passait le plus clair de son temps à mentir, comment était-il possible d'inclure qui que ce soit dans sa vie ? Même ses amies les plus intimes ne connaissaient pas la vérité sur elle.

Une fois dans la chambre, elle se rendit compte à quel point elle avait été seule ces dernières années, y compris lorsqu'elle sortait avec Quentin, puisqu'elle ne se laissait jamais aller devant lui.

Sebastian, en revanche, connaissait tous ses secrets, et il n'avait pas fui, du moins pas encore ; cependant, elle doutait qu'il ait envie de la revoir après ce séjour, il reprendrait assurément le cours de sa vie, et elle aussi, d'ailleurs. Mais pour l'instant, elle profiterait pleinement de sa présence, et c'était tout ce qui importait : elle pouvait compter sur lui et ne pas avoir à feindre en sa présence, ce qui représentait un réel soulagement.

Elle se tourna tout à coup vers Sebastian qui, de ses grands yeux noirs, l'observait : on avait toujours la sensation qu'il passait son temps à examiner le monde qui l'entourait. Peut-être était-ce à cause de son métier d'ingénieur qu'il cherchait toujours à comprendre comment les choses fonctionnaient… Songer simplement aux caresses qu'elle désirait en le regardant lui donna soudain chaud au point de retirer sa veste.

C'était l'homme le plus troublant qu'elle ait jamais rencontré et pour l'heure, elle avait envie d'explorer l'intensité qui émanait de lui.

— Sebastian…

Elle n'en dit pas plus, consciente que son ton l'avait

trahie. En effet, il se mordit la lèvre et plissa les yeux, puis se rapprocha lentement d'elle, sans la quitter du regard. Une fois à quelques centimètres, il continua à la scruter sans mot dire.

C'était à elle de faire le premier pas, pensa-t-elle, puisqu'elle était l'initiatrice de toute l'affaire : il la laissait apparemment définir les règles et s'ils franchissaient des limites, il lui en laisserait aussi la responsabilité.

Cela lui convenait parfaitement.

Aussi, sans plus attendre, captura-t-elle sa bouche… Le baiser échangé dans la matinée était la preuve qu'entre eux, il s'agissait de bien plus qu'un arrangement : une attirance mutuelle et une alchimie particulière existaient indéniablement sous la surface. S'ils s'étaient contenus jusque-là, c'était précisément parce que leur relation était censée être de façade. Mais quand il la regardait avec ces yeux-là, toutes ses résolutions volaient en éclats.

— Fais-moi oublier tout ça, murmura-t-elle d'un ton désespéré contre sa barbe de deux jours.

Alors sans hésiter, il lui retira son haut et fit glisser sa bouche ardente sur son menton, son cou, entre la vallée de ses seins avant de dégrafer son soutien-gorge.

Soulevée par des sensations fantastiques, elle ferma les paupières et poussa un petit gémissement quand il se mit à caresser ses tétons. Et lorsqu'il en aspira délicieusement la pointe puis la mordilla doucement, elle enfouit la main dans ses cheveux afin de ne pas vaciller…

Soudain, il s'écarta d'elle, les mains sur ses hanches, et fit courir ses yeux sur tout son corps comme s'il était en quête de chaque détail. Nul doute que ni la courbure de ses lèvres, ni la légère cicatrice dans son sourcil, due à une chute dans son enfance, ne lui échappèrent.

Tout à coup, elle en éprouva une certaine gêne : pourquoi la regardait-il de cette façon ? Elle aurait aimé éteindre la lumière avant qu'il ne découvre quelque chose qui ne lui plaisait pas.

Mais il secoua la tête et dit :

— Tu es magnifique, Harper.

Alors, d'un geste doux mais habile, il la fit basculer sur le lit et se plaça au-dessus d'elle sans la toucher, ce qui la mit au supplice tout en l'excitant terriblement. Puis il effleura le bouton de son jean et, en un rien de temps, descendit sa fermeture Éclair, glissa la main entre ses jambes et se mit à caresser son sexe à travers la dentelle.

Elle poussa un petit cri et se cambra…

Yeux toujours rivés à elle, il semblait étudier précisément la moindre de ses expressions, la façon dont elle réagissait à ses caresses… Brusquement, il lui retira son jean qu'il jeta sur le parquet avant de caresser sensuellement ses jambes et de déverser une pluie de baisers sur tout son corps… Ce fut alors que, sans prévenir, au lieu de lui ôter sa culotte comme elle s'y attendait, il la déchira et la lança sur son pantalon, par terre.

— Voilà qui est mieux ! dit-il.

Et il enfouit la tête entre ses jambes.

La sensation fut aussi forte qu'un éclair.

— Tu m'achèteras une nouvelle culotte, marmonna-t-elle essoufflée, tentant de garder la tête froide. Elle coûtait vingt-cinq dollars, et je ne peux pas me permettre de m'en racheter une.

— Pas de problème, dit-il en continuant à la goûter. Je t'en achèterai même trois. Toutes celles que je déchirerai.

— Tu as l'intention de toutes les abîmer ?

— Ça dépend.

Puis il se tut pour la déguster avec une fièvre croissante jusqu'à ce qu'elle se tortille sous lui.

— Ça dépend de quoi ? parvint-elle à demander d'une voix haletante.

— Si elles se dressent ou non sur mon chemin.

Désormais, elle ne mettrait plus ses plus belles culottes, songea Harper, et ce fut sa dernière pensée cohérente car Sebastian venait de substituer ses doigts à sa langue et elle les sentit bientôt en elle, tandis que de son pouce, il titillait son clitoris… Jamais un homme ne lui avait prodigué de si savantes caresses… Son excitation monta en flèche, et rapidement, sa respiration se saccada, ses cris s'amplifièrent…

L'orgasme qui la traversa fut violent, et la laissa littéralement pantelante ; après quoi, elle posa la main sur la sienne pour qu'il cesse, incapable d'en supporter davantage pour le moment.

Fermant les yeux, elle roula sur le ventre, et déglutit avec difficulté, en quête d'air. Jamais elle n'avait joui avec une telle intensité, cependant elle se remit promptement, assez promptement pour n'espérer qu'une chose : qu'il recommence !

Elle l'entendit se lever puis gagner la salle de bains, et attendit, yeux clos, qu'il revienne. Mais quand elle les rouvrit, elle découvrit, étonnée, qu'il avait enfilé un pyjama, et fut encore plus stupéfaite lorsqu'il s'allongea près d'elle dans le lit, et ramena la couette sur eux.

Ne voulait-il donc pas poursuivre ce prélude ? Au fond, peut-être n'avait-il pas de préservatif… Elle veillerait à ce que ce ne soit pas un obstacle, une prochaine fois ! Sans mot dire, Sebastian roula sur le côté et l'attira dans le creux de ses bras. Là encore, c'était inattendu, mais peut-être bien ce dont elle avait besoin.

— À quoi penses-tu ? questionna-t-il.

— À rien du tout.

Et elle aurait été bien incapable d'ajouter une phrase cohérente.

— Parfait, répliqua-t-il. Mission accomplie.

— Tu sais ce que j'ai remarqué ?

— Mm, répondit Sebastian à moitié endormi.

— Je me suis rendu compte que je ne connais absolument rien de toi alors que tu sais tout sur moi.

À ces mots, il se redressa sur un coude. Apparemment, le plaisir qu'il lui avait donné avait été de courte durée et son esprit s'était remis à ressasser.

Yeux grands ouverts à présent, il soupira.

— Ce n'est pas vrai. Nous nous étions rencontrés dans un bar avant ce séjour pour parler de nous, afin que notre mascarade soit crédible.

Elle se retourna dans le creux de ses bras pour lui faire face et se mit à jouer avec le duvet de son torse.

— OK, nous avons un peu discuté, mais tu n'es pas entré dans les détails. Toi, tu connais tous mes plus sombres secrets, alors que moi, je sais juste que tu as étudié au MIT.

— Il n'y a pas à en dire beaucoup plus sur mon compte, répliqua-t-il.

Ce qui était un mensonge, mais il préférait que ce soit ce que les gens croient.

— Je menais une existence bien peu palpitante avant de commencer mes études universitaires et de rencontrer Finn. Ensuite, on a créé une société, inventé de nouveaux appareils et on s'est enrichis en cours de route. Ma vie est toujours aussi rasoir, au fond, sauf que maintenant, j'ai plus d'argent. Contrairement à toi, je n'ai pas de secrets dramatiques, pas de fidéicommis avec des stipulations précises et personne ne me fait chanter. Franchement, je ne cache rien de très excitant, je t'assure.

Cette fois, ce fut au tour de Harper de pousser un petit soupir, puis elle ne bougea plus et, à sa respiration régulière, il comprit qu'elle venait de se rendormir. Ça alors, elle ne manquait pas d'air, car lui, il était bel et bien éveillé, à présent !

Il ne lui restait plus qu'à ruminer le sentiment de

culpabilité qu'il éprouvait pour lui avoir menti juste après l'avoir fait jouir, alors qu'elle-même avait été incroyablement honnête avec lui sur sa vie ; néanmoins, c'étaient les circonstances, en l'occurrence le chantage qu'on exerçait sur elle, qui l'avaient poussée à se livrer, et non la volonté spontanée de se confier à lui. Il était juste celui qui se trouvait là au bon moment, sans quoi, pas plus que les autres il n'aurait été mis au courant de son secret. Cela dit, il ne lui en voulait pas pour ses aveux fortuits, seulement, elle ne devait pas attendre qu'il s'ouvre à elle en retour.

Non qu'il ait des cadavres dans le placard ! Sa famille n'avait jamais eu de problème avec la justice, mis à part son oncle Joe – et encore c'était un bien petit écart – qui avait conduit sa tondeuse en état d'ivresse jusqu'à la station-service pour s'acheter de la bière. Sans quoi, aucun scandale n'était à déplorer dans la famille, pas de secret, juste le fait qu'une fois projeté bien malgré lui dans la haute société new-yorkaise, il avait dû adopter d'autres codes que ceux du milieu dont il était issu.

Harper avait paru vexée qu'il ne lui ait pas signalé dès le départ qu'il était riche, car elle ne l'avait pas remarqué d'elle-même. Ce qui, soit dit en passant, lui arrivait couramment : comme il n'était pas dans sa nature de se présenter sous l'étiquette d'un P-DG en vue à Manhattan, la plupart du temps on ne l'associait pas à ce cercle-là. Avec Finn, en revanche, il n'y avait aucun malentendu possible : il était fort bien habillé, s'exprimait avec facilité, adorait voyager. On repérait tout de suite en lui un homme de prestige.

Sebastian, au contraire, passait inaperçu, ce qui lui convenait tout à fait, car il n'appréciait pas qu'une personne change d'attitude à son égard une fois édifiée sur sa fortune. Brusquement, les gens le traitaient en effet comme un personnage de la plus haute importance et buvaient la moindre de ses paroles. Il avait même reçu des invitations pour jouer au golf dans un club privé ! Naturellement, il n'avait jamais pratiqué ce sport et ne comptait pas s'y mettre. Tout était affaire de perception et son compte en banque déterminait la façon dont les autres le voyaient.

Et le même principe s'appliquerait si ses riches amis découvraient qu'il venait en réalité d'une famille terriblement défavorisée !

Il avait été accueilli à bras ouverts parmi les milliardaires de Manhattan qui résidaient actuellement dans ce château, car il y avait été introduit comme l'un des leurs. Puisqu'il possédait une société, il devait forcément être une personne respectable, y compris aux yeux de Harper. Mais ne réagiraient-ils pas d'une tout autre façon s'ils apprenaient qu'il avait passé son enfance dans la classe de la population la plus pauvre du pays ? Que ses parents vivraient toujours dans la caravane où il avait grandi s'il ne leur avait pas acheté une maison avec son premier million ?

Harper avait de menus tracas pécuniaires de par sa faute, et malgré tout, même à son plus bas niveau de « pauvreté », elle détenait plus d'argent que sa famille n'en avait jamais eu quand il était enfant. Il avait dû travailler comme un forcené pour décrocher une bourse scolaire afin de poursuivre ses études pour fonder sa société, et c'était tout seul qu'il s'était fait sa place au soleil ; aucune de ses possessions ne lui avait été transmise par son père, son grand-père ou autre descendant.

Même s'il avait montré de l'empathie pour Harper quand elle lui avait raconté la façon dont elle avait dépensé en un rien de temps, dans des frivolités, les deux premiers millions de dollars dont elle avait hérité, une part de lui s'était révoltée, à cette pensée. Finn et lui avaient pu fonder leur société grâce aux fonds personnels de son associé qu'il tenait de sa famille, mais ceux-ci n'étaient pas du tout du même ordre : s'ils avaient disposé de deux millions à leurs débuts, ils auraient avancé bien plus vite et dans de meilleures conditions.

Et dire que Harper avait dépensé cette somme incommensurable dans des sacs et des chaussures…

Allons, depuis, elle avait de toute évidence énormément mûri ! Elle avait réussi à se débrouiller seule et s'en était très bien sortie, puisque personne dans son entourage n'avait remarqué qu'elle ne menait plus le même train de vie que les autres. Toutefois, une fois qu'elle aurait touché le jackpot, à ses trente ans, redeviendrait-elle comme avant ?

Il lui faudrait sans doute un certain temps pour jeter par la fenêtre vingt-huit millions de dollars, mais ce n'était pas exclu… Dans ce cas, que ferait-elle ensuite ? Il n'y aurait pas de troisième paiement, sauf en cas de nouvel héritage suite à un décès, bien sûr.

Ou à un beau mariage avec un riche P-DG…

Il poussa un soupir, puis regarda Harper, paisiblement endormie sur son torse. Non, il refusait de nourrir de telles pensées à son égard, elle n'avait rien des aventurières qu'il avait déjà rencontrées à Manhattan ; cependant, il avait paru l'intéresser bien davantage lorsqu'elle avait compris qu'il n'était pas un simple vendeur de fauteuils roulants. Certes, il pouvait aisément lui redonner son train de vie de naguère, et comme le cours des événements s'était diablement accéléré entre eux, une part de lui ne pouvait s'empêcher de se questionner sur ses réelles motivations.

Deux ans auparavant, elle avait été folle amoureuse de ce crétin de Quentin, qui pouvait tout à fait la faire actuellement chanter… N'était-ce pas le signe qu'elle préférait l'apparence à la substance ?

Assez ! Il sentait bien qu'il lui plaisait au-delà de tout

calcul : il en voulait pour preuve qu'elle ne lui avait rien demandé en vue de calmer son maître chanteur, même si elle savait qu'il aurait pu lui remettre la somme et clore ainsi la sordide affaire. En outre, elle avait aussi un peu hésité quand il avait proposé de cosigner l'emprunt. Il n'empêche que tout cela le rendait perplexe : que recherchait-elle vraiment avec lui ?

Un rapprochement physique entre eux ne le gênait absolument pas, au contraire, il s'en réjouissait : tenir son corps chaud dans ses bras était un plaisir comme il n'en avait pas connu depuis bien trop longtemps. Il avait hésité à aller plus loin avec elle dans l'après-midi mais, ignorant si c'était vraiment opportun, il avait préféré s'abstenir.

Physiquement, il aurait tout à fait pu céder à ses pulsions, les quelques jours d'abstinence recommandés par le médecin étant à présent passés. Non, le tout était de déterminer jusqu'où il souhaitait aller avec Harper… Il y avait trop d'inconnues dans l'air pour que cette prétendue relation se transforme en autre chose qu'une aventure sans lendemain.

Une fois de retour à New York, il reprendrait son travail au laboratoire, elle hériterait de sa fortune et chacun renouerait avec le cours de sa vie. Il n'avait pas assez de temps libre pour entretenir une relation sérieuse, et Harper n'aurait de toute façon plus besoin de lui. Les choses entre eux dégénéreraient d'elles-mêmes : certain du pire, il préférait donc garder ses distances.

- 7 -

Décidément, c'était bien trop facile.

Elle n'avait pas du tout l'envergure d'une criminelle, c'était la première fois qu'elle se livrait à un chantage de ce type, et pourtant tout semblait se dérouler sans entrave.

Il lui avait suffi de signaler à la réception qu'elle avait besoin d'une nouvelle clé, et la confiante employée lui en avait remis une, sans lui demander la moindre pièce d'identité. Après tout, il s'agissait d'amis et de familles réunis pour un mariage, une bande de personnes fort bien intentionnées les unes envers les autres…

Maintenant, il ne lui restait plus qu'à attendre. Aujourd'hui, le voyage comprenait quelques visites touristiques ainsi que celle d'un autre vieux château, en ruine celui-ci. Elle avait donc feint une migraine et était restée à l'hôtel alors que tous regagnaient les bus en vue de l'excursion.

Une fois certaine qu'ils étaient loin, elle s'était dirigée vers la chambre de Harper, dont la porte s'était ouverte sans problème grâce à cette fameuse clé remise par la réceptionniste. Elle avait d'abord examiné le mobilier d'antiquités qui meublait la suite ainsi que les lourdes tentures aux fenêtres, la sienne étant moins fastueuse. Mais, contrairement à Harper, elle n'était pas l'une des plus proches amies de la mariée.

Quand le coursier, dont elle avait loué les services,

l'avait rejointe dans les jardins de l'aile est du château pour lui remettre le pli récupéré à la réception, elle avait proprement jubilé : son plan avait fonctionné ! Mais elle avait très vite déchanté en lisant la lettre à l'intérieur et en comptant le nombre de billets… Une fureur folle s'était emparée d'elle lorsqu'elle avait constaté que seul un quart de la somme avait été glissé dans l'enveloppe. Certes, c'était une somme très coquette, mais pas ce à quoi elle s'était attendue.

Si Harper estimait qu'elle contrôlait la situation, qu'elle pouvait invoquer des raisons fallacieuses pour ne pas lui donner tout l'argent et que tout se passerait bien, elle se trompait lourdement ; par conséquent, elle irait plus loin dans les menaces.

Au départ, elle comptait juste laisser un petit message dans la chambre de Harper, afin que celle-ci panique en comprenant qu'une personne s'était introduite dans son espace privé. Mais une fois sur place, elle avait compris qu'elle pouvait transformer la visite en une entreprise plus lucrative, qui aurait un plus grand impact encore sur Harper… La plupart des vêtements étaient accrochés à des cintres, mais les pièces de plus grande valeur, comme les bijoux, devaient sans doute être restées dans les valises. Ouvrant la plus grande, il lui fallut peu de temps pour découvrir un petit sac en tissu aux initiales Louis Vuitton. Bingo !

Elle l'ouvrit et, parmi les bijoux fantaisie, repéra tout de suite des boucles d'oreilles en diamant d'au moins un carat chacune. Elle les glissa bien vite dans son sac, ainsi qu'un collier avec un pendentif en saphir. Suivirent un bracelet rivière serti de diamants et rubis et une bague piquée d'aigues-marines et de diamants. Pas mal, pensa-t-elle, même si elle espérait bien plus de Harper ; sans doute avait-elle laissé ses pièces de valeur à la maison.

Dans l'autre bagage, probablement celui de Sebastian,

elle trouva des boutons de manchette en or et émeraude dans une boîte en velours. À présent elle avait compensé une bonne partie de l'argent dont Harper avait décidé de la priver.

Sur sa lancée, elle inspecta ensuite attentivement les placards, et repéra des vêtements de créateurs dont elle pourrait tirer un bon prix, sur Poshmark. Tout comme le sac Birkin qu'elle affichait l'autre jour, sans compter cet étui en tissu Louis Vuitton, dont elle tirerait à coup sûr environ deux cents dollars.

Bien que « ruinée », Harper possédait de nombreuses choses de valeur ; en outre, si elle pouvait continuer à sauver les apparences, cela signifiait qu'elle était tout à fait capable de trouver l'argent exigé.

En un sens, elle aurait aimé que grâce à elle, le mensonge de Harper éclate au grand jour, pour prouver à tous combien celle-ci était superficielle. Si tant est qu'ils n'aient pas vent d'ici là de sa désinvolture… Comment avait-elle donc fait pour dépenser en un rien de temps ce que le commun des mortels ne gagnait pas en une vie ?

Regardant autour d'elle en quête d'une dernière chose à dérober, elle aperçut les chocolats savamment disposés sur les oreillers par le personnel de l'hôtel. Cela ne faisait pas partie de son plan initial, mais pourquoi ne redécorerait-elle pas cette suite un peu conventionnelle ?

Une fois qu'elle eut terminé, laissant la chambre ravagée comme après le passage d'une tornade, elle sortit de sa poche l'enveloppe qu'elle était venue déposer et la laissa sur la table de chevet.

Mademoiselle Drake allait être aux cent coups, en rentrant dans sa chambre.

Ils passèrent tout l'après-midi dans la campagne irlandaise qui séduisait beaucoup Sebastian. C'était un paysage paisible, invitant à la méditation, et son docteur aurait été sans doute ravi de son choix de vacances. En dehors de Dublin, la plupart des villes étaient petites et tranquilles ; ici, pas de taxis klaxonnant à tout-va pour créer de la tension, ni de vendeurs à la sauvette agressifs, juste des sites historiques et des gens sympathiques, disposés à partager l'histoire de leur ville.

Toutefois, la présence de Harper à ses côtés éveillait en lui des impressions aux antipodes, sa proximité faisait indéniablement battre son pouls plus vite. De temps à autre, des bouffées de son parfum l'envahissaient, quand elle se penchait vers lui pour lui murmurer quelque chose, qu'elle l'effleurait ou qu'elle lui offrait un baiser par jeu. À ce stade, la frontière entre l'authentique et la façade était floue : l'embrassait-elle pour lui ou pour les autres ? Toutefois, si certaines personnes nourrissaient des doutes sur le couple qu'ils formaient, aucune ne s'était encore manifestée et il semblait qu'il soit désormais un peu tard, puisque le mariage aurait lieu le lendemain. Ils seraient sous peu de retour aux États-Unis.

Par conséquent, à quel petit jeu se livrait-elle ?

Il s'efforça de ne pas s'appesantir sur la question et sortit son carnet de notes afin de poursuivre un croquis qu'il avait commencé à l'abbaye. Cela pouvait sembler être un curieux endroit pour trouver l'inspiration en matière d'équipement médical, mais dans le musée, une statue en armure avait attiré son attention : la façon dont celle-ci épousait la sculpture lui avait en effet donné une nouvelle idée pour des jambes prothétiques et robotiques. Dès lors, il en avait perdu tout intérêt pour les vieilles églises et s'était focalisé sur son travail.

— Tu ne m'écoutes pas, lui reprocha tout à coup Harper.

Sebastian redressa vivement la tête.

— Pardon ?

— Tu étais à mille kilomètres d'ici. As-tu entendu un seul mot de ce que je t'ai dit ?

Il secoua la tête d'un air penaud.

— Non, j'étais happé par mon croquis.

— C'est bien ce que je pensais. Que dessines-tu, au juste ?

Il soupira et regarda son esquisse. Il lui faudrait énormément de travail pour que le griffonnage devienne un appareillage de pointe.

— Un jour, ce sera peut-être le dernier modèle de BioTech pour une prothèse robotique. En l'occurrence pour remplacer une jambe.

Elle regarda d'un air songeur son croquis.

— C'est ce genre de choses que tu dessines, habituellement ?

Il haussa les épaules.

— Ça dépend. Notre tout premier produit, celui qui nous a fait entrer dans la cour des grands, était un bras prothétique. Avec le recul, le schéma semble rudimentaire, mais il a tout changé pour les patients, à l'époque. Depuis peu, nous utilisons des imprimantes 3D pour créer des prothèses personnalisées. Avant, les assurances n'auraient pas remboursé des modèles adaptés à chacun, mais grâce à la technique, il est possible de les personnaliser sans frais supplémentaires ce qui représente une différence énorme pour les personnes qui ont perdu des membres.

— Travailles-tu souvent pour des soldats ?

— Oui, ainsi que pour des accidentés de la route, mais aussi des gens souffrant d'un handicap congénital. Mon dernier projet s'adresse aux paraplégiques. Si je parviens à mettre au point un prototype satisfaisant à un prix abordable pour tous, cela changera la vie de milliers de personnes aujourd'hui clouées à leur chaise roulante. Ce croquis en fait partie.

Un long silence s'ensuivit et quand Sebastian leva les yeux vers Harper, il se rendit compte que ce n'était pas lui qu'elle regardait, mais son dessin.

— Je ne t'ai jamais vu dans cet état.

— C'est-à-dire ?

— C'est la première fois que je constate à quel point ton travail te passionne. Je pensais que tu étais un de ces chercheurs qui gagnent des millions dans le domaine médical, mais tu t'intéresses vraiment à ce que tu fais. Ton travail est fascinant.

— Merci, répondit-il, gêné.

Il était toujours embarrassé quand on le complimentait sur ses recherches, car il ne travaillait pas pour satisfaire son ego, mais en vue d'aider tous les gens qui, comme son frère, souffraient d'un handicap physique. S'il parvenait à finir ces exojambes, cela signifiait qu'il aurait accompli son plus grand rêve : voir son frère aîné marcher à nouveau. Le succès, l'argent, les louanges, c'était bien beau, mais ce n'était pas l'objectif ultime. Ce qu'il attendait fiévreusement, c'était l'expression qui s'afficherait sur le visage de sa mère quand elle verrait son fils aîné traverser une pièce sans assistance. Pour lui, cela valait la peine de sacrifier la plupart de son temps ; malheureusement, il avait repoussé trop loin ses limites, ce qui avait failli lui coûter la vie.

— Qu'est-ce qui t'a conduit à te lancer dans ce domaine ? demanda-t-elle.

Il attendait la question : elle venait toujours à un moment ou un autre quand on évoquait son travail ; néanmoins, il ne se laisserait pas entraîner sur cette pente-là, pas plus avec Harper qu'avec les journalistes. Il avait une réponse toute prête, car il ne voulait à aucun prix mentionner son frère, non qu'il ait honte de lui, ni de sa situation familiale, mais par souci de discrétion. Qui sait ce que les journaux feraient d'une telle information. Il voyait d'ici la une de certains : « De la misère à la richesse, grâce à l'accident tragique de son frère. »

— J'ai toujours été intéressé par l'ingénierie et la robotique, commença-t-il. Quand j'ai rencontré Finn, qui était alors étudiant en médecine, nous avons eu l'idée d'associer nos spécialités et de créer une société ensemble. On devient vite passionné par son métier quand on voit l'impact positif qu'il a sur la vie des gens.

— Oui, j'imagine. Moi, je suis comptable dans la société de jeux vidéo de Jonah, mais je ne suis pas passionnée par ce que je fais. J'étais bonne en maths donc j'ai étudié la finance, sans que cela soit une vocation.

— Je comprends, cependant ce doit être stimulant de travailler dans une société qui conçoit des jeux vidéo pour des gens qui adorent ça. Chaque métier a ses avantages et ses inconvénients. Finn me reproche d'être un bourreau de travail, mais quand on fabrique des objets susceptibles de modifier la vie de quelqu'un, comment peut-on quitter son bureau sans mauvaise conscience ? Surtout pour un motif aussi futile que des vacances.

— Il faut aussi savoir se ménager pour éviter le burn-out. Mais regarde, tu es en vacances, donc tu as accompli de grands progrès, si je comprends bien.

Si seulement elle savait !

— Tu as raison. Cela fait dix ans que je n'ai pas pris de congés.

— Et qu'est-ce qui t'a fait franchir le pas ?

Il se raidit sur son siège : impossible de lui avouer que le médecin l'y avait contraint. Il était censé incarner un homme à qui tout réussissait, pas question de montrer la moindre faiblesse devant Harper. Encore moins de donner aux autres invités des munitions pour l'attaquer. Des sujets comme ses origines, sa santé et sa fausse/vraie relation avec Harper étaient tabous : s'il en révélait trop sur lui, il risquait d'être la prochaine cible d'un chantage.

— Tu ne m'as pas vraiment laissé le choix, éluda-t-il en riant. Une belle femme m'aborde dans un grand magasin et m'offre un voyage en Irlande. Quel homme en bonne santé laisserait passer une telle chance ?

Il s'aperçut soudain que l'hôtel était en vue et en conçut un vif soulagement, car cela signait la fin de cette conversation délicate.

— Tiens, on dirait que l'on arrive à destination, ajouta-t-il.

Le timing n'aurait pu être plus opportun. Tout ce qu'il souhaitait à présent, c'était prendre une bonne douche bien chaude et se préparer pour le dîner. Ce soir, on leur avait promis une authentique cuisine irlandaise avec des chants et de la musique qui l'étaient tout autant. Un programme des plus intéressants.

— J'ai hâte d'enlever mes chaussures, s'exclama Harper en glissant la carte d'accès dans la serrure.

Mais, à peine entrée, elle s'immobilisa brusquement de sorte qu'il lui heurta le dos.

— Que se passe-t-il ?

Elle s'écarta et il découvrit l'affreux désordre qui régnait dans la suite : toutes leurs affaires étaient éparpillées, les tiroirs retournés, c'était un spectacle affreux.

— Ne touche à rien, lui dit-il, nous avons été cambriolés.

— Mais que veux-tu faire ? Appeler la police ?

— Oui, c'était ce à quoi je pensais.

Harper entra dans la chambre et s'empara de l'enveloppe blanche familière qui se trouvait sur la table de chevet.

— Je ne crois pas que ce soit une bonne idée, déclara-t-elle. Si nous appelons la police, le maître chanteur va divulguer mon secret, c'est certain.

En soupirant, Sebastian referma la porte derrière lui et inspecta le gâchis.

— Que dit la lettre ? J'imagine que c'est le paiement partiel qui a déclenché cette furie.

— L'auteur écrit qu'il a pris quelques objets pour se dédommager de la somme manquante, mais qu'il ne s'agit toutefois que d'une punition, et qu'il attend les cent vingt mille euros avant la fin des noces.

Elle leva vers lui des yeux désespérés.

— Et les vingt-cinq qu'on lui a déjà donnés, ça ne compte pas ? poursuivit-elle. J'ai l'impression qu'il augmente la somme chaque fois que nous ne respectons pas ses consignes à la lettre.

Elle enfouit le visage dans ses mains.

— C'est une histoire sans fin !

Sur ces mots, elle s'écroula sur le rebord du lit où il vint la rejoindre.

— Mais si, elle prendra fin, il ne va pas pouvoir continuer à te faire chanter très longtemps puisque ton anniversaire approche. Une fois que tu auras hérité, il ne pourra plus exercer de pression sur toi. Et s'il divulgue ton secret, il n'aura pas d'argent. Donc, il est piégé.

Il la prit dans ses bras, conscient que son discours n'était pas forcément convaincant, mais difficile de trouver mieux devant le chaos si désolant de leur chambre…

— Tu avais apporté des objets de valeur ? demanda-t-il.

— Juste les bijoux que je comptais porter pour le mariage.

Harper se leva alors et fouilla sa valise retournée.

— Mon étui à bijoux a disparu… Mais il n'a pas tout emporté, il reste encore quelques bijoux…

Elle poursuivit son inspection.

— Oh non ! Il a pris le collier avec un saphir qui appartenait à ma mère, dit-elle, les larmes aux yeux.

Sebastian poussa un juron et se leva pour se rendre près d'elle.

— Appelons la police, nous ne sommes pas obligés de mentionner le chantage. En revanche, tu as besoin d'un rapport officiel pour que les assurances te remboursent.

Elle émit un petit rire triste.

— Les assurances ? Mais je n'en ai pas ! Tu crois que j'ai les moyens de payer une assurance ? Non, tout est parti, je viens de perdre au moins quarante mille dollars de bijoux. Et toi, avais-tu apporté des objets précieux ?

Bonne question, il n'y avait même pas pensé, n'ayant pas été jusque-là la cible, mais si le maître chanteur voulait de l'argent, il avait dû chercher partout.

— Juste des boutons de manchette pour mon smoking… qui ont disparu, répondit-il après vérification.

Il pensa aussitôt à la montre de son grand-père qui n'avait guère de valeur, mais une grande importance sentimentale pour lui. Hélas, on la lui avait aussi dérobée.

Il remit une chaise à l'endroit et poussa un soupir dépité.

— Qu'a-t-il dérobé d'autre ? s'enquit Harper, les yeux remplis d'inquiétude.

— La montre à gousset de mon grand-père, dit-il. C'était un conducteur de train, elle n'a aucune valeur pour personne, à part pour moi. Je n'arrive pas à croire que ce salaud l'ait prise.

— Oh non ! Je rachèterai tout ce que tu as perdu dès que j'aurai touché mon argent. Je sais que je ne peux pas vraiment remplacer la montre qui appartenait à ton grand-père, mais je ferai au mieux. Je suis vraiment désolée de t'avoir entraîné dans ce fiasco.

— Ce n'est pas ta faute, répondit-il. Il faut impérativement que nous trouvions une façon de mettre un terme au chantage. Et si je te donnais tout simplement l'argent ?

— Non, Sebastian, je ne peux pas te demander ça, tu as déjà tant fait pour moi.

Il secoua la tête.

— Ce n'est pas que je veuille le payer, il ne le mérite absolument pas, mais c'est sans doute la seule solution. Et si on lui remet la somme intégrale, il a intérêt à nous rendre tout ce qu'il nous a dérobé.

*
* *

— Alors, que savons-nous de cette Josie ? questionna Lucy à voix basse, tout en prenant un petit sandwich sur un présentoir à trois étages.

Les femmes invitées avaient été conviées à un thé de mariage, tandis que les hommes s'étaient rendus au golf avant d'aller prendre des cocktails. Tous se retrouveraient ensuite pour le dîner de répétition. C'était donc la première fois depuis leur arrivée en Irlande que Harper bavardait avec ses amies Emma et Lucy sans la présence de Sebastian, ni de personne d'autre d'ailleurs, car elles s'étaient rassemblées dans un petit coin paisible pour papoter tranquillement comme elles le faisaient si souvent. Violet se trouvait en revanche à une autre table, où défilaient toutes les convives.

Harper haussa les épaules, ne connaissant pas la nouvelle petite amie de Quentin, dont elle se fichait complètement.

— C'est la première fois que je la vois, déclara Emma en avalant une gorgée de thé, mais j'en ai entendu parler et j'ai été vraiment surprise que Quentin la présente comme sa fiancée. On aurait pu croire qu'il choisirait une femme dotée d'un compte en banque fourni ou d'un bon réseau étant donné sa situation actuelle, or il paraît qu'elle est fauchée, c'est une simple secrétaire dans une société. Bien sûr, il n'est pas exclu qu'il l'ait rencontrée avant la débâcle.

Harper se redressa dans son siège.

— Quelle débâcle ? questionna-t-elle.

Emma et Lucy échangèrent un regard entendu avant de se tourner vers Harper.

— Nous ne t'avons encore rien dit car dès que l'on parle de Quentin, cela te met de mauvaise humeur.

— Ce n'est jamais très agréable de parler de ses ex.

Sauf si c'est une mauvaise nouvelle, ce qui me semble le cas.

Lucy hocha la tête tandis qu'une lueur de malice s'allumait dans ses yeux noirs.

— Apparemment, son père lui a coupé les vivres.

Harper s'adossa à son fauteuil, bouche bée. Quelle nouvelle ! Certes, Quentin était avocat, mais ses émoluments personnels ne lui permettaient nullement de mener le train de vie qui était le sien. Quand ils sortaient ensemble, il touchait chaque semaine dix mille dollars de son père, et dépensait sans compter, ce qui avait été un très mauvais exemple pour elle…

— Et au cabinet, il est le moins bien payé, car le plus nul, enchaîna Harper. Sans ce que lui alloue son père, il va avoir de gros problèmes. Il ne pourra plus payer son appartement, son chauffeur, et sûrement plus offrir à sa fiancée des bagues aussi énormes que celle qu'elle porte au doigt.

— Exactement ! renchérit Emma.

— Savez-vous pourquoi son père lui a coupé les vivres ?

— Je l'ignore, déclara Lucy, mais il a dû fort mal se comporter pour que celui-ci en arrive à de telles extrémités.

— Dans ce cas, pourquoi a-t-il proposé à une femme sans argent de l'épouser ? Il y a de nombreuses célibataires fortunées à Manhattan. Il aurait même pu tenter une réconciliation avec toi, dit Emma…

— Non, ça, c'était peu probable ! répondit Harper.

Quentin savait qu'elle n'avait plus d'argent, sans quoi, nul doute qu'il aurait retenté sa chance, mais elle ne pouvait bien sûr pas le révéler à ses amies.

— Qu'a donc cette Josie de si spécial ?

— Je l'ignore, il est peut-être amoureux d'elle, suggéra Harper d'un ton sarcastique.

— Lui, amoureux ? Arrête ! rétorqua Emma avec un rire ironique. S'il en était capable, il t'aurait épousée. Non, à mon avis, son père désapprouve cette relation et il lui a coupé les vivres quand il s'est rendu compte que Quentin l'avait demandée en mariage. Et il va la laisser tomber une fois rentré à New York pour retrouver les bonnes grâces de papa. On parie ?

— Mais pourquoi aurait-il demandé en mariage une femme que son père n'aime pas ? s'interrogea Lucy. Vous croyez qu'elle est enceinte ?

Toutes trois tournèrent la tête vers Josie qui sirotait son thé dans une robe moulante, sans le moindre signe apparent de grossesse.

— J'en doute, conclut Harper.

— Je me demande s'il n'a pas voulu emmener une prétendue fiancée juste pour te rendre jalouse, Harper, et si l'initiative ne s'est finalement pas retournée contre lui.

Sourcils froncés, Harper regarda Emma.

— C'est idiot ! Qui feindrait une relation juste pour rendre jaloux un ex ?

N'est-ce pas, Harper ?

— Sans parler de jalousie, il n'avait peut-être juste pas envie de t'affronter seul au mariage.

— Il ne m'a pas adressé la parole du séjour, je doute qu'il se préoccupe de ce que je pense de lui.

— Tu as peut-être raison. Malgré tout, je persiste à croire qu'il a choisi une fille au hasard pour ne pas venir non accompagné au mariage.

Harper but un peu de thé, l'air songeur. Ainsi, le père de Quentin lui avait coupé les vivres… Voilà qui lui donnait la pièce manquante du puzzle : son ex avait en effet un mobile pour jouer les maîtres chanteurs.

- 8 -

Sebastian était épuisé de sa journée au golf avec les autres et impatient de retrouver Harper pour lui rapporter ce qu'il avait entendu lors de l'excursion : entre les dix-huit trous et quelques bières, les langues de ces messieurs s'étaient déliées. Non seulement il avait mieux fait connaissance avec eux, mais il avait aussi glané certains conseils pour placer plus judicieusement ses actions, améliorer son swing et en avait appris de belles sur son ex, Quentin.

Lorsque le bus s'arrêta devant le château, il repéra Harper qui se dirigeait vers l'aile est des jardins. Il s'élança derrière elle et arriva à sa hauteur, légèrement essoufflé, alors qu'elle venait de s'asseoir sur un banc en pierre, d'où l'on pouvait admirer un superbe parterre de fleurs aux couleurs éclatantes. Elle portait une ravissante robe rose pâle, et un gilet assorti.

— Harper !

Elle leva brusquement la tête.

— Tiens, te voici, Arnold Palmer ! Alors, cette partie de golf ?

Il s'écroula près d'elle. Tiens, peut-être n'aurait-il pas dû courir pour la rejoindre ! pensa-t-il.

— Épouvantable, avoua-t-il. Je ne pouvais avouer que je n'avais jamais tenu un club de ma vie, alors j'ai menti en disant que j'étais rouillé.

— Ah bon, tu ne fréquentes pas les greens ? Mais quel genre de P-DG es-tu donc ?

Il se mit à rire.

— Le genre qui n'emmène jamais ses clients sur un green pour les brosser dans le sens du poil. C'est Finn qui s'en charge. Mais j'ai déjà joué au golf ! Je suis un habitué des moulins à vent et des alligators qui avalent votre balle si vous ne l'envoyez pas dans le bon trou.

— Ah, tu parles du minigolf ! Disons que c'est un peu différent. Tu n'as pas perdu trop d'argent ?

— Pas un cent puisque je n'ai pas parié, je ne suis pas stupide à ce point. Cela dit, j'ai lancé un défi à Quentin, celui d'éviter un monticule de sable pour mille dollars.

Elle leva des sourcils curieux.

— Et ?

Sebastian sortit une liasse de billets de cent dollars de sa poche.

— Je crois que je lui ai porté la poisse car sa balle est allée précisément dans cette direction, s'est plantée dans le sable et il n'a pas pu la récupérer. Autant avouer que je n'ai éprouvé aucun remords, car si c'est lui le maître chanteur, ces mille dollars constituent une bien petite compensation pour la somme que tu as remise hier à la réception. Tiens, prends-les.

— Mais… Pourquoi ?

— Tu en feras l'usage que tu veux, mais savoure le fait, en les dépensant, qu'ils viennent de la poche de Quentin.

Elle referma le poing sur les billets et, hochant la tête, les glissa dans son sac à main.

— Tu as raison ! D'autres potins intéressants ?

— Moyen, dit-il pour la laisser mijoter. Tu sais, les conversations entre hommes, ce n'est pas très excitant. Encore qu'ils se soient un peu échauffés quand ils ont parlé des Yankees, après avoir ingéré pas mal de bières. Le futur marié est devenu aussi rouge que ses cheveux quand quelqu'un a décrété que les Mets étaient la meilleure équipe, et je me suis bien gardé d'ajouter mon grain de sel. De toute façon, je ne m'y connais pas assez en sport pour formuler un commentaire intelligent.

— Ah bon ? Tu n'as jamais fait partie d'une équipe, à l'école ?

Il fronça les sourcils.

— Non, ce n'était pas mon truc.

Naturellement, s'il avait eu du temps à consacrer au sport, sans doute cela lui aurait-il plu, la natation en particulier. Mais d'une part les forfaits d'inscription étaient trop élevés et d'autre part, pendant son temps libre, il travaillait pour aider sa famille. Il n'avait pas eu une jeunesse insouciante, mais bien sûr, Harper l'ignorait.

— Néanmoins, j'ai appris une information intéressante sur Quentin, ajouta-t-il d'un ton mystérieux.

Elle lui jeta un vif coup d'œil.

— C'est vrai ? Moi aussi. Parle le premier.

— Au cours de la conversation, quelqu'un a mentionné les problèmes judiciaires de Quentin : apparemment, il a fait rénover un bien immobilier qu'il a revendu, mais il s'est adressé à des entrepreneurs véreux pour épargner un peu d'argent, et les acquéreurs l'ont traîné en justice ; le juge a alors exigé un dédommagement pour les réparations, et devine le montant ?

— Cent mille dollars ?

— Bingo !

— Encore une bonne raison pour chercher à m'extorquer cette somme, renchérit-elle.

— Encore ? C'est-à-dire ?

— J'ai appris que son père lui a coupé les vivres. On croit que c'est parce qu'il désapprouve sa fiancée, à moins que ce ne soit à cause de ses démêlés avec la justice, toujours est-il qu'il ne reçoit plus l'allocation hebdomadaire que lui versait son père. Et je peux te garantir que cette perte de mille dollars, aujourd'hui, a dû lui faire mal.

— Pourquoi a-t-il accepté le pari ? Il est sans doute trop imbu de lui-même pour envisager qu'il puisse perdre.

— En y repensant, je n'ai rien raté avec lui.

— Je confirme, d'autant que tous ces gentlemen te tiennent en haute estime, aussi, tes peurs de rester célibataire me paraissent parfaitement infondées, dit-il avec un sourire.

De toute évidence gênée, elle rougit et ramena une mèche de cheveux derrière son oreille, dans un geste gracieux. Il adorait sa coiffure aujourd'hui : ses cheveux ondulaient sur ses épaules, de façon naturelle, presque comme au réveil. Cela lui rappela la manière dont ils retombaient en cascade le fameux après-midi où il lui avait donné du plaisir. Bon sang ! Il mourait d'envie de réitérer l'expérience.

— Et que t'ont-ils dit, alors ?

— Tous m'ont félicité de t'avoir conquise, m'ont assuré que tu étais une femme formidable et qu'il faudrait que je sois bien fou pour te laisser glisser entre mes doigts.

Il n'avait pas eu besoin de leurs opinions pour s'en apercevoir, mais Harper paraissait en revanche stupéfaite.

— Tu es sûr ?

— Et certain !

— Même Quentin ?

— Eh oui, même lui. Je ne sais pas si cela fait partie ou non de son petit jeu, mais il a déclaré que parfois, il regrettait de ne pas t'avoir retenue.

Elle poussa une petite exclamation.

— Là, j'ai du mal à le croire.

— Mais enfin, pourquoi ? Tu es belle, intelligente, drôle, douce…

— Arrête de me passer de la pommade !

— Le seul bémol, c'est que tu mens un peu trop, renchérit-il avec un sourire, mais cela, bien sûr, ils ne sont pas censés le savoir. Ils ont aussi précisé que tu avais des goûts de luxe qui pouvaient coûter cher mais que tu en valais la peine.

À cette remarque, elle éclata de rire.

— Voilà qui correspond davantage à ce que j'attendais. Comme c'est drôle ! J'ignorais qu'une partie de golf pouvait être si instructive.

En tout état de cause, elle l'avait été pour lui. Il redoutait déjà la fin du séjour et de sa « relation » avec Harper, or, cette petite conversation lui avait donné matière à réfléchir : et s'il se mettait sur les rangs ? Il avait craint de s'impliquer physiquement dans cette mascarade, mais peut-être pouvait-il tenter un rapprochement. Il travaillerait alors moins et la vie réelle pourrait peu à peu reprendre ses droits dans son existence. Seulement, la notion d'équilibre n'avait jamais été son fort. Ici, une relation lui paraissait facile car il était en vacances, mais de retour à la maison, celle-ci interférerait avec son travail.

Sans compter qu'il ignorait si l'éventualité intéressait Harper. Maintenant qu'il lui avait assuré que tous ne tarissaient pas d'éloges à son sujet, il se pouvait qu'elle fasse la difficile. Il lui avait convenu en tant que « figurant » dans ce scénario précis, mais qu'en serait-il une fois de retour aux États-Unis ? À moins que son grand-père ne la déshérite…

— Visiblement, un jeu de golf entre hommes est un aussi bon terreau pour les commérages qu'un thé entre femmes, décréta Harper avec un sourire. Et mon frère, il n'a rien dit de gênant ?

— Non, il m'avait déjà tenu un petit speech le soir de notre arrivée.

— Pardon ? s'exclama-t-elle en ouvrant de grands yeux.

Elle posa alors la main sur son bras et l'étreignit vivement, avant d'ajouter :

— Et que t'a-t-il dit, au juste ?

Sebastian se mit à rire.

— Rien d'embarrassant, je t'assure, juste ce qu'un grand frère dit au fiancé de sa sœur. Je crois qu'il était simplement inquiet pour toi, et voulait savoir quelles étaient mes intentions. Il m'a aussi appris certaines choses sur toi.

— Du genre ?

— Ah non, je ne suis pas un mouchard !

— C'est absolument injuste ! Tu sais tout de moi, alors que tu es un mystère ambulant que je ne parviens pas à percer.

Et, poussant un soupir, elle se mit debout.

— Où vas-tu ? demanda-t-il.

— Je dois assister à la répétition. Je suis demoiselle d'honneur, au cas où tu aurais oublié.

Il l'imita et, l'attirant à lui, l'enlaça.

— Non, mais en revanche, j'ai oublié de te dire que tu es très belle, aujourd'hui.

Elle lui sourit.

— Merci. Cela dit, inutile d'en remettre une couche, personne ne nous regarde.

Elle semblait croire que chaque mot, chaque caresse de sa part était un calcul, alors que ce n'était pas le cas. Aussi, comment était-il censé savoir si les propos qu'elle lui tenait ou les gestes d'affection qu'elle lui témoignait étaient, eux, authentiques ? OK, son orgasme n'avait pas été feint, mais tout le reste ? Il l'ignorait. Peut-être qu'envisager une véritable relation avec elle était excessif.

Mais pour l'instant, elle avait encore besoin de lui, et il allait jouer son rôle à merveille.

— En réalité, je m'en fiche, murmura-t-il en capturant ses lèvres.

Comme lors de la répétition, Harper s'avança le jour J dans l'allée, vêtue de la robe couleur lavande des demoiselles d'honneur, avec à la main un bouquet de roses violettes et blanches, rehaussé de freesias et de renoncules. Elle était la dernière à approcher.

La cérémonie se déroulait dans le salon Markree Castle qui faisait office de chapelle. Au sol brillait un beau parquet lustré et les murs arboraient un bleu-vert pâle. Tout en longeant les rangées de sièges, elle avisa les poutres au plafond et les magnifiques vitraux qui décoraient l'endroit et lui conféraient toute sa splendeur.

Tournant à gauche, elle vint se placer aux côtés d'Emma et de Lucy pour attendre l'arrivée de Violet dans sa robe de mariée. Elle jeta un coup d'œil du côté des hommes. Ils étaient tous magnifiques dans leur smoking noir et leur cravate couleur lavande ; même le petit Knox en portait un. Quant à Aidan, il était parvenu à dompter sa crinière rousse pour l'occasion et ses yeux, aussi rayonnants que des lasers, étaient braqués sur l'endroit d'où sa future épouse allait surgir.

La musique se fit soudain plus forte et tous les convives se levèrent ; alors les portes s'ouvrirent pour céder le passage à Violet, au bras de son père. Bien que connaissant déjà la robe de celle-ci, Harper n'en fut pas moins frappée par la beauté qui émanait de toute sa personne.

La robe créée par Pnina Tornai pour Kleinfeld était somme toute assez sobre sur le devant pour mieux souligner la beauté de Violet. Sans bretelles, elle était resserrée à la taille par une ceinture légère et le haut moulait parfaitement le buste de la mariée. Avec ses cheveux relevés, celle-ci affichait un cou aussi gracieux que celui d'un cygne, orné d'un simple ras-du-cou en perles et diamants. À la main, elle portait un magnifique bouquet de roses en soie dans un camaïeu de violet, piquées d'épingles en cristal Swarovski toutes différentes ; il en pendait des fils de perles et de cristal. Et ce n'était qu'un début car Harper perçut nettement les exclamations d'admiration que suscita le dos de la robe. À partir de la taille, et c'était ce qui en constituait toute l'originalité, partait une cascade de larges roses en soie qui retombait jusqu'au sol et se terminait en longue traîne. Dès que Violet l'avait essayée, dans la boutique, toutes avaient su que ce serait la tenue qu'elle choisirait. Aucune autre n'aurait été plus digne du grand événement que représentait ce mariage.

Jetant un coup d'œil à l'assemblée, elle repéra Sebastian parmi les convives, sur les premiers bancs, côté marié. Il était particulièrement fringant dans son smoking qui tombait impeccablement, seuls manquaient les boutons de manchette volés. Dans l'après-midi, elle avait demandé à son frère de lui en prêter une paire, affirmant que Sebastian avait perdu la sienne.

Contrairement à tous les autres dont les yeux étaient rivés sur Violet, celui-ci avait les siens braqués sur elle, Harper. Quand il se rendit compte qu'elle aussi le regardait, il lui sourit et lui fit un petit clin d'œil avant de tourner la tête vers la mariée qui était en train de s'installer à côté d'Aidan.

Violet tendit alors son bouquet à Harper afin de pouvoir ajuster sa traîne et son voile de mariée. Après quoi, la cérémonie commença, et, détachant les yeux de Violet, elle considéra son bouquet… Ce fut alors que la réalité du moment la frappa dans toute son intensité : elle était la dernière du petit groupe à rester célibataire. Bien sûr, en théorie, elle le savait depuis un certain temps, mais jusqu'à cet instant, elle n'avait pas perçu l'exacte portée de ce que cela signifiait…

Elle fêterait bientôt ses trente ans, on ne pouvait donc pas voir en elle à proprement parler une vieille fille, mais une vague de tristesse l'envahit soudain : pourquoi contrairement à ses trois amies n'avait-elle pas trouvé l'âme sœur ? Elle aurait dû être fiancée et prête à se mettre en ménage, or elle en avait été réduite à soudoyer un homme pour avoir un cavalier au mariage !

Elle laissa son regard dériver vers Sebastian. Assis sur son siège, il écoutait attentivement la cérémonie. Elle lui était si reconnaissante d'être présent, même s'il ne tenait qu'un rôle. Que se serait-il passé entre eux, si les circonstances avaient été différentes ? S'il l'avait invitée à dîner avant qu'elle ne l'embarque dans ce voyage en Irlande ? S'il n'y avait pas eu de mariage du tout et qu'ils soient tout simplement allés prendre un verre en sortant du grand magasin ? Seraient-ils devenus amants pour de bon ?

À cet instant, elle regretta vivement que ce ne soit pas le cas, car Sebastian lui plaisait terriblement. Il était intelligent, beau, attentif, affable ; toujours à ses côtés quand elle avait besoin de lui… Elle aurait pu tomber folle amoureuse de lui.

Seulement voilà, comment pouvait-elle savoir s'il était sincère ou juste un excellent comédien ? Bien sûr, ils avaient outrepassé la frontière qu'ils s'étaient fixée lors de l'inoubliable orgasme qu'il lui avait offert, mais le tout s'était terminé en eau de boudin. L'attirance mutuelle qu'ils éprouvaient l'un pour l'autre était-elle réelle ou découlait-elle du petit jeu auquel elle lui avait demandé de se livrer ? En ce qui la concernait, elle était certaine que son attrait pour lui était authentique, elle l'avait ressenti dès qu'elle avait posé les yeux sur lui, en sortant de chez Neiman Marcus, scruté ses yeux noirs, sa mâchoire carrée ; instantanément, elle avait eu envie d'en connaître plus sur lui.

Et en toute honnêteté, après une semaine passée en sa compagnie, elle voulait toujours en apprendre davantage sur Sebastian, sans doute parce qu'il ne s'était pas ouvert à elle comme elle l'espérait. Lors de leurs nombreuses conversations, il aurait eu tout loisir de lui parler de son enfance, de l'endroit où il avait grandi, de ses études, bref de nombreuses choses à part son travail. Mais c'était toujours là qu'il en revenait : décidément, son métier, c'était toute sa vie.

C'était incontestable, il était passionné par son travail, néanmoins il semblait lui cacher quelque chose et cela la tracassait qu'il estime ne pas pouvoir s'ouvrir à elle.

Car s'il ne lui faisait pas confiance, que se passerait-il à leur retour à New York ? L'appellerait-il ? Chercherait-il de nouveau à l'embrasser ? Ou bien disparaîtrait-il dans son laboratoire pour s'occuper de ses créations comme c'était le cas avant le voyage ?

Elle ignorait la réponse, et cette incertitude l'effrayait, d'autant que quelle que soit la réponse, elle redoutait qu'il ne soit trop tard pour elle : les yeux noirs et le sourire en coin de Sebastian avaient déjà conquis son cœur.

Mais peut-être était-ce ce mariage qui la perturbait aujourd'hui, car jusque-là son célibat ne lui avait pas particulièrement pesé. Elle s'identifiait sans doute à Violet et aurait aimé vivre ce moment d'émotions intenses avec Sebastian, lui déclarer son amour et promettre de le chérir pour toujours. Mais c'était vraisemblablement impossible, ce qui la bouleversa.

Harper sursauta, arrachée à ses rêveries par les applaudissements : la cérémonie était terminée et Aidan et Violet échangeaient leur premier baiser en tant que mari et femme.

— Mesdames et messieurs, permettez-moi de vous présenter M. et Mme Aidan Murphy !

Violet se tourna vers Harper pour qu'elle lui redonne son bouquet, puis fit face aux invités tandis qu'Aidan prenait Knox dans ses bras, puis tous les trois se dirigèrent vers la sortie, comme une famille. À cet instant, elle vit Lucy lui tendre un mouchoir.

— Fais en sorte qu'il te reste du maquillage avant les photos, lui dit-elle, elle-même luttant visiblement contre les larmes.

Harper comprit alors qu'elle pleurait... Elle se tamponna vivement les yeux et prit une profonde inspiration afin de se préparer pour les photos. La réception de mariage les attendait ensuite, elle devait se ressaisir.

Les tout nouveaux M. et Mme Aidan Murphy remontaient l'allée en compagnie de l'adorable Knox, rayonnant de joie, et elle dut s'efforcer de ne pas froncer les sourcils sur leur passage.

Emma, la riche héritière au bras de Jonah, son rebelle de mari et P-DG d'une société de jeux vidéo, leur emboîta le pas. Tous les deux formaient un magnifique couple et elle ne doutait pas que leur petite fille serait élevée dans un univers de contes de fées et aurait sa carte privilégiée chez Victoria's Secret. Venait ensuite Lucy, qui avait eu l'incroyable veine d'hériter des millions de son ancien patron avant d'épouser le neveu de ce dernier, Oliver, lequel possédait un empire dans le domaine informatique. Elle aurait aimé avoir une telle destinée, mais à défaut, elle avait appris à prendre le contrôle de la sienne.

Derrière se profilait Harper au bras d'un homme qui devait être un ami d'Aidan car elle ne le connaissait pas ; de toute façon, elle ne se concentrait que sur les gens fortunés, et une fois qu'elle aurait obtenu la somme qu'elle attendait, elle était quasi certaine de ne jamais revoir ces gens huppés, à moins bien sûr qu'elle ne découvre un nouveau scandale étouffé et puisse se livrer à un autre chantage.

Tous les convives se retrouvèrent bientôt dans le salon de réception pour prendre des cocktails et cela tombait bien, car elle avait vraiment besoin d'un remontant après cette interminable cérémonie ! La soirée s'annonçait également longue…

Néanmoins, elle ne devait plus perdre de temps : le retour aux États-Unis était pour bientôt et elle devait d'ici là avoir fait le plein d'argent.

La somme qu'elle avait exigée était censée l'attendre à la réception avant la fin de la cérémonie, mais comme aucune des dates n'avait jusque-là été respectée, pourquoi celle-ci le serait-elle ?

Pourtant, c'étaient les dollars qui l'intéressaient, elle n'avait aucun intérêt à dénoncer Harper, cela serait dommageable pour les deux parties. Seulement, pourquoi cette dernière s'obstinait-elle à invoquer une impossibilité de remettre le montant demandé alors qu'elle était entourée de milliardaires qui pouvaient tout à fait lui signer un chèque ? Il lui suffisait de demander, mais elle n'en faisait rien !

Or, si Harper faisait échouer son petit plan, elle n'aurait pas d'autre choix que de se venger.

- 9 -

Sebastian entraîna Harper sur la piste de danse, puis l'attira étroitement contre lui. Le dîner avait été excellent, mais il n'avait qu'une hâte : faire tournoyer sa cavalière, même s'il n'était pas franchement un danseur accompli.

— Tu es vraiment magnifique, ce soir, Harper. Te l'ai-je déjà dit ?

— Non, répondit-elle avec un sourire, mais merci. Sache toutefois qu'en tant que demoiselle d'honneur, je ne peux être que jolie, celle qui est magnifique, c'est la mariée. Telle est la règle.

Il se pencha vers elle et son parfum fleuri lui chatouilla agréablement le nez, mettant ses sens en alerte. Comme il aurait aimé la soulever dans ses bras, l'arracher à la piste de danse et l'emmener dans leur chambre ! Il n'avait plus à se soucier des recommandations de son médecin, à présent, et surtout, il ne pouvait repartir d'ici sans avoir consommé avec elle.

La bouche collée contre l'oreille de Harper, il répondit :

— Ne le répète pas à Violet, mais tu es la femme la plus exquise de l'assemblée. Même si tu portes cette robe de demoiselle d'honneur qui n'est pas censée te mettre en valeur et choisie à dessein par la mariée.

— Tu n'aimes pas ma robe ? se récria-t-elle en dardant sur lui un œil critique, les joues toutes rouges.

Moi, elle me plaît, enfin pour le rôle que je joue ce soir, naturellement, je ne l'aurais pas choisie en vue d'un gala.

— Pour tout avouer, je pense que tu serais bien plus belle sans rien.

Elle haussa un sourcil suspicieux.

— En fait, tu veux me voir nue.

Il haussa les épaules.

— Si tu veux être à ton meilleur, oui.

— Tu es bien un homme, marmonna-t-elle. Indifférent au pouvoir de la mode.

Elle disait vrai. En dépit de toute sa fortune, Sebastian ne voyait pas la différence entre les différents créateurs, mais Finn veillait au grain pour qu'il porte des vêtements élégants et pas juste pratiques. D'ailleurs, il ignorait la marque du smoking qu'il avait revêtu ce soir, mais ne doutait pas qu'elle convenait tout à fait à la cérémonie.

Ce qu'il savait en revanche, c'est qu'il lui donnait chaud, à moins que ce ne soit la proximité de Harper qui ait fait monter de plusieurs degrés la température de son corps. Regardant discrètement autour de lui, il repéra une porte latérale qui donnait sur un patio.

— Tu veux prendre l'air ? proposa-t-il. Il commence à faire un peu chaud, tu ne trouves pas ?

— Pourquoi pas ? Nous avons encore du temps avant que les mariés ne coupent le gâteau.

Sebastian lui prit alors la main et, après avoir contourné quelques tables, ils se retrouvèrent dans un patio où avaient été disposées de petites tables rondes décorées de fleurs et de bougies et entourées de chaises ; pour l'heure, personne ne s'y trouvait, de sorte qu'ils pouvaient profiter de l'extérieur en toute intimité.

Il l'entraîna vers le muret au-delà duquel s'étendaient les jardins. La nuit était fraîche et le ciel dégagé, scintillant de milliers d'étoiles ; jamais il n'en avait vu autant à Manhattan, alors que dans le Maine de son enfance, leur nombre l'impressionnait toujours. Mais toute la beauté céleste ne valait rien comparée à la femme qui se tenait près de lui…

Il n'avait pas cherché à la flatter, tout à l'heure, mais avait juste exprimé la vérité. Comme il aurait été aisé dans ce contexte, à la lueur des bougies qui éclairaient si doucement son visage et des étoiles qui se reflétaient dans ses yeux, de baisser la garde et de tomber définitivement amoureux de Harper. La musique et le clair de lune semblaient conspirer contre lui, ce soir ! Ce séjour était censé lui permettre de se détendre, or il avait passé le plus clair de son temps à lutter contre lui-même.

Il ne s'était pas attendu à tout cela quand il avait accepté de l'accompagner en Irlande. Évidemment, il savait qu'il lui donnerait le bras et quelques baisers, mais il n'avait pas imaginé qu'il serait en permanence tenté de transformer leur fausse relation en une vraie et de s'ouvrir à elle. Qu'il envisagerait même, une fois de retour à New York, de passer du temps en sa compagnie, au lieu de s'enfermer immédiatement dans son laboratoire.

S'il avait su qu'il réagirait ainsi, jamais il ne l'aurait accompagnée car pouvait-il prendre le risque de perdre du temps pour son projet afin de lier une relation plus sérieuse avec Harper ? Il n'en était pas sûr.

— Hum, cet air frais est vraiment agréable ! s'exclama cette dernière. Il fait si chaud dans la salle de bal.

— Il faut dire que nous avons bu beaucoup de champagne, renchérit Sebastian.

— À moins que ce ne soit la pression, dit-elle en poussant un soupir.

— Quelle pression ?

Harper s'accouda au muret pour regarder les jardins.

— La réception va bientôt se terminer, tout comme le compte à rebours, ce qui signifie que le maître chanteur va se rendre compte qu'il n'obtiendra rien de plus, de moi. Il n'aura donc pas d'autre choix que de révéler mon secret. Je me demande s'il le fera ce soir ou s'il attendra demain matin. À moins qu'il ne patiente jusqu'à notre retour à New York et ne publie une annonce dans le journal pour que tout le monde soit au courant, et pas juste les convives du mariage. Ah, si seulement je connaissais ses intentions, cela me permettrait de mieux me préparer à ce qui m'attend.

Pendant qu'il vivait une soirée romantique avec Harper en s'interrogeant sur un éventuel avenir avec elle, tout ce qui la préoccupait, c'étaient ses ennuis actuels, comprit-il, dépité. Il était sans doute préférable qu'il arrête de spéculer sur leur relation avant de le regretter.

— Moi qui pensais que tu passais un bon moment, ce soir, dit-il.

— J'aurais tant aimé qu'il en soit ainsi ! Ce super séjour et le mariage grandiose d'une de mes meilleures amies se sont transformés en un cauchemar éveillé dans lequel tout le monde a un accent irlandais. J'ai juste hâte de me retrouver chez moi pour réfléchir à la façon dont je vais gérer les répercussions de mon secret dévoilé.

Sebastian lui prit alors la main, si petite et délicate, et il sentit son cœur se serrer devant le désespoir tangible de Harper.

— Tout va bien se passer, je t'assure.

— Que veux-tu dire, au juste ?

— Peu importe ce qui arrive ce soir ou dans deux jours, tu es une femme forte et indépendante. Tu t'en es sortie au mieux avant ce chantage et tu continueras après, que ton secret soit dévoilé ou non. Ce criminel peut avoir l'impression qu'il contrôle ton destin, mais en réalité, il se trompe. La façon dont tu vas faire face à la situation dépend entièrement de toi.

Harper le scruta longuement puis finit par hocher la tête.

— Tu as raison. Et je pense que je vais la prendre en main sans attendre.

Sur ces mots, elle s'écarta de lui pour se diriger vers la salle de bal. Il la rattrapa et lui saisit le poignet avant qu'elle n'entre.

— Attends, une seconde. Que vas-tu faire, au juste ?

Elle prit une profonde inspiration.

— Avoir une petite discussion avec Quentin pour mettre un terme à son chantage.

— Quentin ? Puis-je te parler en privé, un instant ?

Il hésita, jeta un coup d'œil à sa fiancée, lui murmura quelque chose à l'oreille puis acquiesça.

Harper n'avait pas adressé une seule fois la parole à Jessie, ou Josie, ou bien Jamie, bref peu importait son prénom, car elle n'avait pas du tout l'intention de s'entretenir avec la nouvelle fiancée de son ex-petit ami. Il était déjà assez difficile de voir le diamant briller à son doigt sans penser au sien, qui n'arborait rien.

La seule différence maintenant, c'était que lorsqu'elle imaginait un homme poser un genou à terre pour la demander en mariage, ce n'était plus du tout Quentin qu'elle voyait.

— De quoi s'agit-il, Harper ? lui demanda-t-il une fois qu'ils furent à l'écart. Josie n'apprécie pas vraiment que je te parle, donc fais vite.

S'il savait à quel point elle se fichait de la susceptibilité de sa fiancée !

— Cela ne prendra pas longtemps ! Tout ce que j'ai à te dire, c'est que je ne peux pas te donner le reste de l'argent, Quentin.

Elle espérait que cette confrontation brutale le surprendrait et qu'il se trahirait. Au contraire, il se figea de stupeur et plissa les yeux.

— Mais de quoi parles-tu, Harper ?

Elle croisa les bras.

— Arrête ton cinéma, s'il te plaît ! J'en ai assez de ces lettres signées B. Mayler. Je t'ai donné tout l'argent que j'ai pu rassembler. Tu as volé tous mes bijoux dans ma chambre et ça devrait suffire pour…

— Attends une seconde, l'interrompit-il en levant les mains, en signe d'innocence. Je n'ai rien volé dans ta chambre, tu m'entends bien ? Je ne sais même pas où tu loges. Et de quel argent me parles-tu ? Sérieusement, Harper, je ne comprends vraiment pas de quoi tu me parles.

À ces mots, elle perçut une authentique confusion dans sa voix, qui correspondait à la sincérité perplexe qu'elle lisait sur son visage.

— On te poursuit en justice, n'est-ce pas ? Et ton père t'a bien coupé les vivres, non ? questionna-t-elle cependant.

Gêné, il s'empourpra.

— Comment le sais-tu ?

— Le monde est petit, vois-tu. J'ai appris que tu avais besoin d'argent, donc ne prétends pas le contraire.

— J'avoue qu'un peu de cash serait le bienvenu, et je n'aurais jamais acheté ce diamant de cinquante mille dollars à Josie si j'avais su que mon père allait suspendre ses versements deux semaines après. Il ne l'aime pas, mais je suis certain que lui et moi allons bientôt trouver une solution. Et quant à ce procès que j'ai sur le dos, honnêtement, cela ne me tracasse pas, mes avocats s'en chargent. Mais je ne comprends pas en quoi mes problèmes ont un rapport avec toi.

— Donc tu continues à nier que tu me fais chanter ?

— Quoi ? Mais, enfin, je ne te fais pas chanter, Harper ! Qu'est-ce que tu racontes ?

Il ouvrit alors de grands yeux inquiets et se rapprocha d'elle pour demander d'un ton radouci :

— Quelqu'un te menace ?

Le ton de Quentin lui fit l'effet d'un coup de poing dans le ventre : il était clair qu'il lui avait dit la vérité et qu'il se tracassait à présent pour elle. Donc, ce n'était pas lui le maître chanteur.

Alors qui cela pouvait-il bien être ?

— Tu sais quoi ? Oublie ce que je viens de te dire, reprit-elle. Rejoins bien vite Josie avant qu'elle ne te fasse une scène.

Il hésita un instant, puis hocha la tête et sans ajouter un mot, retourna parmi les convives.

Elle le regarda s'éloigner, soulagée, avant que la réalité ne reprenne le dessus : depuis le début, elle avait la certitude que Quentin était derrière toute l'affaire, puisqu'il avait des problèmes financiers et qu'elle lui avait confié ses propres ennuis, lorsqu'ils sortaient ensemble. Il lui avait d'ailleurs fait certaines recommandations et donné l'adresse de son conseiller financier. Mais personne d'autre que lui n'était au courant.

Au fond, elle s'était peut-être complètement trompée : tout le monde aurait-il vu clair dans son jeu, mais par gentillesse personne ne lui en aurait-il touché un mot ? Seulement, dans ce cas, n'importe qui pouvait aussi la menacer.

Du seuil où elle se tenait, elle se mit à scruter la salle de bal, où chacun semblait bien s'amuser. Actuellement, Violet et Aidan coupaient le dessert, entourés d'une joyeuse bande ; les flashs crépitaient ainsi que les exclamations enjouées et admiratives, de sorte que la plupart des invités s'avançaient vers l'imposant gâteau pyramidal pour être au cœur de l'action.

D'autres, toutefois, poursuivaient leur discussion à table, en sirotant du champagne.

Elle connaissait certains convives mieux que d'autres, mais qui était donc capable parmi eux de la menacer ? Ou de mettre tout sens dessus dessous dans sa chambre et de lui dérober des affaires ainsi qu'à Sebastian ? Elle ne savait même pas sur qui porter ses soupçons…

— Mademoiselle Drake ?

Elle se tourna vers le serveur qui se tenait près d'elle… et lui tendait cette fameuse enveloppe si familière.

— J'ai un message pour vous, dit-il. On l'a déposé à la réception à votre intention.

Forcément !

— Merci, dit-elle en soupirant.

Sans doute aurait-t-elle dû l'ouvrir : n'était-elle pas censée remettre le reste de la somme à la fin de la réception ? Or, celle-ci se terminerait approximativement dans une heure et elle était quasi certaine que le maître chanteur savait qu'il n'obtiendrait rien. Quel intérêt y avait-il donc à lire cette lettre ?

Elle glissa l'enveloppe dans son soutien-gorge. De toute façon, elle n'avait pas l'argent, et tôt ou tard, la nouvelle allait s'ébruiter.

Elle se rappela alors les conseils de Sebastian lorsqu'elle lui avait parlé du premier message reçu dans l'avion : il lui avait entre autres préconisé de révéler elle-même la vérité avant qu'un autre ne s'en charge à sa place, ce qui retirerait tout son pouvoir au maître chanteur. Elle avait alors exclu l'éventualité, mais désormais, elle se demandait si ce n'était pas la seule solution. Si elle expliquait ensuite la situation à son grand-père, peut-être qu'il comprendrait. Ou pas… Dans ce cas, adieu les vingt-huit millions.

Et alors ?

Ridicule réaction, se dit-elle aussitôt. Cette somme considérable changerait sa vie du tout au tout et elle l'attendait depuis si longtemps… Pourtant, elle se rendait aussi compte que durant cette période, elle n'avait pas perdu pied et que les choses n'avaient pas été aussi terribles qu'elle le redoutait, elle avait su s'adapter. Au fond, elle avait un bon poste à FlynnSoft qui lui rapportait un salaire confortable, et lui offrait d'énormes avantages, comme la gratuité d'une salle de sport, d'une cafétéria ainsi qu'une assurance maladie à bas prix. Par ailleurs, son magnifique appartement était payé, certes les charges étaient élevées, mais elle était toujours parvenue à les régler en temps voulu.

Bien sûr, elle ne possédait plus les derniers vêtements à la mode, et les belles pièces de sa garde-robe remontaient soit à une époque bien plus faste soit à ses trouvailles dans des magasins vintage. Au fil des ans, elle avait réussi à garder les apparences, mais si elle révélait la vérité à sa famille et à ses amies, elle n'aurait plus par exemple la pression de devoir continuer à faire du shopping avec ces dernières. Personne n'avait jamais traité Lucy de façon différente quand elle était la seule désargentée du groupe avant d'hériter d'un demi-million de dollars puis d'épouser son frère. Et Lucy était toujours restée égale à elle-même.

Il en irait peut-être pareillement pour elle. Si elle cessait de jouer une personne qu'elle n'était pas, sa vie en serait simplifiée. Elle pourrait peut-être vendre son luxueux appartement contre un logement plus raisonnable et faire fructifier le profit qu'elle en avait tiré. Elle pourrait aussi vendre les vêtements de créateurs qu'elle ne portait jamais.

Prendre conscience qu'elle n'avait pas besoin de l'argent de son grand-père pour vivre constitua un profond soulagement, et elle eut l'impression qu'un énorme poids venait de glisser de ses épaules. Elle ignorait l'identité du maître chanteur, mais elle allait le court-circuiter, car la seule chose à laquelle il n'avait pas pensé, c'était que l'héritière gâtée Harper Drake ait le cran de montrer son vrai visage.

Elle pénétra dans la salle de réception, bien résolue à mettre sa décision à exécution. On distribuait les parts du gâteau et l'heureux couple partageait la sienne à la table d'honneur. L'orchestre avait entonné un titre instrumental et mélodieux, la piste de danse était quasiment vide : c'était le moment ou jamais d'intervenir.

Prenant une ultime coupe de champagne sur le plateau d'un serveur qui passait à proximité, elle gravit les marches qui menaient à l'estrade ; c'était d'ici que plusieurs personnes avaient déjà porté un toast aux mariés, aussi tout le monde devait-il supposer que telle était son intention, d'ailleurs les musiciens baissèrent d'un ton dès qu'ils la virent. Leur adressant un petit signe, elle s'empara du micro.

— Bonsoir, tout le monde ! Je suis Harper Drake et je connais Violet depuis des années. Nos familles étaient amies, mais nous sommes vraiment devenues proches, toutes les deux, lorsque nous sommes allées à Yale et que nous appartenions à la même association d'étudiantes, les sœurs Pi Beta Phi pour toujours !

La foule se mit à rire et applaudit.

— Et c'est aussi à Yale que je me suis fait des amies pour la vie, pas simplement Violet, mais aussi Emma et Lucy, qui se trouve désormais être ma belle-sœur. Au cours de ces dernières années, j'ai vu ces belles femmes intelligentes et merveilleuses trouver l'amour et le bonheur et je m'en réjouis du fond du cœur. Ce soir, je veux porter un toast à Violet et Aidan. Je vous souhaite une vie aussi magique que ce mariage féerique auquel vous nous avez conviés.

Sur ces paroles, elle leva son verre et une nouvelle salve d'applaudissements s'ensuivit. Toutefois, elle ne descendit pas de l'estrade mais, attendant que les convives se calment, elle enchaîna :

— Ce soir, dans cette salle, il y a des gens qui comptent énormément pour moi, aussi je veux faire une brève annonce à leur intention. Non, je ne suis pas fiancée, ni enceinte.

À cet instant, elle sourit, puis reprit :

— Il faut en effet que vous sachiez que je vous ai menti. Depuis huit ans environ, je vis dans un mensonge permanent. J'ai continué à faire semblant de mener la vie qui était la mienne depuis toujours alors qu'en réalité, j'ai dépensé toute ma fortune. Cela semble idiot, rétrospectivement, d'avoir menti à ce sujet, mais ma fierté était en jeu.

Elle avala une gorgée de champagne et se mit à regarder fixement le papier peint, sur le mur du fond, redoutant de croiser le regard de quiconque et de s'effondrer. Ce n'était vraiment pas le moment !

— Vous vous demandez sans doute pourquoi je choisis ce moment pour passer aux aveux, eh bien, c'est simple : quelqu'un dans cette salle a découvert mon mensonge et l'utilise pour me faire chanter. Car voyez-vous, si mon grand-père apprend que j'ai dépensé de façon frivole la première somme qu'il m'avait remise à mes dix-huit ans, il renoncera au second versement. Donc, on me harcèle depuis le début de notre séjour ici. J'ai déjà donné une somme coquette, ma chambre a été pillée, des bijoux de famille volés. On me réclame un montant que je ne peux pas régler. Et je ne paierai pas puisque de toute façon, ayant révélé la vérité, je ne toucherai pas le reste de mon héritage.

Elle reprit sa respiration pour poursuivre :

— Je suis donc venue ce soir vous exposer toute la vérité et vous présenter mes excuses pour vous avoir trompés. Et je veux aussi dire à la personne qui me fait chanter, homme ou femme, qu'elle peut aller se faire voir. Merci.

Elle reposa alors le micro et descendit du podium aussi rapidement que possible, pas certaine de pouvoir affronter tout de suite les conséquences de son aveu.

Un curieux silence se fit dans la salle, mais très vite l'orchestre se remit à jouer.

— Harper !

Quelqu'un cria son nom, mais elle ne s'arrêta pas, désireuse de sortir au plus vite.

Une fois dans le hall, elle sentit une main chaude lui recouvrir l'épaule : pivotant sur elle-même, elle se retrouva face à Sebastian.

— S'il te plaît, laisse-moi, lui dit-elle. Je veux monter dans notre chambre.

Il braqua sur elle ses beaux yeux noirs, puis hocha la tête.

— Entendu. Mais pas sans moi.

- 10 -

Seuls dans leur suite, ils prirent tout leur temps pour se déshabiller : pourquoi se seraient-ils pressés ? pensa Harper. Sebastian et elle avaient la nuit devant eux pour savourer leurs ultimes heures ensemble, surtout après la scène particulièrement riche en émotions qu'ils venaient de vivre en bas.

— Peux-tu m'aider pour ma robe ? lui demanda-t-elle en lui présentant son dos.

Il avait déjà retiré sa veste et sa cravate.

Il s'approcha d'elle et fit lentement glisser la fermeture Éclair de sa robe. Elle sentit le bout de ses doigts courir le long de son dos jusqu'en bas de ses reins. Toute frémissante, elle ferma les yeux pour savourer la sensation de son souffle chaud sur sa peau…

Il repoussa alors l'unique bretelle de la robe sur son épaule, et le tissu forma bientôt une flaque en soie couleur lavande à ses pieds.

Elle l'entendit reprendre sa respiration, et comprit qu'il venait de découvrir sa culotte en dentelle mauve invisible sous sa robe et qui lui moulait parfaitement le postérieur, raisons pour lesquelles elle l'avait mise. En outre, elle était facilement remplaçable, au cas où Sebastian la déchirerait.

Son soutien-gorge sans bretelles vint bientôt rejoindre la soie chatoyante par terre.

— Tiens, on dirait que tu as laissé tomber quelque chose, dit-il.

Harper lança un coup d'œil au sol et se rendit compte qu'il s'agissait de la lettre du maître chanteur qu'elle avait plus tôt dans la soirée glissée dans son soutien-gorge. Elle se pencha pour la ramasser, puis la tint un instant à la main, l'air songeur.

— Une autre lettre d'amour, ironisa-t-elle.

Et sans hésiter, elle se dirigea vers la cheminée pour la jeter dans les flammes où le papier noircit sur-le-champ avant d'être happé par un tourbillon orange. Et voilà, elle était débarrassée de cette affaire de chantage qui avait empoisonné sa semaine !

— Au moins, cette histoire ne ternira pas la fin de mon séjour, déclara-t-elle en se tournant vers Sebastian.

Elle entreprit alors de déboutonner sa chemise, éprouvant un grand calme et une immense satisfaction quand elle posa enfin les mains sur son torse.

— Pour l'heure, je ne veux plus penser à rien, à part à toi et moi, ajouta-t-elle.

Puis elle noua les bras autour de son cou et plaqua doucement sa bouche sur la sienne, tout en pressant les seins contre le mur de muscles qui se présentait à elle.

— Fais-moi l'amour, murmura-t-elle contre sa bouche. J'ai envie de toi.

Sebastian l'embrassa tendrement, avant de s'écarter pour la scruter un instant, presque songeur. Hésitait-il ? Tout doute s'évapora quand il répondit :

— Tout ce que tu veux, ma chérie.

À ces mots, elle lui sourit et, l'attrapant par la ceinture, elle l'entraîna vers le lit où elle s'assit, de sorte que la taille de Sebastian se retrouva au niveau de ses yeux. Alors elle défit sa ceinture, ouvrit son pantalon et le fit glisser sur ses cuisses en même temps que son caleçon.

Dans la foulée, elle prit son sexe dur entre ses doigts :

il était déjà prêt, sans même qu'elle l'ait touché. Sa peau était toute douce et elle se mit à le caresser lentement avant d'accélérer le mouvement, et quand il poussa un grognement, elle se pencha pour le goûter.

— Harper ! s'écria-t-il d'une voix étranglée en saisissant son poignet. Une seconde… Je n'ai pas de préservatif.

Un sourire aux lèvres, elle ouvrit le tiroir de la table de chevet et en sortit une boîte.

— Je l'ai achetée quand nous sommes allés en ville.

Depuis leurs dernières brèves étreintes, elle s'était demandé si l'absence de préservatifs n'y avait pas mis un frein et elle n'avait pas voulu que le problème se présente à nouveau.

— Oh ! merci ! répondit-il d'une voix rauque et essoufflée.

Visiblement libéré de ce souci, il parut soudainement plus empressé et la fit basculer sur le matelas pour la recouvrir de tout son corps.

Son poids sur elle, sa chaleur, l'odeur de son après-rasage, tout était un enchantement ! De ses mains, de sa bouche, il se mit alors à la caresser, à explorer chaque parcelle de sa chair tout en se glissant peu à peu vers le bas de son corps…

Bientôt, elle sentit ses doigts sur sa culotte qu'à sa grande surprise il ne déchira pas mais roula gentiment sur ses jambes.

— Elle me plaît beaucoup, expliqua-t-il devant son air étonné. Si je la déchire, tu ne pourras plus la remettre.

Harper éclata de rire avant de pousser un petit cri étranglé quand il toucha tout à coup l'endroit le plus sensible de son entrejambe, avant de lui prodiguer des caresses intimes avec ses doigts…

— Prenons notre temps, dit-il, percevant son impatience.

Mais elle lui tendit la boîte de préservatifs.

— Plus tard, pour l'instant, j'ai besoin de te sentir en moi sans tarder. Je suis prête.

— Entendu ! Moi aussi, je brûle d'être en toi.

Et dans la foulée, il s'empara de la boîte. Quelques secondes plus tard, le latex était en place…

Quand il se pencha de nouveau sur elle, de ses jambes, elle enserra ses hanches.

— Merci, dit-il alors en s'immobilisant.

— Pour quoi ?

— Pour cette semaine. J'avais besoin de ce repos autant que j'ai maintenant besoin de toi.

Puis il l'embrassa et, plaquant les mains sur ses hanches, la pénétra.

Elle poussa un petit gémissement en le sentant en elle, puis enserra son visage pour lui donner elle aussi un profond baiser tandis qu'il commençait à aller et venir en elle. Le plaisir qui monta sans attendre en elle la stupéfia, comparé à ses expériences antérieures. Sans doute était-ce la façon dont Sebastian bougeait au-dessus d'elle, mouvait ses hanches ; chaque coup de reins était plus fantastique que le précédent, elle n'aurait pu en décrire l'intensité, la perfection… Sebastian maîtrisait à merveille la machine à plaisir que pouvait être le corps.

Fermant les yeux, elle s'agrippa à lui et se cambra… Les cris qui lui échappaient étaient de plus en plus bruyants au fur et à mesure que la jouissance montait en elle… Soudain, elle cria son nom ; une première vague de plaisir la submergea tandis que les suivantes l'emportèrent vers des rives insoupçonnées…

Quand son orgasme se dissipa, elle perçut que Sebastian se raidissait, puis elle l'entendit grogner contre son oreille… Après quoi, il demeura tout à fait immobile pendant quelques instants avant de rouler sur le côté, complètement essoufflé.

Elle se blottit contre lui et, posant la tête sur son torse, constata que son cœur battait bien plus vite qu'elle ne l'aurait imaginé. Ils demeurèrent allongés l'un près de l'autre jusqu'à ce qu'il retrouve une respiration et un pouls normaux. Il parut alors se détendre et, l'enlaçant, déposa un baiser sur son front.

— Tout va bien ? demanda-t-elle en relevant la tête pour le regarder.

— Oui, c'était génial. Grandiose, en fait.

Elle émit un petit rire et se rallongea.

— Je suis comblée, je fantasmais sur ce moment depuis une semaine.

— Vraiment ? reprit-il en riant. Désolé de t'avoir fait attendre si longtemps. Je pensais que tu avais autre chose en tête. À propos, tu as été réellement merveilleuse, ce soir.

— Euh... Merci, je voulais te donner du plaisir.

Il lui donna une petite tape sur les fesses, par jeu.

— Je ne parle pas de ça, mais de ta petite performance à la réception. Tu as eu un cran fou en montant sur le podium pour reprendre le contrôle de la situation. J'étais vraiment très fier de toi.

— Oh ! ça ! fit-elle d'un ton penaud.

— Qu'est-ce qui t'y a poussée ? Je t'ai vue t'entretenir avec Quentin et, à peine quelques secondes plus tard, tu étais sur l'estrade.

— Effectivement, j'ai discuté avec lui, et j'ai vite compris qu'il n'était pas impliqué dans le chantage. Cela m'a effrayée. Je ne savais plus avec qui je pouvais négocier, aussi, il m'a semblé inutile de poursuivre plus longtemps ce petit jeu et j'ai préféré dévoiler moi-même la vérité, la seule façon de reprendre le pouvoir, comme tu me l'avais dit. Mais je n'ai plus envie d'en discuter, cela m'a préoccupée pendant tout le séjour, alors ce soir parlons de toi, pour changer.

Il se raidit imperceptiblement dans ses bras.

— S'il te plaît, insista-t-elle. Apprends-moi des choses que je ne sais pas sur toi. Par exemple, ce qui t'a poussé à travailler dans l'ingénierie médicale. Et ne me répète pas la réponse toute faite que tout un chacun peut lire sur ton site Internet. Dis-moi la vérité. Que s'est-il passé ?

Allier ses talents à ceux de Finn, ainsi qu'il le lui avait déjà expliqué, avait été et demeurait une combinaison gagnante, mais une autre raison se cachait derrière cela, elle en avait la profonde conviction : on ne se dédiait pas corps et âme à son travail comme lui sans motif personnel.

Il parut d'abord absorbé par ses pensées, et resta si longtemps silencieux qu'elle finit par se demander, inquiète, s'il allait lui répondre. Puis il se lança :

— J'étais un enfant plutôt timoré, j'aimais rester seul et bricoler. Mon frère aîné, Kenny, était un garçon qui adorait jouer à l'extérieur, toujours sur son vélo ou son skate-board. Il était très sportif et actif.

Harper sentit ses épaules se contracter à mesure que l'anxiété l'envahissait : elle aurait dû s'attendre à ce que cette conversation ne soit pas très agréable. Le genre de travail qui était celui de Sebastian trouvait forcément son inspiration dans une tragédie liée à l'enfance. Comme elle regrettait sa question ! Pourquoi avait-elle gâché le bonheur qui, quelques minutes auparavant, flottait encore dans leur chambre ?

— En terminale, on a offert pour son anniversaire un quad à son meilleur ami. Un week-end, ils sont allés camper avec leur petit groupe de copains et, je ne connais pas vraiment les détails, mais Kenny a fini par faire des tonneaux avec le quad sur lequel il était monté. Il portait un casque, heureusement, mais quand l'engin a atterri sur lui, son poids lui a brisé le bas de la colonne vertébrale. Ils étaient au fin fond des bois, aucun hélicoptère de secours ne pouvait se poser. Les secours l'ont transporté sur une civière jusqu'à l'ambulance, qui l'a conduit à l'endroit où l'hélicoptère avait pu accéder.

Harper lui prit la main et la serra étroitement dans la sienne.

— Il avait dix-huit ans et s'est retrouvé paraplégique pour le reste de sa vie. Cet accident l'a détruit ainsi que ma famille, aussi, j'ai fait le vœu de construire un jour des prothèses pour les handicapés et je travaille notamment en ce moment sur un exosquelette mécanique qui pourrait permettre à Kenny de remarcher.

— C'est incroyable !

— Oui, tu as raison, mais il me manque encore un élément. J'ai la technologie, le prototype fonctionne en laboratoire, seulement mon but est de créer une prothèse accessible à tous, pas juste aux personnes fortunées ou à ceux qui ont une bonne assurance. Cela va encore prendre du temps, c'est pour cela que je travaille tant. Pour Kenny et tous les Kenny du monde.

Harper connaissait désormais la réponse à sa question, qu'elle regrettait presque d'avoir posée. Elle comprenait toute l'importance que revêtait son travail à ses yeux, c'était une affaire personnelle, intime ; contrairement à Quentin pour qui son métier d'avocat était une identité sociale, Sebastian vivait pour et par son travail… Pouvait-il y avoir dans sa vie une place pour autre chose ? Ou quelqu'un d'autre ?

À cet instant, elle comprit qu'elle menait une bataille perdue d'avance. Peu importait ce qui se passait entre eux, elle ne pourrait jamais l'avoir entièrement dans sa vie. Aussi aurait-elle été bien avisée de garder ses sentiments pour elle et d'oublier ce séjour, une fois de retour aux États-Unis.

Il y avait bien dans ce monde un homme fait pour

elle, qui l'aimerait, la traiterait comme elle le méritait, et dans l'existence duquel elle représenterait l'élément central. Malheureusement, ce ne serait pas Sebastian West…

— Mesdames et messieurs, bienvenue à New York. Il est 21 h 30 heure locale.

Sebastian se redressa sur son siège au moment où les roues touchaient le tarmac. Contrairement à l'aller, il n'avait pas pu trouver le sommeil et avait passé une bonne partie du vol dans le salon, à regarder la télévision en compagnie d'autres invités. Harper avait été fort silencieuse depuis qu'ils avaient quitté l'Irlande et il ne savait pas très bien ce qui la tracassait : le chantage était fini, ils n'auraient plus à se faire passer pour un couple, ils seraient sous peu chez eux, et la vie reprendrait son cours normal. Où était le problème ?

Lui-même était ravi de retourner dans quelques jours au travail, il avait de nombreux nouveaux schémas dans son calepin et avait hâte de s'atteler à de nouveaux prototypes.

Au fond, Harper n'avait peut-être pas très envie de retrouver son quotidien, car cela signifiait pour elle faire face aux conséquences de ses actions devant son grand-père. Et d'ailleurs, lui-même devait bien s'avouer qu'il n'était pas tout à fait prêt à voir leur « fausse » relation se terminer ; cependant, Harper n'avait rien dit permettant de penser qu'elle partageait le même sentiment que lui. Peut-être avait-il trop déduit de leur complicité physique.

Ils furent les deux derniers passagers à descendre, la plupart étant attendus par des voitures de luxe avec chauffeur, de sorte que le parking de l'aérodrome se vida assez rapidement et qu'ils se retrouvèrent bientôt seuls avec leurs bagages.

— Et maintenant, que fait-on ? demanda-t-il en posant sa valise près de sa BMW bleue.

Il conduisait rarement, sauf pour se rendre dans le Maine, de temps à autre.

— J'ai appelé un Uber, répondit-elle.

— Je ne parlais pas de ça, mais de nous deux.

Elle croisa les bras, dans une attitude défensive qu'il ne lui connaissait pas.

— Je ne sais pas… Le séjour est terminé, je te remercie d'avoir joué mon petit ami… Tu t'es fort bien investi dans ton rôle.

— Ah bon ? reprit-il un rien irrité. C'est ainsi que tu résumerais la situation ?

— Qu'en dire d'autre, Sebastian ?

Il ne comprenait pas très bien le ton qu'elle adoptait subitement : le provoquait-elle pour qu'il avoue que cela ne se limitait pas à un rôle ? Qu'attendait-elle au juste ? Qu'il lui déclare une flamme éternelle et la supplie de devenir sa petite amie pour de bon ? Ou voulait-elle simplement qu'il lui fasse part de ses sentiments afin qu'elle ait le plaisir de les piétiner ?

Le comportement distant qu'elle avait eu aujourd'hui l'avait quelque peu déstabilisé.

— Bon sang, pour ma part…

— C'est terminé pour vous, mademoiselle Drake ! déclara une voix féminine.

Harper et lui tournèrent la tête en même temps vers la silhouette qui se tenait sur le parking vide et sombre de l'aérodrome.

La personne se rapprocha de quelques pas et, à la lumière du réverbère, il reconnut la fiancée de Quentin, laquelle braquait un revolver sur Harper !

Sans hésiter, il enlaça cette dernière et l'enveloppa d'un bras protecteur.

— Mais qu'est-ce qui vous prend de pointer une arme sur les gens ? demanda-t-il.

— Josie ? fit Harper de derrière son épaule. Mais qu'est-ce qui se passe ?

— Surprise, hein ?

Et la femme afficha un sourire pareil à une grimace.

— Je suis certaine que vous ne m'avez pas un instant soupçonnée ? D'ailleurs, vous n'avez pas du tout fait attention à moi pendant tout le séjour, je n'étais ni importante, ni riche, juste une jolie compagne remplaçable.

C'était vrai, s'avoua Sebastian. Il avait à peine remarqué cette toute jeune femme qui semblait toujours collée à Quentin. Certes, lui-même n'avait pas adressé la parole à tous durant ce séjour, tant s'en faut, mais Josie avait été une présence silencieuse, et oubliable. Harper elle-même ne la connaissait pas alors qu'elle savait le nom de tous les autres convives.

— Vous êtes celle qui me faisait chanter ?

— Je plaide coupable, répondit Josie tout en maintenant son arme braquée sur Harper, comme s'il ne faisait pas écran entre elles.

— Je ne comprends pas, renchérit cette dernière en repoussant son bras. Comment connaissez-vous les conditions liées à mon fidéicommis ? C'est Quentin qui vous l'a dit ?

— Non, il m'a juste donné accès à vous. Les infos, je les ai trouvées moi-même. Si vous aviez pris la peine de m'adresser la parole, pendant ce séjour, vous auriez appris que je travaille dans la même entreprise que vous et que je sais tout sur vous, Harper, y compris la clause restrictive pour le reste de la somme que votre grand-père doit vous verser. Je savais bien qu'une petite fille gâtée comme vous dilapiderait très vite son capital, et il m'a suffi de quelques recherches pour me rendre compte qu'il ne vous restait rien des deux millions. Franchement, c'était presque un jeu d'enfant, même pour une petite main comme moi.

— Pourquoi vous en prenez-vous à moi ? Je ne vous ai jamais rien fait.

— Ça n'a rien de personnel, c'est juste une question d'argent. J'aurais pu m'en prendre à n'importe qui d'autre.

— Mais pour moi, c'était personnel ! se récria Harper. Vous avez volé le collier de ma défunte mère, la montre de son grand-père.

À cet instant, elle le désigna et reprit :

— J'ai passé un séjour la peur nouée au ventre et pour quoi ? Pour un peu d'argent ?

— On voit bien que vous êtes une privilégiée, Harper. Et vous êtes douée pour tromper les autres. Oui, j'ai fait ça juste pour « un peu d'argent », une somme considérable pour beaucoup de personnes. J'ai passé ce séjour à vous faire entendre raison, mais rien n'a fonctionné, et maintenant, la semaine s'achève, sans que j'aie en poche tout l'argent que vous me devez.

— Mais je ne vous dois rien, personne ne vous doit rien ! Tout ce que vous possédez, vous l'avez obtenu par la menace.

— Et tout ce que vous possédez vous a été servi sur un plateau d'argent ! répliqua Josie. Il vous suffit de me remettre le montant que je vous demande et vous n'entendrez plus jamais parler de moi.

— Comment puis-je vous remettre une somme que je ne détiens pas ? Et que désormais, je n'aurai sans doute jamais.

Que Sebastian regrettait de ne pouvoir, d'une prise de karaté par exemple, faire voler l'arme de la main de Josie et plaquer celle-ci au sol, mais il était ingénieur. Au mieux, il pouvait réfléchir. Si seulement il parvenait à faire ralentir les battements de son cœur, il pourrait se concentrer sur une éventuelle solution.

— Comme si vous ne pouviez pas l'obtenir, cette somme, si vous le vouliez vraiment, avec tous les amis riches qui vous entourent ! Violet a dépensé bien plus d'argent dans le seul dîner de répétition que ce que je vous réclame. Je doute que d'autres que moi vous aient redonné tant de chances, Harper. J'ai été bien gentille, mais à présent, ça suffit, j'ai besoin de cet argent et maintenant !

— Mais, Josie, pourquoi vous donnerais-je la somme que vous exigez, puisque tout le monde connaît mon secret ? Tout est fini, le séjour, le chantage, vous n'avez plus aucun moyen de pression sur moi.

Josie hocha la tête.

— Exact ! C'est pour cela que j'ai sorti ce revolver. Donnez-moi l'argent ! Ce n'est plus un chantage, mais un braquage à main armée.

— Pourquoi avez-vous besoin de mon argent ? Vous allez épouser Quentin, sa famille est très fortunée. Cent mille dollars, c'est une peccadille pour eux.

— Mais je ne représente rien pour Quentin, répliqua-t-elle en plissant les yeux. Il m'a visiblement utilisée pour vous rendre jalouse. Et à présent que le séjour est terminé et qu'il a vu que vous étiez amoureuse d'un autre homme, il m'a laissée tomber comme une vieille chaussette pour implorer le pardon de son père. Donc, vous voyez, cet argent m'est plus vital que jamais.

Poings serrés de frustration et de colère, Sebastian continuait d'assister impuissant à l'échange verbal musclé entre les deux femmes, tout en sentant un picotement très désagréable remonter le long de son bras gauche. Il secoua la main, dans l'espoir que l'impression disparaîtrait.

Rien n'y fit.

Soudain, il se rendit compte qu'il n'arrivait plus à

comprendre un mot de la conversation qui se poursuivait entre Harper et la femme au revolver, et un sentiment de panique se saisit de lui. La sensation était hélas familière… La tête commençait à lui tourner à trop vouloir se concentrer sur les deux petites silhouettes qui s'agitaient devant lui… Tout à coup, chancelant, il s'agrippa à Harper pour ne pas s'écrouler.

— Sebastian ! s'écria celle-ci d'une voix affolée. Que se passe-t-il ? Que t'arrive-t-il ?

Il aurait aimé lui répondre, mais il en fut incapable. Son torse le serrait tant qu'il peinait à respirer, parler était donc exclu. Il lui semblait qu'un inexorable étau se refermait sur sa cage thoracique… Et ce fut alors qu'il comprit : il était en train de faire une deuxième crise cardiaque, bien plus forte que la première !

Les médecins l'avaient prévenu qu'il devait impérativement ralentir la cadence, et il avait tenté de suivre leurs conseils. Et voilà où il en était : à regarder la femme qu'il aimait et à se demander si ce n'était pas la dernière fois qu'il voyait son cher visage. Était-ce la fin ? Avait-il laissé passer l'occasion d'avouer à Harper tout ce qu'il n'avait pas osé formuler jusque-là ? Aurait-il assez de temps ?

— Je t'ai…

Et il se tut, incapable de poursuivre, puis sentit sa main glisser de l'épaule de Harper. Il l'entendit hurler au moment où ses jambes se dérobèrent sous lui.

L'obscurité l'enveloppa et il sombra dans l'inconscience avant même de toucher le sol.

- 11 -

— Harper ?

En entendant son nom, Harper se redressa brutalement du fauteuil où elle s'était assoupie, dans la chambre d'hôpital. Encore tout ensommeillée, elle se frotta les yeux et regarda autour d'elle : ce fut alors qu'elle se rendit compte que Sebastian s'était réveillé.

Elle bondit de son siège pour se rendre à son chevet.

— Te voilà revenu à toi, dit-elle avec un sourire.

— On dirait. J'ai l'impression d'avoir été renversé par un camion.

Et il porta la main à son visage, entraînant dans le sillage toutes ses perfusions.

— Que s'est-il passé ? ajouta-t-il. Où suis-je ?

Elle fut surprise et, en même temps, soulagée qu'il n'ait aucun souvenir des jours précédents qui avaient consisté en une avalanche de tests en tout genre, et de scanners ; on lui avait finalement posé un stent cardiaque. Pendant tout ce temps, elle était restée à ses côtés, attendant les quelques bribes d'informations que les infirmières et médecins daignaient lui donner.

— Tu as eu une crise cardiaque à l'aéroport, lui répondit-elle. Cela fait deux jours que tu es à l'hôpital.

Fronçant les sourcils, Sebastian inspecta son entourage, ainsi que les fils auxquels il était relié.

— Pourquoi mon poignet me fait-il si mal ?

— C'est par une artère partant du poignet et remontant jusqu'au niveau du cœur que le stent a été posé.

Il posa sa main contre son cœur et secoua la tête.

— Waouh !

Harper était à présent assise sur le rebord du lit, songeuse : durant tout ce temps, elle était passée par une gamme variée d'émotions qu'elle n'aurait jamais cru vivre et ne souhaitait surtout plus jamais revivre. D'abord, elle avait éprouvé la peur réelle d'être tuée par Josie qui était animée par un désir de vengeance et une amertume incroyables. Jamais elle n'aurait imaginé un jour être menacée par une personne armée et n'avait pas su comment réagir. Lorsque Sebastian s'était effondré, elle s'était tout de suite agenouillée et avait appelé les secours, oubliant Josie. Combien de temps celle-ci était-elle encore restée à les menacer ? Elle l'ignorait totalement, mais lorsqu'elle avait relevé les yeux, Josie était partie. Apparemment, elle n'avait pas eu envie d'attendre l'arrivée des pompiers et de l'ambulance.

Depuis, elle n'avait guère repensé à cette attaque à main armée, pétrie par la crainte de perdre Sebastian avant d'avoir pu lui avouer ce qu'elle ressentait pour lui. Pendant tout le trajet, à l'arrière de l'ambulance, elle avait culpabilisé en croyant l'avoir mis dans une situation dangereuse qui avait manqué le tuer. Puis l'anxiété avait pris le pas quand elle avait attendu les résultats des multiples tests qu'on lui avait faits. Et enfin, la colère avait surgi.

C'était le sentiment le plus surprenant, et celui dont elle ne parvenait pas à se libérer. La veille au soir, le médecin qui traitait Sebastian était entré dans la chambre en compagnie d'un autre homme qui s'était présenté comme « le cardiologue de M. West ». Ils l'avaient alors informée de son état de santé actuel, supposant qu'elle était au courant de ce qui lui était arrivé précédemment, puisqu'ils avaient évoqué une crise cardiaque encore plus sérieuse que la première et déclaré que deux semaines de repos ne seraient cette fois pas suffisantes pour que tout revienne à la normale.

Elle s'était efforcée de masquer son amertume, mais plus ils discutaient et mieux elle comprenait ce qui s'était en réalité passé, et notamment pourquoi un bourreau de travail avait tout lâché pour l'accompagner en Irlande : en l'occurrence, parce qu'il était en congé forcé après qu'une première crise cardiaque l'avait terrassé au travail, deux semaines auparavant !

Incroyable ! Deux semaines auparavant, et il ne lui en avait soufflé mot, prenant l'avion pour se rendre en Irlande avec elle comme si de rien n'était. Elle en avait encore le vertige… Et s'il lui était arrivé quoi que ce soit en Irlande, dans ce château situé au milieu de nulle part ? Combien de temps aurait-il fallu pour le conduire dans une unité de soins à la pointe du progrès en matière de cardiologie ?

S'il s'en était ouvert à elle, elle aurait pu au moins percevoir certains signes avant-coureurs ! Et quand il s'était écroulé, à l'aéroport, elle aurait tout de suite pu dire à l'opératrice ainsi qu'aux urgentistes qu'il souffrait d'un problème cardiaque.

« Tout à coup, il s'est effondré », n'avait-elle cessé de répéter, confuse et désespérée.

Et la discussion qu'elle avait eue avec son associé ne l'avait pas du tout apaisée. Finn était le seul proche inscrit sur la liste des gens à contacter en cas d'urgence et avait été désigné par Sebastian comme la personne de confiance lors de sa première hospitalisation. Grâce à l'intervention de Finn, envers qui elle était infiniment reconnaissante, elle avait pu demeurer aux côtés de Sebastian : en effet, n'étant pas un membre de la famille, elle n'avait théoriquement pas le droit de rester auprès du patient.

— Les médecins ont assuré que tout allait rentrer dans l'ordre mais que tu devais impérativement te reposer. Tu vas sans doute sortir demain, Finn a déjà loué les services d'une aide à domicile qui veillera sur toi.

— Je n'ai besoin de personne !

— Finn affirme, et je l'approuve complètement, que tu n'as plus ton mot à dire en la matière. Tu n'iras pas au travail, une infirmière s'assurera que tu prends bien ton traitement et que tu te nourris correctement. Tu dois aussi t'inscrire à un programme de réadaptation cardiaque en vue de retrouver de l'énergie et de mettre au point un régime qui t'évitera toute récidive. Et si tu ne suis pas toutes ces prescriptions à la lettre, tu auras une troisième attaque qui risquerait de t'être fatale.

Sebastian ouvrit la bouche pour répliquer, mais de toute évidence se ravisa.

— OK, je ferai ce qu'on m'ordonne, répondit-il.

Harper avait autre chose à dire à Sebastian : elle n'était pas certaine de pouvoir vraiment l'exprimer mais elle devait essayer.

— Ces deux journées à l'hôpital furent très éprouvantes, Sebastian, commença-t-elle.

— J'imagine. D'ailleurs, ne portais-tu pas ce tailleur lors du vol de retour ?

Harper baissa les yeux, comme pour vérifier, mais elle savait bien qu'il avait raison : elle n'était pas rentrée à la maison. Elle s'était contentée d'aller faire des achats de première nécessité à la boutique de l'hôpital, comme une brosse à dents et autres affaires de toilette, mais à part ça, elle n'avait pas quitté son chevet. Les bagages étaient restés à l'aéroport, à l'endroit où Josie les avait accostés et elle avait demandé à Jonah d'aller les récupérer. Emma et lui avaient proposé de lui apporter quelques effets, mais elle n'avait pas voulu les déranger : n'avait-elle pas suffisamment perturbé la fin du mariage, avec ses révélations ?

— Ce que je veux dire, renchérit-elle, c'est que c'était d'autant plus stressant pour moi que je ne m'y attendais pas du tout. Je ne pouvais imaginer qu'un homme de ton âge, jeune et vigoureux, puisse s'effondrer à cause d'une crise cardiaque, Sebastian.

Elle le vit serrer les mâchoires.

— Je ne pensais pas que c'était important, dit-il alors.

— Pardon ? se récria-t-elle. Tu ne pensais pas qu'il était important de me dire que tu te remettais d'une crise cardiaque ? Tu estimais que ça ne valait pas la peine de me mettre au courant, que ce n'était pas important ? Mais nous avons eu un rapport sexuel, Sebastian, et tu aurais pu y laisser ta peau.

Il soupira.

— Je ne voulais pas que tu me traites comme une personne fragile, je ne le suis pas. Et notre rapport ne m'a pas été fatal. Loin de là. Si cette femme ne nous avait pas menacés avec une arme, nous ne serions sans doute pas ici.

— Ce n'est pas ce que le docteur a dit. Tu étais censé prendre rendez-vous pour une angiographie pendant ton congé afin de vérifier si d'autres artères n'étaient pas bouchées. Non seulement tu ne t'en es pas préoccupé, mais à la place, tu as quitté le pays. Tu aurais pu mourir ! Là, à mes pieds, et je n'aurais pas eu la moindre idée de ce qui t'arrivait.

— Je pensais que tout se passerait bien, car j'avais vraiment la sensation d'être guéri. Et puis je ne voulais pas t'inquiéter alors que tu avais toi-même de nombreux problèmes à gérer.

— S'il ne s'agissait que de cela, l'argument serait recevable, or, non seulement tu m'as caché ce secret important, mais tu ne t'es pas non plus ouvert à moi sur d'autres sujets.

— Je t'ai parlé de mon frère !

Elle hocha la tête.

— Parce que c'était en rapport avec ton travail et ton inspiration. Mais jamais tu ne m'as parlé de ton passé, ni de ce que tu ressentais. Et tu sais pourquoi ? Parce que tu ne voulais pas te confier à moi.

Et c'était là le cœur du problème : comment pouvait-il affirmer qu'elle comptait pour lui, qu'elle comptait vraiment, s'il refusait tout véritable échange entre eux ?

Mais peut-être que le véritable problème venait d'elle ? Leur relation était censée être un jeu de rôles, et même s'ils l'avaient poussé très loin, ils n'étaient pas censés se confier l'un à l'autre, ni tomber amoureux. *Pas plus d'ailleurs qu'ils n'auraient dû coucher ensemble.* Or, c'était elle qui avait enfreint les règles et avait succombé à son charme ; elle s'était donnée corps et âme et n'avait rien eu en retour. Elle avait vraiment créé un beau gâchis dont elle était la seule responsable : elle ne pouvait tout de même pas lui en vouloir de s'en tenir à l'accord qu'ils avaient passé ! Il ne l'aimait pas, elle devait l'accepter et en tirer les conséquences, c'est-à-dire ne pas s'attarder plus longtemps ici, au risque de prononcer des paroles qu'elle regretterait par la suite. En outre, elle ne voulait pas qu'il s'agite à cause d'elle, ce n'était pas bon pour son état encore fragile.

Forte de cette décision, elle se leva et prit son sac à main.

— Où vas-tu ? demanda-t-il.

— Je rentre à la maison.

— Mais pourquoi ?

À cette question, elle plongea une dernière fois ses yeux dans les siens.

— Parce que le mariage est terminé. Merci d'avoir passé la semaine avec moi, je n'aurais pas survécu sans toi.

Il se redressa dans son lit.

— Attends une seconde. Tu vas revenir, n'est-ce pas ?

Elle se dirigea vers la porte et, au bout de quelques secondes, secoua la tête.

— Pourquoi reviendrais-je puisque tu vas mieux ? Tu es entre de bonnes mains. Au revoir, Sebastian.

Et sur ces paroles, elle se glissa hors de la chambre avant qu'il n'ait le temps de lui répondre.

Une fois dans le couloir, elle se précipita vers le premier ascenseur, par crainte de changer d'avis.

— Monsieur West, vous avez de la visite, lui annonça Ingrid du vestibule.

Sebastian avait entendu la sonnerie du téléphone quelques minutes plus tôt et il avait supposé que c'était la réception de l'immeuble puisqu'ils étaient les seuls à avoir son numéro de fixe. Leur appel signifiait soit qu'il avait reçu un colis, soit qu'on venait lui rendre visite. Ses parents lui ayant déjà envoyé des fleurs et ses collègues une plante, ce coup de téléphone indiquait sans doute l'arrivée d'un visiteur, en avait-il déduit. Il s'était donc levé et avait passé des vêtements décents.

Quand il s'était regardé dans le miroir, son reflet ne lui avait pas vraiment plu : il avait l'air négligé avec sa barbe non rasée depuis l'Irlande et il aurait également eu besoin d'une bonne coupe de cheveux, car ceux-ci commençaient à onduler un peu trop à son goût. En outre, ses bras le faisaient encore souffrir, car le personnel de l'hôpital n'avait pas lésiné sur les aiguilles, le prenant pour une pelote à épingles humaine.

Il était vraiment une cause perdue, pensa-t-il en soupirant, mais il espérait que le coup de peigne qu'il venait de se donner et son brossage de dents suffiraient pour une visite impromptue. Il tenait néanmoins à être présentable au cas où ce serait Harper.

Il avait reçu quelques visites depuis son retour à la maison, sa famille avait même fait le trajet du Maine pour le voir, mais la seule personne dont il souhaitait ardemment la venue, c'était Harper ; or, jusque-là, elle n'avait pas donné signe de vie.

Quand il arriva dans le corridor, il y trouva Ingrid, son aide à domicile qui, avec un sourire, lui indiqua le salon, où son visiteur avait déjà pris place, constata-t-il en entrant dans la pièce. En l'occurrence, il s'agissait de Finn.

Et zut !

— Ne montre surtout pas ta joie de me voir, fit ce dernier d'un ton sec. Je ne voudrais pas que ma présence mette trop ton cœur à l'épreuve.

Sebastian se dirigea vers le fauteuil en face du canapé et s'y installa.

Ingrid leur apporta deux bouteilles d'eau pétillante, puis disparut dans la cuisine, pour les laisser discuter en tête à tête.

— Désolé, marmonna Sebastian. J'espérais que ce serait une autre personne.

— Harper, peut-être ?

— Oui.

Il aurait été insensé de le nier.

— T'a-t-elle rendu visite depuis ta sortie de l'hôpital ?

— Non.

Et les journées lui avaient paru bien longues sans son visage souriant et son attitude impertinente.

Finn fronça les sourcils.

— Voilà qui me paraît curieux. Tu es certain qu'elle va bien ? Elle n'a pas quitté ton chevet une seule seconde, à l'hôpital.

Même s'il ne s'en souvenait pas vraiment, il savait qu'elle avait veillé sur lui, et qu'elle lui avait été entièrement dévouée durant ce séjour. Jamais personne ne s'était soucié de lui de cette façon et pourtant, à son réveil, il avait réussi à tout gâcher !

— En tout cas, dès qu'elle a eu l'assurance que j'allais mieux, elle est partie en me prévenant qu'elle ne reviendrait pas. Mais j'ai préféré rester optimiste, espérant qu'elle finirait par changer d'avis.

— Que lui as-tu fait ? questionna Sebastian d'un ton accusateur.

Il haussa les épaules.

— J'imagine que je mérite ce qui m'arrive, admit-il.

Quand un incident se produisait au bureau, en général, c'était lui le responsable. Ainsi, il avait déjà provoqué des coupures d'électricité générales pour avoir causé un bourrage dans la déchiqueteuse à papier, ou encore déclenché le détecteur de fumée lors de son dernier projet : tout le monde s'était retrouvé dans la rue pendant que les pompiers s'affairaient dans l'immeuble à trouver la cause. En toute honnêteté, il se demandait comment son associé pouvait encore le supporter, et même être son ami. Mais il était vrai qu'il fallait parfois détraquer certaines machines pour réaliser d'autres prouesses.

— Elle était folle d'inquiétude quand je l'ai vue pour la première fois, à l'hôpital. Cette femme t'aime, c'est une évidence, et si elle n'est pas à tes côtés aujourd'hui, c'est que tu as dû commettre une énorme erreur.

— Oh ça, oui ! J'ai tout gâché… En fait, je ne lui ai rien dit, et pas simplement en ce qui concerne mes problèmes cardiaques. Elle m'a reproché de ne pas m'ouvrir à elle comme il est de coutume, je suppose, dans un couple.

— Mais pourquoi tu as fait ça ? Elle m'a l'air d'une femme merveilleuse à tous les égards. Je connais sa famille, ce sont des gens également formidables. On ne se comporte pas ainsi avec une femme qui vous aime, Seb.

— Je ne comprends pas moi-même pourquoi j'ai réagi ainsi, sans doute parce que je n'ai aucun sens des relations humaines. Je suis un ingénieur, un pionnier en technologie médicale, et je ne sais pas comment continuer à l'être tout en ayant une relation sérieuse avec une femme. Est-ce seulement possible de gérer les deux à la fois ?

Finn éclata de rire, puis secoua la tête.

— Tu ferais bien de trouver une solution pour y arriver, sinon, tu finiras en vieux célibataire. Et tu ne peux pas venir chez moi tous les ans pour les vacances de Noël jusqu'à la fin de tes jours, ou tu vas te transformer en oncle repoussant qu'on accueille par compassion.

— Mais c'est toi qui m'as invité à passer Thanksgiving avec ta famille, je ne t'ai rien demandé, souligna Sebastian d'un ton amer.

— Oui, sinon tu aurais fêté Thanksgiving au bureau, et ingéré je ne sais quelle nourriture avec une fourchette en plastique ! Si tu veux changer de vie, il va vraiment falloir réviser tes habitudes de fond en comble.

Finn était coutumier de ce genre de leçons – travailler avec un médecin pouvait présenter des inconvénients – mais pour la première fois de sa vie, Sebastian écoutait vraiment ce que son associé et ami lui disait.

— Très bien, dans ce cas, Yoda, j'accepte d'être une boule de glaise entre tes mains. Fais de moi une autre version de toi-même, mais en plus poilu et séduisant, s'il te plaît.

À ces mots, Finn passa la main sur son crâne rasé et poussa un soupir irrité. Heureusement, il était habitué à ce genre de commentaires de sa part, et après leurs longues années de collaboration et d'amitié, l'un et l'autre avaient conscience de leurs différences mais aussi de leur complémentarité. Les inventions de Sebastian n'auraient sans doute pas connu un succès aussi retentissant si Finn ne lui avait pas donné des conseils pour les rendre plus commercialisables et ne s'était pas chargé de la partie marketing. Tout comme Finn aurait vraisemblablement ouvert un charmant cabinet de dermatologie à Upper East Side où il se serait profondément ennuyé sans Sebastian à ses côtés pour l'inciter à faire quelque chose de bien plus important de sa vie.

— Pour commencer, il est urgent que tu prennes enfin soin de toi, déclara Finn.

Sebastian ne put s'empêcher de rouler les yeux.

— Merci du conseil, monsieur Je-dis-des-évidences. Mais tout le monde ne peut pas avoir des abdos aussi ciselés que Shemar Moore.

— Tu crois que c'est une chose innée ? répliqua Finn. Cela se travaille, figure-toi. Pour ma part, je me rends cinq fois par semaine au club de sport et pendant que tu te goinfres de *junk food* livrée au bureau, je bois des smoothies protéinés ou j'apporte une salade aux filets de poulet grillé et de chou kale pour le déjeuner. La vie consiste en une série de choix et il est nécessaire que tu en fasses de meilleurs.

— On dirait ma nutritionniste, marmonna Sebastian.

Il avait déjà eu son premier rendez-vous avec elle, et elle lui avait prescrit des repas livrés à domicile par un service spécialisé pendant sa convalescence, afin qu'il mange essentiellement des protéines maigres et des légumes dont il ignorait parfois jusqu'au nom.

Finn croisa les bras.

— Figure-toi que je sais de quoi je parle, puisque je suis moi-même médecin, Sebastian. Je suis d'ailleurs ton médecin, tu as oublié ?

— Je sais bien, écoute…

Il se pencha un peu vers lui et poursuivit :

— En dépit de mes fanfaronnades, je sais que c'est sérieux, qu'à ce rythme, je ne vivrai pas assez longtemps pour être l'oncle loufoque de tes futurs enfants, j'en suis bien conscient. Mais jusqu'ici, seules mes recherches et leur succès comptaient pour moi, et je me fichais de tout le reste, y compris de ma santé. Mais tu avais raison.

Finn leva les mains pour l'interrompre.

— Attends, tu peux répéter ta dernière phrase ? Je veux vraiment la savourer.

Sebastian lui adressa un petit sourire narquois.

— Tu avais raison, Finn, redit-il. Bon, écoute-moi, jusqu'au bout s'il te plaît, car je suis sérieux. Mon travail est certes important, mais je n'aiderai personne si je suis trop malade pour continuer. Je ne peux pas sacrifier ma vie, ma santé et mes relations à mes inventions. Il y a plus dans la vie, je m'en suis rendu compte. Et je l'ai compris quand ma tête a heurté le sol, à l'aéroport.

Il se rappela cette soirée où il avait regardé le revolver que Josie pointait sur eux, puis senti un étau lui serrer le torse.

— C'était un moment affreux, le pire de ma vie. En tombant, je n'ai pas quitté Harper des yeux, j'ai compris ce qui m'arrivait, que ma vie pouvait se terminer à cet instant, et tout ce qui m'obsédait, c'était de ne pas avoir dit à Harper que je l'aimais. Que j'allais mourir et qu'elle n'en saurait jamais rien. Puis quelques secondes plus tard, j'ai sombré dans l'inconscience.

Finn l'écoutait attentivement, l'expression peinée.

— C'est terrible. Mais pourquoi ne lui as-tu pas dit dès que tu t'es réveillé, à l'hôpital ? Cela aurait, à mon avis, changé le cours des choses.

— Je ne sais pas, je m'en veux de la façon dont tout s'est passé entre nous. Au réveil, j'étais d'abord désorienté, puis quand j'ai retrouvé mes repères, c'était pour l'entendre me reprocher de lui cacher des choses. Immédiatement, j'ai été sur la défensive, et c'est alors qu'elle est partie. Mais elle a raison, je ne lui ai rien raconté, et pourtant j'ai tant à lui dire, à commencer par lui avouer combien je l'aime. C'est le plus important.

— Effectivement, approuva Finn, car tu es très amoureux, je le vois à la façon dont ton visage s'anime lorsque tu parles d'elle. J'en suis si heureux parce que je reconnais que je me demandais si un jour tu finirais par lever le nez de tes carnets à dessin pour remarquer une autre personne qu'un client. Alors t'éprendre d'une femme… Si tu arrives à arranger les choses entre vous, je veux te conduire à l'autel ! Et ce sera peut-être moi, finalement, le vieil oncle loufoque de tes enfants.

— Ah, arrête ! grommela Sebastian. Les femmes se pressent à ta porte, il suffit que tu fasses ton choix une bonne fois pour toutes et en un rien de temps tu seras en ménage.

Finn se mit à rire.

— Probablement. Et si tu envisages sérieusement d'épouser Harper, j'essaierai d'attraper la jarretière de la mariée, à la réception. On ne sait jamais.

— Mais je suis on ne peut plus sérieux ! Je veux d'abord recouvrer totalement la santé pour aller chez elle et lui exposer mes sentiments. En espérant qu'ils seront partagés. Si tel est le cas, je lui fais une demande en mariage sur-le-champ. Le temps est trop précieux pour le gaspiller, et je ne veux surtout pas lui donner une nouvelle occasion de me glisser entre les doigts.

— Dans ce cas, je peux te recommander un excellent diamantaire. Si tu veux, je l'appelle, et il viendra te montrer quelques-unes de ses bagues de fiançailles.

À ces mots, Sebastian éprouva un énorme soulagement car il ne savait absolument pas comment s'y prendre en la matière même si sa vie en dépendait.

— Parfait ! Il faut d'abord que j'aille voir son père pour lui demander sa main, je veux que tout soit prêt, le moment venu.

— Je note tout de suite, pour mon ami diamantaire, déclara Finn en sortant son téléphone.

— Génial ! J'ai l'impression que soudain toutes les pièces se mettent à la bonne place. Il ne me reste qu'une petite chose à faire.

— Laquelle ? questionna Finn.

— Trouver l'adresse exacte de Harper.

- 12 -

— Entre !

Harper prit une grande inspiration, puis tourna la poignée qui menait dans le bureau de son grand-père. Elle redoutait ce moment depuis ses vingt-deux ans et maintenant qu'il était arrivé, elle était une femme de presque trente ans, et se sentait plus nerveuse que jamais.

Il avait été facile de faire preuve de courage en Irlande, à des milliers de kilomètres des conséquences liées aux choix peu judicieux de sa jeunesse. Mais Josie ayant disparu et le chantage étant terminé, il fallait qu'elle affronte son grand-père, tout comme la réalité qu'elle était parvenue à éviter pendant ces nombreuses années. Elle devait lui avouer qu'elle était complètement fauchée, encore qu'il était fort probable que la nouvelle lui soit déjà parvenue. Néanmoins, elle tenait à l'en informer de première main.

— Bonjour, grand-père.

Le vieil homme se redressa dans son fauteuil et sourit à la vue de son unique petite-fille.

— Harper ! Quelle bonne surprise ! Tu es très belle, comme toujours. Pendant un bref instant, j'ai cru voir ta mère devant moi. Avec les années, tu lui ressembles de plus en plus.

Elle l'enlaça, sans émettre le moindre commentaire sur les larmes qui lui coulait des yeux tandis qu'ils pensaient tous les deux très fort à la femme qui leur avait été ravie si jeune. Quand elle prit place en face de son grand-père, elle se rendit compte qu'elle était à présent plus âgée que sa mère, à son décès. C'était tellement difficile à croire, la vie pouvait être si cruelle, parfois… Et à cet instant, elle se sentit réellement futile d'avoir dépensé toute son énergie à cacher des choses si bêtes alors que sa mère, au même âge, était aux prises avec la maladie et l'idée de devoir laisser ses enfants derrière elle.

— Que me vaut l'honneur de cette visite ? demanda son grand-père. Je ne t'attendais pas avant ton anniversaire. On va bientôt fêter tes trente ans, n'est-ce pas ?

Harper lui sourit et hocha la tête.

— Exact.

— J'imagine que tu vas organiser une grande fête avec tes amis, et dépenser un peu de ton héritage en champagne, non ?

Elle tressaillit et secoua la tête. Étant donné les événements de la semaine passée, elle n'avait pas du tout pensé à célébrer son anniversaire. Avoir trente ans était déjà déprimant en soi, et ça l'était plus encore pour elle eu égard à son célibat et aux circonstances actuelles, par conséquent, elle n'avait aucune raison de faire la fête.

— Pas vraiment. C'est d'ailleurs pour cela que je suis venue te voir aujourd'hui, pour te parler du fidéicommis.

— Tu ne peux pas attendre la fin de la semaine pour le versement, c'est ça ? s'enquit-il, l'air amusé. Pas de souci, un prêt de quelques dollars est tout à fait envisageable.

— Grand-père, je ne suis pas venue t'emprunter de l'argent mais pour te faire un aveu.

Il leva les sourcils, surpris.

— Un aveu ? De quoi s'agit-il, mon petit chou ?

Elle reprit de nouveau sa respiration, n'ayant pas

du tout préparé la façon dont elle allait lui annoncer la vérité. Le « petit chou » avait tout gâché ! Elle avait longtemps cru que rien ne pouvait être plus douloureux pour elle qu'être déchue de son héritage, mais elle s'était trompée : il était bien pire d'avouer son comportement déshonorant à son grand-père qui avait toujours vu en elle le soleil de sa vie. Comme il allait être déçu !

— Je n'ai plus un sou, grand-père.

Il plissa les yeux, s'efforçant visiblement de comprendre ce qu'elle venait de lui dire.

— Plus un sou ? répéta-t-il.

— Oui, et je garde ce secret depuis des années car j'avais honte et je ne voulais pas perdre le reste de mon héritage. Mais maintenant, je préfère te dire la vérité : j'ai dépensé tout mon argent quand j'étais encore étudiante et depuis, j'ai fait semblant de toujours en avoir.

— Tu as tenu pendant toutes ces années ? Mais comment as-tu réussi ce tour de force, puisque jamais tu ne m'as demandé le moindre argent et que ton père est complètement désargenté ?

Harper haussa les épaules.

— J'ai fait comme tout le monde. J'ai travaillé dur, épargné chaque dollar au lieu de le dépenser comme par le passé.

— Et personne n'était au courant ? Pas même ton frère ?

— Non, grand-père, je ne l'ai dit à personne. Ni à Oliver ni à papa. Je ne voulais pas qu'on l'apprenne, et surtout pas toi.

— Dans ce cas, pourquoi me le dis-tu maintenant, mon petit chou ?

Ce fut à elle de froncer les sourcils.

— Parce que je me dois d'être honnête en raison de la clause précisant que si je gérais mal le premier acompte, tu ne me verserais pas le deuxième.

Son grand-père prit alors un caramel dans la bonbonnière qui se trouvait sur son bureau, avant de la lui tendre ; aussi loin qu'elle s'en souvienne, elle avait toujours vu cette boîte remplie de caramels sur sa table de travail. Il l'ouvrit puis se mit à le mastiquer d'un air songeur tandis qu'elle attendait, parfaitement immobile, sa réponse, ses reproches, la manifestation de sa déception, et enfin son ultime décision qui consisterait sans doute à reverser l'argent de son héritage à une association caritative.

Mais il n'en fit rien. Une fois qu'il eut avalé son caramel, il plongea les yeux dans les siens.

— Une autre chose te tracasse, Harper. Qu'est-ce que c'est ?

— Tu veux dire à part le fait de voir vingt-huit millions s'envoler ?

Il hocha la tête.

— Ça, c'est juste de l'argent. Je vois bien que tu as un souci plus grave.

Décidément, son grand-père était doué d'un grand discernement.

— En fait, j'ai eu une semaine très éprouvante, grand-père. Rien ne s'est déroulé comme je l'avais imaginé, que ce soit dans ma vie amoureuse, ou les autres domaines. Une personne a exercé un chantage odieux sur moi et a fini par voler le collier en saphir de maman parce que je ne lui ai pas donné la somme qu'elle attendait à la date choisie par ses soins. L'homme que j'aime m'a menti, et je ne sais pas comment réagir. Donc, perdre mon héritage, c'était la cerise sur le gâteau, si je puis dire. Tu comprends pourquoi je n'ai pas envie de célébrer mon anniversaire, à présent. Je n'ai pas vraiment le cœur à la fête.

— Parle-moi de cet homme. Il t'a menti, dis-tu ?

— Il m'a caché de nombreux aspects de sa vie et

je crains qu'il ne soit jamais en mesure de se confier à moi. Pourquoi ?

— Et toi, Harper, pourquoi as-tu caché à tes amis et à ta famille ta situation financière ? Je pense que tu trouveras la réponse à tes questions concernant cet homme dans les propres raisons qui t'ont poussée à la dissimulation.

— Mes raisons ? Eh bien, j'avais honte, je ne voulais pas qu'on sache que je m'étais comportée de façon si idiote, je redoutais que mon entourage me traite différemment.

En prononçant ces paroles à haute voix, elle comprit que son grand-père avait sans soute vu juste : n'aurait-elle pas traité Sebastian différemment si elle avait su qu'il avait le cœur fragile ? Ce n'était pas à exclure. N'avait-il pas honte d'avoir laissé le désir qu'elle lui inspirait l'emporter aux dépens de sa santé ? Sans doute.

En outre, comme leur « idylle » était simulée, il n'y avait aucune raison pour qu'il lui fasse part de ce genre de choses. D'ailleurs, si elle n'avait pas subi cet odieux chantage pendant tout le séjour, elle ne lui aurait elle-même pas confié ses secrets. Aussi comment pouvait-elle lui reprocher de s'être tue concernant les siens ?

Ils avaient beaucoup à apprendre l'un sur l'autre, et une semaine n'avait pas été suffisante pour enlever les nombreuses couches qui recouvraient leurs secrets. C'était la peur qui l'avait conduite à réagir de manière excessive, elle en avait conscience. La vision de Sebastian étendu sur le sol, entouré d'urgentistes… Les sirènes, les fils de perfusions, les cris… Tout avait été si inattendu, si effrayant. Josie et son arme n'avaient alors plus eu la moindre importance, tout ce qui comptait, c'était Sebastian.

Elle avait failli le perdre et elle n'avait pas compris pourquoi. Et puis à son réveil, elle lui avait tourné le dos pour reprendre sa vie, ayant conscience de le perdre cette fois pour de bon… Elle était vraiment stupide.

— Harper, pourquoi à ton avis ai-je ajouté cette clause à ton fidéicommis ?

Sursautant, elle s'arracha à ses réflexions, et revint dans le salon, avec son grand-père.

— Pour me faire peur et m'inciter à ne pas dépenser à tort et à travers ? J'étais une petite fille gâtée et tu ne voulais pas que je commette les mêmes erreurs que papa.

— Tu es dure envers toi-même, dit-il. Tu as grandi dans une famille aisée, contrairement à moi, par conséquent, il t'était difficile de comprendre le sens du mot *économie*. Ce n'est pas ta faute. Mais je suppose que maintenant, tu sais ce que cela veut dire ?

Harper eut un petit rire amer.

— Oui, c'est certain. Je me suis maudite tous les jours d'avoir gaspillé cette somme importante. Quand je pense à la façon dont j'aurais pu en tirer bénéfice, si seulement j'avais été intelligente, ou travailleuse comme Oliver…

— Ne te compare pas à ton frère, vous avez chacun votre personnalité. Et maintenant, permets-moi de te poser une question : si on te donnait une seconde chance et que de nouveau tu te retrouvais avec deux millions de dollars sur ton compte en banque, que ferais-tu ?

— Eh bien, je serais folle de joie et je paierais d'avance toutes mes charges pour l'année qui vient. Puis je placerais le reste pour les jours difficiles.

Un sourire se dessina alors sur les lèvres fines et usées de son grand-père.

— Dans ce cas, dit-il.

Et il saisit son portable.

— Dans ce cas quoi ? demanda-t-elle, perplexe.

— Il est temps que j'appelle le manager de mon patrimoine pour qu'il débloque le reste de ton fidéicommis.

— Que veux-tu dire, au juste ?

Se penchant en avant, il lui tapota la main.

— Joyeux anniversaire, Harper ! Je suis ravi que tu sois devenue une femme mature et responsable, comme je l'attendais de toi. À ce titre, tu es sur le point de t'enrichir de vingt-huit millions. Et maintenant, va retrouver cet homme dont tu es amoureuse et organisez une belle fête d'anniversaire.

Sebastian pénétra dans le hall de l'immeuble où résidait Harper avec la sensation d'approcher le X sur une carte au trésor. Il n'avait guère été aisé de trouver son adresse : questionner ses amis, c'était admettre qu'il n'était jamais venu chez elle auparavant, ce qui aurait été incroyablement suspect puisqu'ils étaient censés sortir ensemble. Toutefois, il n'avait guère eu le choix et il avait fini par avouer la vérité à Emma qu'il avait croisée à FlynnSoft alors même qu'il tentait d'y retrouver Harper. C'était quand il lui avait confié qu'il était désespérément amoureux d'elle, que son amie avait accepté de lui donner l'adresse de Harper.

Il s'apprêtait à signer le registre à la réception, lorsqu'une voix décréta par-dessus son épaule :

— Elle n'est pas chez elle.

Il s'immobilisa et se retourna : Harper se tenait devant lui, un sac rempli de courses dans les bras.

— Quel dommage ! enchaîna-t-il. Je voulais réellement lui parler d'un sujet important.

De ses beaux yeux bleus, elle contempla son visage pendant quelques instants.

— Vraiment ? rétorqua-t-elle. Dans ce cas, je peux vous faire monter chez elle et vous l'attendrez. Je suis certaine qu'elle sera ravie d'entendre ce que vous avez à lui dire.

Euh… Entendu !

— J'apprécie votre gentillesse, répondit-il.

Harper lui sourit puis se dirigea vers l'ascenseur, tandis qu'il lui emboîtait le pas.

Il ne savait pas réellement quel genre d'accueil elle lui réserverait après la façon dont ils s'étaient séparés à l'hôpital. Elle avait visiblement choisi l'ironie, et il se demandait comment cela finirait une fois en haut. Elle aurait pu aussi choisir de se jeter dans ses bras, mais il ne le méritait sans doute pas ; il avait beaucoup à se faire pardonner avant que des effusions soient envisageables. Cela dit, elle aurait pu froidement le congédier, donc, tout n'était pas non plus négatif.

Quand il entra dans l'appartement, Sebastian comprit la vie que menait Harper. C'était un endroit grand luxe mais avec certains meubles peu chers, de type IKEA. Quand elle sortit ses courses, il remarqua la présence d'une bonne bouteille de champagne, ainsi que des sachets de pâtes lyophilisées : il se dit qu'au fil des ans, elle était parvenue à trouver une sorte d'équilibre.

Gêné, il se tenait sur le seuil de la cuisine, attendant son invitation à y pénétrer, mais elle ne lui avait encore rien dit. Or, il tenait à la regarder droit dans les yeux afin d'avoir toute son attention pour lui demander pardon.

Finalement, sortant le dernier article de son sac, elle leva la tête vers lui.

— Tu veux boire quelque chose ? Moi, je prendrais bien un verre.

— Je ne suis pas censé boire d'alcool, répondit-il.

Il le regrettait amèrement, d'ailleurs, car cela lui aurait permis de se détendre, mais il devait s'en tenir à sa nouvelle hygiène de vie et un verre en pleine journée, alors qu'il avait commencé son programme de réadaptation depuis quinze jours seulement, aurait été une grave dérogation à ses nouvelles règles.

— Un verre d'eau sera parfait, ajouta-t-il.

Elle lui jeta un coup d'œil puis hocha la tête avant de sortir deux bouteilles d'eau pétillante du réfrigérateur. Elle lui en tendit une en déclarant :

— Allons dans le salon. Les gens ont tendance à s'agglutiner dans la cuisine et je déteste ça.

Elle lui montra le chemin. Le salon était spacieux et ouvert, meublé de canapés confortables ; aux murs étaient accrochés quelques tableaux d'art contemporain et un écran de télévision de taille fort raisonnable se trouvait sur une étagère. Un pan était tapissé de livres et une baie vitrée donnait sur Central Park.

— Assieds-toi, lui dit-elle tout en prenant place sur un canapé.

Il s'installa en face d'elle, et recula les genoux pour ne pas toucher les siens, bien qu'il en mourût d'envie.

— Merci d'accepter de discuter avec moi, Harper, déclara-t-il alors.

Elle haussa les épaules puis ouvrit sa bouteille d'eau.

— La dernière fois que l'on s'est vus, tu venais de frôler la mort, donc j'espère que tu as de meilleures nouvelles à m'annoncer.

— C'est le cas, renchérit-il avec fierté. Je suis un programme de réadaptation cardiaque trois fois par semaine, j'apprends à manger de façon plus saine et à savoir m'arrêter quand je suis fatigué. Je constate déjà une énorme différence.

Harper l'écoutait sans que son visage trahisse la moindre émotion, à part une petite lueur d'intérêt dans ses yeux.

— J'en suis ravie.

— Moi aussi ! J'ai décidé d'aller de l'avant, je suis à présent conscient que je ne peux pas laisser le travail empiéter sur toute ma vie. Désormais, je veux plus qu'une carrière et qu'une série de brevets à afficher, je souhaite aussi avoir une vie, une femme et qui sait, pourquoi pas une famille.

Ah, il avait enfin obtenu son attention ! pensa-t-il, satisfait. Elle venait en effet de se redresser sur son siège et avait levé les sourcils.

— Effectivement, c'est un grand changement pour un célibataire qui consacre tout son temps à son travail. Et comment arriveras-tu à ne pas te laisser de nouveau happer par tes découvertes et à ne pas négliger ta nouvelle famille, et non plus juste ta santé ?

Décidément, elle l'estimait incapable de changer !

— Je n'ai pas l'intention de te négliger, Harper, quand bien même je le voudrais, cela me serait impossible.

— Je ne parlais pas de moi, mais en général. Les vieilles habitudes ont la peau dure, comme celle de garder des secrets. Et tu peux me faire confiance, je sais de quoi je parle.

— Je suis désolé de t'avoir menti. Ce n'est pas par manque de confiance en toi, c'est juste que… Eh bien, c'était gênant de te parler de ma santé. Tu comprends, n'est-ce pas ?

— Bien sûr, sauf que moi, je me suis complètement ouverte à toi, Sebastian. Or, de ton côté, tu ne m'as quasi rien dit.

— Si tu n'avais pas subi le chantage de Josie, m'aurais-tu confié tes secrets ? rétorqua-t-il. Si tu t'es confiée à moi, c'était juste par obligation.

L'expression un rien arrogante qu'elle affichait depuis le début de leur échange s'adoucit un peu, et elle laissa tomber le regard sur le bouchon de sa bouteille avec lequel elle était en train de jouer.

— En tout cas, moi, reprit-elle, je me suis retrouvée à te serrer contre moi alors que tu étais inconscient, et à hurler au milieu du parking d'un aéroport. Quand les secours sont arrivés, j'ai été incapable de leur fournir la moindre indication sur ton état de santé. Je ne pouvais même pas leur indiquer si tu avais des antécédents cardiaques, je ne savais littéralement rien sur toi. Tu aurais pu mourir dans mes bras, sans que je sois en mesure de faire quoi que ce soit.

— Je le reconnais, je n'aurais pas dû te mettre dans une position aussi épouvantable, mais je n'aurais jamais imaginé qu'une telle scène se produirait, sans quoi je t'aurais parlé de mes problèmes cardiaques, bien entendu !

Harper hocha la tête.

— Écoute, nous sommes partis d'un mauvais pied avec cette relation factice, mais la comédie est terminée. Le séjour est derrière nous et nous sommes désormais dans la vraie vie, Sebastian. Il s'agit de sentiments réels. Nous ne jouons plus un jeu, et j'ai besoin de connaître la vérité.

— Sur quoi ?

— Sur tout ! Je veux tout savoir de toi, tout ce que tu m'as caché avant de pouvoir envisager une relation avec toi.

— Euh… Là, maintenant ? Tu veux que je déroule pour toi le long feuilleton de ma vie ?

Il avait dans la poche une bague de fiançailles qu'il brûlait de lui remettre, et il avait désespérément envie d'entendre son « oui » à sa demande en mariage, d'aller de l'avant, mais visiblement Harper ne l'entendait pas de cette oreille.

Elle se cala sur les coussins, s'installant confortablement, prête à l'écouter…

— Tu as rendez-vous quelque part, Sebastian ? À moins que tu n'aies du travail ? Nous sommes samedi, c'est vrai, mais avec toi, on ne sait jamais.

— Non, se défendit-il, je ne dois aller nulle part, je suis là où je dois être. Je te raconterai tout ce que tu veux savoir sur moi, si c'est la condition pour que tu m'aimes. Parce que moi, Harper, je t'aime, et jusqu'à maintenant, je ne me suis jamais autorisé à aimer. Je ne sais pas si je fais bien, mais ce dont je suis certain, c'est que je ne peux pas étouffer mes sentiments pour toi. Je ferai tout ce que tu exiges si cela signifie qu'à la fin tu me diras que toi aussi tu m'aimes.

Il l'avait vue tressaillir dès qu'il avait parlé d'amour, puis elle était restée comme figée.

— Pourquoi ne commences-tu pas par le début ? reprit-elle. Tu ne m'as dit grand-chose sur ta famille, ni sur l'endroit où tu avais grandi. Tu as juste évoqué l'accident de ton frère qui avait déclenché ta vocation.

Sebastian hocha la tête et s'adossa lui aussi à son siège, prêt à lui confier tout ce qu'elle voulait savoir, puisqu'elle n'en démordrait visiblement pas.

— J'ai grandi dans une famille pauvre, et pour que tout soit clair entre nous, pas désargentée comme tu l'es depuis huit ans, mais vraiment démunie, au point d'habiter dans une caravane sans le moindre confort. C'est à la faculté que j'ai porté pour la première fois des chaussures neuves et je me les suis achetées moi-même. Avant, je mettais toujours ce qui n'allait plus à mon frère. Mes parents luttaient âprement pour s'en sortir, mais il y avait toujours un imprévu qui venait les tirer vers le bas.

Il fit une pause et poursuivit :

— Quand mon frère et moi avons été en âge de le faire, nous avons travaillé pendant les vacances ou le soir pour aider nos parents à joindre les deux bouts. Kenny avait un travail dans un fast-food près du lycée et moi, comme j'aimais aider mon père à réparer sa voiture, j'ai travaillé dans un magasin qui réparait les vieilles tondeuses ou les petits moteurs. Si je le pouvais, je tondais aussi chez les gens dont j'avais réparé les machines. Je donnais naturellement le moindre centime à mes parents et pendant quelques années, nous nous en sommes à peu près sortis. Mon père avait également eu une promotion, mon frère avait fini le lycée et commencé à travailler à plein temps. Puis il a eu cet accident.

Harper avait braqué sur lui un regard si intense qu'il se demandait si elle respirait en l'écoutant. Il secoua la tête et soupira.

— Nous avions une assurance, seulement, comme Kenny avait quitté le lycée, il n'en bénéficiait plus. Il n'avait pas de contrat de travail. Nous avons reçu une certaine somme du propriétaire du quad, mais cela n'était pas suffisant. Pendant toutes les années où j'étais au lycée, il a passé son temps dans les hôpitaux et les centres de rééducation. Les factures s'accumulaient, d'autant que ma mère avait dû quitter son travail pour rester à la maison et s'occuper de lui, ce qui aggravait notre situation financière.

— C'est affreux, murmura-t-elle.

— J'étais déterminé à faire plus dans la vie que réparer de vieilles tondeuses. Je voulais réussir, afin de pouvoir aider mes parents et mon frère. J'ai travaillé très dur après l'accident afin de pouvoir non seulement continuer à aider mes parents mais aussi à économiser de l'argent pour intégrer le MIT.

— Et comment vont-ils tous, à présent ? s'enquit Harper.

Un sourire lui monta aux lèvres quand il lui répondit :

— Très bien, merci. Avec le premier million que j'ai empoché, j'ai acheté une vraie maison à mes parents, à Portland, toute proche des médecins et des spécialistes que Kenny consulte régulièrement, et nous l'avons aménagée de sorte qu'il puisse s'y déplacer sans problème avec son fauteuil roulant. Je leur ai aussi acheté un van accessible pour lui, et je leur envoie chaque mois de l'argent afin qu'ils prennent soin d'eux et de lui. Mon père continue à travailler par fierté, mais il devrait prendre sa retraite dans quelques années.

Harper lui sourit et lui posa la main sur le genou.

— Nous revenons de loin, dit-il. Le chemin fut ardu, mais je ne regrette rien, même si cela m'a coûté en termes de santé.

— Je comprends mieux à présent. Partir de rien pour construire une société comme la tienne, c'est admirable. J'imagine que tu n'as que mépris pour les gens qui comme moi dilapident leur fortune.

— Absolument pas ! Chacun vient d'une famille différente qui fait de nous ce que nous sommes. Tu as commis des erreurs mais tu en as tiré des leçons. Tu sais, je ne suis pas certain que j'aurais été capable d'agir comme tu l'as fait, le soir du mariage. Même avec l'argent que je gagne, renoncer à presque trente millions aurait été un crève-cœur pour moi.

— En fait, tu sais, je ne les ai pas perdus, dit-elle à brûle-pourpoint.

Il la regarda en fronçant les sourcils.

— Que veux-tu dire ?

— Je suis allée voir mon grand-père pour tout lui raconter, être honnête avec lui. Il a alors estimé que j'avais compris mes erreurs et que j'en avais tiré une bonne leçon de vie, aussi m'a-t-il malgré tout donné le solde du fidéicommis. C'est pourquoi j'ai acheté du champagne. Aujourd'hui, c'est mon anniversaire, et mon grand-père voulait que j'organise une grande fête, mais je n'avais pas vraiment le cœur à m'amuser après ce qui s'était passé en Irlande. Veux-tu bien le fêter avec moi ?

Sebastian lui sourit.

— Avec plaisir.

Il ne prendrait pas plus qu'une gorgée de champagne, mais il porterait assurément un toast à son anniversaire !

Sur ces paroles, tous deux se levèrent et se rendirent

dans la cuisine où elle versa du champagne dans deux flûtes, puis ils revinrent au salon et s'assirent cette fois tous les deux sur le même canapé.

— Joyeux anniversaire, Harper ! dit-il en levant son verre. Je suis heureux d'être avec toi le jour même de tes trente ans. Je n'étais pas certain que tu veuilles bien célébrer ton anniversaire avec moi, ni que tu acceptes d'entendre tout ce que je t'ai dit. Merci de m'en avoir donné le droit et l'opportunité.

Un sourire aux lèvres, Harper fit tinter son verre contre le sien.

— Merci. Ce n'est pas ainsi que j'imaginais mon anniversaire, mais je ne pouvais rêver mieux, vraiment. J'ai énormément appris, durant ces deux semaines, et sans le chantage de Josie, je n'aurais sans doute pas pris conscience de certaines choses. Comme le fait que je n'ai pas réellement besoin d'une fortune ou de signes extérieurs de richesse pour être moi-même. Tout comme je ne me serais pas rendu compte de l'importance que tu revêts à mes yeux.

Sebastian sentit tout à coup les battements de son cœur s'accélérer, mais cette fois, ces palpitations n'avaient rien d'inquiétant.

Reposant sa flûte où il l'avait prise après avoir à peine trempé les lèvres, il déclara :

— Je suis désolé de n'avoir pas su la date précise de ton anniversaire, sans quoi je t'aurais apporté un cadeau. Néanmoins, je ne suis pas venu les mains vides.

Il mit alors la main dans sa poche et ajouta :

— Mais voici ce que je t'offre à la place.

Elle posa son regard sur la boîte bleue qu'il lui tendait et en resta d'abord sans voix.

— Mais, qu'est-ce que…

Elle ne put visiblement en dire davantage.

— Je t'ai déjà dit que je t'aime, Harper. Et que je veux

aussi mener enfin une vie équilibrée. Or, cet équilibre, c'est toi qui peux me l'apporter, uniquement toi. Voilà ce que j'ai compris. La vie est trop courte pour reporter ses projets au lendemain et je ne veux pas prendre le risque de te perdre une nouvelle fois.

À ces mots, il glissa du canapé pour poser un genou à terre et ouvrit la boîte où brillait une bague de fiançailles émeraude.

— Je fais la promesse de ne plus jamais rien te dissimuler, de ne jamais faire passer mon travail avant toi ou notre famille. Tu es la personne la plus importante de ma vie, Harper. J'ignorais que je pouvais aimer une femme d'un tel amour. S'il te plaît, accorde-moi l'honneur d'être mon épouse, Harper Drake.

Il leva les yeux vers elle, et vit les siens se remplir de larmes.

— Oui, murmura-t-elle avec un immense sourire.

Il lui glissa sans attendre la bague au doigt puis elle lui sauta au cou ; l'étreignant étroitement contre lui, il embrassa sa fiancée avec ferveur.

Tel fut le début de leur avenir à deux, et il se promit de respecter scrupuleusement les recommandations de ses médecins pour rester auprès de cette merveilleuse femme le plus longtemps possible.

Épilogue

— Joyeux Noël, tout le monde !

Entendant de l'agitation dans le vestibule, Harper se rua hors de la cuisine pour voir qui venait d'arriver. Elle était très excitée d'être pour la première fois celle qui recevait à Noël, d'autant plus que ses convives étaient sa famille et celle de Sebastian.

Ce dernier enlaça sa mère dès qu'elle fut entrée, son père se tenant juste derrière elle les mains remplies de présents. Et juste après venait Kenny. *En position debout.*

Grâce au prototype d'exosquelette mis au point par son frère, il franchit le seuil d'un pas certes lent mais régulier, un grand sourire aux lèvres. Il semblait presque aussi heureux que Sebastian.

De fait, personne n'aurait pu rivaliser avec l'excitation de ce dernier ! Il vivait l'apogée de son rêve, et ne pouvait offrir un plus beau Noël à sa famille. Elle savait que voir Kenny traverser la pièce et prendre place près de la cheminée sans requérir l'aide de quiconque représentait la plus grande joie imaginable pour Sebastian.

C'étaient les croquis qu'il avait réalisés en Irlande qui lui avaient permis de franchir l'étape décisive vers la concrétisation de ce projet de toujours. Sur le moment, il ne s'en était apparemment pas aperçu, et une fois de retour au travail, il avait dû respecter des horaires normaux, même si cela lui coûtait, ainsi qu'elle avait pu s'en rendre compte ; malgré tout, il avait fini par atteindre son objectif.

Une fois les présentations faites entre les deux familles, tout le monde se retrouva pour un apéritif autour des entrées, dans le salon. Harper s'apprêtait à revenir en cuisine pour aller chercher un peu plus de lait de poule, quand Sebastian croisa son regard.

Celui-ci s'empara alors d'un cadeau posé sous le sapin et l'entraîna vers le vestibule et de là, dans leur chambre.

— Je veux te donner ce présent maintenant, déclara Sebastian.

— Maintenant ? Mais nous ne sommes que la veille de Noël.

— S'il te plaît, ouvre-le !

Harper soupira puis accepta finalement le cadeau superbement enveloppé que lui tendait son fiancé. Il lui avait déjà offert une si belle bague de fiançailles, qu'elle se sentait un peu coupable de recevoir un deuxième cadeau de sa part.

Elle défit le papier doré puis, sous plusieurs couches de papier de soie, découvrit une parure de bijoux étincelants : un collier avec saphir, un bracelet rivière serti de diamants et de rubis, une bague piquée d'aigues-marines, des boutons de manchette en or et émeraude, et une vieille montre à gousset.

Incroyable !

Elle écarquilla les yeux, incrédule.

— Comment as-tu fait pour récupérer les bijoux de ma mère, tes boutons de manchette et la montre de ton grand-père puisque Josie les avait volés ? demanda-t-elle.

Sebastian lui adressa un sourire encore plus rayonnant que celui qui avait barré son visage quand son frère avait franchi, sur ses jambes, le seuil de leur appartement.

— Figure-toi que notre maître chanteur s'en est pris à une nouvelle cible pour obtenir de l'espèce. Mais au lieu de payer, la personne qu'elle menaçait est allée directement voir la police, qui a retrouvé tout cela dans son appartement en faisant une descente chez elle pour l'arrêter. Les policiers m'ont appelé la semaine dernière parce que les bijoux correspondaient à la description qui figurait dans notre déposition.

Elle saisit alors la montre à gousset qu'elle scruta avec admiration, tellement soulagée pour lui : elle pensait en effet ne jamais être en mesure de remplacer ce bijou si cher à Sebastian.

— À son domicile, poursuivit-il, il n'y avait pas de Josie, et pour cause, elle avait pris un faux nom, mais après qu'elle a tenté de faire chanter Quentin…

— Mon ex ? s'exclama-t-elle, surprise. C'était lui sa nouvelle cible ?

— Exact. Et quand il a reçu sa lettre de menace, il s'est rappelé ce qui t'était arrivé, et a conduit directement les policiers chez elle. Elle s'appelle donc en réalité Amanda Webber et j'espère que la couleur de son nouvel uniforme orange lui ira bien !

Harper sourit et tendit à Sebastian la montre à gousset de son grand-père.

— Bon Noël, mon amour.

— Bon Noël, Harper.

Retrouvez en septembre 2019,
dans votre collection

Passions

Une relation sous tension, de Catherine Mann - N°815

Soigner le mal par le mal. Felicity ne voit que cette solution pour chasser le séducteur Conrad Steele de ses pensées. Aussi décide-t-elle de céder aux avances du millionnaire avec qui elle doit organiser un gala de charité au nom du Anchorage General Hospital. Le temps d'une escapade nocturne, sans lendemain…

Pour un baiser de plus, de Stacy Connelly

Sacrilège. Zeke vient de trahir la mémoire de son plus proche ami, aujourd'hui disparu, en embrassant Mollie McFadden, sa petite sœur. Lui qui devait veiller sur Mollie et la protéger n'a pas pu résister à la tentation. Tout ça pour un baiser. Doux. Passionné. Exquis. Un baiser qu'il rêve de lui donner de nouveau alors que cet amour est impossible entre eux…

Au creux du bonheur, de Maureen Child - N°816

Adam Quinn – regard de braise, sexy en diable – vient d'entrer dans son studio photo. Sienna peine à croire que le frère de son défunt compagnon se trouve face à elle, pour lui demander de veiller sur un nourrisson. Est-ce la seule femme susceptible de lui venir en aide dans son entourage ? Même si elle a tiré un trait sur la famille Quinn, Sienna ne se sent pas de refuser son soutien à un adorable bambin…

Seconde chance pour une idylle, de Melissa Senate

Lorsque la porte du refuge animalier où elle travaille s'ouvre sur Matt Fielding, Claire perd toute contenance. *Matt*, son amour de jeunesse, l'homme qui l'a abandonnée sans une explication après le bal de fin d'études il y a dix-huit ans de cela, est de retour à Spring Forest. Et il semble chercher bien davantage qu'un animal à adopter pour sa petite nièce, si l'on en croit les regards brûlants qu'il pose sur Claire…

Une porte sur le paradis, de Joss Wood - N°817

SÉRIE : AMOUR, GLOIRE ET POUVOIR 2/3

DJ déteste Noël. Cette année plus que toute autre. Pour elle qui a grandi sans famille, veiller à n'avoir aucune attache est essentiel. Pourtant, son corps vient de la trahir. Elle attend l'enfant de Matt Edwards, le seul homme qu'elle s'autorise à fréquenter de loin, sans engagement. Sa décision est prise, elle taira ce secret au père de son enfant, pour ne pas risquer d'être rejetée une fois de plus…

La famille qu'elle n'attendait plus, de Stella Bagwell

Josselyn est terriblement troublée. Le petit Dillon, l'un des élèves de l'école où elle est bibliothécaire, n'a de cesse de lui faire rencontrer son père, Drew Strickland, sous des prétextes farfelus. Une situation qui, en plus d'être interdite par le règlement, la place dans une situation inconfortable puisque le mystérieux veuf souffle le chaud et le froid avec elle depuis leur premier échange, quelques semaines plus tôt…

Le secret des amants, de Jessica Lemmon - N°818

SÉRIE : LE SERMENT IMPOSSIBLE 1/4

Ne pas alimenter les ragots et préserver la réputation de Flynn. Sabrina commence à connaître le refrain du nouveau directeur de Monarch Consulting. Mais la vraie raison qui pousse Flynn Parker à maintenir leur relation secrète ne serait-elle pas autre ? Aurait-il honte d'avoir trahi le serment de célibat qu'il a conclu ou, pire encore, honte d'avoir succombé entre ses bras à elle, son amie de toujours ?

Un irrésistible marché, de Jessica Lemmon

SÉRIE : LE SERMENT IMPOSSIBLE 2/4

Disparaître. Se cacher. Vite. Avant que Gage Fleming, le directeur commercial de l'entreprise qui vient de la recruter ne l'aperçoive. Andrea se sent pitoyable ce matin, en découvrant que son nouveau patron n'est autre que l'inconnu, à qui elle a proposé la veille 2 000 dollars et une chambre d'hôtel de luxe pour jouer le rôle de son fiancé le temps du mariage de sa sœur. Comment fuir cet homme sans renoncer pour autant à cette opportunité professionnelle ?.

Le bonheur à tes côtés, de Tara Taylor Quinn - N°819

Tabitha est perdue. En acceptant que Johnny, ancien avocat de profession, lui vienne en aide pour retrouver son fils porté disparu depuis un an, elle pensait uniquement au bonheur de revoir son enfant. Coûte que coûte. Et la voilà désormais en pleine errance sentimentale, à la merci d'un sourire de cet homme, avec qui elle passe chaque seconde après les journées harassantes à la clinique pédiatrique où elle exerce...

Passion au cœur des glaces, de Catherine Mann

Que vient-elle de faire ? Prise de panique entre les bras du trop séduisant Royce Miller, Naomi hésite à fuir l'igloo qui a accueilli leur étreinte torride. Elle qui devait nouer un partenariat durable entre l'entreprise pétrolière de sa famille et cet homme, écologiste internationalement reconnu, se retrouve prise à son propre piège. Car, si Royce venait à apprendre qu'elle lui a menti sur son identité, il ne pourrait jamais lui pardonner...

L'inoubliable étreinte, de Lisa Jackson - N°820

SÉRIE : LA FIERTÉ DES MCCAFFERTY 1/4

Jamais Nicole n'aurait cru que, bien longtemps après sa rupture avec Thorne McCafferty, elle lui céderait de nouveau. Pourtant, c'est précisément ce qui vient d'arriver... Cependant, même si elle a succombé malgré elle à la magie des retrouvailles et si Thorne la trouble plus encore qu'autrefois, pas question de retomber amoureuse !

Amants ou ennemis ?, de Lisa Jackson

SÉRIE : LA FIERTÉ DES MCCAFFERTY 2/4

Depuis toujours, les Dillinger et les McCafferty se détestent. Mais Kelly Dillinger n'a pas le choix, les ordres sont formels : c'est elle qui doit enquêter sur l'accident qui a failli coûter la vie à Randi McCafferty, et elle obéira. En revanche, elle n'est pas près d'accepter que Matt, le frère de Randi, s'immisce dans ses investigations. Et, s'il s'imagine que ses manœuvres de charme auront de l'effet sur elle – comme sur tant d'autres –, il se trompe !

Composé et édité par HarperCollins France.

Achevé d'imprimer en juillet 2019.

CPi
BLACK PRINT

Barcelone

Dépôt légal : août 2019.

MIXTE
Papier issu de sources responsables
FSC® C108412

Pour limiter l'empreinte environnementale de ses livres, HarperCollins France s'engage à n'utiliser que du papier fabriqué à partir de bois provenant de forêts gérées durablement et de manière responsable.

Imprimé en Espagne.